The
Nadia Murad
Last
幸 存 的 女 孩
Girl

[伊拉克] 娜迪亚·穆拉德 著 杨松石 译

重庆出版集团 重庆出版社

The Last Girl: My Story of Captivity, and My Fight Against the Islamic State by Nadia Murad
Copyright © 2017 by The Nadia Initiative
All rights reserved including the rights of reproduction in whole or in part in any form.
Simplified Chinese edition copyright © 2024 BEIJING ALPHA BOOKS CO., INC.
版贸核渝字（2024）第270号

图书在版编目（CIP）数据

幸存的女孩 /（伊拉克）娜迪亚·穆拉德著；杨松石译. -- 重庆：重庆出版社，2024.12. -- ISBN 978-7-229-19020-0

Ⅰ. K833.778.5

中国国家版本馆CIP数据核字第20247WJ687号

幸存的女孩

XINGCUN DE NVHAI

[伊拉克]娜迪亚·穆拉德　著　杨松石　译

出　　品：华章同人
出版监制：徐宪江　连　果
选题策划：李柯成　王　燕
责任编辑：徐宪江　彭圆琦
责任校对：朱彦谚
营销编辑：史青苗　刘晓艳
责任印制：梁善池
书籍设计：潘振宇 774038217@qq.com

重庆出版集团
重庆出版社　出版

（重庆市南岸区南滨路162号1幢）
三河市嘉科万达彩色印刷有限公司　印刷
重庆出版集团图书发行公司　发行
邮购电话：010-85869375
全国新华书店经销
开本：850mm×1168mm　1/32　印张：12.25　字数：205千
2024年12月第1版　2024年12月第1次印刷
定价：59.80元

如有印装问题，请致电023-68706683
版权所有　侵权必究

谨

以本书

献给每一个

雅兹迪人

目录

前言 008

第一部

第一章	015
第二章	028
第三章	043
第四章	054
第五章	067
第六章	078
第七章	087
第八章	098
第九章	110
第十章	122

第二部			第三部		
	第一章	129		第一章	257
	第二章	139		第二章	270
	第三章	149		第三章	282
	第四章	159		第四章	289
	第五章	173		第五章	300
	第六章	180		第六章	313
	第七章	193		第七章	321
	第八章	205		第八章	332
	第九章	211		第九章	340
	第十章	223		第十章	348
	第十一章	233		第十一章	364
	第十二章	246			

尾声 374

前言

娜迪亚·穆拉德不只是我的客户,她还是我的朋友。我们在伦敦相识,她问我是否能够做她的律师。她向我解释说,她提供不了报酬,而且她委托我的案件涉及广远,并且胜诉的机会渺茫。然后她告诉我,在我决定之前,可以先听听她的故事。

2014年,"伊斯兰国"袭击了娜迪亚在伊拉克的家乡,她当时还是一个21岁的学生,但因为"伊斯兰国",她的生活几乎被破坏殆尽。她目睹自己的母亲和兄长被"伊斯兰国"押走处死,而她自己则被作为女奴,不断被转卖给"伊斯兰国"的武装分子。她被迫改信伊斯兰教,被迫穿上外族人的服装,梳妆打扮,供武装分子奸淫取乐。有一天她甚至遭到一群武装分子的轮奸凌虐,几乎丧失意识。她给我看了她身上被香烟烫伤的印迹,还有被毒打之后留下的疤痕。她还告诉我,每一个她遇到的"伊斯兰国"恐怖分子都称呼她为"肮脏的异教徒",并且无时无刻不在夸耀对这些雅兹迪女性的肉体征服,号称要将雅兹迪人的宗教从这个世界上彻底抹杀。

"伊斯兰国"曾经绑架过数以万计的雅兹迪女孩,并且将她们放在奴隶市场以及脸书上贩卖,娜迪亚就曾是其中之一。"伊斯兰国"对某些女孩仅仅开价20美元,就将她们随意转卖出去。娜迪亚的母亲则死在"伊斯兰国"的枪口之下,被埋在了一个乱葬岗里,一同遇难的还有约80名老妇。娜迪亚的6个哥哥也被"伊斯兰国"处决,那些恐怖分子当天杀害了数百名雅兹迪男人。

娜迪亚所描述的这一切,完全就是种族屠杀,而种族屠杀行为的发生,绝对不会出于偶然。种族屠杀是一个需要缜密计划的行为。在实施种族屠杀之前,"伊斯兰国"的"研究和教法部"就曾研究过雅兹迪人,并且得出结论,认为雅兹迪人是一个操库尔德语、没有宗教经典的民族,因此是异教徒,而根据"伊斯兰国"的教义,奴役异教徒是"伊斯兰教法明确支持的行为"。因此,在"伊斯兰国"那套扭曲的宗教伦理观看来,和基督徒、什叶派穆斯林以及其他宗教信徒不同,雅兹迪人并非"有经人",因此可以供他们肆意强暴虐待。"伊斯兰国"深知,强奸是摧毁雅兹迪民族最有力的武器。

"伊斯兰国"是一台组织精密的邪恶机器。他们甚至出版过一本叫作《战俘和奴隶问题解答》的小册子,详细阐明了他们的"政策"。"问题:是否可以和未成年的女奴性交?回答:如果女奴未成年,但身体状况适合性交,就没有问题。问题:是否可以转卖女奴?回答:购买、出售或者转赠女奴都是可以的,女奴的地位等同于财产。"

娜迪亚在伦敦向我讲述她的故事的时候,"伊斯兰国"对雅兹迪人的种族屠杀已经持续了将近两年之久。成千上万的雅兹迪妇孺仍然被"伊斯兰国"关押囚禁,却没有一个"伊斯兰国"分子在世界上任何一个法庭被宣判有罪。他们罪行的证据要么遗失,要么被有意摧毁。雅兹迪人伸张正义的诉求看上去非常遥不可及。

然而我义无反顾地接下了她的委托。我和娜迪亚花了一年多的时间四处奔走宣传,为雅兹迪人争取正义。我们和伊拉克政府、联合国代表、联合国安理会成员国的相关人员以及其他"伊斯兰国"的受害者见了很多次面。我起草了调查报告,草拟了起诉书和案件分析,并且发表了很多次演讲,呼吁联合国对此作出反应。与我们见面的大多数人都对此并不抱有什么希望,联合国安理会已经很多年都没有对国际人权案件采取行动了。

不过,就在我撰写这段前言的同时,联合国安理会通过了一项具有里程碑意义的草案,将会组织一支调查队收集"伊斯兰国"在伊拉克战争中所犯罪行的证据。对于娜迪亚还有所有的"伊斯兰国"受害者而言,这都是一次重要的胜利,因为这意味着,从今往后，所有"伊斯兰国"暴行的证据都将得到保存，并且"伊斯兰国"的成员也将会受到法律指控。安理会经过表决，一致通过该草案的时候，我就坐在娜迪亚的身边。望着15名安理会成员国代表全部举手赞同的场面，我和娜迪亚相视一笑。

作为一名人权律师，我的工作就是要为那些被迫沉默的人奔走发声，比如那些被投入监狱的记者，以及遭受战争罪行荼毒的受害者们。我在法庭上为他们的诉求进行辩护，保卫着他们的希望。"伊斯兰国"拐走并奴役了娜迪亚，并且对她进行了强奸和折磨，还在一天之内杀害了她的6个哥哥，毫无疑问，他们在犯下这些罪行的时候，一定曾强迫娜迪亚保持沉默。

然而娜迪亚拒绝逆来顺受。她拒绝接受命运给她贴上的诸多标签——孤儿、强奸受害者、奴隶、难民。与此同时,她为自己争取到了许多新的身份——幸存者、雅兹迪领袖、女性权益活动家、诺贝尔和平奖提名人、联合国关注人口贩卖幸存者尊严的亲善大使。如今,她又成了一名作家。

在我认识她至今的这段时间里,娜迪亚不仅找回了自己曾经被强迫缄默的声音,也成为所有遭受种族迫害的雅兹迪人的代表。她象征着每一个遭受虐待的雅兹迪妇女,象征着每一个流离失所的难民。

那些妄图通过暴力让她安静的人都犯了一个大错。娜迪亚·穆拉德的灵魂永远不会屈服,她的声音也永远不会被抹杀。这本书的问世,反而会令她的声音更加响彻世界。

阿玛尔·克鲁尼,律师
2017年9月

第一部

第一章

我出生在伊拉克北部一个名叫科乔(Kocho)的雅兹迪人小村庄，直到不久前，我还坚信自己会一辈子住在那里。2014年初夏，就在我正忙着准备上高中最后一年的时候，村口有两位农民突然音讯全无。他们本来正悠闲地在自家的粗油纸帐篷下休息，转眼间便被绑到附近一个逊尼派村庄的小屋里关押了起来。绑匪们不仅抓走了人，还顺手带走了一只母鸡和几只鸡雏。我们村里的人都对此感到疑惑不解。我们互相安慰道："也许他们只是饿坏了。"但没有多少人真正相信这个说法。

从我出生的时候起，科乔就一直是一座属于雅兹迪人的村庄。最早来这里定居的是从别处迁徙而来的农民和牧羊人，为了方便外出为羊群寻找牧草，他们在科乔建造起了住所，供他们的妻儿抵御室外沙漠般的酷热气候。他们找到了一片可资耕耘的良田，但它坐落的位置并不令人安心——那里正好位于伊拉克最大的雅兹迪人聚居区辛贾尔地区的南缘，并且也离非雅兹迪人的地区十分接近。20世纪50年代中期，最早一批雅兹迪人移民到此的时候，居住在科乔的大部分人还是给摩苏尔的地主们种田的逊尼派农民。然而雅兹迪人雇了一名穆斯林律师，将科乔的地皮全数盘了下来——这名律师甚至还因此成了雅兹迪人交口称颂的大功臣。时光流转，等到我出生的时候，科乔的人口已经发展到了两百多户，家家户户都是雅兹迪人，鸡犬相闻，亲如一家。

然而，这片让我们安居乐业的土地，也同时将我们置于危险之中。数个世纪以来，雅兹迪人因为宗教信仰的原因而饱受迫害，而且相比大多数雅兹迪村庄和城镇，科乔的位置较为偏远，狭长的辛贾尔圣山世世代代庇护着那里的雅兹迪人，但我们则孤悬于外。伊拉克的逊尼派阿拉伯人和库尔德人将科乔看作争夺的对象，一直要求我们放弃雅兹迪人的传统，向阿拉伯人或者库尔德人的身份靠拢。直到2013年科乔通往辛贾尔山的公路通车之前，我们开家里的白色日产达特桑皮卡，得沿着穿过辛贾尔城尘土飞扬的小路折腾将近一个小时，才能到达圣山的山脚下。总而言之，我成长的地方，离圣地和安宁太远，离叙利亚和摩苏尔又太近。

每次坐车去圣山都是快乐的回忆。辛贾尔城有糖果，还有一种科乔没有的羊肉三明治。我的父亲也几乎总是会在那里停车，让我们买自己想要的东西。我家的皮卡车发动时总要搅起漫天的尘土，但我总是喜欢躺在驾驶厢外的货床上，等到车子载着我们出了村子，离开了好奇的邻居们之后，再坐起身来，一边让迎面吹来的风拂过我的头发，一边望着沿路吃草的牲畜们呼啸而过的掠影。这些乐趣常常会使我开心得忘乎所以，我总尝试着在后车越站越直，直到我父亲或是我的长兄埃利亚斯叫住我，警告我如果不小心就会飞出车去之后才作罢。

而在圣山的祥和与羊肉三明治的另一头，则是伊拉克的大千世界。在和平年代，一名雅兹迪商人如果不着急赶路，从科乔开车出发15分钟，就可以到最近的逊尼派村庄售卖他的粮食和牛奶。

我们在逊尼派的村庄有很多亲朋好友：在婚礼上认识的女孩子；整个学期都在科乔的学校睡大觉的教师；还有在雅兹迪家庭举行割礼的时候被邀请来抱紧孩子的男人们，他们通常都会成为那些孩子的"基里夫"——类似西方人的教父；在我们生病的时候会来科乔或者去辛贾尔城给我们治病的穆斯林医生；开着车在雅兹迪人的镇上叫卖裙子和糖果的穆斯林商人，因为那些东西并不会摆上科乔村里那几间大多只卖生活必需品的商店的货架。等到我们年纪稍长，我的兄弟们便会经常去非雅兹迪人的村庄打打杂工，挣点小钱。尽管我们和穆斯林之间的关系仍然被数个世纪之久的不信任影响——雅兹迪婚宴上的穆斯林宾客会非常礼貌却无比坚决地谢绝东家的食物，而一些上了年纪的雅兹迪人会因为阴谋下毒的传闻而不吃穆斯林的食品，诸如此类的事情都确实地发生在我们的身边——但我们和穆斯林仍然拥有着真切的友谊。我们世世代代都有着紧密的联系，从奥斯曼帝国到英国殖民，从萨达姆当政到美国人占领，都未曾间断，而科乔与逊尼派村庄的友好关系，尤为人所熟知。

然而伊拉克似乎总有打不完的仗。每当战火燃起，那些逊尼派村庄便成为笼罩在我们这些雅兹迪邻居头上的阴影，固有的偏见也能轻易地被转化为仇恨，仇恨则通常带来暴力。伊拉克从2003年起被卷入和美国的战争，并且逐渐陷入小规模武装冲突以及由此演化而来的恐怖主义的泥潭，我们与逊尼派村庄之间的隔阂起码从10年前起就开始出现，并且愈演愈烈。邻近的村庄开始收留极端主义者,他们敌视基督教徒和非逊尼派的穆斯林,更糟糕的是,他们将雅兹迪人看作理当被清除的不信者。2007年,一伙极端主义者开着一辆油罐车和三辆汽车进入了科乔东北约10英里的两座雅兹迪城镇的市中心,那里的居民以为是供应当地集市的运货车赶到,便蜂拥而至。极端主义者随即引爆车辆,数百人丧生。

雅兹迪人的宗教是一种古代的一神教信仰,千百年来通过负责记叙的神职者口耳相传,以逮后世。尽管它和中东许多其他宗教都有共通之处,诸如密特拉教、拜火教、伊斯兰教和犹太教等,但雅兹迪人的宗教仍然非常独特,并且它极为复杂,甚至那些负责传承的神职者有时也难以解释清楚。我所理解的雅兹迪宗教就像是一棵古老的树,开枝散叶,不可胜数,而每一枝、每一叶,都代表着雅兹迪人悠久历史中的一段故事。很遗憾的是,这些故事中的绝大部分,都是悲剧。

今天全世界总计仅有100万雅兹迪人。从我出生很久以前开始,我们雅兹迪人就是通过宗教确认自己的身份,并且团结成一个群体的。但我们的宗教同时也使我们成为其他更大的势力眼中必须镇压的异类,奥斯曼人或者萨达姆的复兴党,莫不如是。他们侵略我们,或者企图胁迫我们服从。他们污蔑我们的宗教,宣称我们崇拜恶魔或者不净,并勒令我们放弃自己的信仰。雅兹迪人长久以来遭受了无数以消灭为目的的迫害,有些时候是肉体消灭,有些时候是强制改变信仰,有些时候则纯粹是把我们从故土上踢走并占有我们所拥有的一切。截至2014年,外部势力试图清除雅兹迪人的行动已经有73次。我们曾经用过一个奥斯曼词语,管雅兹迪人所受到的压迫叫"费尔曼"(原出土耳其语ferman,波斯语farman,本义为"敕令""法令"。奥斯曼历史上曾在行省层面上颁布法令,组织对雅兹迪人的清剿行动,故名。——译者注),后来我们才知道,世上还有一个更贴切的词,叫种族清洗。

当我们听到绑匪提出的赎金要求时,整个村子都陷入了恐慌。绑匪在电话里通知两名农民的妻子:"要么拿出4万美元,要么带着孩子过来,全家皈依伊斯兰教。"绑匪还说,如果不照做,那她们的丈夫性命难保。两人的妻子在我们的村长老艾哈迈德·贾索面前瘫坐在地,失声痛哭。使她们如此绝望的并非赎金的要求——4万美元当然是个天文数字,但即使是天文数字,也不过是钱而已,而我们都心知肚明的是,那两位农民肯定宁愿引颈就戮也不会叛教。当被绑的两人某天深夜破窗出逃,在大麦田里一路狂奔,最后双腿泥泞且毂觫不已地出现在自家门口时,整个村子都因为他们的生还喜极而泣。然而绑架并没有就此而止。

没过多久,我们塔哈家雇佣的一个长工迪山,在替我们看守羊群的时候被人从辛贾尔山附近的一片田地绑走了。我的母亲和兄弟们花了好几年的时间购买羊只并把它们繁衍成羊群,每一只羊对我们而言都是珍贵的胜利。我们为拥有这些羊而感到无比自豪,它们不在村外溜达的时候,我们就把它们关在自家院子里,几乎像对待宠物一样关照着它们。每年的剪羊毛就像是一场庆典,柔软的羊毛轻轻落在地上,堆成万卷白云;麝香的味道则飘散在空气中，笼罩着我们的屋子；羊在四周安静而温顺地叫着。这一切之中点点滴滴的仪式感，使我沉浸其中。我母亲莎米用羊毛填在五彩斑斓的布料里，给我做成我最喜欢的羊毛被。有时我是如此喜欢一只小羊羔，等到它要挨宰的时候，我得离开家才避免目睹它的惨状。迪山被绑之前，我们有一百多只羊——对我们来说，这可是一笔不大不小的财富。

我的兄弟赛义德想起了同村人被偷走的鸡，急忙开着家里的皮卡，沿着新铺的水泥路，花了20分钟赶去辛贾尔山，检点我家的羊。剩下的家人则已经开始哀叹："他们肯定把羊都带走了，那可是我们全部的财产啊。"

赛义德晚些时候打电话给我的母亲通报消息，他听上去有些摸不着头脑："只有两只羊不见了。"原来他去看时，除了一头上了年纪，走路慢慢吞吞的牡羊，还有一只小羊羔以外，剩下的羊都安详地在微微泛黄的草地上吃着草，也都乖乖地跟着赛义德回了家。全家瞬间如释重负，重新有说有笑起来。唯有我的长兄埃利亚斯面有忧色："那些逊尼村子里的人并不富裕，为啥放过了我们家的羊？"他总觉得其中另有玄机。

迪山被绑走次日，科乔村自然乱成了一锅粥。村民们大多畏缩在自家院里，村里的几个志愿者则在村栅外轮流把守一个新辟的关卡，全村人提心吊胆，警戒着往来的一切陌生车辆。村子里的一些男人们大声争论着如何应对这样的事态，我的一个兄弟赫兹尼也在其中——他原是辛贾尔城的一名警察，当时正休假在家。

迪山的叔父主张带几个人去科乔东面一个保守派逊尼村庄进行报复，他怒不可遏地宣称："我们这就去那里绑他们两个羊倌，逼他们把迪山放了！"

这个想法有些过于莽撞，村子里也不是所有人都支持迪山的叔父。我的兄弟们虽然和我父亲一样热血好斗，但在这件事上也莫衷一是。比我只大两三岁的赛义德整天都想着找机会证明自己是个男子汉，自然支持报复行动；而比我大十几岁的赫兹尼性情温和而有同理心，认为贸然报复风险太大。然而迪山的叔父最后还是召集了愿意跟随他的村民，从那个逊尼村子里绑来了两名阿拉伯放羊人。他开车将这两人运回了科乔，锁在了他的家里，等待回应。

**

科乔村里若是起了什么争执，村民历来都交给我们明察秋毫、洞晓人事的长老艾哈迈德·贾索做决断。这一次，他赞同赫兹尼的看法："我们和逊尼派邻居的关系已经很紧张了，要是我们和他们开战，天知道他们接下来会做出什么事来。"长老还警告我们说，科乔村外的形势远比我们想象的更复杂，也更恶劣。一个自称"伊斯兰国"的团体，最早在伊拉克这里初建，最近几年又在叙利亚发展壮大，如今已经控制了我们附近的村庄。他们离我们咫尺之遥，我们甚至能在他们的卡车驶过的时候，数清车里有几个全身黑衣的人影。长老说是这些人绑走了我们的放羊人，他又告诉迪山的叔父："你这么做只会越弄越糟。"结果，那两个逊尼放羊人被绑来村里之后不到半天,村民就把他们给放了。然而迪山还是音讯全无。

长老艾哈迈德·贾索不仅自身是个聪明而富有手段的人,而且贾索家族几十年以来都和逊尼派阿拉伯部族打交道,他在这件事上的经验也是无人能及的。科乔村里的大小难题都需要请他解决,而在村子以外,贾索也有长袖善舞、善于斡旋的名声。可即使如此,村里也有人怀疑这一次长老是否过于迁就阿拉伯人,会不会让那些恐怖分子认为我们雅兹迪人无力自保。科乔村面对"伊斯兰国"实际上几乎不设防,唯一可以仰仗的屏障便是号称"敢死军"的伊拉克库尔德民兵武装。他们是将近两个月前摩苏尔陷落后从库尔德自治区调来驻守科乔的,在科乔村里深得民望。他们睡在我们学校里的草垫子上,村里的家家户户尽管都入不敷出,也会每周轮流宰一只羊劳军。我也非常崇敬这些战士,我还听说有叙利亚和土耳其来的库尔德女兵枕戈待旦,抗击恐怖分子,只要想到有她们的存在,我就能多出几分勇气。

包括我几个兄弟在内的一些村民觉得有必要靠自己的力量保卫村庄,他们自告奋勇地去把守关卡。艾哈迈德·贾索的兄弟纳伊夫为此还游说库尔德政府,希望组织一支由雅兹迪人组成的民团,但他的提议石沉大海。没有人愿意对雅兹迪人进行军事训练,也没有人鼓励雅兹迪人参与对抗恐怖分子的战斗。科乔的民兵战士向我们保证,只要他们驻守在此,我们就可高枕无忧。他们还说他们会像保卫伊拉克库尔德斯坦的首府那样保卫我们雅兹迪人。

他们说:"就算埃尔比勒陷落,我们都不会让辛贾尔落入敌手。"他们希望得到我们的信任,我们也相信他们。

不过,即使我们相信他们的承诺,科乔村大部分家庭都还是保有武器的,像是有些笨重的卡拉什尼科夫步枪,或是通常在节庆时用来宰牲的一两把大刀等。包括我成年的兄弟在内,许多雅兹迪男人在2003年后响应政府募集,加入了边境守卫和警察部队。我们都相信,有了这些职业军人和警员在科乔村戍守,其余的雅兹迪男人们就能够在家保卫自己的妻小。说到底,2007年科乔村被袭击之后,亲手修起土质村栅的是科乔村的男人;接下来一整年日夜警戒巡逻,扼守简易关卡,盘查往来车辆行人,保证我们每日生活足够安全的也是科乔村的男人,而并不是那些民兵。

眼下我们都正为迪山的被绑而心急如焚,可民兵们并没有一点伸出援手的意思。或许在他们眼里,这件事不过是两个村子间鸡毛蒜皮的小争执,他们可是奉库尔德地区政府总统马苏德·巴尔扎尼之命,从安全的库区(库尔德地区的简称——译者注)调来驻守这片伊拉克数一数二凶险的地区,对我们的担忧恐怕无暇顾及;又或许是他们面对恐怖分子,其实也会感到不安和恐惧——民兵部队里有一些战士,看上去比我家最年轻的男丁赛义德也大不了几岁。不过战争终究是会改变一个人的,男人们尤其如是。不久前赛义德还是个虎头虎脑的小男孩,总在院子里吵着要和我,还有我们的侄女凯瑟琳一块儿玩洋娃娃;可如今,伊拉克和叙利亚大地上绵延不绝的暴力冲突已经不可避免地占据了他的生活。

有一天我看到他在手机上看"伊斯兰国"斩首的视频,不仅如此,他甚至还举起手机来,好让我也看见屏幕上那摇晃不已的场景。年长的哥哥马苏德在屋里撞见我们俩时大发雷霆,训斥赛义德:"你怎么能让娜迪亚看那种东西!"赛义德缩在角落里,不敢出声。我知道他并非恶意,毕竟那么恐怖的事情发生在离我们的家园如此之近的地方,任谁都无法装作无动于衷。

想到我们家的放羊人正身陷囹圄,赛义德手机视频里的血腥场面就浮现在我脑海中,迟迟挥之不去。"如果民兵们不帮我们救回迪山,我必须靠自己做点什么。"我这样想着,一路小跑进了家门。我虽然是家里11个孩子中的老幺,还是个女孩,但我平日里就心直口快,有一说一,更别提此时迪山的遭遇正使我义愤填膺,浑身多了一股子不知哪来的勇气。

我们家的房子在村子的北边,是一排用走廊串在一起的泥砖平房,外观仿佛项链一样。房外则是一片很大的泥巴院子,里面有一间菜园,一架叫作"坦多尔"的烤面包炉,经常还有家里养的羊和鸡。房子里住着我,我的母亲,我8个哥哥中的6个,我的两个姐姐,还有我的两个姐夫以及他们的孩子们;不远处的另一座房子里则住着我的另外两个哥哥,我同父异母的兄弟姐妹们,还有几乎所有的叔婶和表亲。房子每到冬天,屋顶总要开裂,漏进雨水;而一到夏天,屋里则定会热得如烤箱一般,逼得我们每夜都得上到楼顶才能睡觉。要是楼顶有一块破了,我们就从马苏德的修理店里淘几块废铁补上;要是屋里的空间不够了,我们就自己动手搭出一块来。那时我们全家正存着钱，打算建一所更耐用些的新水泥房子，家里人都省吃俭用，眼看着已是聚沙成塔。

我从前门进了家，奔向我和其他女孩子同住的房间。我对着房间里的一面镜子戴上了一块白色的头巾——原本我只有在下地种菜时才会戴上它，好让我的头发不至于遮住我的眼睛。我望着镜子里的自己，试着想象自己是个战士，思考着要为战斗准备些什么。我在家也已务农多年，力气其实比我看上去的样子要大得多，可我终归不知道，如果某天要是见到了那些恐怖分子（或者从他们村庄里来的人）开车到科乔的话，我该如何行动。比如说，我该怎么向他们喊话？我试着对着镜子练习横眉冷对的样子，拿着严肃的腔调说话："恐怖分子把我们的放羊人绑去了你们的村子。你们应该阻止他们的。起码现在你要告诉我们他被关在哪里。"练得差不多了之后，我从院子的一角捡了一根形状像牧杖的木棍，又悄悄回到前门去。我的几个哥哥和我的妈妈在低声商量着什么，一点都没注意到我出现在他们的身边。

几分钟后，从绑架者们的村庄方向开来一辆白色的皮卡，车前车后各坐着两个人，我依稀记得他们是那个逊尼村子里的阿拉伯人。我们盯着这辆皮卡沿着满是泥泞的大路开进科乔村里蜿蜒的土路。那皮卡车速很慢，仿佛对科乔村全无忌惮。照理说，他们若是要去辛贾尔或者摩苏尔那样的大城市，走科乔村外的公路便能直达，如今开进村子里，多半是来者不善，带着挑事的意味。我见状直接从家人的身后闪出，奔到路中间堵住卡车的去路，一边挥着木棍虚张声势,一边大声喝道:"停车!说!迪山在哪里!"

全家出动了一半的人才堪堪把我拉了回来。埃利亚斯责备我道:"你要干什么?你想袭击他们吗?难道你还要砸他们的车窗玻璃吗?"他和几个别的兄姊刚才正在地里收洋葱,浑身还带着刺鼻的气息。在他们眼里,我解救迪山的想法就像三岁小孩儿一般幼稚。我的妈妈也对我竟然跑到路中央去生气不已,放在平日,她或许也不会过多责备,甚至有时还会拿我打趣,可眼下不比平日,每个人的心都提在嗓子眼,别说我这样年轻未婚的女孩子,就是大人们也没一个敢妄生是非,以免飞来横祸。"过来坐好,娜迪亚。"我妈的声音里透着威严,"你这么做很不应该。这是男人们该管的事儿,你不许插手。"

日子还得接着过。伊拉克的人们,尤其是雅兹迪人和其他少数民族,都很善于在重重危险的夹缝中生存。在一个每天都有分崩离析之虞的国家里,一个人要是想过上相对比较正常的生活,就必须学会小心权衡,善作取舍。为了活下去,有时我们只需要放弃一些相对次要的东西,比如梦想——我们会调低对于未来的期望,不再奢望能在学校读完书,能过上不需要辛苦种地的生活,或是等到适龄之后再结婚,等等。其实最初我们也心知肚明,这些对我们而言都只是虚无缥缈的海市蜃楼;而有时我们则会悄无声息地被周遭的世界磨成陌生的样子,比如我们会渐渐疏远学校里的穆斯林学生,又比如若是村子里来了一个陌生人,我们就会条件反射般地感到害怕,缩在家中不敢露头。我们在电视上看了许多有关恐怖袭击的新闻，逐渐开始为政治忧虑，可后来我们为了保全自己，又学会了绝口不提政治。

每次有恐怖袭击发生之后，科乔村的泥巴栅栏外就会多一批新调来的民兵。起先新来的战士们还只是出现在村西头面向叙利亚的一侧，结果有一天我们醒来后突然发现，整个村子都被守卫的民兵围了起来。饶是如此，科乔村的人也并不能安心，村子里的男人为此还沿着村界挖了一道壕沟。

我们雅兹迪人世代以来都学着适应外界细碎的苦恼和不公，因此都已变得对这些事麻木无感。我总想，也许第一个被他人斥为食物不清真的雅兹迪人遇到这种侮辱，恐怕还会感到错愕不已，可这种事在如今已是稀松平常，人人都能接受得了。即使现在雅兹迪人正面临又一次种族清洗的威胁，我们也强行说服自己装作不以为意，但在每个雅兹迪人的内心深处，旧伤新痕难免隐隐作痛。

我没有能打探出迪山的下落，只能和我的兄姊们回到洋葱地里干活。起码在洋葱地里，一切都还如往常一样。数个月前种下的洋葱如今已经长熟，我们指望不上别人，只能自己动手收获，毕竟这是我们一家的生计，吃穿用度都得指望着把这些洋葱卖个好价钱。我们在绿色的新芽边跪成一排，将洋葱的球茎两三个两三个地从泥里拔起，收在塑料编织袋里，等它们熟透，就拿去集市上卖。我们心里琢磨："今年我们还会把这些洋葱卖到穆斯林村子吗？"可没有人知道答案。这时有人在地里拔出一串黑色的已经烂了的洋葱，带出一阵恶臭的气味，呛得我们叫苦连连。所有人只能一边捏着鼻子,一边继续收洋葱。

洋葱地里的劳作我们早已熟习,于是彼此之间偶尔还可以聊些闲话,逗个乐子,互相讲点每个人都已听过无数次的老掉牙故事。我的姐姐,家里的开心果艾德琪,向我描述起那天早些时候我追那辆皮卡车的模样:一个骨瘦如柴的小村姑,头上披着已经垂在眼前的头巾,高举着一根木棍不停地挥。这副模样着实滑稽得很,每个人都笑得几乎摔倒在地上。

两周之后,"伊斯兰国"占领了科乔和辛贾尔大部。那时我们才知道为什么当时他们会偷我们的家畜——那只母鸡,那些小鸡,还有我家的两只羊。"伊斯兰国"进村之后,把科乔的合村老小都赶到了村中学的楼里。其中一名武装分子向村里的几个妇女解释了他们的行为:"你们都以为我们的到来毫无预兆,但其实我们事先已经给了你们警告。我们拿走母鸡和小鸡,是告诉你们我们要抓走你们的女人和小孩;我们拿走的那匹老羊,是象征着你们村里的长老;我们宰了那只羊,是告诉你们我们准备除掉这些人;至于那只小羊羔,象征的是你们的女孩。"他说这些话的时候,他的枪在身侧轻摇着。

第二章

我的母亲爱我,但最初她并不想生下我。她怀上我前的几个月,为了买避孕药拼命地攒钱——有时是她步行很远去集市省下的一点车钱，有时则是她卖番茄时讨价还价抠下来的几分薄利，诸如此类。她是绝不敢在我父亲面前提"避孕药"这三个字的。雅兹迪人不和教外的人通婚，也不向教外的人传教发展信徒，唯有通过多生多育才能保证我们不会有朝一日彻底绝迹；此外，一个家庭要是孩子越多，就可以有越多的人分担地里的劳作。我的母亲设法连着买了三个月的避孕药，直到花完了她存的钱才作罢。几乎是同时，她怀上了她的第12个，也是最后一个孩子——我。

我的父亲结过两次婚，结发妻子不幸早亡，留给他4个孩子。我父亲为了找个女人照料他们，娶了我的母亲。我的母亲出生在科乔村一个贫穷而又对宗教极为虔诚的家庭，生得美丽动人；而父亲当年颇有田产禽畜，在科乔村里已是富户，所以当他去我母亲家提亲时，我的外公很爽快地答应了这门亲事。于是我母亲在不到20岁的年纪，连做菜都还不会，便嫁作人妇，不仅一下成了4个孩子的继母，自己也很快怀上了新的孩子。她没念过书，目不识丁。

和许多母语是库尔德语的雅兹迪人一样，她不会说阿拉伯语，几乎没办法和村外来参加婚礼或者做生意的阿拉伯村民打交道。甚至连我们雅兹迪人自己的宗教故事，她也只是一知半解。然而她硬是一肩扛起了身为农民妻子的无数重担——她生了整整12个孩子，并且除了生我的双胞胎哥哥萨乌德和马苏德那一回，几乎从没去过医院，一直都是在家里分娩。可在雅兹迪人的眼里，女人不仅要能生能养，还得能上山劈柴，下地插秧，自己开拖拉机，除非临盆,否则一刻都不得休息,甚至连刚生完孩子的女人,也得抱着自己的娃接着干农活。

我父亲是科乔村里有名的老派雅兹迪男人,恪守传统,信仰坚定。他把自己的头发编成一根根长辫,头上也常年裹着传统的白头巾。每当村里来了吹笛打鼓、吟曲诵经的游方乐人,我父亲也常常会和几个村民前去迎接他们。在村里的集会所里,我父亲也常常代表其他男人们,在宗教或者世俗的问题上请求长老的意见,在村里颇有地位。

我父亲平生最恨不平之事,疾恶如仇,又因为他是个最为仗义之人,往往会为弱者拔刀相助。与他相熟的村民们常喜欢回味他的那些英雄事迹——有一回,我们的长老艾哈迈德·贾索被附近一个部族绑走,险些遇害,多亏我父亲营救才逃出生天;还有一回,有一个逊尼派族长的马厩里跑了几匹值钱的阿拉伯马,却发现科乔村的一个贫穷农夫哈拉夫正骑着一匹在附近的田地里晃悠,便要找他算账。我父亲靠着一把手枪,帮哈拉夫解了围。

我父亲的朋友在他去世后告诉我们:"他总想做仗义的事情。就像有一回,一个逃离伊拉克政府军的库尔德兵跑到你家,他明知政府的警察正在搜捕此人,可仍然收容了他,并且留他在自家睡了一宿。"后来那个库尔德兵被上门的警察逮住时,我父亲也差点跟着坐牢,可他说服了警察放过自己。他告诉警察:"我帮他不是因为什么政治,我帮他是因为他也是人,我也是人,我不能见死不救。"警察们就放了我父亲。"谁想得到他救的人是马苏德·巴尔扎尼的一个朋友!"我父亲的朋友们过了这么多年,仍然对他当时的奇遇啧啧不已。

我父亲从不欺负弱小,但他也从不怕事。多年前农田里一场冲突使得他半边失明,一只眼眶里只剩下一颗萎缩而浑浊的眼球,样子像我小时候玩的弹珠子一样。这也使得他看上去就不是一个好对付的人。我常想,如果"伊斯兰国"占领科乔村时我父亲还活着的话,他一定会拉起一支人马反抗那些恐怖分子的。

1993年我出生的时候,我的父母关系早已疏远,而我母亲也日日经受着痛苦的折磨。她曾告诉我说,我父亲前任妻子的长子几年前在两伊战争中战死之后,家里就没有再过上一天好日子。我父亲那段时间曾带另一个名叫萨拉的女人回家,还纳她做小。如今那女人和她的孩子们住在我家另一侧的一间房子里——在我母亲眼里,那房子从来都应该是她自己的。一夫多妻制虽然并不触犯雅兹迪人的规矩,但终究不是一件体面事,科乔村里要是有人娶妻后再纳妾,大抵要被同村人戳脊梁骨。不过村子里没有人站出来指责过我的父亲。他迎娶萨拉的时候,已经拥有了一大片土地和许多只羊,当时正值两伊战争,在经济制裁和战火的双重压力之下,他急需添人进口才能渡过难关,而要我的母亲接着生育,实在是强人所难。

我没有办法指责我父亲娶萨拉这件事。毕竟,要是我们家一年种不出足够数量的番茄,或者腾不出足够的人手去寻找好的草场放羊,全家人的生计都将无以为继。在这种情况下,我父亲想要娶二房生更多的孩子,实为生活所迫,也是可以理解的。不过后来我才发现父亲另娶妻子的动机并不单纯,他把我母亲和我们这些孩子都逐出家门,赶到我家房后的一间小屋里住,钱粮田地一概不给。我知道我父亲爱萨拉远胜过爱我的母亲,我也知道我的母亲自从父亲把别的女人带回家的那一刻起,已经彻底对他死了心。我们被赶走后,她常会对我和我的两个姐姐迪玛尔和艾德琪说:"上天保佑,你们以后可别像我一样受苦。"至于我,我希望长大了以后能和我母亲变得一模一样,可我也不想被人无情抛弃。

我的哥哥们可不像我们姐妹几个那么愿意体谅父亲。马苏德曾经火冒三丈地指着我父亲大喊:"神一定会惩罚你的!"不过即使是他们也承认,安排我母亲和萨拉各住各家,不让她们在父亲面前争风吃醋,还是让大家的日子都稍微平静了一些。几年以后,她们两个也渐渐学会了与对方和平共处。科乔村并不大,我们几个和父亲还有萨拉难免低头不见抬头见。我每天去小学上课的路上,也都得路过我母亲当初生下我的、如今却属于父亲和萨拉的那间房子。上学路上总有许多狗跑来跑去,但只有他们家的狗见了我不会叫,因为它还认得我。

我们甚至还会和父亲他们一块去度假,坐他的车去辛贾尔城或者进山里。2003年,我父亲得了一回心脏病,我们眼睁睁地看着他从一个身体强健的壮年男人眨眼之间变得只能枯坐在医院的轮椅上,满身是病,老弱不堪。他几天后就去世了,我们都觉得与其说他是没熬过心脏病,更可能是他无法接受自己突然老不中用的现实。马苏德开始后悔对他大喊大叫。他原本以为父亲坚强得很,什么事情都是可以扛下来的。

我母亲在信仰上非常虔诚,笃信征兆和托梦——很多雅兹迪人都靠这些东西占卜吉凶。每到新月高悬的时候,我母亲一定会在院子里点起蜡烛。她跟我解释过:"这个时候小孩子们最容易生病或者走霉运,我得祈祷你们能平平安安。"

我的胃一直不好,犯胃病时,我母亲就会带我去找那些雅兹迪行脚医,他们会给我一些草药和茶,尽管我十分讨厌那些东西的味道,我母亲也会督促我服下去。若是村里有人过世,她就去找村里的神汉,确认死者已经安然离开人间,进入来世。我们雅兹迪人都会去伊拉克北部的拉里什山谷里朝圣,因为那里有我们最神圣的神庙,而大多数朝圣者在返程前都会采一撮那里的泥土,保存在口袋或是钱包里当护身符,而我的母亲日夜贴身带着那些土,哥哥们离家参军之后更是片刻不离身。她常说:"娜迪亚,他们在外面太危险了,能保佑他们一点是一点。"

母亲不但虔诚,也十分勤劳肯干,即使时世艰难,也努力让我们能生活得好一些。雅兹迪人在伊拉克算得上是最贫穷的群体,而我家在科乔村都难称富裕,我的父母分居之后更是不如以往。我的哥哥们经年以打井为生,不仅得徒手刨坑,还得小心翼翼地在潮湿且充满硫黄的地底下作业,以免断了骨头;除此之外,他们和我的母亲还有姐姐们也会去别人的田里帮工,采收番茄和洋葱,从别人卖菜的利润里换来一点点微薄的酬劳。我10岁以前,几乎从未在晚餐桌上见过肉，都是靠煮菜过活；而我的哥哥们曾说，他们穿的旧裤子除非是破烂到露出整条腿来，不然是绝不会买新的来换的。

靠着母亲的打拼，以及2003年后伊拉克北部的经济复苏，包括我家在内的雅兹迪人的生活渐渐得到了改善。伊拉克政府和库区政府征募边境守卫和警察部队时，我的哥哥们都应征入伍。当兵是个危险的差事——我的哥哥贾洛加入了一支警察小队，负责保卫塔勒阿法尔机场的安全。伊拉克战争的第一年，许多人都战死在了那个机场。然而当兵危险归危险，收入还是很可观的。我们最后攒够了钱，从我父亲的地盘上搬到了我们自己的新家。

那些只知道我母亲信仰虔诚、勤劳肯干的人们常常会惊讶于她极强的幽默感。她总是能在生活的艰苦中咂出一丝快乐的滋味。她很喜欢开玩笑，而且什么都敢拿来开玩笑，甚至连自己几乎肯定不会再嫁这样的苦楚事，都能变成她逗乐的材料。她和我父亲分居几年后的某一天，科乔村里来了一个男人，想追求她；母亲抄起一根木棍，把他撵出几里地去，告诉他自己绝不再嫁。她回来时乐得直不起腰，跟我们说："你们真该看看那人被吓跑的样子！"她学着那个人落荒而逃的样子，把我们都逗得哄堂大笑。末了她补了一句："我就是再嫁，也不会嫁给一个被拿着木棍的老太婆吓跑的男人！"

母亲开起玩笑来百无禁忌——有时她拿被父亲抛弃的事自嘲，有时她拿自己的倒霉事儿打趣，在我迷上摆弄发型和化妆时，她也会笑我痴痴的模样。我出生之前，她曾去成人扫盲班上过课；我年岁稍长之后，也会帮她开小灶。她学得很快，我觉得其中部分原因是她犯错时总能一笑置之，从不感到沮丧。

每当她谈起怀上我之前拼命买避孕药的故事时，她的语气听上去总像是在讲述一个很久以前读过的小笑话。当时的她十分抗拒再生一个小孩，可她自打生下我的那一刻起，就特别喜欢我，如今她甚至无法想象没有我的日子。回首往事，母亲不禁感到好笑。每天早晨我都凑在家里的土灶边一边取暖，一边和忙着烤面包的母亲聊天。我早就暗暗下定决心，永远不会离开家、离开母亲。要是她流露出更喜欢我姐姐或者表姐的意思，我总是会朝她娇嗔吃醋。我甚至从刚出世起就和母亲睡同一张床，直到后来"伊斯兰国"进了科乔村，我们一家人才被迫背井离乡，天各一方。母亲在家中既当妈又当爹，我们长大懂事之后，才知道她一路走来尝过多少艰辛，我们对她的爱也因此更加深沉。

**

我在自家的土地上出生长大，对这里充满感情，从来没有想过到别处生活。可在外人看来，科乔村贫瘠不堪，民生凋敝，穷得几乎无可救药。美国大兵们初来乍到时，遇见成群的孩子呼啸而至，向他们讨糖果或者笔的时候，恐怕也曾作如是想；而我，也曾是那些围着美国兵乞求施舍的孩子之一。

库区的政客们偶尔也会来科乔，但只有近几年如此，而且大抵只有在选举前才能见到他们的尊容。巴尔扎尼的库尔德民主党

2003年后在科乔村开了一个只有两间屋的办事处，不过大多数时候，只有村里的党员们会去那里消遣取乐。许多人私下里埋怨库尔德民主党强迫他们表态支持，强迫他们承认雅兹迪人是库尔德人的一部分，辛贾尔是库尔德斯坦的领土。至于伊拉克的政客们，他们向来对我们爱答不理，萨达姆曾经想通过威逼利诱让我们承认自己是阿拉伯人。他不知道的是，我们不会屈服于外来的压力而放弃我们的传承，即使强迫我们就范，我们也总有一天会起身反抗。

某种意义上，单单是敢住在科乔，就已经很需要勇气。20世纪70年代中叶，萨达姆就开始强制要求少数民族从辛贾尔山附近的家乡迁到新规划的煤砖房小区里，以便控制这部分人口，继而推进伊拉克北部的所谓"阿拉伯化"政策。库尔德人和雅兹迪人都在强制迁徙之列，不过科乔村因为远离辛贾尔山，反倒免于此难。迁走的雅兹迪人逐渐不再重视我们的传统，而这些传统的火种都在科乔村里得到了保存和传承。我们村的女人们依然和祖辈们一样穿着白色的薄纱衣裙；我们村的婚礼上还会保留原汁原味的雅兹迪歌舞庆典；也只有在我们村，人们还会为了向神请求赎罪而诚心斋戒——许多雅兹迪人早已放弃了这样的风俗。

科乔村是我们安全而温馨的避风港，即使村民们偶尔有土地或者婚嫁方面的争执，通常也会轻拿轻放，以和为贵，整座村子里始终亲如一家。即使是半夜三更，村里人也可以在路上溜达，穿门过户，一点都不用担心安全。我曾听村外的人说，每当夜晚降临，四里八乡只有科乔村有灯火的光亮。艾德琪也坚称,她有一回听别人说科乔村是"辛贾尔的巴黎"。

科乔村是个年轻人的村子,孩子也不少。亲眼见证过"费尔曼"的人在村子里凤毛麟角,余下的村民们则相信那些痛苦的岁月早已远去。我们大都觉得,如今这个世界早已进入了现代文明,像一群人因为信仰不同遭到屠杀这样的往事,绝难在今天重演——至少,我是这么觉得的。我们童年听得最多的除了传统故事,就是对过去种族迫害的回忆,它们是每个雅兹迪人身份认同的一部分。母亲的一个朋友曾经跟我们讲过她和她的母亲还有姐妹仓皇离乡,从土耳其出逃的故事。土耳其曾是许多雅兹迪人的祖居之地,奥斯曼人开始迫害之后,她们几个逃亡的时候,在一个山洞里被困了数日之久,为了保命,她的母亲不得不煮皮革给她们吃。这个故事我听了无数次,每一次听,我的胃总是不住地打滚——我觉得就算我饿疯了,也绝不会把皮革往嘴里送。不过对我来说,这毕竟只是个故事罢了。

科乔村的日子并不好过。村里每个当爹妈的人,尽管没有不爱自己孩子的,可也没有不为养自家孩子而发愁的。为了养家,每个大人都得脸朝黄土背朝天,没日没夜地在地里刨食。若是谁家孩子生了病,大人就去采草药,若是草药治不好,大人就得把孩子送到辛贾尔城或者摩苏尔看医生。

若是孩子要衣服穿,当妈的就得亲手缝,家底殷实些的话,才能每年去赶一次集,买些新衣服回来。联合国为了赶萨达姆下台制裁伊拉克的时候，我们都哭得泪汪汪的，因为那意味着我们买不到糖了。等到村子里终于盖了一座小学，过了几年又添了一座中学之后，大人们都在心里默默打起算盘，思考到底是该送孩子读书还是留孩子在家帮着干活。雅兹迪人大都没有上过学——不仅伊拉克政府不准我们接受义务教育，我们自己的宗教领袖也不愿看到雅兹迪孩子上学。他们担心国立学校上课的时候会提倡异族通婚，让雅兹迪人的后代逐渐失去身份认同。至于父母们，他们担心的则是家里少一个劳力可能带来的困难，此外他们也会嘀咕：就算让孩子上了学，将来能有什么出路？他们能在哪里找到工作？又能找得到什么工作？科乔村里显然是没有什么工作的，而想要离开族人移居村外讨生活的人只有两种：要么真的是志向远大，要么就实在是走投无路。

为人父母有多爱自己的孩子，一旦不幸失去他们，遭受的痛苦就有多深。干农活并不是什么安全的劳动，事故时有发生。母亲曾亲眼看见自己的姐姐被加速的拖拉机甩出驾驶座，在家里的麦田中间活活被碾死。她常说那一天是她童年的结束。我的哥哥贾洛和他的妻子阿斯玛生过8个孩子，可因为阿斯玛遗传的一种怪病，其中4个都是在襁褓时便早早夭折。贾洛两口子一贫如洗，买不起药，也看不起病。

雅兹迪女人和伊拉克其他地方的所有女人一样，不管婚姻生活有何种曲折，只要丈夫一纸休书端到面前，便得任凭他们处置，毫无半点权利可言。我的姐姐迪玛尔离婚后，一部分孩子就被她的丈夫领走，剩下的则死在了战场上。我出生的时候，第一次海湾战争已打了2年，激战正酣，而离两伊战争结束，也不过才过去5年的时间。萨达姆和伊朗打了整整8年，除了满足他对自己人民扭曲的控制欲之外，对伊拉克并不曾有过半点好处；而那些不幸早早战死，从未与我们谋面的孩子们，好似盘桓在全家人心头的幽灵，久久不散。我父亲在他的长子牺牲后，剪掉了他的辫子志哀；虽然后来父亲又为我的另一位哥哥起了与长子相同的名字，但曾经的骨肉之痛是如此刻骨铭心，以至于他终其一生，再也不曾启齿念过那个名字。父亲管我的那个哥哥叫小名"赫兹尼"，意思是"悲伤"。

由于天气恶劣，四时节令变化无常，雅兹迪人只能靠收获和节庆来计算时日。严冬来临时，科乔村里的泥巴巷子仿佛水泥一般，能硬生生将穿在脚上的鞋子拽下来；夏天则是酷热难耐，全村人都只能在夜里摸黑下地，以免被白日的热浪炙烤到昏厥。要是某年地里的收成不好，接下来的几个月，村民们脸上总难免一片愁云惨雾，死气沉沉，直到来年开春播种才能堪堪打起精神；有些时候，即使年景不错，可无论收成多少，我们始终挣不到几个钱。每年收获之后，我们把成袋成袋的蔬菜扛到集市上卖，买主们各取所需，而我们则不得不面对直白而残酷的市场行情——一些庄稼卖得不错，而一些则注定要烂在我们手里。小麦和大麦通常是卖得最好的；洋葱虽然也卖得出去，但卖得不多；至于常常积压过多的番茄，好几年我们最后都不得不拿去当饲料喂给畜生吃，只求把它们全部处理掉。

可是，无论科乔村的生活有多么艰难，我也从未想过离开。村里的路虽然一到冬天就泥泞不堪，但它连接着我所有的至亲好友，让我可以随时随地找到他们，而不必跋山涉水才能见上他们一面；科乔村的夏天或许骄阳似火，可我们也因此有了结伴在屋顶上过夜的乐趣；在田里讨生活虽然辛苦，但靠着老天赏饭，我们也能过上朴素而又快乐的日子。我深爱着科乔村这片土地。我还小的时候，就会用废弃的纸箱和捡来的垃圾拼拼凑凑，搭个小小的科乔村模型解闷。凯瑟琳会和我一起亲手削刻几个木头娃娃，充当村民，还把它们两两配成夫妻过家家。我还捡来一个原本用来装番茄的柳条筐，在"村子"里开了一间"理发店"，供"新娘"们结婚前装点打扮。

当然，我不愿意离开科乔村最重要的理由，就是我的家人。我们一家人丁兴旺，就像是一个微缩版的小村子。我的8个哥哥里，埃利亚斯年纪最长，在我们眼里，称得上是长兄如父；哈伊里则是家里第一个参军的，他去了边境守卫部队，当兵养家；比塞性格固执，但把家庭看得比什么都重要，一直保护着家里的每一口人；马苏德是科乔村里最好的机修工（此外也是村里公认踢球最好的人）；他的双胞胎弟弟萨乌德则在村里开了一间小卖部；贾洛性格外向，无论是村里人还是村外人，他都以诚相待；赛义德鬼点子多，每天都闲不住，做梦都想着去当个英雄好汉；年纪最小的赫兹尼是个梦想远大的人，其余的兄弟姐妹们都很宠着他。至于还住在家里的两个姐姐,迪玛尔是个安静和蔼的姑娘;而艾德琪性格纯粹直爽,前一天能和家里的男孩为了谁来开家里的皮卡打起来,后一天却能坐在自家院子里为一头夭折的小羊羔哭上好久。我同父异母的哥哥们——哈勒德、瓦立德、哈吉、纳瓦夫,还有姐姐们——哈莱姆和海亚姆,也都住在附近。

我的母亲名叫莎米,和世界上任何一个好母亲一样,她每天都在努力给我们提供吃穿用度,让我们能够对生活充满希望。科乔村并不是我最后一次见到她的地方,但是我每天闭上眼想起她的时候,脑海中的她总是出现在科乔村。即使是制裁最紧张的那几年,她也想尽办法为一大家子人弄到了足够的生活必需品。碰上没闲钱给我们买糖吃的时候,母亲会给我们麦子,让我们去村里的商店换糖果。有一回,村子里来了个商人,叫卖一条漂亮的裙子,母亲心知价格高昂,家里买不起,可她一顿软磨硬泡,愣是从商人那里赊来了那条裙子。每当我哪个哥哥抱怨母亲不该举债去买东西,她总会打趣道:"起码那家伙从今以后每次来科乔,都得先来我们家报到哩!"

母亲出身贫寒,不想让我们这些孩子被别人看低。虽然如此,其他村民们也不吝向我们施以援手。家家户户要是有余粮,都会给我们一点面粉或者小米面。我很小的时候,母亲有一回步行从磨坊回家,随身的袋子里只装着一点点面粉。她的叔叔苏莱曼正巧路过,便拦住了她,问她道:"我知道你家里不容易,你为什么从来不来找我帮忙呢?"

母亲起先向他摇摇头说:"没事的,叔,我们还过得去,家里该有的都不缺。"可苏莱曼仍然想帮帮我母亲,他说:"我家麦子多的是,你拿一些回家就是了。"没过多久,他就派人把整整4油桶的麦子送到了我家门口,多到足够我们家做2个月的面包。母亲受人恩惠,惭愧不已,向我们讲起事情经过时,眼里噙着泪水。她从那时起下定决心,一定要拼尽全力让我们过更好的日子。白驹过隙,仰赖母亲日复一日地付出,我们如今也确实过上了更富足的生活。对我们而言,只要有她在,什么困难都打不倒我们,甚至连附近窥伺村子的恐怖分子,也不足为惧。母亲总告诉我们:"神会保佑我们雅兹迪人的。"

有很多东西都能让我联想到母亲——白色的东西,一个稍显荤俗的段子,或者是孔雀(雅兹迪人把孔雀视为神鸟),以及我对着孔雀的画像在心里默诵的小段祷文。整整21年,母亲都是我们家的顶梁柱。每天早上她起了床,都会搬个矮凳坐在院里的"坦多尔"炉子前给我们做面包。她会动手擀面团,不停地把它们往炉壁上抢;面团变得柔软蓬松之后,她就把它们卸在金黄色的羊油碗里待烤。

21年以来,每天伴着我醒来的,一直都是母亲抢面团的"啪啪"声,还有夹杂着青草味的羊油香气。有这两样,我就能感觉到母亲在我的身边。我睡眼惺忪地下床后,会去炉子边陪着母亲,若是在冬天,也正好借炉子的火来暖手。我和母亲无话不谈——我们会聊学校里的事,村子里的婚礼,或是兄弟姐妹间的拌嘴斗气。曾经有好几年我都坚信,我家屋外淋浴间的锡顶子上繁衍着一窝子蛇。我不停告诉母亲："我真的听见有蛇的声音！"一边说，一边还给她学蛇的"嘶嘶"声。可母亲一言不发地微笑着，看着我这个家里的老幺，哥哥姐姐们则嘲笑我："娜迪亚胆子真小，都不敢一个人洗澡！"直到有一天我洗澡的时候，一条小蛇真的落在了我的头上，家里才终于决定重新盖一间淋浴间。不过我承认，哥哥姐姐们的话也没有错——我确实很害怕孤独。

我以前会一边帮我母亲剔掉新出炉的面包上烤焦的边角，一边告诉她我最新的人生理想。曾经我只是想在家里开一间简单的理发店，替人剪剪头发；可如今家里有了钱，买得起科乔村外大城市里流行的眼粉和眼影，我在村里的中学教完一天的历史课后，回了家也可以给别人化化妆，搞搞自己的新副业。母亲听了之后点点头，表示同意。她有时会一边用布包起仍在发烫的面包，一边对我说："娜迪亚，只要你不离开妈妈，你做什么，妈妈都由着你。"我则会告诉她："妈妈，说什么呢，我当然不会离开你的。"

第三章

雅兹迪人相信，神在造人以前，创造了七个神圣的灵体。他们被称为天使，是神的使者和象征。据说原初的混沌形如一颗珠子，神开天辟地时打碎了它，用它的碎片铸成整个宇宙。之后他将自己的天使长塔乌西·梅列克派到人间来，要它变成一只孔雀，把羽毛上的万般华彩赐予尘世万物。神话里还说，塔乌西·梅列克来到人间，见到了神创造的原人亚当，发现他受神赐福，虽不食人间五谷，却生得体貌绝美，并且青春永驻，长生不老。这天使常心生忧虑，于是向神进谏道，若是准许亚当在地上繁衍子嗣，实不能让他这般完美无缺，必须要他躬事劳作，以米麦为食。神便将人类的命运交给塔乌西·梅列克掌管，由他来决定如何处置亚当。塔乌西·梅列克褫夺了亚当的神赐，将他赶出乐园，要他自力更生。之后亚当与人结合，生下了许多后代，那便是雅兹迪人的祖先。

塔乌西·梅列克被称为"孔雀天使"，他取得了神的认可，成为神人两界沟通的桥梁。雅兹迪人通常都是向他祈祷，而他被神创造出来的那一天，便成了我们的新年。雅兹迪人过年时，为了纪念他向神进谏，让我们的祖先得以出世，家家户户都会张贴五彩缤纷的孔雀图案作为装饰。在雅兹迪人的心目中，他敬神爱人，让我们的祈愿能上达天听，是每个人都顶礼膜拜的神使；可伊拉克的穆斯林并不了解我们的神话传说，他们编了许多异想天开的借口，抹黑孔雀天使，并且对我们向他祈祷极尽诋毁。

许多伊拉克人听说了孔雀天使的传说之后，便把我们说成是"崇拜魔鬼的人"，这样的污蔑不知伤了我们多少族人的心。要知道，我们雅兹迪人即使是平日里说话，都会对"魔鬼"这个词敬而远之。他们以为，我们神话里的塔乌西·梅列克就像《古兰经》里的伊卜利斯一样，一度侍奉神明，然后堕落深渊，成为邪恶的化身。在他们看来，孔雀天使的进谏是对神的造物亚当不敬，因而也是对神不敬。有些伊拉克人会引用他们的神学著作，宣称塔乌西·梅列克因为拒绝向亚当行礼，被神打入了地狱——那些书通常是毫不了解雅兹迪人口述传统的外族学者所作，因此里面的记述错漏百出。可尽管如此，它们引起的误解不但在外族人心里生根发芽，而且造成了十分可怕的后果。同样的一段宗教故事，我们雅兹迪人用来向后代解释我们的信仰，教会他们明辨善恶；而外族人却加以扭曲，用作对我们种族清洗的借口。

针对雅兹迪人的诽谤莫此为甚，但我们受到的抹黑绝非仅此而已。外人有时会说，雅兹迪人的信仰因为没有像《圣经》或《古兰经》一样的典籍，因而并不能算是"真正的宗教"；有时他们看到一些雅兹迪人习惯不在周三洗澡，便说所有的雅兹迪人肮脏成性——殊不知那是因为周三是我们纪念孔雀天使降临人间的圣日，不洗澡只是为了好好休息和祈祷；有时他们见我们朝着太阳的方向祈祷，就给我们扣上异教徒的帽子；我们相信转世轮回，因为这种想法可以缓解我们面对死亡的悲伤和恐惧，巩固族人之间联系，因为亚伯拉罕诸教都反对轮回之说，穆斯林们也对我们的信仰相当排斥；一部分雅兹迪人仅仅是因为出于教义不吃生菜或者其他某些食物，就要被外人当作怪胎，遭他们的白眼；还有一些族人仅仅因为将蓝色看作孔雀天使的象征，出于谦卑和虔诚选择不穿蓝色的衣服，都会被人嘲笑。

我虽然是科乔村土生土长的孩子，但我对雅兹迪人的信仰所知甚少。只有很少一部分雅兹迪人生在教职者的家庭里，足不出户就能接受负责向其他族人布道的教长和上师们的教诲。到我十几岁，家里才拿得出足够的钱送我去拉里什受洗。至于定期去听住在那里的教长们讲道，对我而言着实是不太现实。雅兹迪人的宗教故事历来只能依靠口头传述，可我们常年遭受攻击迫害，人数本就不多，还散居各处，传授起来难上加难。不过，有那些宗教领袖们尽力保存着雅兹迪信仰的火种，还是让我们颇感欣慰——我们的信仰要是被有心人利用，很容易成为吞噬我们的武器。

所有雅兹迪人都会在童年时了解到本族的一些传统。我也是在小时候知道了雅兹迪人的节日——虽然比起它们的宗教意义，我更关心的是节日里有什么好吃的和好玩的；我也知道了，每到雅兹迪新年，我们都要给鸡蛋上色，去祖坟上祭奠，在神庙里点上蜡烛；我还知道，最适合去拉里什山谷朝圣的时候是10月，那里住着很多教长，我们最德高望重的宗教领袖巴巴·谢赫和司庙巴巴·查维什就住在那里，每当有朝圣者前来，他们都会予以迎接；每年的12月，我们都会斋戒三天，向神明忏悔赎罪。雅兹迪人严禁和教外的人通婚，也不能向外传教。长辈们会给我们讲雅兹迪人曾经经历的73次"费尔曼"，这些曾经的苦难历史与我们的传统交织在一起，以至于在某种程度上，它们也成为雅兹迪人神话故事的一部分。我知道我们的信仰正是靠着世代保护并传承它的族人们，才能生生不息，绵延至今；我也知道，它曾经需要我的祖祖辈辈们守护，如今也同样需要我。

母亲教会了我们如何祈祷——清晨的时候得朝着太阳，白天得朝着拉里什山谷的方向，夜里则是朝着月亮。雅兹迪人的祈祷有很多规矩，但大部分都可以稍做通融。祈祷对我们来说更多是一种个人的表达，并非某种空洞的仪式或者强加的义务：我们可以默念祈福，也可以大声祝祷；可以独自祈祷，也可以和其他雅兹迪人一块祈祷。祈祷的时候，雅兹迪人都会做一些表达虔诚的动作，比如很多男女都会在腕子上戴一只红白相间的手镯，祈祷时用来亲吻；有些男人们则会选择亲吻传统白色衬衫的衣领子。

我认识的雅兹迪人大多一天祈祷三次，祈祷的地点则并没有限制。我自己虽然也去过神庙，但更常在地里、屋顶，甚至是给母亲帮厨时在厨房里祈祷。祈祷的时候需要先背诵一段赞美神和塔乌西·梅列克的经文，然后就可以向他们祷告任何事情。母亲一边给我们示范着祈祷的动作，一边告诉我们："你们遇到什么烦心事，就告诉塔乌西·梅列克。要是你们正为自己所爱的人担心，或者你们对什么事情感到恐惧，都可以对他说。他可以帮助你们。"我以前祈祷的时候，想的都是我自己的前程——我想完成学业，开一间理发店——还有我兄弟姐妹和母亲的未来。如今的我，则只希望我们的信仰不会灭亡，而我的族人们能平安无事。

雅兹迪人敬事神明，安守故土，情愿远离外族，僻居一隅，如此已历千年。我们并不热衷开土扩疆，争权夺利，我们的教义也不曾要求我们征服异信者，替他广传福音——毕竟按照教义，外人也没办法皈依我们的信仰。不过，从我还小的时候起，雅兹迪人的生活便一直发生着改变。

村里人开始安起电视，最初他们只能看伊拉克国营台的节目，之后他们又弄来了卫星天线，土耳其的肥皂剧和库区的新闻便顺着信号传进了家家户户。我家买来第一台洗衣机的时候，家里人看着它运转，都像看魔术表演一样惊得说不出话来，不过母亲还是喜欢亲手洗自己的传统白色面纱和罗裙。许多雅兹迪人移民到了美国、德国或者加拿大，在西方扎下了根。当然，还有一个最重要的变化是，我们有学上了——换作是我们的父母辈当年，能念书这件事，是想都不敢想的。

科乔的第一座学校是一间小学，建于萨达姆当权的20世纪70年代，只教到五年级。学校里的课程用的不是库尔德语，而是阿拉伯语，课上宣扬的思想也都是忠诚爱国一类的东西。国家印发的教科书里，对伊拉克每一位要人和他们的宗教信仰都有非常详尽的描述，库尔德人被描绘成国家的心腹大患，至于雅兹迪人，则连一笔带过的待遇都没有。我在学校里学到的伊拉克历史，无非是一连串的战争——阿拉伯人战士们挺身而出，英勇对抗阴谋侵害国家的邪恶势力，或者意志坚强的领袖保卫祖国，赶走了英国来的殖民者，打倒了王权统治，云云。历史书里的每一页都充斥着流血和牺牲，本意是激发我们的爱国心，让我们爱戴那些领袖，可我读了之后却产生了完全相反的想法。我后来想，我们邻村的逊尼村民们之所以会加入"伊斯兰国"，或者在恐怖分子血洗雅兹迪村子时坐视不理，也许正是历史课本的影响使然。接受过伊拉克教育的人，都会认为我们这些少数民族异类不配拥有自己的宗教，甚至也都会认为战争本就是这个国家的常态,对战火纷飞变得安之若素,乃至麻木不仁。仔细想来,从进学校的第一天起,我们就一直被灌输着有关暴力和战争的一切。

我年纪还小的时候,总觉得我的国家是一个无比奇特的地方。它就像是一个微缩版的地球,各种势力占据不同的地盘,年复一年地上演制裁与战争、混乱与侵略的戏码,彼此之间虽鸡犬相闻,却几乎老死不相往来。伊拉克的最北部住着常年寻求独立的库尔德人;南部则大都是什叶派穆斯林的聚居区,他们一直是国家的主体人口,如今也主宰着国内的政治;曾经在萨达姆掌权时一手遮天的逊尼派穆斯林则聚集在中部地区,不知疲倦地对抗着新政权。

将伊拉克地图大致按水平线切成三块,再涂上不同的颜色,基本上就是这个国家总体的格局。雅兹迪人在其中通常被忽略不计,或者被贴上"其他民族"的标签了事。然而伊拉克的实际情况要比这复杂得多,即使是土生土长的伊拉克人,有时也会被错综复杂的形势弄得晕头转向。小时候,科乔村的人很少会谈及政治。我们只关心地里的庄稼长势如何,谁家新近要办喜事,或者哪只羊下不下奶一类的事情——全世界任何一个小农村里,都会谈这样的话题。伊拉克的中央政府除了来村子里征兵打仗,或者为复兴党招募党员之外,也没什么兴趣插手村子里的事。不过即使如此,我们也常常会思考,身为伊拉克的少数民族一员,对我们来说究竟意味着什么。要知道,如果把伊拉克境内所有的"其他民族"

都标在地图上的话，那就不会只有简单的三种颜色，而会变得如打翻颜料罐一般五彩缤纷。

科乔村的东南方向，沿着伊拉克库区的南端，有一片狭长的土库曼人聚居地，那里的人都是穆斯林，既有什叶派，也有逊尼派；科乔村的北面，包括辛贾尔在内的整个尼尼微平原，则聚居着基督徒——有亚述人、迦勒底人，还有亚美尼亚人。小一些的基督徒聚落则散布伊拉克各地。

更小一些的民族，像卡卡伊人、沙巴克人、罗马人和曼底亚人，还有黑人和沼泽阿拉伯人，星罗棋布地分布在国内各地，我听说巴格达附近还住着一小群伊拉克犹太人。每个民族都以宗教作为自己的身份标签，比如库尔德人大都是逊尼派穆斯林，但对于他们来说，他们自己首先是库尔德人，然后才是穆斯林。雅兹迪信仰对于我们来说，同样不只是一种宗教，也是我们这个民族的象征。伊拉克的穆斯林绝大部分分属什叶派和逊尼派两个分支，常年以来因为教义的分歧龃龉极深。这一切在伊拉克的历史课本里，都无迹可寻。

我每天离家去上学，都得沿着绕村的泥泞小路，先经过巴沙尔的家——他的父亲早先被基地组织杀害；然后经过我出生的那栋房子，如今我父亲和萨拉住在那里；最后会经过我朋友瓦拉亚的家。瓦拉亚是个很美丽的女孩子，脸蛋圆润白皙，和我这个有些吵闹的人比起来，显得非常安静。每天早上，她都会一路小跑找到我，和我结伴去上学。上学的路一个人的话并不好走：科乔村里家家户户都会把牧羊犬关在院子里，这些高大威猛的畜生往往会站在院门后，朝着所有的过路人猙狞狂吠。若是主人没有关好院门的话，它们还会朝我们猛扑过来，张牙舞爪。这些狗可不是什么宠物，都是实打实看家护院的猛兽。瓦拉亚和我见了它们，只有落荒而逃的份，一路奔到学校，才敢停下来喘息擦汗。只有我父亲的狗认识我，不会来骚扰我们俩。

我们学校的楼是用沙黄色的水泥盖的，平淡无奇，墙上贴满了早已褪色的宣传画，周围用一道矮墙圈住，里头有一片小小的花园，枝叶枯黄，毫无生气。

不过，即使学校再凋敝，能有一个可以念书、可以交朋友的地方，对我们来说就像是奇迹一般。瓦拉亚、凯瑟琳、我，还有学校里其他几个女孩子会玩一个叫作"本艾希"的寻宝游戏，在库尔德语里，这个词的意思是"在土里"。游戏开始时，我们每个人都会在土里藏起某件小玩意儿——像是一颗弹珠，一枚硬币，或者一个汽水瓶的瓶盖，藏完之后，我们便到处疯也似的在园子里一边乱跑，一边在花园里刨坑，寻找别人的"宝藏"并据为己有，直到指甲缝里塞满了泥，老师跑来喝止我们才作罢。我们这样回了家见到母亲，也不免被狠狠责备一通，被骂哭也是常有的事。这个游戏由来已久，连我母亲也说自己小时候就玩过。

学校的历史课里充满了狭隘和偏见，但我学得最好的科目也正是历史。我学得最吃力的则是英语。想到我在学校里念书的时候，我的哥哥姐姐们还在地里挥汗如雨，我就憋着一股子劲要好好学习。学校里几乎每个孩子都背着书包上学,我母亲拮据,从来没为我买过一只,但我知道她的难处,也从未抱怨过。我不想向我母亲伸手要东西。我小学毕业时,村里的中学还没盖好,家里出不起出租车费送我去几里远的外村中学上课,我就放下了书本,重新回到地里干活,心里只希望村里的中学能尽快盖完。抱怨贫穷并没有什么用,钱不会说来就来,我也远不是科乔村里唯一一个因为家里没钱去不了村外上学的孩子。

萨达姆1990年入侵科威特,联合国因此对伊拉克实施了制裁,希望借此手段削弱萨达姆对权力的控制。我小时候并不能理解为什么我们国家会遭受制裁。我们家里除了马苏德和赫兹尼之外,没有人会谈起萨达姆的话题。即使是他们俩,也不过是在我们抱怨电视里的演说索然无味,或者对着电视里的宣传节目翻白眼时,才把萨达姆搬出来,告诫我们谨言慎行。

萨达姆希望得到雅兹迪人的支持,好征发我们去替他打仗,对抗库尔德人。然而他并不打算尊重我们,而是要求我们加入他的复兴党,并且要我们承认自己是阿拉伯人,放弃雅兹迪人的身份。

有的时候,所有的电视台都在放萨达姆。荧屏上的他坐在一张书桌后抽着烟,身后站着一位大胡子警卫员。他隔着屏幕侃侃而谈,说些关于伊朗的旧闻,讲讲战争的故事,也不忘自夸伟业。我们这时总会面面相觑,互相问:"他到底在讲些什么?"每个人都耸耸肩。伊拉克的宪法里根本没有提到过雅兹迪人,我们只要一露出点不满政府的迹象,就会很快招来打压。有时我在电视上看到萨达姆戴着他那顶滑稽的帽子,忍不住要笑出声来,我的哥哥们就会叫我忍住。马苏德说:"他们在监视着我们,小心为上。"萨达姆政府的情报机构在国内每一个角落都有耳目。

那段时间,我唯一能够确信的是,制裁没有伤害到那些当权者,更没有伤害到萨达姆自己,唯一受到重创的,是伊拉克的无数平民百姓。因为制裁,伊拉克的医院和市场全部无以为继。药品价格飞涨,而面粉里开始掺进原本用来做水泥的石膏。最受到制裁打击的地方则是学校。伊拉克的教育曾经在中东首屈一指,各国都有学生慕名来这里念书,但制裁一启动,曾经的盛景便烟消云散。教师岗位的薪水被扣得一干二净,因此即使伊拉克的失业率高达50%,学校依旧招不到老师。我念书的时候,只有少数的几个穆斯林老师来到科乔,在学校住下,支援原有的雅兹迪人老师。这些老师在我的眼里与英雄无异,我也因此拼命地学习,想获得他们的赞许。

萨达姆当权的时候,开设学校唯一的目的,便是通过给我们提供义务教育,让我们自己舍弃掉雅兹迪人的身份认同。每一堂课上,每一本课本里,对我们,我们的家庭,我们的信仰,我们曾遭受过的"费尔曼",通通不着一墨。几乎所有雅兹迪人的母语都是库尔德语,但学校里的课程只有阿拉伯语。在政府看来,库尔德语是叛乱者的语言,一群说库尔德语的雅兹迪人,几乎肯定会是政府眼中的心腹大患。即使他们如此对待我们,我仍然每天都努力学习，甚至很快就学会了阿拉伯语。我不觉得学阿拉伯语是在向萨达姆的淫威低头，背叛了雅兹迪人的传统。学校里讲得非常片面的伊拉克历史，也无法蒙蔽我的思想。只要我学习，我就能获得智慧；如果我拥有智慧，那我就拥有了力量。我在家的时候，闲聊或者祈祷，都只会用库尔德语；给我两个最好的朋友瓦拉亚和凯瑟琳写信，也只用库尔德语；并且我永远都以自己是个雅兹迪人而骄傲，谁也无法让我改变自己的民族。我深知，不管学校里教的是什么，上学念书对一个人来说，总是至关重要的事。科乔村的孩子们上了学之后，我们村和国家以及外面的大千世界，便开始拥有了全新的联系。我们的社会逐渐开放了起来。年轻一代的雅兹迪人仍然热爱自己的宗教传统，但更想去外面的世界闯荡一番。等我们这代人长大之后，我相信，我们会有人成为老师，会有人将雅兹迪人的历史写进教科书，甚至也许会有人去巴格达竞选议员，为雅兹迪人争取权利。那时，我就有一种预感：萨达姆处心积虑地想让雅兹迪人消失在历史之中，但他的计划只会让雅兹迪人更加强大。

第四章

2003年，我父亲死后几个月，美国人就入侵了巴格达。我们家没有电视，看不到战局的发展；家里人也没有手机，没办法联系上别处的亲友了解战况。我们知道萨达姆政权被推翻，已经是很久之后的事了。我记得打仗的时候,联军的飞机从科乔上空往首都的方向"嗡嗡"掠过,将我们震得半夜不得安睡,那也是我平生头一次见到飞机。我们当时根本无从预测战争会持续多久,也不知道战争会对伊拉克有什么样的影响,但说实在的,我们只希望萨达姆倒台之后,我们能买得到做菜用的煤气。

美军入侵的头几个月在我的记忆里已经很模糊,我只记得父亲在那段时间去世,对其他的一切都没有什么印象。在我们雅兹迪人的文化里,如果村子里有谁家办了白事,全村人都会致哀很长一段时间,如果过世的人是早逝或者死于意外,则更是如此。过世者的邻居们会和他的亲友一起暂停农事,以表哀思,而全村的家家户户也都会为逝者哀悼,整个村子一片肃穆,村里人都像是前一天晚上喝过馊掉的牛奶一样,个个愁容不展。志哀的时候,村子里的婚娶喜事一律取消,节日的庆典则搬到室内举行,村里的女人们则换下白色的衣服,穿上黑色的袍子。我们在吊丧期间会自觉限制每天的娱乐时间,因为当村里失去一位族人的时候,快乐对我们所有人而言,就像是个需要严防死守的贼,如果我们稍不注意,它就会溜进我们的脑海,卷走我们逝去至亲的音容笑貌,或是让我们在本该表达哀思的时候失态。所以无论那时巴格达发生了什么事,村里人都一律关掉了自家的电视和收音机。

我父亲在去世的前一年,还带我和凯瑟琳去了辛贾尔山,过我们雅兹迪人的新年,那也是我最后一次和他一起上圣山。雅兹迪的新年在每年的四月,每到新年,春回大地,伊拉克北面的山丘上一片青翠，山间则有清风送爽，夏天来势汹汹的酷热离我们还有些时日，我们可以悠然自得地享受大好春光。四月也是播种的季节，我们会祈祷到秋天有个好收成，接下来的几个月，我们都会在室外度过，或是劳作，或是在屋顶睡觉，不用困在寒冷而拥挤的斗室之内。雅兹迪人历来都和自然关系紧密，大自然哺育着我们，为我们提供栖身之所，当我们离开这个世界，留下的遗骸便回归土地。这也是雅兹迪人的新年庆典里蕴含着的教诲。

按照规矩，每到新年，我们都得看望过去一年替全家放羊的人。他们得时刻注意让羊群收拢在圣山附近，然后负责将它们从一处草场赶到另一处草场，保证它们吃得饱。放羊人的生活乐趣多多，他们只消铺一张手工织成的被单，就可以在野外安然入睡；而每天的生活也简单纯粹，他们无忧无虑，可以有大把的时间用来想心事；不过，放羊人的工作也不是谁都能干，毕竟他们得远离家人，而我们也会在科乔村里时刻牵挂着他们。有一年，轮到我母亲去放羊，那年我正上中学，因为太想她，我门门功课都没考及格。她回家的时候，我对她说："妈，你不在的时候，我的生活就没了方向。"

那个新年，父亲和埃利亚斯开着我们家的卡车，坐在前面，而凯瑟琳和我坐在车后面。父亲和哥哥一边开着车，一边用后视镜瞟我们，生怕我们在后面玩得太野，弄出危险来。车开得很快，两边的景物都疾快地飞向我们身后，绿色的春草，黄色的小麦，在我们眼里只来得及留下一抹颜色。我和凯瑟琳手拉着手，窃窃私语着回到家之后,该怎么向留守在家里的孩子们吹嘘我们在圣山上度过的新年。我们想让他们相信,这是我们度过的最棒的新年,不用在地里干活,也不用去学校,可以一个劲儿地玩。卡车下坡的时候,凯瑟琳和我都快被颠下车去了。我们坐的货厢里还拴了一只小羊,那简直是我们生平见过的最大的羊羔。凯瑟琳和我盘算着,回到家要一块儿告诉家里的孩子们:"我们吃了一大堆糖果,整夜都在跳舞,玩到清晨才睡着,你们真该和我们一起去的。"我们非常期待着他们羡慕的神情。

其实即使我们回到家这样说,也不算夸大其词。我们在山上想吃什么糖,父亲都有求必应,而在山脚下和家里的放羊人重聚,也总是非常令人开心的事。车后面拴着的那只羊羔,回家之后就由父亲宰了,交给妇女们做成菜,吃起来鲜嫩美味,唇齿留香。我们全家都跳起了雅兹迪人的舞蹈,每个人都手拉着手,围成一个大圈,翩翩起舞。等到羊肉吃得差不多了,我们便关掉了舞蹈的音乐,一块儿在用芦苇扎的篱笆围起来的帐篷里睡觉。那些篱笆可以替我们挡风,若是天气转暖,我们就撤掉篱笆,在野外敞开了睡。那时我们的生活简单,自由自在。我们只需要关心身边的家人,而他们都触手可及,除此之外,世上没什么事情能让我们感到忧愁。

我不知道我父亲如果那时还活着,会对美国人入侵和萨达姆倒台作何感想,但我总想,如果他能活到亲眼见证伊拉克战后的变化就好了。美军入境之后,库尔德人箪食壶浆,夹道欢迎。他们帮助美军进驻伊拉克,听到美国人打算推翻萨达姆,他们无比兴奋,恨不得马上和美军并肩作战,直捣黄龙。萨达姆几十年以来一直打压库尔德人,甚至在20世纪80年代发起了所谓"安法尔行动",想利用空军向地面投放化学武器,一劳永逸地灭绝库尔德人。"安法尔行动"的残酷永远地改变了库尔德人,从那以后,他们开始用一切手段保护自己不受巴格达政府的迫害。有鉴于"安法尔行动"的恶劣影响,美国、英国和法国在伊拉克北部的库尔德人地区和南部什叶派聚居区实施了禁飞,库尔德人也因此成为他们的天然盟友。时至今日,库尔德人仍然将2003年的美军入侵称为他们的"解放战争",并且寄希望于通过西方国家的力量,将原本狭小积弱的库尔德村庄建设成拥有许多酒店和石油公司的现代化大城市。

雅兹迪人虽然也欢迎美国人的到来,但我们不敢像库尔德人那样,对萨达姆倒台之后的生活过于乐观。和其他所有伊拉克人一样,我们知道萨达姆是个依靠民众的恐惧统治着伊拉克的独裁者,可国际制裁也同样让我们的生活举步维艰;我们雅兹迪人贫困,无法受到教育,从事着整个伊拉克最困难、最危险、工资最低的工作。可是在复兴党政府的统治下,科乔村的人们起码还能保全我们的宗教信仰,也还能守住我们的一亩三分地,繁衍生息。我们和逊尼派阿拉伯人的家庭关系紧密,尤其是"基里夫"们——我们把他们看作自家的一分子。雅兹迪人历来孤悬世外,因此非常懂得珍惜友谊;可是雅兹迪人又饱受贫穷之苦,不得不用最现实的眼光看待周遭的世界。在科乔村村民们的眼里，复兴党政府的首都巴格达和库尔德地区的首府埃尔比勒都离我们千里之遥，那里有钱有势的库尔德人或者阿拉伯人如何指点江山，都无关我们雅兹迪人之事。我们只希望他们能允许我们像往常一样，过我们自己的日子。

尽管如此，美国人许下的种种承诺，例如给我们工作，保障我们的自由和安全等，很快将雅兹迪人完全争取到了他们的一边。美国人对我们足够信任，因为我们并没有任何忠于他们敌人的理由，许多雅兹迪人成了美军的翻译，或者到美军及库尔德军队（原文为iraqi armies。伊拉克战争中唯一的"伊拉克军队"是萨达姆政府军，疑为原文笔误。——译者注）里工作。在联军的猛烈攻势下，萨达姆仓皇逃窜，后来被逮捕并绞死，他的复兴党政府也随之土崩瓦解。逊尼派阿拉伯人在伊拉克一夜之间失势，科乔村附近的那些逊尼派们也不例外。雅兹迪人居住的辛贾尔地区已不见逊尼派警察和政客的身影，他们已经全数被库尔德人取代。

辛贾尔地区的归属颇有争议。这里离摩苏尔和叙利亚很近，是战略要冲，并且地下可能蕴藏有大量的天然气资源，因此巴格达的新政府和库尔德人都声称对辛贾尔地区拥有治权。库尔德人的政党认为辛贾尔和伊拉克东部另外一处争议地区基尔库克（Kirkuk）一样，都是他们所谓"泛库尔德祖国"的一部分。在他们眼里，如果不把辛贾尔纳入他们期望的新生国家的版图，那么他们的国家将有失完整。2003年以后，随着逊尼派的财富和势力不断萎缩，拥有美国支援的库尔德民主党大大方方地开进了辛贾尔，开设政府机构，派党员接管当地事务。逊尼派发起武装反抗之后，他们也开始在辛贾尔各处要道开设检查岗哨。库尔德人告诉我们，萨达姆历来都把我们归类为阿拉伯人是错误的，我们一直是库尔德人的一分子。

科乔村2003年后发生的变化，称得上是翻天覆地。不过一两年，村子里就有了一座手机信号塔，每天放学后，我都会和我的朋友去村子外远眺这座钢铁巨人从农田里拔地而起，仿佛一座摩天大楼。我哥哥高兴地说："科乔村总算跟整个世界联上了线！"没过多久，村里的所有男人们和一些妇女们都用上了手机。村子里家家户户的楼顶都安上了卫星天线，而村里人也告别了只能看叙利亚电影和伊拉克国营电视台节目的日子，萨达姆的振臂高呼和长篇大论更是永远消失在了客厅的电视屏幕上。我的叔叔是最早安上卫星天线的人之一，他家刚装上天线，我们全家人就都忙不迭地挤到他家去看电视。我的哥哥们想要看新闻，尤其是库尔德语频道上的新闻；而我则迷上了一部土耳其肥皂剧，里面的男男女女们没完没了地分分合合。

我们雅兹迪人拒绝被称作阿拉伯人，但有些族人并不特别排斥库尔德人的身份。大多数雅兹迪人确实认为库尔德人与我们比较亲近，毕竟我们同文同种，而且库尔德人进入辛贾尔之后，这里日新月异的变化大家也都看在眼里，尽管我们也知道，辛贾尔的发展与其说是巴尔扎尼的功劳，还不如说是美国人的善举。军队和安全部队的工作也突然对我们雅兹迪人开放了应聘资格，我的几个哥哥和堂兄弟去了埃尔比勒，在酒店和饭店里谋些差事，那里据说每天都会开一家新酒店。整个伊拉克的石油工人和游客们都拥向埃尔比勒，他们有的想享受更凉爽的气候，有的希望用上稳定的电力，而有的则是为了避开其他地方的战乱。我的哥哥萨乌德在库尔德斯坦西面的杜霍克(Duhok)做建筑工人，负责操作水泥搅拌机。

他们回到家的时候，总会告诉我们，埃尔比勒的库尔德人和阿拉伯人一样，不太看得起雅兹迪人。但不管怎么说，我们都需要钱。

哈伊里当了一名边防部队的军人，不久，赫兹尼去了辛贾尔城当了一名警察。他们的薪水是我们家第一笔稳定收入，全家人开始过上相对安定的生活，并且开始有能力为未来做打算，而不是和以前一样，只能吃了上顿想下顿。我们家买了一片农地，买了一群羊，再也不用给地主们下地干活。科乔村外铺上了新路，开车去辛贾尔山比以往快了许多。全家人有时还能去村子附近的地里野餐，享用满盆的肉菜和切好的蔬菜，男人们痛饮土耳其啤酒，之后喝茶醒酒，那茶水甜得能在我嘴唇上结出糖花儿来。村里人结婚的排场也越摆越大，每逢村里办喜事，妇女们会连去两次辛贾尔城置办衣服，而男人们则宰比以前更多的羊摆酒席，若是家里阔一些，甚至还能宰一头牛请客。

有些雅兹迪人希望未来的辛贾尔能有一个归属于伊拉克但拥

有更多权力的地方政府；而另一些人则认为我们最终会加入独立之后的库尔德斯坦国家。我在科乔村见识过库尔德民主党，在辛贾尔也见过库尔德民兵，从小到大，我都觉得我们最后会接受库尔德人的统治。不过，虽然我们去库区比以前便利许多，可去附近的逊尼派村庄却变得难上加难——宗教极端思想开始在那些村庄里蔓延，而依靠极端思想成长起来的武装组织也渐渐在那里站稳脚跟。逊尼派对辛贾尔的库尔德人颇有敌意，毕竟正是因为库尔德人的起义，他们才落到如今的境地。逊尼派觉得库尔德人掌权之后，他们在辛贾尔变得不受欢迎，并且连雅兹迪人的村庄都无法踏足，即使是我们雅兹迪人的"基里夫"们，也被拒之门外。

库尔德民兵在原先由复兴党军队把守的岗哨前反复盘问过往的逊尼派村民，而他们之中很多人都因为美国人的到来和萨达姆政权的垮台丢了工作和收入。美国人支持的什叶派政府上台之后，仿佛一夜之间，逊尼派就从伊拉克最有钱有势的人群变成了彻彻底底的平头百姓。他们被整个国家孤立，在他们的村庄里开始谋划反抗。几年之后，他们便打起了维护正信的旗号，大张旗鼓地发起武装暴动，而正是因为他们排斥所有异教徒的极端思想，我们这群从未在伊拉克掌握哪怕一丁点权力的雅兹迪人，也成为他们打击的目标。

那时我还不知道的是，库尔德政府有意让我们雅兹迪人和阿拉伯人疏远，以便我们支持他们占领辛贾尔地区；而美军占领下普通逊尼派百姓的生活艰辛，当时的我也无从得知。我还在上学的时候，有一个不知名的武装组织正在为基地组织以及后来的"伊斯兰国"渗透附近的逊尼派村庄，为他们的进驻铺平道路。伊拉克全境都有逊尼派部族起事，反抗巴格达的什叶派政府和美军，但最终都被镇压下去。逊尼派阿拉伯人常年身处暴力和苛政的夹击之下，以至于许多和我年纪相仿，甚至比我还小的逊尼派孩子们，除了极端伊斯兰教思想以及因此产生的战争与暴力外，一无所知。

"伊斯兰国"在离科乔村一箭之遥的那些逊尼派村子里逐渐扎住阵脚，而当时的我对此一无所知，直到星星之火最终形成燎原之势，我才意识到当时的情况是后来一切的根源。我那时不过是个年轻的雅兹迪女孩，只知道美国人和库尔德人来了之后，生活变好了；只知道科乔村变得越来越大；只知道我能去上学了，我们家也不再穷困。

我还知道国家将制定一部新宪法，库尔德人将掌权，并且少数民族也能够参加政府的组建。我也知道我的国家仍然在打仗，但那时的我并不觉得战争和我们雅兹迪人有关。

**

美国兵刚来科乔村的时候，几乎每周都要来村子里发放一次食物和日用品，并且找村里的长老了解情况。他们会问"你们要建一所学校吗？""你们需不需要铺一条路？""你们需不需要接上自来水，这样你们就不用费劲去运水车上买水，拖着水箱回家？"，等等，而长老的回答自然全部是"要"。艾哈迈德·贾索会用大餐犒劳士兵们，而美国兵们则常常表示，他们在科乔村很有安全感，甚至可以在歇脚的时候把枪支在墙边。村里人听到美国人这么说，脸上颇为有光。贾索说："美国人知道，雅兹迪人会保护他们。"

美国兵经停科乔村，装甲车的发动机隆隆作响，村里其他的声音都被它们盖了下去。车轮在泥地里打转，扬起高高的尘土，还未等落下，全村的孩子们都从四面八方奔到装甲车前集合。士兵们会给我们口香糖或者糖果，还会给拿到礼物笑靥如花的孩子们拍上几张照片。他们穿着整洁干练的制服，言谈举止很接地气，对我们也非常友好，完全不像以前的伊拉克军人。美国兵们会向科乔村的大人们称赞我们的好客，称赞我们的村子干净舒适，并且赞赏我们支持美军推翻萨达姆，解放伊拉克人民的义举。他们说："我们美国人最喜欢雅兹迪人了，尤其是科乔村的村民们。我们在科乔村就像是回了家一样。"即使在那之后，美国兵来科乔村的次数越来越少，最后更是再也没来过，我们全村人依然对他们的赞扬感到无比自豪，仿佛人人都得过他们亲手颁发的荣誉勋章。

2006年，我13岁，有一个美国兵送了我一枚戒指。那戒指是一个简单的金属环，上面缀着一颗红色的小石头，那是我拥有的第一件饰品。从我拥有它的第一天起，它就一直是我最为珍视的宝物。我戴着它去学校上课，戴着它下地干活，戴着它在家看我母亲烤面包，甚至戴着它睡觉。一年之后，我的无名指变粗了，戴不下这只戒指，我便把它移到了小指上，可是小指又太细，戒指在小指上戴不牢，会上下滑动，要套在指关节上才能堪堪停住，我不由得担心会不小心弄丢它。我开始隔三岔五就看一眼我的手,确认我没有弄丢这枚戒指之后,才安心地将小指收紧,让戒指深深地压着我的指肚。

有一天,我和我的兄姊们在地里播种洋葱,我无意间低眼瞥了下手掌,忽然发现戒指不见了。我本来就非常讨厌种洋葱——要知道种洋葱的时候,每一颗洋葱种子都得小心翼翼地安放在冰冷的泥土里,而且那些洋葱种子气味刺鼻,手指沾染上它们的味道之后,比成熟的洋葱好闻不了多少。眼下丢了戒指,我更是气不打一处来,直冲着那些小洋葱发起火来,玩命地到处乱挖乱刨,想找回我最重要的宝物。兄姊们注意到我的异常,纷纷问我发生了什么事。我告诉他们:"我的戒指找不到了!"他们便停下活计一块儿帮我找起来。他们知道我有多看重那枚戒指。

我们把地翻了个底朝天,在黑黝黝的土里辨认每一点金色和红色的微光,可任是兄姊们找得再细致,我哭得再凶,也没人能把那枚戒指找回来。太阳开始下山的时候,大家也都只好作罢,回家去吃晚饭。埃利亚斯一边往家走,一边跟我说:"没什么大不了的,娜迪亚。那个戒指不过是个小玩意儿,你以后会有很多金银珠宝的。"可我还是连着哭了好几天。

我那时觉得,我再也不会收到这么珍贵的礼物了。我甚至担心那个送我戒指的美国兵如果有朝一日回到科乔村,会不会因为我弄丢了他的礼物而生气。

一年之后,奇迹发生了。哈伊里在地里采收当年种下的洋葱时，注意到有个金色的环斜插在泥里。他大喜过望，赶紧拾起来招呼我："娜迪亚，你的戒指！"我一路向他奔过去，从他手里一把抢过戒指，给了他一个大大的拥抱——那一刻他简直就是我的英雄。可是等我想把戒指戴上手的时候，却发现它已经连我的小指都套不进去了。我把那枚戒指放在了我的梳妆台上，母亲后来见到了，就劝我卖掉它："娜迪亚，那戒指你也戴不上了。不能戴的戒指，留着也没用。"母亲是从苦日子里熬过来的，在她眼里，持家稍有不慎，贫困就有可能卷土重来。我又是个凡事都向着母亲的乖女儿，所以我就去辛贾尔城的集市找了个珠宝商，把戒指卖给了他。

可是戒指脱手之后，我却陷入深深的内疚。那枚戒指本来是送给我的礼物，我却转手出卖，或许并不应该。我不知道如果那个美国兵回到科乔，问起他的礼物时，我该如何回答。他会觉得我辜负了他的好意吗？或者他会以为我不喜欢那只戒指？伊拉克的战事吃紧，美国人的战线又拉得太长，因此经过科乔村的美军装甲车已经日渐稀少。邻居们开始抱怨美国人抛下了我们，他们担心没有美军的保护，雅兹迪将会孤立无援，可我却为不用解释戒指的去向而松了一口气。

也许那个送我戒指的美国兵是个心地善良的好人，但如果他知道我把戒指卖给了辛贾尔的珠宝商，想必也会很难过。他毕竟是美国人，或许永远都无法理解，对我们来说，就算是卖那么小的一枚戒指换来的那么一点点小钱，都是如此重要。

第五章

　　伊拉克其他地方再怎么刀兵四起，狼烟滚滚，科乔村的雅兹迪人也不曾直接被战争和暴力摧残。打个比方，战乱就像是别处发生的大地震，等到震波传导到科乔村时，就只剩下一些小小的余震。科乔村并没有卷入最动荡的乱局之中，无论是美国海军陆战队和武装分子在安巴尔(Anbar)省的血战，还是什叶派在巴格达上台之后的苛政，还是基地组织的发展壮大，都和科乔村关系寥寥。村里人看电视的时候，都会为在军队和警察部队里工作的年轻人捏一把汗。不过起码科乔村没有遇到过自杀式炸弹袭击，路边也没有冷不丁就会爆炸要人性命的土制炸弹——在伊拉克的其他地方，这两种东西仿佛每天都会闹出惨剧，从不间断。如今的伊拉克被各方势力撕扯得支离破碎，可能以后再无宁日，而科乔村的人们所能做的，只是远远地看着伊拉克分崩离析。

　　哈伊里、赫兹尼和贾洛在部队里需要驻防很久，换防回家的时候，会跟我们讲在外面打仗的事情。有时候他们会被调到库尔德斯坦，那里几乎从来不会有恐怖袭击；有时候他们则被调到民兵控制范围之外的地区，在那里发生的事情经他们之口说出来，让我们这些留在村里的人听了都吓个半死。在军队和警察局当差是危险到随时会掉脑袋的工作，直接上战场打仗或者清剿恐怖组织的战斗人员自不待言，即使是给美国人当翻译，也有可能会被那些叛军和恐怖分子盯上。许多雅兹迪人被武装分子发现曾为美军工作之后,因为身家性命受到威胁,而不得不向美国申请避难。

战争的漫长超出了所有人的预料。萨达姆刚倒台的几个月,屹立在巴格达费尔多斯广场(Firdos Square)上的独裁者雕像轰然倒塌,伊拉克各地的美军士兵纷纷拥入大小城镇,和村民们握手言欢,承诺建设学校,释放政治犯,改善伊拉克百姓的生活,人们欢欣鼓舞,喜上眉梢;可到了2007年,离萨达姆被推翻区区几年光景,伊拉克却变成了一个暴力肆虐的战乱之地,美国不得不"紧急征调"超过两万人之众的增援部队,以应对安巴尔省和巴格达日趋严峻的武装暴力形势。短期内"紧急征调"的部队似乎起到了效果,武装组织的袭击减少了,海军陆战队也接管了大城市,挨家挨户地搜寻潜藏的武装分子;可对于雅兹迪人来说,正是在"紧急征调"的那一年,战火开始延烧到我们自己的身上。

2007年8月14日,整个伊拉克战争期间最严重的恐怖袭击发生在科乔村西面不远的两座小镇希巴谢赫希德(Siba Sheikh Khider)和泰尔埃泽尔(Tel Ezeir)[复兴党执政时代,它们分别叫作卡赫塔尼亚(Qahtaniya)和贾齐拉(Jazeera)]。当天傍晚时分,一辆油罐车和三辆轿车分别驶入两座小镇的中心。这些车辆的司机都声称自己是来给当地的雅兹迪居民运送食物和补给的,但随即这些车辆便被引爆,八百人丧生,一千余人受伤——整个人类历史上,比这次爆炸伤亡数字更高的恐怖袭击仅有一起而已——死者的遗体大都被爆炸撕裂,或者被倒塌的建筑物掩埋。爆炸的规模极大,连住在科乔村的我们都可以远远望见火焰和升起的烟雾。我们开始严格清查村前路上的所有车辆，毕竟即使是区区一辆陌生的车，就足够我们胆战心惊。

袭击虽然惨烈非常，但考虑到雅兹迪人和逊尼派阿拉伯人之间的关系几年以来本就愈益紧张，发生这样的悲剧，不过是个时间问题。辛贾尔地区的库尔德人的影响，加上逊尼派地区的宗教极端思想蔓延，都使得雅兹迪人和逊尼派的关系充满火药味。2007年早些时候，就在美国宣布"紧急征调"的几个月后，伊拉克的逊尼派开始公开声明，要为一位名为杜阿·哈利勒·阿斯瓦德的年轻雅兹迪女子的死复仇。这位女子的家人因为怀疑她想皈依伊斯兰教并且嫁给一个穆斯林男子，便施石刑残忍地杀害了她。虽然绝大多数雅兹迪人也因为这一惨案而感到非常震惊，可没有人在意这一点——外人开始把我们当作仇视穆斯林的野蛮人。

和伊拉克其他地方一样，雅兹迪人的社会里也会发生荣誉谋杀。千百年来雅兹迪人数度被迫改宗以保全性命，因此若是有族人改信他教，必定会被整个雅兹迪社会视为背叛宗族，但无论如何，我们都不应该杀害改变信仰的雅兹迪人，杜阿家人的所作所为也令我们所有雅兹迪人蒙羞——不仅因为她被当众施以石刑而死的时候，周围的围观者们虽然震惊恐惧，却无一人能够或者愿意出手阻止；更因为在她死后，她受刑的一段视频开始在网上流传，并且吸引到了各路媒体的注意。他们开始用这段视频作为攻击我们的武器，对我们向杜阿家人同样激烈的谴责置若罔闻。

杜阿的悲惨遭遇流传开来之后，摩苏尔周边地区的逊尼派阿拉伯人开始鼓吹雅兹迪人是异教徒,应当被斩尽杀绝——和今天"伊斯兰国"使用的字眼如出一辙。库尔德人大都信仰逊尼派伊斯兰教,因而也站在了我们的对立面。雅兹迪人不得不重新生活在耻辱和恐惧之中。在库尔德斯坦和摩苏尔的大学里念书的雅兹迪学生纷纷被校方勒令退学,而身在国外的雅兹迪人很快发现,他们身边的人也许对雅兹迪人从无半点了解,却在一夜之间把雅兹迪信仰当作杀人邪教,恨不能诛之而后快。

雅兹迪人并没有媒体渠道,在政界也没有有影响力的代表,无法向外界解释真相,因此逊尼派阿拉伯人对我们仇恨日深——或许他们本就一直仇恨着我们,只不过之前他们还稍事掩饰。眼下他们已经和我们撕破了脸,针对雅兹迪人的恶言恶语也越传越广。杜阿死后两周,逊尼派的枪手拦住了一辆载有雅兹迪乘客的公交车,并杀死了23人,宣称是在为杜阿复仇。我们那时就已预料到会有更多针对雅兹迪人的袭击,但饶是如此,希巴谢赫希德和泰尔埃泽尔发生的那种惨剧仍然令我们始料未及。

我的哥哥们望见爆炸之后,立刻开车去了事发的镇子,和成百上千名赶来的雅兹迪人一起,为受害者带去食物、床垫和药品,直忙到当天深夜才回到家。他们一个个都精疲力竭,眼角低垂,愁容不展。埃利亚斯告诉我们:"你们根本想象不到那里的场面有多惨。整个镇子都被炸没了,到处都是死人。"

母亲让他们坐下,自己去煮茶,哥哥们则忙着清洗手上的污渍。"我看见一具被炸成两半的尸体,整个镇子都像是流满了血。"

赫兹尼一边说，一边止不住地发抖。据他说，爆炸的烈度非常恐怖，有些尸体的头发和身上的衣物在爆炸之后居然挂在了街道上空的高压电线上。附近的医院很快用完了所有的床位和药品。我哥哥的一个朋友肖卡特见到赶来的医护人员拽着死者的脚拖送遗体，悲愤难当，猛地从医护人员的手里将遗体抢过去，把那死者亲自背到了殡仪馆。赫兹尼感慨道："那死者可是某个人的父亲或者儿子，至亲骨肉啊！可就那样，被人拽着，在地上拖着走。"

死者的家属们双眼无神地围拢在事发地周围，在尚未散尽的尘烟中无声地向前探去。有些家属哭喊着死去亲人的名字，有些则不死心，拼命在死人堆里寻找自己的亲人，殊不知他们早已殒命火海之中。即使等到那两座镇子清扫完毕，死者身份尽可能验明完毕之后，有些家属也不得不在无名冢前悼念自家死去的亲人。"那种悲剧发生之后，死人或许还得一解脱，活下来的人恐怕更难熬。"赫兹尼这样说道。

袭击发生之后，我们都不敢大意。在村东头和西头分别设置两个岗哨，村里的男人们带上卡拉什尼科夫步枪和手枪，轮流值守，扫视所有来往行人，排除一切隐患，并且盘查所有的陌生车辆——通常那些车辆的司机是我们不认识的阿拉伯人或者库尔德人。别处的雅兹迪人在他们的村镇周围修起了土制路障，甚至挖起了壕沟，以防汽车炸弹开进村镇里；可尽管科乔村离逊尼派的村庄咫尺之遥，村里人却直到好几年后才设置了路障和壕沟。我至今仍不明白这么做的原因——也许是因为村里人仍然寄希望于他们看在往日的情面，不会加害于我们；又或许是因为村里人不想让自己彻底隔绝世外。一年过去了，附近并没有再发生第二次袭击，村里的男丁们也不再上岗哨值守。

**

我们全家人只有赫兹尼想过离开伊拉克。那是在2009年，爆炸袭击的两年后。赫兹尼爱上了我们家邻居的女儿季兰，可季兰的父母因为两家家境相差太大而反对他们恋爱。

但赫兹尼并不打算轻易放弃。季兰的父母不准他进入她家，于是这对恋人便跑到各自的楼顶上，隔着两栋楼间窄窄的过道谈情说爱；后来季兰的父母在她家的楼顶修了一道墙，不让女儿有抛头露面的机会，赫兹尼便在自家楼顶垒起高高砖头，站在上面和墙里的姑娘相望。赫兹尼总说："没有什么能阻止我爱她。"他本不是天生外向，却爱季兰爱得死去活来，看着的确有股不畏艰险、排除万难只求和她在一起的劲儿。

赫兹尼派亲兄弟或者表兄弟去季兰家登门拜访。按照雅兹迪人的规矩，家里来了客人，主人必须端茶上果，好生招待，因此季兰可以趁父母忙着招待客人的当口，溜出去见赫兹尼。他俩相亲相爱，她也曾对她的父母说过，非赫兹尼不嫁，可她父母仍旧不许二人来往。我听说这件事之后，简直气得冒烟——赫兹尼是多么温柔的一个男人啊！季兰要是能嫁给他，那真是福分不浅呢！可母亲一如既往地报之一笑："他们家不喜欢我们家，无非嫌弃我们穷嘛。穷怎么了？穷又没什么错。"

赫兹尼知道，除非自己能挣点钱，不然季兰的父母是永远不会答应这门婚事的，可那时他在伊拉克压根找不到工作，因此忧郁不已。他的眼里只有季兰，如今季兰遥不可及，他感到继续待在家里已无意义。正巧村子里有几个男人盘算偷渡到德国去，投奔已经到了那里的一小群族人，赫兹尼便决意跟着他们一块儿去碰碰运气。他收拾行囊的时候，全家都依依不舍地掉眼泪，我更是不想他走。我无法想象家里少了我任何一个哥哥的样子。

临走之前，赫兹尼把季兰约到科乔村外的一场婚礼上见面，以免村里人撞见饶舌。季兰应约而至，在人群里找见赫兹尼。赫兹尼至今都记得，她那天穿了一身白色的衣服。他告诉季兰："我两三年后就回来，到时候我们就有钱过我们自己的日子了。"过了几天，在我们进行一年两次的斋戒之前，赫兹尼跟着那帮人离开了科乔。

他们先是步行穿过伊拉克的北部边境进入土耳其，然后一路慢慢地赶路到了伊斯坦布尔。他们在那里花钱雇了一个走私者，让他把他们几个塞进拖拉机的拖车里，偷渡到希腊。走私者叮嘱他们，如果边境守卫问起，就说自己是巴勒斯坦人："如果他们知道你们是伊拉克人，你们马上就会被抓起来坐牢。"说完之后，走私者就把他们一行人藏进卡车里，一路开向土耳其和希腊的边境。

几天之后赫兹尼给家里打来电话的时候，已经身陷囹圄。那是我们守斋结束的第一天，全家人正打算吃饭，母亲的手机突然响了。原来跟赫兹尼一块儿的一个家伙实在太害怕，没敢撒谎，结果一车人全部被抓了包。赫兹尼说,监狱里的条件实在太糟糕了,牢房十分狭小,里面的床也只是水泥板铺一层薄床单了事。没有人告诉他们什么时候能出狱,也没有人告诉他们会不会被指控判刑。一起关在牢里的几个同犯有一回为了吸引看守的注意,设法点着了床单,害得赫兹尼以为一行人都要被烟熏死在牢里。他还问我们斋戒过得如何,还说了一句:"可饿死我了。"从那以后,赫兹尼每次打电话回家,母亲都不免大哭一场,而哥哥们则手忙脚乱地抢过母亲的手机接起电话,避免母亲伤心。

三个半月之后,赫兹尼回到了科乔村。他整个人看上去瘦削憔悴,脸上写满了尴尬,当时我见到赫兹尼,心里直庆幸自己从来没动过去德国的念头。我到今天都觉得,一个人因为恐惧而不得不背井离乡,放弃家乡珍贵的一切,冒着生命危险去一个无比陌生的国家苟且偷生,已经是这世上最不公的事情之一——更何况还得为祖国背负着战乱贫弱的恶名,去外国遭别人的白眼,即使能在外国躲得了一时,终究还是得每日祈祷自己不会被引渡回国,又每夜对故乡的一切魂牵梦萦。赫兹尼的遭遇使我相信,逃难的伊拉克人永远到不了他们想去的地方,他们要么落在牢里,要么被打回起点。

不过赫兹尼折腾这么一遭,也不能说是毫无收获。他回到家的时候,迎娶季兰的愿望变得更加坚定,而季兰也早已下定决心嫁给他。虽然季兰的父母依旧不肯点头,但按照雅兹迪人的规矩,一对男女若是真心相爱,便可以不顾双方家长的意见私奔,因为敢于私奔便能证明他们确属真爱，而恋人私奔之后，和解让步的责任便落在了两家的大人身上。这条规矩听上去和如今人们的理念格格不入，甚至在有些人眼里，这种为了"落跑女人"而定的规矩颇为原始。但其实正是因为这条规矩的存在，年轻男女才能够从父母的约束中得到解放，尤其是许多雅兹迪姑娘，因为这条规矩的存在，才能不受父母意志的制约，嫁给自己中意的男人。

因而某一天晚上，季兰一声不响地从她家的后门溜了出来，找到了赫兹尼——后者正开着贾洛的车等着她。他俩出发向附近的一座村庄疾驰而去，为了避免撞见季兰的父亲，赫兹尼竟然开上了基地组织控制的路(事后他开玩笑地说，他怕自己未来的老丈人甚于任何恐怖分子)。几天之后他们就自行结了婚，两家人因为彩礼家当一类的事情谈了好几个月，总算好说歹说把这门婚事谈妥了，一对有情人也总算能大大方方回到科乔，张灯结彩地办了一场真正的喜事。赫兹尼后来每当想起当年偷渡不成的往事，都会乐得大笑不止，紧紧搂住身边的妻子说："幸好我那会儿在希腊就被逮起来了！"

自从赫兹尼那档子事之后，我们都决定留在科乔，尽管我们也都知道，村外的威胁正在不断蔓延。2010年伊拉克举行议会选举之后几个月，美国人就陆续开始撤离伊拉克，国内的各种势力随之抬头，开始为了夺权而互相厮杀。在伊拉克，每天都会有炸弹爆炸，炸死什叶派的朝圣者或者巴格达的儿童，也炸碎我们一切对美军撤离之后能平稳度日的幻想。在巴格达经营烟酒店的雅兹迪人都被极端分子盯上了，而我们这些村镇里的雅兹迪人则只敢躲在本地，轻易绝不外出。

在突尼斯人发起的反政府示威逐渐在叙利亚引起响应之后，叙利亚总统巴沙尔·阿萨德很快血腥镇压了国内的示威声浪。2012年，叙利亚爆发了内战，在一片兵荒马乱之中，一个名为"伊拉克和黎凡特伊斯兰国"的极端组织开始发展壮大，并且在伊拉克建立了相当大的影响。不久之后，"伊斯兰国"便占领了叙利亚大部，并且开始对拥有众多支持者的伊拉克境内虎视眈眈。两年之后，"伊斯兰国"在伊拉克北部大破因为轻敌而准备不足的政府军。2014年6月，"伊斯兰国"便以迅雷不及掩耳之势占领了伊拉克第二大城市摩苏尔，而摩苏尔位于科乔村东面，两地相距仅80英里。

**

摩苏尔陷落之后，库尔德斯坦地区政府开始向辛贾尔增援民兵，保卫雅兹迪村镇。民兵们一车一车地进驻辛贾尔各个村镇，承诺会保证我们的安全。一部分族人因为畏惧"伊斯兰国"的兵锋，认为伊拉克库区比辛贾尔安全得多，便盘算着离开辛贾尔，去投奔库尔德人的营地——尽管那里已经挤满了流离失所的基督徒、什叶派和逊尼派的穆斯林，还有叙利亚来的难民。库尔德政府劝我们不要再去那里添乱，而尝试离开辛贾尔去伊拉克库区的雅兹迪人，都在村庄附近的岗哨被库尔德士兵好言相劝地拦了回去。

有几家人觉得留在科乔无异于自取灭亡。他们朝库尔德人抗议道："我们已经被'伊斯兰国'三面包围了！"他们说得没错，科乔村只有一条通往叙利亚方向的路还没有被"伊斯兰国"武力封锁。不过科乔村的人们向来都为自己的村庄骄傲，没有人愿意放弃村子里我们为之奋斗的一切——那些家家户户花光积蓄盖起的水泥楼也好，村里的学校也好，大批大批的羊群也好，村里婴儿们降生的产房也好，一草一木，我们都绝不轻言割弃；更何况，还有不少伊拉克人质疑说，辛贾尔本不应该归属我们雅兹迪人，如果我们就这么退出辛贾尔，岂不正让人觉得我们不够爱脚下的这片土地，落人口实？艾哈迈德·贾索在议事所召开了一个会议，村民们作出了决定。贾索宣布："我们全村人都不会离开这里。"他直到最后仍然希望以往和逊尼派村庄的友好联系能在乱世之中保我们全村无事，因此我们也都留了下来。

母亲努力使家里的生活保持正常，可我们仍然时不时地警觉着陌生的路人或者可疑的动静。7月的一个深夜，大约11点，艾德琪、凯瑟琳、哈伊里、赫兹尼和我步行去不远处的农场，给畜生们打草料。夏天白日里酷暑难当，实在没法长时间待在地里，所以我们通常晚饭后等月亮上山，能看得清田里，气温也稍凉快些的时候，才下地干活。我们几个人走得很慢，因为打草料这个活又累又烦，没人爱干，就算再仔细的人，打完草料回家的时候也免不了满头满身全是草的狼狈样子，双手也会累得像灌了铅，浑身还会被草末子扎得瘙痒难耐——总之是个最苦的差事。

凯瑟琳和我负责站在拖车里，余下的人打好成捆的草料之后，就从地上抛给我们俩，由我们堆垒妥当。我们就这样干了一阵，一边干，一边还有说有笑，不过我们的对话比以往要严肃很多。在开阔地里，我们可以望见科乔村外的土地，每个人的心里都既好奇又担心，不知道天色黑暗的时候，外面会发生什么事情。突然，村子南面的路上亮起了车灯，我们都停下了手里的活计，眼睁睁地看着车灯从远处越来越大，越来越亮，直到我们能看清车辆的轮廓。那是一队看着像是军用的大型装甲卡车。

凯瑟琳小声说："我们应该快跑。"她和我最感到害怕。艾德琪却不想跑，她一边说"咱们接着干活，咱们不能老是担惊受怕"，一边将抱着的满满一堆干草塞进打捆机。

哈伊里那时正巧因为边境守卫部队换防放假回家，他在部队里已经干了九年，比我们都清楚科乔村外的世界正发生着什么。他对时局有着非常清晰的判断，看到那些车灯的时候，他将自己抱着的干草放在地上，伸手遮住眼帘，避免车灯的强光伤到眼睛。"那些是'伊斯兰国'的车队"，他说道，"他们看起来像是要去叙利亚。"他告诉我们，"伊斯兰国"的人离这里这么近，很不寻常。

第六章

2014年8月3日，天还没亮，"伊斯兰国"的武装就来到了科乔村外。他们第一批卡车开来科乔的时候，我正和艾德琪与迪玛尔一起躺在屋顶的床垫上。伊拉克夏天的空气炎热多灰，但我仍然喜欢睡在室外，我想这一点和我坐卡车的时候不喜欢坐在车里而喜欢坐在车后有点相似。我们给屋顶划了几个区域，方便让已婚的夫妇以及他们的孩子们睡觉时可以有一个相对隐秘的地方，不过，睡在不同区域的人们仍然可以越过分隔线甚至屋脊说悄悄话。平时，我总是伴着邻居们谈论家长里短或者小声祷告的声音轻松入睡，而最近伊拉克战火纷飞，大家一块睡在屋顶上，能看见谁进谁出，还稍稍给了我们一点安全感。

不过那天晚上，村里没有一个人敢睡着。就在几个小时之前，"伊斯兰国"突袭了许多附近的村庄，把成千上万名雅兹迪村民赶出家园，向辛贾尔山的方向进发。村民们对于这突如其来的状况毫无准备，乃至惊慌失措；他们被"伊斯兰国"强令出发的时候，人数众多。可因为所有不肯改信伊斯兰教，或者出于固执或困惑而没有离开村子的村民们都被武装分子枪杀，这些雅兹迪难民的人数急剧缩减。不仅如此，武装分子们还把所有脚步不够快的村民们从队伍里挑出来，直接射杀或者割喉。"伊斯兰国"的卡车接近科乔的时候，声音就像在安静的农村里拉响了许多颗手榴弹一样。我们恐惧地蜷缩在一起。

"伊斯兰国"不费吹灰之力就占领了辛贾尔，除了几百个用自家武器保卫村庄的雅兹迪民夫之外，他们并未遭遇任何抵抗，而这些民夫虽然英勇，却也很快打光了所有子弹。我们不久之后听说，许多邻村的逊尼派阿拉伯人十分欢迎武装分子的到来，有的甚至加入"伊斯兰国"，成为他们的一员，帮着他们切断雅兹迪人的逃生之路，将附近村庄所有非逊尼派的村民赶出家园，并且大肆洗劫无人的雅兹迪村子。不过，最初让我们感到更为震惊的消息，是那些发誓会保卫我们的库尔德人突然变卦。那天深夜，已驻守科乔村八个月，并且天天都向我们保证会拼尽全力保卫村子的库尔德民兵，一声不吭地坐上卡车，趁着"伊斯兰国"的武装分子还鞭长莫及的时候，赶紧溜回了安全地带。

库尔德政府事后声明说这是一次"战术撤退"。他们告诉我们，库尔德人没有足够的兵员守卫这一带，他们的将领们认为靠劣势兵力强行打防守战无异于自取灭亡，而如果把辛贾尔地区的士兵调到伊拉克的其他形势有利的地方，可以派上更多的用场。我们毫无疑问出离愤怒，但很努力地劝说自己，可恨的是那些库区政府的首脑，而不是那些民兵战士。然而我们终究还是无法理解，为什么民兵们没有留下只言片语就离开了村子——即使他们不愿意说，带我们去安全地带，或者帮助我们逃离危险也好。我们要是事先知道库尔德民兵会临阵撤退，一定早就去库尔德人控制区避难了，如果是那样，我相信等到"伊斯兰国"打过来的时候，科乔村里一定早已是人去楼空。

村民们将民兵的行为视作背叛。住得离民兵岗哨较近的村民们见到他们撤退，哀求他们至少给村民们留下武器再走，却没得到一丝回应。民兵撤退的消息瞬间传遍了整个村子，可村民们花了很大的功夫才逐渐接受这个现实。民兵们曾经在村子里极受爱戴，许多村民都对他们非常有信心，认为他们一定会回来信守誓言，保卫科乔村，甚至"伊斯兰国"的枪声第一次在科乔的上空炸响时，村里有些女人还互相耳语道："也许是库尔德民兵回来救我们了。"

民兵撤离之后，武装分子很快接收了废弃的军事岗哨和检查站，我们全村人形同瓮中之鳖，全无退路。"伊斯兰国"很快封锁了圣山到科乔村等辛贾尔南部村庄之间的道路，而圣山附近也早已挤满了曾希望来此避难的男女老幼。有几家人尝试过逃跑，却很快被"伊斯兰国"逮了回来，或者被处决，或者被他们绑走做了人质。母亲的侄子试图和他的家人一块逃跑，"伊斯兰国"追停他们的车子之后，就地枪决了他们一家所有的男丁。母亲接到电话后，告诉我们说："他们家女人的下落还不清楚。"我们便只能默默在心里作最糟糕的假设。这一类的消息开始让家里充满恐惧的气氛。

"伊斯兰国"到来的时候，赫兹尼和萨乌德都在村子外面工作——赫兹尼在辛贾尔城，萨乌德在库尔德斯坦。他们离科乔村十分遥远，身处安全区，因此为我们感到焦心不已，整夜整夜地打电话回家。他们将所知道的关于辛贾尔局势的一切都讲给我们听。好几万逃难的雅兹迪民众带着禽畜，沿着小路往圣山而去。稍富裕一些的能够将全部家当打包装进汽车，或者让全家人坐在卡车侧沿上，在人群之中铆足马力疾驰而去。

有些人则让上了年纪的老人坐在独轮车里，或者弯腰背着他们前进。正午的太阳热得要命，有几个年事已高或者身体非常虚弱的人，就这样死在了路边，孱弱的躯壳没入沙土之中，仿佛一根根枯落的树枝。路过这些尸体的人们都害怕落后被恐怖分子逮住，一心只想上山，因而并无一人在意。

随着雅兹迪人朝圣山越走越远，他们开始扔下许多离开家门时带着的家当——推车、外套或者是做菜的锅之类的。他们刚离家出发的时候，一定以为这些东西是无论如何不能扔掉的。没有锅子怎么做菜？抱小孩抱得太久手臂发酸的话怎么办？又有谁知道按这样的情势，全家人能不能回乡过冬？然而路终究是越走越累，而圣山在他们的眼里，却仿佛越走越远，因此这些杂物失去了必须带着的意义，一件件被当作垃圾一样抛在路边。孩子们拖着疲惫不堪的双腿往前挪着，直到脚上的鞋都脱了胶，裂作两半。终于抵达圣山之后，有些人立刻开始沿着陡峭的山坡向上攀登，而其他人则各自找些石窟、神殿或者山村屋子权且藏身。小汽车们沿着蜿蜒的山路加速前进，有些司机因为手忙脚乱，一不小心没捏紧方向盘，车子便翻下了山坡。山间的高地上，也挤满了背井离乡的人。

山顶上的情形也毫不乐观。一部分雅兹迪人立刻着手寻找食物和水，或者哀求同村人帮忙一同寻找失去音讯的亲人；而其他人则一动不动地坐着。

也许他们是累坏了，又或许他们是因为"伊斯兰国"把兵荒马乱带到辛贾尔这么久之后，头一次身处相对安全的环境，开始仔细回想过去的几天究竟发生了什么事。他们的村庄已被人占领，曾经拥有的一切全部落入他人之手。"伊斯兰国"的武装分子横扫这一地区的时候,把田间村头星罗棋布的所有小神殿尽数摧毁。圣山附近原本有一处墓地,是专门用来埋葬儿童的,如今则被用来堆放被"伊斯兰国"杀害或者死在逃往圣山路上的各路百姓的尸体。几百个雅兹迪男人死于"伊斯兰国"的枪下,男孩和年轻妇女们则被绑走,之后被带去摩苏尔或者叙利亚。与我母亲相仿,年纪稍长的妇女们,则被集体枪决,填进乱葬岗中。

山上的雅兹迪人惊魂稍定,开始回想起逃难路上所做的种种决定:他们也许曾在开车上路的时候别过他人的车,以便自己能早些赶到圣山;又或许他们见到步行赶路的同胞时,没有伸出援手带他们一路。留在家里的家畜原本是否能够全带出来?如果自己在逃难路上为他人稍微驻足片刻,是否能救下一两个人?母亲的一个侄子生来就有残疾,步行很困难。"伊斯兰国"杀来的时候,他知道自己绝难步行到达圣山,便要求他的亲人们先行出发。就算他也赶在"伊斯兰国"进村之前离开,以他的身子,到得了圣山吗?眼下山上的幸存者们头顶有骄阳似火,脚下有"伊斯兰国"虎狼环伺,而救援则遥遥无期。

我们收到这个消息的时候,内心知道这也将会是我们自己的命运,全家开始祈祷。我们给住在逊尼派村庄和库区的所有熟人挨个打电话,但每个人都爱莫能助。

那天晚上和第二天早晨,"伊斯兰国"都没有直接开进科乔村里,不过他们放话,只要村里有人试图逃跑,一律格杀勿论。住在村头的人们向我们形容了他们的样子：有些人长巾覆面，只留眼睛在外面；大多数人都蓄长须。他们手里的武器都是美制装备，原本是美军留给伊拉克政府军的，却在政府军撤离之后落入了他们的手中。那些武装分子看上去就和电视还有网上的宣传视频里一模一样。我无法把他们看作有血有肉的人，在我眼里，他们和他们手里的枪、开着的坦克一样，都是为杀戮而生的武器。如今他们瞄准的，是我的村庄。

**

"伊斯兰国"到来的第一天，8月3日，他们的一个指挥官进了科乔村。艾哈迈德·贾索把村里的男人叫去了议事堂。埃利亚斯是长兄，因此家里派他去打听消息。我们全家人则坐在院子里等着他回来，和身边的羊挤在仅有的几处树荫底下。我们之前把羊都赶回了自家院子里，以免损失。这些畜生们懒洋洋地叫着，丝毫不知道外面的世界发生了怎样天翻地覆的变化。

凯瑟琳坐在我的身边，脸上充满了稚嫩和惊恐的神情。我们虽然年纪差了几岁，但在学校里是同级，关系好得一刻也分不开。我们俩十几岁的时候，都痴迷研究化妆和做发型，每每用彼此的脑袋做实验，顶着彼此做的新造型去村子里的婚礼上亮相。出嫁的新娘是我们的灵感源泉：她们只有在出嫁的那一天才会花钱花心思打点自己的容貌，可每当出现在众人眼中的时候，都美得像是从杂志写真里走出来的一般。

我常常会凑过去，从头到脚地研究新娘们，琢磨着她是怎把发型弄成那个样子的,或者她抹的口红究竟是什么颜色。我会觍着脸问新娘要一张她的新婚照片,回家收藏在我的一本厚厚的绿色相簿里。我想着以后有一天我开了自己的美发店,来店的大姑娘小媳妇们可以翻看这本相簿,挑选她们中意的发型。"伊斯兰国"来科乔之前,我已经收藏了两百多张照片。我自己最喜欢的一张是一位年轻的褐发姑娘的照片——她的一头秀发蓬松卷曲,堆在头顶,发间还插了许多小白花,充作点缀。

凯瑟琳和我常常会鼓捣我们各自的长发,用手掌接满橄榄油涂在头发上作保养,或者用花染剂上色。可是今天,我们连梳一梳头发的心思都没有。可怜的小侄女脸色煞白,一句话都说不出来。我自知年纪稍大一些,感觉应该尽一个小长辈的责任,宽慰她一下。我一边捏着她的手,一边对她说:"别担心,一切都会好起来的。"这话原本是母亲常常用来安慰我们的,我虽然并不相信一切都会好起来,但也知道母亲必须担起保护我们希望的责任,正如现在我必须担起让凯瑟琳保持希望的责任一样。

埃利亚斯回到了院子里,每个人都把视线转向他。他大口喘着粗气,像是一路从议事堂飞奔回家似的,缓了好一阵才有力气开口。"'达埃什'已经包围了科乔村。"他用了"伊斯兰国"在阿拉伯语里的名字,"我们已经无路可逃。"

"伊斯兰国"的指挥官在议事堂里面警告村里的男人,如果有谁试图逃跑,必将严惩不贷。埃利亚斯说:"那个指挥官说已经有四家人试过突围,可全被他们挡了回去。那几家的男人们不愿意改信，于是全部被杀；女人们死死抱着自己的儿女，却还是无法阻止武装分子掳走她们的孩子。武装分子还抢走了他们的车，掳走了他们的女儿。"

母亲坐在原地，低声说道："民兵们一定会回来的！我们得祈祷。上苍会可怜我们的！"

马苏德则生气地说："总得有人来帮我们。难道就这样把我们扔在这里不管吗？"

埃利亚斯接着说道："指挥官要我们给自家在辛贾尔山顶的亲属打电话，如果他们下山归顺的话，可以免死。"

全家人陷入了沉默，每个人都默默咀嚼着这话里面的意思。圣山顶上的日子固然是不好过，可最起码强过被"伊斯兰国"俘虏。我们都相信，圣山是我们永恒的庇护所。雅兹迪人世世代代都会在战乱的时候逃往圣山，在山洞里藏身，喝山间溪水解渴，吃树上无花果或石榴充饥。圣山脚下到处都是雅兹迪人的神殿和教长，每个人都深信，这里是神最钟爱的地方。赫兹尼从辛贾尔城成功逃到了山上，他打电话回家的时候，还责备我们搞不清楚状况。他在电话里说："你们哭着担心我们，我们还哭着担心你们哩！起码我们已经有救了。"

我们决定服从武装分子的命令。他们挨家挨户搜查武器的时候，我们把家里几乎所有的枪都交了出去，不过我们留了一手，之前的一天夜里，我们趁他们看不清的时候，在地里挖了个坑，埋了一支枪。我们没有打算逃跑。埃利亚斯或者另一位兄长每天都会去议事堂里接受"伊斯兰国"指挥官的命令，然后回家转达消息。全家人都待在家门之内，大气都不敢出。

那支埋在地里的枪终究没有派上什么用场。不过唯有一条我们绝不从命：无论"伊斯兰国"许下多少承诺，我们都宁愿引颈就戮，也不会打电话劝赫兹尼或者其他任何人下山。山顶上的雅兹迪人若是下山，结局可想而知。

第七章

科乔村的围困持续了将近两周。这段日子里，有时时间过得飞快，还没反应过来的时候，一天天就过去了；可有时时间又过得很慢，让我每一秒都如坐针毡。每天早晨，"伊斯兰国"的晨礼号就会从各个岗哨传来。虽然科乔村的人不熟悉这个声音，可我在学校里学过伊斯兰教的知识，也去过辛贾尔城，知道那是怎么一回事。上了年纪的雅兹迪人会交头接耳地抱怨晨礼号的声音。他们确信，未来雅兹迪人只能蜗居在小村小镇里面，而原本属于雅兹迪人的富庶之地则会落入有权有势的阿拉伯人和库尔德人之手。他们总是长吁短叹："辛贾尔已经不再是一座雅兹迪人的城市了。"尽管如此，"伊斯兰国"真正出现在科乔之前，我都没有把晨礼号当一回事。可是如今他们兵临城下，晨礼号的声音里，多了几分不祥的气息。

亲戚们开始一个接着一个拥向我们家。赫兹尼的妻子季兰抛弃了村外就快盖完的新房,和我们住到一起。表亲和其他同辈血亲则从村里各地云集而来,手里拎着小皮箱,怀里揣着给婴儿吃的奶粉。萨乌德的妻子希琳刚生产,她把怀里的粉嫩婴儿抱出来的时候,所有的女人们都围了上去,端详着这个仿佛象征希望的孩子。

家里不多的几间屋子很快堆满了亲戚的家当——衣服、毯子、照片、财物,只要是他们能带出家门的东西,无所不有。一大家子人白天守着电视,搜索辛贾尔地区雅兹迪人遭到屠杀的新闻。电视里的场面只能用噩梦降临来形容。辛贾尔上空有飞机来投放救援物资,可是它们没办法低空飞行;而且即使飞机上的人投下了装有食物和水的包裹,它们也都落在了大山的各个角落,无迹可寻。

伊拉克政府军的直升机在山顶的路口着陆,山上的雅兹迪人见状,简直发了疯似的想搭上他们的飞机。难民们试图把婴儿和老人推进机舱,可士兵们把他们都推了回去。士兵们对人群喊话:"直升机上不了那么多人,会没法起飞的!"可人群哪顾得上听这道理?据说人群之中有个妇女,下定决心要搭着直升机离开圣山,于是双手握住起落橇,跟着直升机飞到了半空中。她坚持了一会儿,终于脱力,松开了手。有人传言说,她重重砸在了山顶的岩石上,整个身子瞬间化成一块块血肉,仿佛一颗爆炸的西瓜。

赫兹尼刚刚赶在"伊斯兰国"占领辛贾尔城之前跑到了圣山顶上。他工作的那个警察局撤离之后,他和另一个警察同事结伴步行前往圣山。出发之前,为了不给那些恐怖分子留下一枪一弹,每个警察都带走了一支步枪,并且各自还在腰间插了几把手枪。一路上天气炎热,尘土飞扬,两个人每一步都走得胆战心惊,生怕武装分子躲在哪个他们看不见的角落,猝不及防地从某个方向冒出来,拦住他们的去路。行至离宰纳布(Zainab)一公里外的地方时,他们瞧见"伊斯兰国"的卡车在一座什叶派清真寺门前来来往往,过不多久,一声炸响,整座清真寺归于瓦砾。

他们俩在公路上拐了好几个弯,惊险地躲过了正巧开来的整整三卡车"伊斯兰国"武装分子。仅仅在几分钟之后,那些武装分子就拦住了走在赫兹尼和他同事身后的逃难者,并且杀光了他们。赫兹尼后来告诉我:"我能保住这条命,全仰仗神明保佑。"

圣山顶上昼夜温差极大,白日炽热,有如蒸烤;夜晚寒冷,有如冰封。难民们几乎断了粮,不断有人死于脱水。上山的第一天,难民们把原本放养在山间的一只羊宰了,每个人都分得几口肉吃;第二天,赫兹尼跟着一些人悄悄往东面下了山,溜进一座还没有被"伊斯兰国"占领的村子。他们用拖拉机载满村子里的生小麦,运回山顶,用水煮了。每人都分到一杯麦子,堪堪能填饱肚子。后来有一天,"人民保卫军"从叙利亚派来了几名战士,给难民们带去了面包和食物——他们隶属于库尔德工人党的叙利亚支部,是一支以土耳其为根据地的库尔德游击队。

借助美军的空袭掩护,"人民保卫军"最后成功打通了辛贾尔到叙利亚库区的道路,给山上的雅兹迪人们开出了一条生路。叙利亚内战开打以来,那里的库区局势相对稳定,支持工人党的叙利亚库尔德人试图在那里开辟一片自治领地。尽管"伊斯兰国"试图放枪喝止,但成千上万的雅兹迪人还是成功地离开山顶,逃出生天。赫兹尼下山之后,赶往了位于扎霍 (Zakho) 的姨妈家。难民们分别抵达伊拉克和叙利亚库区之后,当地的库尔德人纷纷开着车迎接他们的到来。他们大多是逊尼派教徒,为落难的雅兹迪人们送去了食物、水和衣服,还打开家门,在商店和学校里清出空间来,收留那些无家可归的人们。他们善良而富有同情心的义举,至今仍使我们感激不已。

雅兹迪人遭遇屠杀之前,我从不曾对库尔德工人党有什么印象。他们在辛贾尔声望不大,尽管有时他们的宣传片会出现在库尔德的电视频道上——那片子是在位于伊朗边境的坎迪尔 (Qandil) 山脉中某个地方拍的。片子里男女党员们穿着宽松的灰色制服,一个个跪在各自的卡拉什尼科夫步枪边上。——可他们距离我们的生活还是太过遥远。他们和土耳其政府军的战斗,也和雅兹迪人鲜有关联。可是,自从"人民保卫军"救下圣山顶上的雅兹迪人之后,他们便成了辛贾尔远近闻名的英雄。许多同胞将他们视为库尔德民兵队之后雅兹迪人的新守护神。工人党对雅兹迪人出手相助,却难免与巴尔扎尼的库尔德民主党变得剑拔弩张。库尔德民主党希望做辛贾尔的第一大党,并不乐见工人党的声望日隆。辛贾尔因此成为这两个党派之间明争暗斗的角力场,几年之后,他们之间的冲突将会愈演愈烈。然而眼下对于我们雅兹迪人来说,工人党救下了圣山上的同胞,还派了数百名战士上辛贾尔前线抗击"伊斯兰国",毫无疑问是值得我们感恩戴德的大救星。

可是科乔村仍旧处于孤立无援的境地。每天我的一个哥哥都会照例去议事堂,然后回家转达最新的消息——没有一条是好消息。哥哥们说,科乔村的男人们打算制订一个逃跑的计划,可是村子外面找不到人接应。母亲听后说道:"说不定美国人会像救圣山上的人一样,派飞机来救我们。"——如果说科乔村外的"伊斯兰国"武装分子也有害怕的东西,那就是飞机或者直升机的轰鸣声。"说不定工人党也会跟着美国人一块儿过来。"母亲接着说。可是哥哥们和曾经为美军当过翻译、如今已身处美国的雅兹迪朋友们还有联系,他们很快知道,无论是美国人还是工人党,来科乔的概率都几近于零。

飞机和直升机从我们的头顶呼啸而过,但从来不曾停在科乔,无一例外,都是往圣山的方向而去。我们也知道,工人党对我们的处境恐怕也是鞭长莫及。诚然,工人党的战士们久经训练,英勇善战——要知道他们已经和土耳其政府军打了将近50年的仗了。可是他们擅长的是山地作战,要他们在辛贾尔山到科乔的这一片平原上和"伊斯兰国"战斗,无异于强人所难。更何况,如今的科乔村已经是沦陷区,位置又过于靠南,任谁都无法冒险深入。我们几乎已是瓮中之鳖。

尽管如此,很长一段时间,我们都还或多或少相信美国人会来解科乔村之围。我的哥哥贾洛在美军介入伊拉克内战之后,驻守在塔尔阿法尔机场。他有个同族的朋友叫海德尔·埃利亚斯，后者曾经给美军当过翻译，后来向美国成功申请避难，如今已移居休斯敦。他们俩每天都要交谈好几次，尽管海德尔总是告诫贾洛少给他打电话——他担心万一"伊斯兰国"查了贾洛的手机，发现里面存了一个美国的号码，那么贾洛必定会被就地处决，难逃一死。

海德尔和一群海外的雅兹迪人在华盛顿特区租了一间酒店房间，竭力向美国政府、埃尔比勒和巴格达发送请愿书，试图劝说他们向伊拉克的雅兹迪人施以援手。可是无论他们怎么努力，科乔的救兵仍像是远在天边。海德尔每次打电话来，贾洛都会立刻接起，可是他心里的希望很快随着海德尔一通接一通的电话消亡殆尽，而悲愤则越积越多。

美军在伊拉克搜查村屋，寻找藏匿的反抗军武装时，贾洛曾经和他们并肩作战过。他深知美军的地面作战能力所向披靡，因此也坚信，只要美国人派兵进攻科乔周围的"伊斯兰国"岗哨，科乔之围便可迎刃而解。"伊斯兰国"的武装分子们有时会在议事堂里大骂美军在辛贾尔的空袭，甚至管奥巴马叫"十字军"。每当这时，贾洛就会告诉海德尔："我觉得他们已经军心不稳了。他们没准会放我们走。"就在几天前，几个"伊斯兰国"的武装分子还把生了病的艾哈迈德·贾索带去了附近的一个镇子看病。贾洛嘀咕道："要是他们不想留我们活口，何必还要整这一出？"

贾洛非常喜欢美国。"伊斯兰国"围村之前，他常常会打电话给身在得克萨斯的海德尔，问他离开伊拉克之后的新生活滋味如何。贾洛连高中都没有念过，听说海德尔在美国读了大学，心里嫉妒得紧。贾洛还会对海德尔开玩笑说："给我介绍个美国老婆呗！丑一点老一点都行，只要肯嫁给我就行。"

海德尔并不相信美国人会支援科乔，他认为美国人如果出手，"伊斯兰国"势必会把遭受空袭的怨气报复在科乔村村民的身上。他告诉贾洛："你要小心。他们可能只是假意示弱，他们是绝不会放你们走的。"伊拉克的情势风云诡谲，瞬息万变。媒体追逐大的新闻事件，没有一家对科乔村的困境有过报道。埃利亚斯解释说："巴格达政府在搞总理选举，没人顾得上咱们。"

于是我们只能干等着。村子里一片死寂，街上并无一人，家家户户都掩门不出。家里断了粮，我只能看着哥哥们变得面黄肌瘦。我猜测自己也不会好到哪里去，但终究没有勇气照镜子确认这一点。全家人不再洗澡，很快我们身上的馊味便充斥整个屋子。每晚天色完全黑下去之后，我们才趁武装分子瞧不清楚村里动静的时候，爬到屋顶上，挤成一团入睡。我们躲在屋顶的矮墙后面，不敢稍有起身，怕被武装分子察觉；连互相之间耳语几句，都压低声音，生怕惊动他们。希琳的孩子啼哭的时候，我们所有人都不免捏一把汗。当然了，我们的担心其实都很无稽。——"伊斯兰国"清楚，我们没有人能飞出他们的手掌心。

**

"伊斯兰国"把我们看押在村子里，一面在辛贾尔其他地区大肆烧杀掳掠。他们只是还腾不出手来对付我们而已，因为他们正忙着洗劫雅兹迪人的家宅，带走成袋成袋的珠宝、车钥匙和手机，并且牵走雅兹迪人撒下的牛羊，据为己有。他们将掳获的年轻姑娘分给伊拉克和叙利亚的武装分子，充作性奴；至于年纪稍大些，看着有还手之力的男孩们，则全部杀死。成千上万的雅兹迪人死在了"伊斯兰国"的枪口之下，为了毁尸灭迹，武装分子们将他们的遗体填进乱葬岗。可是遗体实在是太多了。

我们最后的希望是附近的逊尼派村子能够向我们伸出援手，那里有我们的阿拉伯朋友，还有我们的"基里夫"们。阿拉伯人收容雅兹迪人，或者亲自开车送雅兹迪人去安全区的故事在村民之间多有流传。

可是流传更广的风闻，则是阿拉伯人会一面背弃雅兹迪人的求救，把他们交给"伊斯兰国"处置，一面自己加入武装分子的行列。这样的传言有些是捕风捉影，但有的是我们信任的亲友亲口所言，因此颇为可信。有天早晨，我的一位表亲带着全家找到他们的"基里夫"，求他收留。那"基里夫"一家款待了他们，并且好言安抚。"基里夫"一家告诉他们："你们放宽心，我们会帮助你的。"转头那些阿拉伯人就把我的表亲一家出卖给了"伊斯兰国"的指挥官，后者派来几个爪牙，将他们尽数绑走。

哥哥们给附近村子里所有想得到的熟人都打了电话，甚至为此还爬到了屋顶上，因为那里信号好一些。电话那头的人们一个个都听上去为我们的遭遇而揪心，可是没有一个人明言会帮助我们，或者能为我们想什么法子。他们只是一再告诉我们等在原地，告诉我们"再等一阵看看"。一些邻村的穆斯林在"伊斯兰国"围困期间来过科乔村，为我们带来了一些食物，并且表示他们对我们的困境感同身受。他们以手拊胸，真诚地答应我们说："我们永远不会抛下你们不管的。"可是一天天过去，他们终究是食言了。

我们逊尼派的邻居们本可以帮帮我们的。要是他们听说过雅兹迪女人被掳走后的悲惨遭遇，他们本可以给村里的女人们裹上黑袍，偷偷地带出村去；甚至他们本可以一五一十地告诉我们外面的情势，这样我们也能断绝等待救援的念想，未尝不是一件好事。可是他们什么都没有做，他们下定决心袖手旁观。在"伊斯兰国"真正的枪弹呼啸而来之前，逊尼派邻居们的不作为仿佛一颗颗无形的子弹，击碎了我们的心。

有一天，我和迪玛尔、哈伊里、埃利亚斯和同父异母的兄弟哈勒德去地里牵一只羊回家，打算宰了做晚饭。那一段时间，大人们没有心思吃饭，可孩子们又哭又闹，吵着要吃点正经的饭菜填饱肚子。科乔村断了粮，我们只能拿家里的羊开刀。

地里的手机信号很好，所以埃利亚斯把手机带在身边，这样他们兄弟几个可以一边赶羊，一边接着打电话求助。我们接到消息，我的一个侄女巴索原本在塔尔卡萨布 (Tal Kassab) 照料一位生病的表亲，后来试图逃到圣山，被"伊斯兰国"逮住，押到了塔尔阿法尔的一所学校里关着。据说那所学校上下都被漆成红色，里面关满了雅兹迪姑娘和妇女。我想起我的一位逊尼派阿拉伯老师穆罕默德先生，老家就在塔尔阿法尔，便想到他或许有办法找到巴索。

科乔村里有很多逊尼派的阿拉伯老师，大多是摩苏尔人氏。全村人都很尊敬他们，把他们看作村里的一员。这些老师们的家乡早就落入"伊斯兰国"之手，我有时还琢磨他们的内心是何感受。老师们家乡的亲人从来没有打过电话来问问科乔的情况，一开始我还替老师们担心——毕竟无论对谁来说，背井离乡逃难的滋味肯定不好受，若是不幸被"伊斯兰国"俘虏奴役，那更是生不如死。可是随着"伊斯兰国"围村日久，我却开始怀疑老师们三缄其口，并不是因为害怕，而是因为私底下为武装分子的到来而感到高兴。也许老师们从头到尾都不过将我们看作不信者和异教徒。只是想想这样的可能性，我就感到反胃。

我曾经在一册课本的背后记下了所有老师的手机号码。我拿起埃利亚斯的手机拨通了穆罕默德先生的电话，电话响了两三声之后，从那头传来了老师的声音。

"您好，穆罕默德先生。"我用阿拉伯语的敬语向他开口。我想起在穆罕默德先生的课上苦读的那些日子。我很专心地听他的课，因为我知道，通过他的考试，我就能升入高年级，离毕业就能近一步，离未来的生活也能近一步。我曾无比信任穆罕默德先生。

"你是谁？"老师的声音一如往常的平静，我的心怦怦直跳。

"我是娜迪亚，先生。"我回答道，"我是科乔村的。"

"什么事，娜迪亚？"他稍微加快了一点语速，听上去有些冷漠和不耐烦。

我向他解释说，巴索被"伊斯兰国"绑去了塔尔阿法尔。我告诉他："他们说那所学校上下都是红色的。我们知道的就那么多。我们没办法离开科乔，'达埃什'已经包围了我们的村子，他们说我们如果敢离开村子半步，他们就会杀了我们。您能替我们给巴索带带话吗？您知道那学校在什么地方吗？"

我的老师沉默了好一阵。可能他听不清我说了什么，可能"伊斯兰国"把线路切断了，可能埃利亚斯的手机欠费了。然而当穆罕默德先生再次开口的时候，他的声音已经和短短几个月前还在给我们上课的那个熟悉的老师判若两人，一字一句都透着无情的寒意。他压低声音对我说："我不能和你说话，娜迪亚。不必为你的那个小姑娘担心。他们会让她改信，然后会给她找个人结婚。"我还来不及追问，他便挂断了电话。我呆呆地望着手里的手机，一堆毫无用处的廉价塑料。

埃利亚斯一面揪着羊脖子上的项圈，一面拽着它往家走，嘴里还骂着："他妈的，我们一个一个电话打出去，连一个理我们的都没有。"

从那时起，我的内心发生了一种改变，也许是无法恢复的改变——我不再相信会有任何人帮助我们。也许我的老师和我们一样，并非真的无情，只是为了保全一家人的性命不得不如此；也许他打心底里支持"伊斯兰国"，期待有朝一日能生活在他们所描绘的、充满歪曲野蛮的伊斯兰信仰的世界之中。他们的世界将不会有雅兹迪人,不会有任何跟他们的宗教信仰有丝毫差异的人。我不知道穆罕默德先生为什么这样无情,但那时我非常确信,我恨他。

第八章

我第一次近距离看见"伊斯兰国"的武装分子,是他们围村之后的第六天。家里的面粉和饮用水都见了底,于是我和艾德琪,还有我们的两个侄女罗伊安和妮斯琳出发去贾洛的家寻找补给。从我家出发,穿过一道窄窄的巷子,到贾洛家去,步行只需要几分钟。村里的路上通常也不会见到"伊斯兰国"的人。他们都待在村外,把守着岗哨,确保村里没有人逃出去。

尽管如此,我们还是对离开家门感到恐惧。家门外的一切都像是一个陌生的世界,科乔村的一草一木、一砖一瓦,都不再令我们感到熟悉和心安。平时,科乔村里的大街小巷到处都是人,孩子们沿街嬉戏,大人们则忙着在小杂货店和药店里买东西,可是眼下,村子里空无一人,万籁俱寂。艾德琪胆子大,一个人走在前面,我只好小声对她说:"离我们近一点。"我们走得很快,疾步穿过了巷子。这段路我走得提心吊胆,仿佛自己身处噩梦之中还未醒来一般。甚至连我们自己的影子,都能把我们吓得不敢回头。

是母亲派我们去的。她说:"你们几个大了,用不着男人护送你们了。"我们都点头同意。那一阵我们每天枯坐在家里,不是看电视,就是没日没夜地哭,一天天地瘦下去,身体虚弱无力。

哥哥们起码还能出门去议事堂,回来给家里人带话,告诉我们长老或者"伊斯兰国"的指挥官今天说了些什么。之后他们便忙着用手机打电话,盼着有什么人会帮助我们,直到饿得虚脱,瘫在地上,才肯停手。我的哥哥们和父亲一样,都有不服输的斗志,我长这么大,第一次看见他们这么无助。现在该轮到我来为他们分忧了。

科乔村谈不上有什么布局,当初建村的时候,也不曾有人拿着蓝图把街道楼房规划整齐。只要某片地皮是你的,你在上面建什么楼,建在哪里,都不会有人过问。因此整个村子就像一个百折千回的迷宫,过往行人走在村里,都难免会有晕头转向的时候。村子里的房屋就像有了意识一样,横冲直撞地向四周扩张,隔出无数蜿蜒曲折的小巷子来。如果不认路的人落在这些巷子里,要想走出来比登天还难;而且只有在村里走街串巷一辈子的人,才能够熟稔地穿行其中。

贾洛的家在村的一头,离村外只隔着一道矮矮的砖墙。墙外便是漫漫无垠的辛贾尔荒漠,荒漠的尽头便是摩苏尔,"伊斯兰国"在伊拉克的首都。我们推开贾洛家的铁门,摸进厨房里。屋子里空旷整洁,贾洛和他的家人离开的时候,应该比较从容,可我待在屋里的时候,仍然感到害怕。也许是因为他们不在,我才感到这么不自在。我们几个找到了一些面粉和水,还有一罐婴儿奶粉,便把这些都手脚麻利地装进口袋。没有人出声。

　　返程的时候，罗伊安突然指了指花园的墙。那墙上约半人高的地方掉下了一块砖，留出一个洞来。我们几个在屋顶上，都不敢冒险去盯着那些武装分子看，生怕暴露行踪。可是眼前的这堵墙倒是很好的掩护，透过墙上的那个洞，我们可以望见离科乔村最近的一个岗哨。罗伊安问我们："你们觉得外面会有那些'达埃什'吗？"她一边问，一边走进花园，在墙边蹲了下来。我们三个相视片刻，也都跟她一起聚在洞口边，把额头贴在墙上，努力透过那个洞找个开阔的视角，看看外面的世界。

　　就在一百多米开外，有几个武装分子正把守着曾属于伊拉克政府军和库尔德民兵的岗哨。他们穿着松松垮垮的黑色衣服和裤子，武器扛在一边。他们的脚不停地踩着沙土路，互相交谈的时候，还不断挥舞着手。我们紧紧地盯着他们的一举一动，仿佛能从里面看出什么玄机来似的——但他们的每一个动作都令我们感到万分恐惧。

　　几分钟之前我们还担心会在路上撞见武装分子，可现在我们趴在墙边看他们看个没够。我真希望我能听清楚他们在说什么。也许他们正在商量着什么计划，如果我能偷听到，就能更好地了解村内外的形势，并且可以把这些情报传达给哥哥们，帮助他们抵抗敌人；又或许他们是在为占领辛贾尔而洋洋得意，如果真是那样的话，我们几个一定会火冒三丈，说不定会越过墙头,和他们拼个死活。

罗伊安小声地问:"你们觉得他们在说什么?"

"肯定不是什么好事。"艾德琪一句话把我们拉回现实之中。"快点,咱们该走了。咱们答应过妈妈尽快带这些东西回家的。"

我们一路上都惴惴不安。妮斯琳打破了沉默:"绑走巴索的也是那些人。巴索现在一定害怕极了。"

她这话说完,我们的心情更沉重了。原本就狭窄的巷子似乎更窄了几分,压得我们透不过气。我们赶紧穿过巷子,回到家来,告诉母亲就在几天之前,贾洛的一家老小离村外"伊斯兰国"那些虎狼之徒,不过咫尺之遥。说完之后,我们几个再也承受不住心里的重压,全都大哭一场。我当然希望自己能变得坚强乐观,但那时我真的希望母亲能够知道我有多害怕,好得到她的安慰。

我告诉母亲:"他们离我们太近了。我们在他们的手掌心里,他们想对我们做任何事,都是易如反掌。"

母亲则说:"我们得等着,我们得祈祷。也许我们会得救的。也许他们不会伤害我们。也许我们总能化险为夷。"母亲每天都对我们说这样的话。

**

我们的衣服被尘土和汗渍染成了灰色,却没有人提出要换衣服。全家人不再吃饭,只是小口喝一点放在阳光下暴晒的瓶装温水。科乔村断了电,一直到围困结束都没有恢复电力供应。我们只能用自家的发电机来发电,电力只够我们给手机充电以及看电视新闻。新闻里除了攻打"伊斯兰国"的战况之外,基本没有其他的内容。

新闻的标题总是令人沮丧。辛贾尔山上已经有将近40个孩子死于饥饿和脱水,为数更多的难民则死在了逃亡路上。摩苏尔附近的两座大型雅兹迪人村落巴希卡 (Bashiqa) 和巴赫扎尼 (Bahzani) 已被"伊斯兰国"占领,幸而两村绝大多数的村民已经安全撤往伊拉克库区避难。辛贾尔各地成千上万的雅兹迪妇女被"伊斯兰国"掳走,据说被充作性奴。

尼尼微省一座基督徒占多数的城镇卡拉科什 (Qaraqosh) 亦告沦陷,镇上几乎所有的居民都逃到了伊拉克库区,在未完工的商场和教堂花园里的帐篷内委身度日。塔尔阿法尔的什叶派土库曼人也被"伊斯兰国"围困,正竭尽全力地尝试突围逃亡。"伊斯兰国"的兵锋直逼埃尔比勒,不过美国人据说是为了保护那里的美国使馆,而决定出手阻击。此外美军还部署了空袭,掩护辛贾尔山上的雅兹迪难民撤退。巴格达一片混乱。美国总统已公开将雅兹迪人目前的遭遇定性为一场"潜在的种族灭绝行为"。然而,还是没有人提到科乔村。

我们身处的世界早已是天翻地覆。科乔村民害怕暴露在"伊斯兰国"的视线之中,家家户户不敢出门,整座村子完全停转。我们很难适应与村里的亲朋好友完全隔绝的生活。以前我们可是日夜都会去别人家串门，和亲朋好友一块儿吃饭的；即使在夜里，我们也会隔着屋檐和邻居们聊天，直到沉沉睡去。可是在"伊斯兰国"围村的那段时间，即使晚上和躺在身边的人低声耳语，都像是冒着巨大的危险。我们试图避开"伊斯兰国"的注意力，好像这样做他们就会忘记我们的存在似的。甚至就连挨饿变瘦都像是一种保全性命的手段，仿佛我们只要饿得久一点，可以把自己饿得连形儿都看不见。

人们只有在看望亲属、寻找补给或者帮忙照料病号的时候才敢大着胆子出门，而且即使鼓起勇气出了门，人们也是直奔目的地而去，丝毫不敢在路上耽搁，仿佛一只只正逃离扫把追打的虫子。

不过，有一天晚上，全村的人还是决定不顾"伊斯兰国"的威胁，一块走出家门庆祝"巴兹米节"。这个节日本来是土耳其的雅兹迪家庭才会过的，而且通常是在12月过，可是村子里一位名叫哈拉夫的村民担心恐惧会让全村人彼此疏远，失去希望，因此提议现在就过巴兹米节。巴兹米节的庆典原本是向塔乌西·梅列克祷告，而眼下"伊斯兰国"围困，身为雅兹迪人，村民们觉得也应该借此机会，纪念那些被迫背井离乡、流离失所的同胞——哈拉夫的祖先就是其中之一。他们曾世居土耳其，却因为奥斯曼帝国的迫害而辗转迁徙到此。

哈拉夫邀请了全村人到他家去。村民们推举出了四个未婚男子，由他们负责烘焙巴兹米节必需的圣餐面包——雅兹迪人相信未婚男子的灵魂是洁净的，因此胜任这项工作。太阳落山之后，全村人鱼贯而出，在哈拉夫家中会合。一路上村民们都提醒彼此不要引起敌人的注意。我们一边在街上走，一边互相低声耳语道："别弄出动静来。"我和艾德琪走在一起，心都提在了嗓子眼儿。我知道，如果"伊斯兰国"察觉了村里的动静，那哈拉夫一定会被他们安上秘密组织异教仪式的罪名，严加惩处。我不敢想武装分子还会做出什么事情来，只希望我们能有足够的时间哀告上苍，祈求垂怜。

哈拉夫的家里点起了灯，村民们正围着端详特制的圆顶炉子上正烤着的圣餐面包。面包烤熟之前，东家的一家之长要为它们念祝祷文。

若是念完祝祷文之后，面包烤熟蓬松，且形状完整，则象征着东家将会有好运气；若是祝祷完毕面包发生开裂，那么则象征着厄运会降临东家。按照习俗，圣餐面包应该有坚果和葡萄干点缀其中，可是如今村里因为围困断了粮，只好用素面包将就一下。那面包看着饱满结实，没有一丝一毫的裂纹。

哈拉夫家的屋里除了微弱的啜泣声和柴火偶尔发出的爆裂声之外，一片寂静。炉子里飘出熟悉的烟味，像被子一样环绕着我的周身。科乔村被围困之后，我就没有见到过瓦拉亚或者其他学校里的好朋友，可是在巴兹米节的庆典上，我却没有环顾四周去寻找他们的身影，而是一心一意地注视着仪式的进行。哈拉夫开始祝祷："愿享用这圣餐面包的真神取走我的灵魂，我愿牺牲自己，以保全村老幼平安无事。"闻听这句话，四下的啜泣声渐响。做丈夫的纷纷宽慰起自己的妻子来。可我觉得，屋里的女人们不顾"伊斯兰国"的虎视眈眈，自由地哭出声，未必是因为柔弱，而更像是体现着无言的勇气。

艾德琪和我一声不吭地沿着原路回到家，穿过前门，爬上屋顶。留守在家里的亲人们在床单上坐得笔直，见我们平安无事，纷纷长出一口气。家里的女人们睡在屋顶的一侧，男人们则睡在另一侧。几个哥哥依旧拿着手机拨个不停，我们原本想哭，最终还是决定收声，不给哥哥们添堵。那天晚上我睡着了一会儿，太阳升起时，母亲一个个把我们叫醒，对我们说："该下楼去了。"于是我蹑手蹑脚地顺着梯子下到了背光的院子里，心里默默祈祷没人察觉到我们的动静。

**

我同父异母的兄弟哈吉是全家最热血的人，总是谈论着该如何组织村民们反抗"伊斯兰国"。尽管武装分子在议事堂对村里人许诺，如果村民不愿意改信伊斯兰，他们愿意把我们送到辛贾尔山，但哈吉并不吃这一套。他反复对我们说："他们只是想麻痹我们，他们想确保我们不会反抗。"

我不时能看见哈吉隔着花园的墙和邻居们窃窃私语。他们像是在盘算着什么事情。每当"伊斯兰国"的车队驶过科乔村，他们都会紧紧盯着。哈吉会转过头跟我说："他们一定又是刚杀完别处的人回来。"有时哈吉会熬夜盯着电视看新闻，胸中的义愤越看越澎湃，直到第二天的太阳升得老高，他才会去忙别的事情。

村里谋划着反抗"伊斯兰国"的远不止哈吉一人。很多人都和我家一样，背地里藏了一些武器，村里人也会讨论应该如何举事，攻上村外的据点。村里的男人们受过一点战斗训练，个个都想为保卫村子而英勇奋战。不过他们内心也深知，虽然靠着小刀和AK-47或许可以杀死几个武装分子，但"伊斯兰国"随时都可以派出兵力增援；而且无论他们再怎么英勇，只要打响反抗的第一枪，村子里的许多人都注定要死于非命。即使我们团结一心，把村外所有的武装分子剿灭一空，我们也终究没有别的地方可去。

"伊斯兰国"控制着科乔村通往各处的所有道路，还有从我们这里和伊拉克政府军那里缴来的汽车、卡车和武器。武装抵抗的计划只能停留于想象之中，绝无可能付诸实施。然而，对于哈吉这样的男人们来说，只有有朝一日能够反击敌人的梦想，才能给他们足够的理由去忍气吞声、忍辱负重地过眼下这种日子。

每天村里的男人们都会在议事堂里商量行动计划。要是大家逃又逃不掉，藏又藏不住，打又打不过，何不试试看对"伊斯兰国"使诈？如果我们告诉他们愿意改信伊斯兰，没准他们会多给我们一些时间。男人们商议决定，当（且只有当）家中的女眷被武装分子威胁或者非礼的时候，他们就假意改宗，以保全家室。然而，这个计划直到最后也没有派上用场。

女人们则讨论着，如果"伊斯兰国"进村搜杀男人，应该把自家的男人藏在什么地方。科乔村不缺外人绝难察觉的隐蔽之所——幽深的枯井、带有暗道的地下室，甚至连干草堆和饲料口袋，也足以保人一时无虞。男人们却拒绝东躲西藏。他们告诉女人们："我们宁愿战死，也不会让你们被'达埃什'带走。"全村人不再奢望救援，默默等待着"伊斯兰国"决定我们的命运。我开始想象可能会落到自己和家人头上的每一种结局。我开始思考死亡。

"伊斯兰国"到来之前，村里很少有年轻人早逝。我也很不喜欢谈论死亡，哪怕一丁点和死亡有关的念头，都能把我吓得不轻。然而2014年年初的时候，科乔村突然死了两个年轻人。

头一个是一位名叫伊斯迈尔的边境警察。他在科乔南面执勤时死于一场恐怖袭击——那一带原本是"基地"组织的势力范围，而且"伊斯兰国"那时已经在那里抬头。伊斯迈尔和赫兹尼年纪相仿，也和赫兹尼一样沉着冷静，信仰坚定。他是第一个被"伊斯兰国"所杀的科乔人，村里的家家户户不由开始担心起自家在政府当差的亲人们。

伊斯迈尔的遗体被送回辛贾尔城的警局，赫兹尼正好就在那里工作，因此我们家是科乔最先知道他死讯的村民之一，甚至比伊斯迈尔自己的家人还要早。他们家和我们家一样，日子过得很艰难。伊斯迈尔入伍的原因，也和我的兄长们一样，是为了多挣一点钱养家糊口。那天早上,我在去上学的路上故意绕了一个大弯,避免路过伊斯迈尔的家。我若是从他家门前经过,难免会想到他的家小还未收到噩耗,一定会抑制不住内心的悲伤。伊斯迈尔的死讯在村子里传开之后,男人们向天鸣枪,以示哀思,可学校教室里的女孩子们却被枪声吓了个半死。

雅兹迪人认为整理死者的遗体是积德的行为,有时雅兹迪人会坐在死去的亲友身边陪伴他们,直到日出。为伊斯迈尔整理遗体的正是赫兹尼。他替死者洗了身子,编了发辫,穿上了白色的寿衣。伊斯迈尔的遗孀拿来了他们新婚夜曾睡过的床单,赫兹尼用它裹起了他的遗体。村里的乡亲们排成一列长队,为伊斯迈尔送灵,直到他的遗体被送上村头的卡车,运往墓地为止。

几个月之后,我的好朋友希琳的外甥在地里玩耍猎枪的时候,不慎走火,打死了她。希琳死的前一天晚上,我还和她在一起。我们聊了学校的考试,还聊了她那两个因为打架被逮起来的捣蛋鬼兄弟。伊斯迈尔是由希琳带大的。在他牺牲的前一天,希琳做了一个梦。

她向我形容道:"梦里科乔村出了一件大事,每个人都在哭。"她顿了一顿,有些内疚地向我坦白道:"我觉得应该是伊斯迈尔死了。"如今回想起来,她的那个梦一定也和她自己的死有关,也许还和她那个外甥有关——他事发之后就没有离开过自家的大门。也许，那个梦还预示了"伊斯兰国"的到来。

母亲为希琳整理了遗体。她的掌心点上了一点赭红色的花染剂，双手用一条白色的丝巾系在了一起，但系得很松。希琳生前未曾出嫁，所以她的头发被编成一股长长的辫子。若是她生前拥有金首饰，那么这些东西也会和她一同下葬。雅兹迪人常说："如果男人终将归于尘土，那么金子也该归于尘土。"和伊斯迈尔一样，母亲洗濯了希琳的遗体，为她穿上白色的寿衣。村民们集结成群，肃穆而悲伤地为她送灵，直到停在村头的卡车载着她的遗体，绝尘而去。

雅兹迪人相信，人死后会进入来世，而彼岸的世界并不是什么安宁之地，那里的死者会和尘世的生者一样遭受各种折磨。因此，整理遗体的仪式就显得尤为重要。死者需要依靠亲友们的关怀才能往生，他们会在生者的梦境中出现，向生者求取需要的东西。经常有人梦见自己死去的亲人，并且听到他们说自己饿，或者说自己在彼岸瞧见有亡灵，还穿着十分破旧的衣服。生者醒来之后，便会向穷人施舍食物和衣服；作为对他们善举的回报，神明也会为他们彼岸的亲人送去食物和衣服。之所以我们要求虔诚的雅兹迪信徒必须遵行这样的善举，一部分原因是我们相信转生。如果你生前是个虔诚的善人，那么在你死后，你的灵魂将得到重生，你最终也会转生成人，回到曾为你哀悼的人们中间。

在你转生之前，你必须在神明和天使面前证明你一生的功德，证明你回到人间之后，会比前世更努力地行善积德，以从神明处求取转生的资格。

死者的灵魂穿越来世，等待转生的同时，遗留在人世的躯壳已无用处。因此处理躯壳的方式则相对简单很多。亲友们会用清水洗净死者的遗体，用布衣裹好，将之下葬。死者的坟墓前会放上一圈小石子作为标记。人生来就应与孕育自己的土地亲密无间，因此死后也应该自然地、干净地、完整地回到土中。对雅兹迪人来说，合乎教义地为死者下葬并祈祷是非常重要的大事。如果不遵守这些教仪，死者的灵魂将会永世不得转生，而躯壳也将永远无法得到归宿。

第九章

8月12日，"伊斯兰国"的指挥官走进村里的议事堂，带来了最后通牒：科乔村民要么改信伊斯兰教，归顺哈里发国，要么准备好面对一切严重的后果。埃利亚斯站在院子里，眼神里写满了躁动不安。他告诉全家人："之前他们还说，我们如果不愿改宗，只要交一笔罚款就行了。现在，我们只有三天时间做决定。"

埃利亚斯转达消息的时候，我正在浴棚里冲澡。透过浴棚门上的一道裂缝，我瞧见他正在和母亲说话，说着说着，他们都哭了起来。我连冲走头发上的肥皂沫都顾不上，急忙顺手抓了一件衣服穿上,往院子里赶去。匆忙之间,我错穿了我母亲的一条裙子,那裙子大得足够给我当帐篷用,可我担心母亲,管不了那么多。

母亲问道:"如果我们不交罚款会怎么样?"

埃利亚斯说:"他们现在的说法还是,如果我们不交罚款,那么他们就会把我们赶去圣山,自己驻扎进科乔村。"他身上穿着虔诚的雅兹迪信徒才会穿的手织白衬衫,此时那衬衫上却沾满了尘土和污垢,丝毫看不出本来的颜色。埃利亚斯止住了眼泪,声音也恢复了平稳,但我知道他的内心仍然无比不安。辛贾尔从来没有一个雅兹迪人可以因为给"伊斯兰国"交了钱而不用改信伊斯兰教;不只是雅兹迪人,伊拉克的基督徒里也从来没有过这样的例子。

埃利亚斯非常确信,那些武装分子的许诺当不得真,他们的那些话里说不定甚至带有一丝嘲讽。埃利亚斯的鼻息变得平缓,他一定不停地告诉自己,必须冷静下来,不能让我们慌了手脚。从议事堂回家的路上,他也肯定仔细斟酌过回家之后要用什么样的方式把"伊斯兰国"的消息转达给我们。他就是这么有担当的一个兄长。尽管如此,他还是忍不住说了一句:"这情况不妙。"没人知道他对谁说话,只听他又自顾自地重复了一遍:"这情况真的不妙。"

母亲当机立断地命令我们:"所有人,收拾行李。"她话还没说完,人已经先跑进了屋。我们把所有可能会用到的东西都收入行装——换洗衣服、尿布、婴儿奶粉、我们的伊拉克身份证(上面清楚地写着我们的雅兹迪身份)等。全家上下虽然没有几件值钱的东西,我们还是仔细地一一将它们保存妥当。母亲将父亲死后政府发的粮卡带在了身边,而哥哥们则把手机的充电器和备用电池塞进包里。季兰惦记着丈夫赫兹尼,收拾行囊的时候带上了他的一件衬衫——那是一件黑色带排扣的衬衫,"伊斯兰国"围村的那几天,季兰几乎寸步不离地带着这件衣服。

我打开卧室里和姐姐们还有凯瑟琳共用的一只抽屉,把我最珍贵的东西——一条长长的银制镶锆的项链,还有一条与之相配的手镯——取了出来。这两件首饰是母亲2013年在辛贾尔城给我买的。那一年,我忙着把干草装进拖拉机的拖车里时,一条履带突然出了故障,猛地飞将出来,狠狠地扇在我的腰上,那劲头就和马尥蹶子一样,一下就把我闷得差点昏死过去。我被送到医院,不省人事的时候,母亲一路赶到集市上,给我买了这副首饰。她来看我的时候紧紧地握着我的手,在我耳边说:"你出院的时候,妈再给你买一对搭配的耳环。"她就是这样激励着我恢复过来的。

我把衣服装进一个黑色的小背包里,把项链和手镯放在衣服上面,拉上了拉链。母亲则忙着把屋里墙上的照片一一取下来。屋里原本挂满了家庭合照——赫兹尼和季兰的结婚照;贾洛、迪玛尔和艾德琪坐在村外农田里的合照;春天明媚动人、风景如画的辛贾尔山的照片,等等。这些照片都是我们家传承的一部分,记录着我们家从原本只能挤在父亲家后面小楼时的艰苦赤贫,到多年奋斗后苦尽甘来的美满生活。可现在照片都被一一取下,留在墙上的就只有薄薄的相框。母亲注意到我垂手站着,便叫我:"娜迪亚,把相簿找来。然后把它们都搬到院子里的'坦多尔'边上去。"

我照母亲说的,捧着一大堆相簿到了院子里。母亲半跪在炉子前,把哥哥姐姐们帮忙从相框里取出来的照片拿在手里,然后一张张地送入炉口。"坦多尔"炉子是我们家的中心,不论是巴兹米节的圣餐面包,还是寻常餐桌上的面包,对于雅兹迪人来说都是神圣的馈赠。母亲常常会额外烤一些面包,分给科乔村里最穷苦的村民,替我们家行善积德。我们穷困的时候,是炉子烤出了供我们果腹的面包。我记忆中在家的每一餐,都有由母亲切好,堆得高高的一叠扁圆的面包片。

照片在炉火之中化成飞灰,炉子里飘出一股带有化学气味的黑烟。被母亲烧掉的,有凯瑟琳在拉里什山谷的白泉中受洗的照片;有我第一天上学,哭着喊着不肯离开母亲的照片;有哈伊里迎娶他的妻子莫娜的照片——新娘的头上还戴着花冠。

"我们的过去都被烧成了灰。"我这样想道。家人的照片一张一张地被母亲送入火舌,灰飞烟灭;照片烧完之后,母亲捧起她贴身衣服之外所有的白色衣裙,一股脑儿地扔在了高高的火焰之中。母亲注视着纯白的衣物被火烧黑,说道:"我不会让他们发现一丝一毫关于我们的记忆。他们别想动这一切。"

我不忍心看着照片被烧成灰烬，便退回了屋子里。我来到和其他女孩们共用的房间里，打开了高高的衣柜。确认四下无人之后，我把我厚厚的绿色相簿找了出来，慢慢翻开，盯着里面的新娘们出神。科乔村的女人们出嫁之前，都要花好几天的时间准备，而她们出嫁那天的倩影，都留在了我收藏的照片之中。她们的秀发被编成复杂精致的发辫，或被卷成卷发；有的被漂成亮金色，有的则用花染剂染成红色，末了施一层发胶，盘在新娘的头顶。她们的眼边也都施了浓重的眼线，抹了亮蓝色或者粉红色的眼影。有的新娘会在发髻上别上小珠子，而有的则头顶凤冠。

新娘准备完毕之后，就会在乡亲们面前亮相。乡亲们则会纷纷赞美新娘的美貌。接下来，村里人都会饮酒跳舞，玩个尽兴，直到太阳升起。那时他们会发现，新娘和新郎已趁他们不注意悄悄离席，洞房花烛去了。新娘的好闺友们此时便会争先恐后地跑去找她，要她讲初夜的经过，听的时候免不了一阵吃吃偷笑。她们还会闯进婚房，看看床单上是不是有办事后留下的一点红。对我来说，婚礼是科乔村最有特色的庆典。村里的女人们个个仔细地涂脂抹粉，男人们则忙着给地面浇水，以便第二天来跳舞的人们不会沾上一脚的尘土。

科乔村的聚会在辛贾尔远近有名，有些人甚至觉得，科乔姑娘的美貌在辛贾尔首屈一指。我翻相簿的时候，看着照片里的新娘们，也觉得她们个个出落得水灵动人。我以后开了美发店，最先带进店里的一定是这本相簿。

我理解母亲为什么要我们烧掉家里的照片，想到武装分子进了村，会翻看我们的照片，我也觉得无法忍受。我想他们一定会嘲笑我们，嘲笑我们这些雅兹迪穷人妄想在伊拉克安居乐业，嘲笑我们竟然妄想在这片被我们视为家乡的土地上上学、结婚、世世代代地繁衍生息下去。想象着他们的嘴脸，我就不禁恼怒异常。可是我没有把这本绿色的相簿拿到院子里去烧掉，而是把它放回衣柜里，关上了柜门。沉吟片刻之后，我给衣柜上了锁。

如果母亲知道我想把这本相簿藏起来，她一定会跟我说，为了不让"伊斯兰国"找到我们而把自家的照片烧毁，却留下别人的照片，这样做是不对的。我也懂得母亲的道理。把相簿藏进那个衣柜一点都不保险，"伊斯兰国"可以轻易地把它撬开，找出那本相簿来。母亲要是发现了我的行为，问我为什么要藏这些照片，我想不出应该怎么向她解释。时至今日，我都无法理解为什么我把那些照片看得那么重要，可是当时我确实狠不下心毁掉它们，更不想仅仅因为害怕恐怖分子而毁掉它们。

那天晚上，我们全家爬上屋顶之后，哈伊里接到了一通电话。电话那头是他的一个雅兹迪朋友，库尔德工人党掩护难民撤退之后，那人仍然留在辛贾尔山上。尽管山上的条件很艰苦，许多雅兹迪人却依旧选择留在那里。

他们选择留下，有些是因为觉得身处圣山顶上，可以依靠陡峭而嶙峋的山坡挡住"伊斯兰国"的进犯；有些则是出于宗教信仰，虔诚的雅兹迪信徒宁愿死，也不愿意离开神殿环绕的圣山。留在山上的雅兹迪人最后建起了一个规模很大的难民聚落，在山顶高原上由东向西延伸，而工人党所属武装的战士们则负责保卫他们的安全。那些战士们很多都是勇敢的雅兹迪人，愿意竭尽所能保护圣山。

哈伊里的朋友告诉他："看看月亮。"雅兹迪人崇敬太阳和月亮，认为它们都是神的七大天使之一。那天夜里的月亮又大又圆，若是放在以前，这么亮的月光足够我们下地干活，也足够照亮从地里回家的路，让我们不会因为看不清地面而绊倒。哈伊里的朋友说："我们现在都在向月亮祈祷。跟科乔的乡亲们说，到我们这里来。"

哈伊里把睡着的我们一个个叫醒。他让我们望着月亮，像以往一样站起身来向月亮祈祷，不必为躲避"伊斯兰国"而匍匐在地上。他对我们说："那些人看见我们又怎么样？神明会保佑我们的。"

母亲谨慎地指挥道："别一块站起来，几个几个来。"我们分成好几拨，一一站起身来。温润的月华映照着我们的脸庞，给母亲的白裙子添上一层流光。我和我的嫂子一块祈祷起来，她紧靠着我躺在床单上。我亲吻了手腕上戴着的红白相间的小手串，低声祈祷道："神啊，别把我们扔给那些人。"说完这话，我便默默地重新躺下，任月光浸润着我的周身。

**

第二天，仍然希望通过和平方式解决危机的艾哈迈德·贾索邀请了附近逊尼部族的五位族长到村里的议事堂吃午饭。当年绑走迪山的那些家伙，正是他们部族的族人。村子里的女人们为到访的族长们张罗了丰盛的饭菜，有煮过的米饭、切好的蔬菜，还用晶莹剔透的郁金香型杯子盛了几英寸糖，以备他们饭后饮甜茶之用。男人们则宰了三只羊献给这些客人——村子里很少用过这么庄重的礼遇迎接过外族的族长。

午饭的时候，我们的长老贾索用他那三寸不烂之舌，试图说动逊尼派族长们帮助我们。科乔村的所有邻居里，他们这一支部族在宗教上是最为保守的，因此他们的族长也是最有可能和"伊斯兰国"说得上话的人。艾哈迈德·贾索恳求他们说："你们一定有办法跟他们搭上话。你们只要告诉他们我们无意反抗，只想保全性命就行了。"

族长们却大摇其头。他们告诉贾索："我们是想帮助你们，但我们也做不了主。'达埃什'不买任何人的账，连我们都入不了他们的眼。"

族长们离开之后，长老的脸色很快沉了下来。长老的兄弟纳伊夫·贾索之前带着他生病的妻子去了伊斯坦布尔的医院看病。他打电话给艾哈迈德说："他们周五一定会杀了你们的。"

我们的长老坚称:"不会的,不会的。他们说会送我们去圣山,既然他们这么说了,肯定会照做的。"直到最后,艾哈迈德都坚信能找到一个办法来解决眼前的危机。可事实是,巴格达或者埃尔比勒都不愿意出手相助,华盛顿的美国人则告诉海德尔,因为平民受到波及的风险实在太大,美军无法对科乔展开空袭——美国人认为,如果对科乔村周围实施轰炸,我们会和"伊斯兰国"一道玉石俱焚。

两天之后,"伊斯兰国"的武装分子拖着冰块进了村。8月正是炎热的季节,我们此前已经喝了将近两个礼拜的被阳光蒸得发热的水,看见有冰块送来,自然不会拒绝。艾哈迈德·贾索打电话给纳伊夫,对他说了这个情况。他对他的兄弟说:"他们赌咒发誓说,只要我们服从他们的命令,他们就会保证我们的安全。你看,要是他们想杀我们,何必还给我们弄来冰块呢?"

可是纳伊夫依旧将信将疑。他在伊斯坦布尔的医院病房里来回踱步,等待艾哈迈德跟他通报最新的情况。45分钟后,艾哈迈德又给他打去电话,说:"他们要我们在村里的小学集合。他们说会从那里出发送我们去圣山。"

纳伊夫警告他:"他们不会送你们去那里的!他们会杀了你们所有人!"

艾哈迈德·贾索却坚持说:"他们不可能一下杀死我们这

么多人吧？这是不可能的事情。"随后，他和全村所有的人一道，遵照"伊斯兰国"的指示，往学校的方向走去。

我们接到指示的时候，全家正在做饭。屋里的小孩子们对外面的事情一无所知，只知道肚子饿，"哇哇"地哭闹着要吃东西。那天一大早，我们杀了几只小鸡，煮给孩子们吃了。照理说，小鸡是杀不得的，等到它们长大下了蛋，才可以把它们杀了做菜吃。可是除了这些小鸡，我们再也找不到第二样可以给他们吃的东西了。

鸡肉还在锅里煮着的时候，母亲进来喊我们准备好去学校集合。她告诉我们："尽量多穿几层衣服。他们没准会拿走我们的包。"我们关掉了鸡汤锅下面的煤气，按母亲的话照做了。

我整整穿了四条带松紧带的裤子，一条裙子，两件衬衫，加一件粉色的外套——要是再多穿一件，恐怕我非得在外面被晒到中暑不可。汗珠立马在我的脊背上流淌成溪。母亲对我补充道："别穿太紧的衣服，也别把皮肤露在外面。尽量穿得得体一点。"

我在背包上系了一条白色的围巾，又系上了两条裙子——一条是凯瑟琳的棉裙，一条是迪玛尔从辛贾尔城买来料子，回家亲手缝制的亮黄色裙子（她自己却很少穿它）。在我小时候，全家人只有在身上的衣服实在破得不像样的时候，才会换新衣来穿。如今我们每年都买得起一条新裙子，我可不想把家里最新的裙子留给别人。随后，我不假思索地把我的化妆用品一股脑儿地塞进衣柜和那本绿色相簿做伴，然后重新锁上柜门。

此时街上已经逐渐形成一条向学校去的人流。我能够透过窗户望见他们，人人都带着行李。婴儿们躺在母亲的臂弯里，脑袋探在外面；而小孩子们则疲惫不堪地跟着人流往前挪。有些上了年纪的人只能坐在独轮车里被别人推着走，他们面如死灰，仿佛已经没了呼吸。天气热得要命，男女老幼的衣衫背后都是一道道湿透的汗迹。村里的乡亲个个脸色煞白，身形瘦削。我能听见他们在烈日下忍不住呻吟，却没力气说出一个字来。

赫兹尼从姨妈家打来电话。我们已然是无计可施，而电话里的赫兹尼仿佛像野兽一般在咆哮，大喊着告诉我们他要回科乔。他在电话里吼道："如果你们有什么三长两短，我一定得回到你们身边！"

季兰接电话的时候，不停地摇头，劝慰着她的丈夫。他们最近刚决定要孩子，期待着有朝一日能够实现两人共同的愿望。"伊斯兰国"占领辛贾尔的时候，他们俩刚给家里的水泥新房砌上屋顶。母亲告诫我们要牢记赫兹尼和萨乌德的手机号码，以防万一。我直到今天都能轻易背出来。

我穿过屋朝侧门走去。家里的每一个房间都充满了生活的回忆，这些回忆甚至比平时还要来得鲜活。我穿过客厅——每到夏天漫长的黄昏，我的哥哥们都会坐在客厅，和村里其他的小伙子们一块儿喝口味浓重的甜茶；又穿过厨房——我的姐姐们以前为了宠我，会在这里给我做我最喜欢吃的秋葵和番茄；又穿过我的卧室——我和凯瑟琳会在卧室里互相用满手的橄榄油保养彼此的头发，一块在头上扎好塑料袋，一块睡过去，又一块闻着夹杂着胡椒气息的油脂味儿醒过来。我想起在院子里吃饭的时候，全家人围坐在地毯上，把混有稻米的黄油涂在两块面包之间。家里地方不大，常常会因为人多而显得拥挤。埃利亚斯总是宣称自己要带着妻儿搬到外面住，给我们腾点地方出来，可是他始终没有走。

我可以听见我们家的羊群，挤在院子里"咩咩"地叫着。它们也饿瘦了许多，身上的毛却因此显得更为厚实。我不愿去想象它们饿死，或者被武装分子宰了吃的情形。它们是我们家的全部财产。我真希望自己能够把家里的所有细节全部记录在脑海中——客厅坐垫的明亮色彩，厨房里沁人心脾的香料，甚至是浴棚里水龙头的滴水声。

可当时的我也并不知道，自己将会永远离开这个家。我走到厨房的时候，在一堆面包前停下了脚步。我们原本是让小孩子们就着鸡肉吃这些面包的，可没有人动过面包。它们已经凉掉了，闻着还有点儿不新鲜。我抓过几块塞在塑料袋里带在身边。我觉得应该这么做。说不定晚点我们等的时候会饿——虽然我们也不知道究竟会等待什么；说不定这些神圣的食物可以保佑我们不被"伊斯兰国"伤害。我低声自言自语道:"愿创造了这块面包的神明保佑我们。"说完,我便跟着埃利亚斯走到了街上。

第十章

8月3日以来,全村的人头一次重新回到了科乔的大街小巷,可是与以往不同的是,这一次街上的乡亲们,仿佛失魂落魄一般,没有人互相打招呼,也没有人互相亲吻脸颊或是头顶问好。每个人的脸上找不到一丝微笑,又因为大家都长时间未曾洗澡,加上不住地流汗,空气中到处都是刺鼻的馊味。整个村子里只有人们被酷热折磨而发出的呻吟声,以及路边和屋顶的"伊斯兰国"武装分子的呵斥声。他们冷眼看着缓慢而疲惫地走向学校的人群,不时猛地推搡一把。

我和迪玛尔还有埃利亚斯一块走着。我没有挽着他们一块走,但有他们在身边,我心中的孤独感可以减少几分。只要和家人在一起,和家人去同样的地方,无论最后会发生什么,起码我们彼此都可以接受同样的命运。尽管如此,仅仅因为恐惧而不得不离开家门,是我生平所做过的最艰难的事情。

我们走的时候,彼此都没有说一句话。埃利亚斯的一个朋友阿穆尔突然从我家边上的巷子里朝我们奔来。他初为人父,此情此景之下不免惊慌失措。他大声对我们喊道:"我忘记带婴儿奶粉了!我得回家去。"他急得像热锅上的蚂蚁,仿佛下一秒就要逆着人流飞跑回家一样。

埃利亚斯伸出手,搭在阿穆尔的肩上,对他说:"别想了。你家离这里太远了。去学校吧。到了那里,总会有人带着奶粉的。"阿穆尔点点头,顺着人群向学校走去。

我们在小巷和村里主路的路口见到了更多的武装分子。他们荷枪实弹,眼睛直盯着我们。我们连看他们一眼都会直冒冷汗。女人们裹起头巾,低头加快脚步,仿佛这样可以避开那些武装分子的凝视似的。我快步走到埃利亚斯的另一边,想着让我的长兄替我遮挡"伊斯兰国"那些人的视线。人们机械麻木地往前走着,仿佛已经没有了意识。

那条路上每一栋房子我都很熟悉。村里大夫家的女儿就住在那条路上,和我同班的两个女生也是。其中一个女生8月3日被"伊斯兰国"带走了,她的家人试图在他们占领辛贾尔之后逃跑,没有成功。我还记挂着她的下落。

沿路的房屋都修得狭长,有些和我家一样,是用泥砖瓦盖的,有些则是像赫兹尼家的水泥楼。大部分房屋都被漆成白色或者保持着本来的灰色,不过有一些屋子则被漆成很鲜艳的颜色,有的还点缀精致的彩砖。这种房子造价不菲,可能需要一代人甚至两代人的劳作,才能够为此存下足够的积蓄。屋主们想必希望让自己的子孙能够在自己百年之后,也能长久地在这里生活下去,代代相传。科乔村的屋子通常都住满了人,家家户户的日子虽然少不了喧哗闹腾,可也都过得和和美美,有滋有味。

可现在，这些房子空空荡荡，一片愁云惨雾。它们的一砖一瓦，都无言地望着我们这些过往的行人。无主的家禽仍然在院子里漫不经心地啄着米，而关在铁门之后的牧羊犬则无助地朝街上狂吠。

离我们不远的一对上了年纪的夫妇正吃力地走着，不久在路边停了下来，想缓一缓。立刻就有武装分子上前呵斥道："快走！不许停！"可那个老爷子看上去已经累得什么都听不见了。他颓然跌坐在路边的一棵行道树下，那树稀疏的枝叶刚好遮蔽住他骨瘦如柴的身躯。他的老伴哀求他站起来，可那老爷子却告诉她："我是走不到圣山了。把我留在这棵树底下吧。我想死在这里。"

他的老伴用力把他架了起来："不行，你得坚持坚持。"只见那老爷子瘫软无力地靠在老伴的身上，而他的老伴活像一根支撑着他的拐杖。"我们就快到了。"她对他说。

那一对老夫妇颤颤巍巍的身影让我不禁义愤填膺。顷刻间，我突然多了一股无畏的勇气，径自分开人流，跑向一栋房子——有个武装分子正站在屋顶上放哨。我别过头去，用尽我浑身的力气，朝他吐了一口唾沫。雅兹迪人的文化里，吐唾沫是最为不敬的行为。若是在我们家吐唾沫，一定会被严加责罚。尽管那武装分子站得太高，我的唾沫再怎么样也没法飞到他的脸上，但我一定要让他知道我有多痛恨他们。

"你个小婊子!"那武装分子充满杀气地朝我咆哮道。他看上去就像是要冲下屋顶扭住我脖子一样,"我们是来好心帮你们的!"

埃利亚斯的手掌从后面握住了我的臂弯,把我拽回了人群。

迪玛尔大着胆子颤抖地对我喊:"我们走。你在干什么呀?他们会杀了我们的!"我的兄姊急得直发火,埃利亚斯紧紧拉着我,试图把我藏起来,以免身后那个依旧火冒三丈地朝我们怒喝的家伙瞧见我。

我小声对他说:"对不起。"可这句道歉实在并非出自真心。我唯一遗憾的事情,是那个家伙离我太远,我没法直接啐在他的脸上。

我们已能远远望见狭长的圣山,在燥热的夏天里,光秃秃的岩石裸露在外。我一直觉得辛贾尔山存在本身,就已称得上是神迹了。要知道,辛贾尔大部分地方都是平原,并且大多数时候都是久旱无雨的荒漠;可是位于中央的辛贾尔山上,却有不少人工种植的青翠烟草田;山顶上的高原是野餐的好去处,顶峰则高耸入云,冬天常积着雪。在圣山的最高点,一处绝壁的顶上,有一座仿佛建在云端的白色小神殿。如果我们爬到那里的话,便可以在那神殿里祈祷,在山村里云游栖息,甚至还可以把家里的羊赶到那里吃草。尽管我十分害怕"伊斯兰国",可心里还是幻想着,我们最后真的能够被送到辛贾尔山。圣山就应该是为了庇护雅兹迪人而存在的，除此之外，我想不到其他任何的可能。

那天我从村子里步行去学校的时候，对别处发生的许多事情都一无所知：比如说，我不知道当时拉里什山谷的人们已经撤走。然而最受人们尊崇的神职者们，却和神殿里的仆从一块儿留了下来，后者大都是小伙子，负责在神殿里擦拭地板，点亮盛满橄榄油的灯烛。这些人从各处搜集了一些武器，用以自卫拒敌；又比如说，我不知道身在伊斯坦布尔的纳伊夫·贾索正在发了疯地给他的阿拉伯朋友打电话，试图弄清科乔村的状况；我也不知道，那些在美国的雅兹迪人仍然在不断向华盛顿和巴格达发着请愿信——全世界的人们都想帮助我们，但全世界没有一只手够得着我们。

我不知道，在离科乔150英里远的扎霍，赫兹尼接到科乔村的消息之后，惊得魂飞魄散，从我姨妈家直直冲向一眼井口，要寻短见，姨妈全家用尽全力才把他拉了回来。两天后，赫兹尼给埃利亚斯打去电话，没有人接，他就把手机放在那里，任它一直响，一直响，直到有一天，电话线里的声音归于死寂。

我不知道"伊斯兰国"究竟有多恨我们，也不知道他们究竟有多心狠手辣。尽管全村人都提心吊胆，但我不认为在结局降临之前，会有人预料到这些武装分子的残忍程度。然而我们都不知道的是，我们还在路上的时候，"伊斯兰国"就已经开始了他们的屠杀。在辛贾尔北部的一个雅兹迪村庄，有个妇女住在一幢邻近公路的小泥瓦棚子里。那妇女年纪不大，却因为平生见过太多苦难，看上去饱经沧桑，老得不像样子。她几乎从不出门，因此皮肤没有一点血色，几乎透明，眼角的皱纹也因为数十年的悲伤流泪，而密如年轮。

25年前，那妇女的丈夫和她所有的儿子都死在了第一次两伊战争的战场上，从那以后，她明白自己再也回不去曾经的生活了。她搬到如今栖身的那间泥瓦棚，不允许任何来访的人在里面多待一会儿。每天都会有同村的人来到她家门前，给她留些食物和衣服。尽管村民们无法接近她，但都知道她还活着，因为每天带去的饭菜都会被她吃完，衣服也会被她收走。

她一个人寂寞孤单，每每想起失去的亲人，总会感到忧愁困苦——可起码她还活着。"伊斯兰国"占领辛贾尔之后，在村外找到了她的栖身之所。在发现她无意离开那里之后，武装分子们直接闯进屋里，活活烧死了她。

第二部

第一章

在亲眼见到全村人都站在学校院子里之后，我才意识到科乔是个多么小的村庄。大家都瑟瑟发抖地站在干草地面上，有的人交头接耳，试图弄清楚眼前的情况，余下的人则还没从震惊的情绪中缓过来，呆若木鸡地站着。没人意识到自己的处境如何。从那一刻起，我每时每刻，甚至迈出每一个步子的时候，都在向上天祈祷。武装分子用枪口指着我们喊道："女人和小孩，上二楼。男的原地待着。"

那些武装分子仍然试图安抚我们。他们仍然告诉我们："你们不愿意皈依伊斯兰的话，我们会放你们去辛贾尔山。"我们几乎连和留在院子里的男人们道别的时间都没有，就不得不遵照他们的命令上了二楼。今天回想起来，如果当时我们知道男人们会面临怎样的命运，绝不会有哪个母亲会甘心抛下自己的丈夫和儿子。

楼上的女人们三五成群挤在公共休息室的地板上。我在这所学校读了那么多年书，交了那么多朋友，可现在这地方对我而言，却又是如此的陌生。屋里的啜泣声随处可闻，可是没有一个人敢大声尖叫或者提出质问，因为要是这么做的话，准会有个"伊斯兰国"的武装分子扯着嗓子咆哮起来，要我们闭嘴，因此屋子里保持着令人惴惴不安的寂静。

除了上年纪的老婆婆和还不懂事的小丫头之外，所有人都站着。屋里空气炎热，呼吸困难。

屋里有一排上了栅栏的窗子正开着,以便通气。从窗户缝里往外看,能瞧见学校围墙的外面。大伙都聚拢到窗边,想看清外面正在发生什么,窗前的人太多,我在她们身后也拼命地张望着。所有的女人都没有朝村子的方向投去一瞥,而是在楼下的人群之中努力辨认着自己的丈夫、兄弟或儿子,确认他们是否平安无事。有些男人正垂头丧气地枯坐在院子里,脸上找不到一丝希望,我们这些楼上的人们,也同样充满悲伤。一排皮卡忽然拥挤而杂乱地停在学校的前门外,引擎仍然"突突"作响,吓得我们惊慌失措。武装分子喝令我们安静,以免我们趁乱呼喊自家男人们的名字。

几个武装分子开始拿着大口袋在屋里来回转悠,要我们把身上带着的所有手机、首饰和钱交出来。妇女们大多因为恐惧而不敢不从命,打开自己出门前包裹停当的家当,取出值钱的东西,投进他们的口袋里。我们尽可能地在身上藏了一点东西,我看到有的女人把身份证从包里摸出来,或是从耳垂上把耳环捋下来,然后悄悄地塞在自己的裙底或者胸罩里头。还有的女人趁武装分子不注意,把值钱的东西拼命塞到家当箱子的深处。我则把项链、手镯和身份证明都裹在撕开一条小缝的卫生巾里,再把卫生巾重新塞回原本的包装里面藏起来。我们当然害怕,但是也在默默地抵抗着。即使这些人真如他们自己所言,会把我们带到圣山,我们也怀疑他们放走我们之前,会把我们洗劫一空。对我们而言,有些东西是比我们自己的身家性命更不能轻言放手的。

不过即使如此,武装分子也收走了整整三大口袋的钱、手机、结婚戒指、手表、政府发的身份证还有粮票等物件。甚至是小孩子身上稍微值一点钱的东西他们也不肯放过。有一个武装分子拿着枪对准一个戴着耳环的小姑娘命令道:"把耳环摘了,放在口袋里。"小姑娘没反应过来,她的母亲便朝她耳语道:"把耳环给他们,这样我们就能去圣山了。"小姑娘这才把耳环从耳垂上摘下来,放进了敞开的口袋里面。我母亲把结婚戒指缴了出去,那是她平生最值钱的东西。

我顺着窗户,看见有个三十出头的年轻男人,正靠着院墙,倚着一棵瘦弱的小树坐在土里。我认出他是科乔村里的人——科乔村里的每一个人我都认识——也知道和所有雅兹迪男人一样,他一定是个充满勇气、敢于抗争的人。无论如何,他都不像是那种会轻言放弃的家伙。可是,我亲眼见到,一名武装分子走上前去,向他比画了一下手腕,那男人竟什么也没说,毫无反抗地将手举到武装分子的眼前,眼睁睁地看着他将自己腕上的手表扯下来,扔进口袋里,然后顺从地重新把手垂在身侧。我开始明白"伊斯兰国"究竟有多可怕——面对他们的时候,就连我们雅兹迪的男人也看不到任何希望。

我母亲低声命令我:"娜迪亚,把首饰交给他们。"她和我们家的几个亲戚站在角落里,互相依偎着,觳觫不已。"他们要是搜出来你藏着首饰,一定会杀了你的。"

我低声回答道:"不行!"并且抱紧了我的背包。包里正装着藏有我所有贵重物品的那叠卫生巾。我甚至连面包都拼命塞到了背包底部,因为我害怕武装分子会连面包都抢走。

"娜迪亚!"我母亲试图劝阻我,但她只说了这么一句。她不想让我们引起注意。

艾哈迈德·贾索正在楼下和他的兄弟纳伊夫通着电话。纳伊夫还在伊斯坦布尔的医院里陪着他的妻子,后来他跟赫兹尼讲起那几通令人胆战心惊的电话。艾哈迈德在电话里告诉他的兄弟:"他们把我们的财物搜刮一空,然后他们说会把我们送到圣山。学校前门已经停了不少卡车。"

纳伊夫只得回答道:"说不定是这样,艾哈迈德,说不定是这样。"他当时想的是:"如果这是我们之间最后一通电话,那么还是尽量说些高兴的话吧。"话虽如此,纳伊夫和艾哈迈德打完电话之后,立刻又给附近村子的一个阿拉伯朋友打去电话,告诉他:"如果你听见枪响,就立刻给我回电。"纳伊夫说完,便挂断电话,开始等待。

最后,武装分子命令长老交出手机。他们问艾哈迈德:"你是这个村子的代表。你决定好了吗?你要皈依伊斯兰吗?"

艾哈迈德·贾索一辈子都在科乔当长老。村子里但凡起了什么争执,他都会把村民叫到议事堂,协商处置;若是科乔村和邻村关系紧张起来,也是艾哈迈德负责来回斡旋,缓和彼此的情绪。整个科乔村都非常尊重贾索一家,我们也非常信任艾哈迈德。如今摆在他面前的,是关乎整个村子命运的抉择。

"把我们带去圣山吧。"他回答道。

窗户边的女人们一阵骚动，我拼命挤回窗边的人群里。窗外的武装分子命令男人们登上学校外面的卡车，他们把男人们排成一列，一个个塞上车去，把卡车的车厢塞得满满当当。楼上的妇女们则相对耳语，她们不敢提高音量，怕武装分子发现把窗户关上，不让我们朝外看。未成年的男孩们也和成年男人们一块被塞上车，他们有些才不过十三岁出头，却也是一个个面如死灰。

我来回扫视卡车和院子，寻找着我的哥哥们。我看见马苏德站在第二辆卡车里，和其他男人们一起望着前方，并没有回头看学校的楼上，或者向村子的方向回望。马苏德的双胞胎兄弟萨乌德此时身在库区，性命无虞，而他自从"伊斯兰国"围村起，就没说过几个字。他是我所有兄长里最沉默寡言的人，喜欢安静独处，因此机修工这份工作对他来说，实在是再合适不过。马苏德一个最要好的朋友试图带全家从科乔逃往圣山，不幸被杀，可是马苏德从未提起一个字。他也不曾提起过萨乌德，甚至绝少说起任何人的事情。"伊斯兰国"围村的那段时间，白天他和全家人一样每天守着电视，收看发自辛贾尔山的新闻报道；到了夜里，他也会和我们一样，爬上楼顶睡觉。然而他极少吃饭，也极少说话，并且和比较感性的赫兹尼和哈伊里相反，他从来没有流过一滴眼泪。

之后我看见了埃利亚斯，他排着队，缓慢地朝马苏德所在的那辆卡车走去。自从我们的父亲死后，埃利亚斯对我们兄弟姐妹几个来说，真称得上是长兄如父，然而他看上去也十分垂头丧气。我瞥了一圈窗边的妇女,没有发现凯瑟琳的身影,稍稍松了口气——我不想让她看见埃利亚斯这副模样。眼前的一切都使我无比沉重。周遭的一切都似乎渐渐模糊——女人们的啜泣声、武装分子震天响的脚步声、酷热无比的午后烈日,甚至连炙人的热浪,我都几乎感觉不到。我望着我的兄长们被塞上卡车,马苏德坐在角落,埃利亚斯挤在车尾。卡车门随后合上,车上载着的一行人逐渐向学校后的方向远远而去。不多时,我们就听见了枪声。

我从窗边无力地倒了下去,此时屋里的众人早已一片哭天抢地。妇女们尖叫着:"他们被杀了!"武装分子呵斥我们,命令我们不许出声。我母亲此时已瘫坐在地板上,一动不动,一言不发。我朝她奔了过去。我从小到大,只要感到害怕,就会去找我母亲寻求安慰。无论是我做了噩梦,还是和哥哥姐姐闹得不开心,母亲总是会一边理着我的头发,一边告诉我:"没事的,娜迪亚。"我也总是相信她的话。毕竟,她曾经历过这么多难关,都没有喊过一声苦。

眼下她却枯坐在地上,双手掩面,抽泣着说:"他们杀了我的儿子。"

"不许叫!"一名武装分子一边在拥挤的屋子里来回踱步,一边向我们发出命令。"要是你们再发出一丝声音,你们全都死路一条。"女人们闻听此话,拼命想压住眼泪,屋里的啜泣声变成了此起彼伏的干咳声。我则暗暗祈祷,希望我母亲不曾像我一样,见到她的儿子们被押上卡车。

纳伊夫的阿拉伯朋友从邻村向他打去回电:"我听见枪声了。"他一边说,一边不住地哭泣着。过不多久,那阿拉伯人远远望见一个人影。他告诉纳伊夫:"有个人正朝我们村奔过来。是你表弟。"

**

纳伊夫的表弟进了阿拉伯人的村子之后,累得直接摔在地上,大口地喘着气。他说:"他们把所有人都杀了。他们把我们排成一列,逼我们爬到沟里去。"田里有很浅的沟渠,本来是用来在多雨季节储存灌溉用的雨水的。"要是看着稍年轻点的男孩,那些人就要他们举起双手,好让他们检查腋下是否有毛。还没长出腋毛的男孩会被带回卡车上,剩下的都被他们开枪打死了。"几乎所有的男人都被当场处决,尸体如被雷击中的一大片树林一样,垒成一堆。

那天被押去学校的男人足足有数百人,而幸运地在枪口下捡回一条命的,只有区区几人而已。我的兄弟赛义德腿部和肩部中了枪,他闭上眼摔进沟渠里,拼命保持冷静,压低自己的呼吸声。一具沉重的尸体随后落在了赛义德的身上,那是一具高大壮汉的尸体,压得底下的赛义德喘不过气来,他不得不咬住自己的舌头,避免支撑不住时发出呻吟的声音。他合上眼睛,内心暗想:"起码有这尸体在,武装分子就不会发现我。"沟渠里溢满了血腥味,当时赛义德身边有一个人还有一口气在,正不住地因为疼痛难忍而苦苦呻吟,向四周求救。赛义德听见本已走远的武装分子回头走来的脚步声。其中有个人说了句:"这畜生还没死透。"话音落处,便是一阵震耳欲聋的自动步枪开火声。

赛义德的脖子又中了一枪,他拼尽全身最后一点力气才勉强没喊出声。等到听清武装分子们已经沿着这百人坑走远之后,他才大着胆子腾出手来,捂住自己脖子上的伤口止血。他的边上有个名叫阿里的人,原本是村里的老师,也是身受重伤,但一息尚存。阿里低声告诉赛义德:"我估计那些人已经走得够远了,附近有个农棚,我们现在悄悄出去的话,应该能避开他们的视线离开这里。"赛义德强忍痛楚,朝他点了点头。

几分钟之后,赛义德和阿里两人推开乡邻的尸体,慢慢地爬出了小沟。他们警觉地左右张望,确认四周没有武装分子把守之后,才拼尽全力加快脚步,奔向那间农棚。我的兄长中了六枪,幸运的是,子弹全部打在了他的腿上,没有伤及骨骼或者内脏。阿里也只是背上中了枪,不过,尽管他有力气走路,但仍在失血,更兼在鬼门关走了一遭,惊魂未定,有些六神无主。他不停地对赛义德絮絮叨叨地说着:"我的眼镜落在那里了。没有眼镜我啥都看不清,我们得回去取一下。"

赛义德则告诉他:"不行,阿里,我的朋友,我们要是回去,准得死在他们手里。"

阿里只得靠在农棚的墙上,答应一声:"好吧。"然而片刻之后,仍然没死心的阿里又转向赛义德,恳求他说:"朋友,我啥都看不见。"他们在农棚里等待的时候,阿里就一直这样求着赛义德帮他回去找眼镜,而赛义德则总是轻声告诉他办不到。

赛义德从农棚的门上刮下一点土,敷在两人的伤口上,权作止血之用。他担心他们俩最后会因为失血过多难逃一死。他自己也还没有完全缓过神来,浑身也还因为恐惧而颤抖不已,可他仍是强打起精神,凝神细听学校方向和身后的田地里传来的一切声响。"伊斯兰国"已经在给村里的男人收尸了,赛义德担心留在学校里的妇女们将会面临何种命运。有一阵,农棚外传来推土机驶过的声音。赛义德心里知道,那是"伊斯兰国"的人派来铲土,掩埋死者的。

我同父异母的兄弟哈勒德则被"伊斯兰国"押到了村子的另一头。那里也有许多男丁被排队处决。和赛义德一样,哈勒德也是靠装死骗过行刑人之后,奔向安全地点,捡回一条性命。他的肘部中了一枪,整条手臂因此无力地垂荡在身侧,派不上用场。幸而他的腿还好使,因此能够尽快逃离刑场。此时刑场里有一名倒在地上的乡邻,见哈勒德要脱身,便挣扎着向他求救。他告诉哈勒德:"我的车停在村子里。我中了枪,动不了,请你把我的车开过来,接我一起逃命。我们可以一路开到圣山,求求你帮帮我。"

哈勒德停下脚步,回头看那人。只见那乡邻的两腿已经被子弹打烂,若是带他走,势必要暴露两人的行踪;而且除非及时送医,不然以他的伤势,恐怕已经无力回天。哈勒德犹豫是否答应他,但终于无法撒谎,因此他只能注视这位落难乡邻一阵,留下一句"实在对不起",便奔走逃命去了。

把守科乔村学校楼顶的"伊斯兰国"的武装分子见哈勒德逃命,便开枪射击。哈勒德瞥见百人坑的方向,又有三个科乔村的乡亲爬了出来,往圣山的方向狂奔而去,而他们的身后,一辆"伊斯兰国"的卡车正穷追不舍。卡车车顶的武装分子朝他们开枪时,哈勒德忙侧身一跃,躲在农地里散落的两捆干草堆里。他浑身止不住地发抖,几乎痛晕过去,不停地祈求神明保佑,别让一阵强风把干草堆吹走,将他暴露在武装分子的视野之中。哈勒德直躲到太阳下山,才从干草堆里爬出来,步行穿过农田,往辛贾尔山而去。

赛义德和阿里也在农棚里躲到黄昏时分。赛义德一边等着太阳落山,一边透过一面小窗观察着学校。阿里坐在农棚的一角问他:"女人和孩子们怎么样了?"

"还没什么动静。"赛义德回答道。

阿里琢磨道:"如果那些人想杀女人和孩子,现在为什么不动手呢?"

赛义德沉默不语。他不知道等待我们的将会是什么样的命运。

天色将暗的时候,"伊斯兰国"的卡车又回到村子里,停在学校的前门。妇女和孩子从楼里鱼贯而出,被武装分子一个一个押上卡车。赛义德伸长了脖子,想在人群之中找到我们的身影。他在向卡车移动的队列之中认出了迪玛尔常戴的头巾,不由得流下了眼泪。

"怎么了？"阿里问。

赛义德并不知道如何回答，只能说："他们现在正押着女人们上车。我不知道他们要干什么。"卡车载满人之后，便扬长而去。

赛义德暗暗告诉自己："要是我能活下来，我向神明发誓，我要去扛枪当兵，救出妈妈和妹妹们。"太阳彻底西沉不见之后，赛义德和阿里便拖着满身是伤的身体，竭力向圣山快步而去。

第二章

我们在学校里听见了男人们被处决的枪声。枪声震天动地，持续了足足一个小时。窗边张望的几个女人说，她们甚至能看见学校后面激起阵阵尘埃。枪声平息之后，武装分子便准备对付我们。科乔村已经只剩下女人和孩子了。每个人都惊慌无助，但大家都竭力保持安静，避免激怒眼前的武装分子。母亲坐在原地，朝我低语道："咱家的祖屋没了。"这是个雅兹迪人的俗语，用来描述丧失一切的绝望处境。母亲的语气里已经听不到哪怕一点点希望。我猜想，埃利亚斯和马苏德被押上卡车的时候，她应该还是亲眼看见了吧。

一名武装分子命令我们下楼，我们跟着他到了学校的一楼，那里已经只有"伊斯兰国"的人了。被押去处决的人群里，有一个名叫努里的12岁男孩，长得比同龄的孩子稍高些，因此和其余的男子一起被枪杀了。努里的哥哥叫阿明，本来也要被处决，可武装分子命令他举起双手时,发现他尚未长出腋毛。武装分子的首领便说:"那还是个孩子。把他带回去。"阿明回到学校之后,立刻被家里心急如焚的婶婶阿姨们迎了过去。

我看见凯瑟琳在楼梯上弯下腰去,捡起了厚厚的一卷美元纸钞。那钱应该是从谁家的行李里掉出来的,看着足有几百块钱。凯瑟琳痴痴地盯着手里的钱,我告诉她:"这钱你留着,藏在身上。咱家别的家当都已经交出去了。"

可是凯瑟琳却没有胆子把钱藏在身上。她以为如果我们对武装分子表现出顺从,他们就会对她和她一家额外开恩。她对我说:"说不定如果我把钱交给他们,他们就不会害我们了。"随后她就把那卷钱交给了正巧路过的一个武装分子,那人伸手把钱取走,什么话也没有说。

卡车回到学校门前时,大家都已无暇再为自家丧生的男人哭泣,而为自己的身家性命而惊慌尖叫。武装分子推搡人群,试图将我们排成队列,但是眼前的场面早已乱作一团。每个人都不愿意离开自己的母亲或者姐妹。我们不停地质问他们:"你们把我们村的男人怎么样了?你们要把我们带到哪里去?"武装分子丝毫没有理会我们,只顾着拽着我们的手,将我们拉上卡车的货厢。

我拼命想拉紧凯瑟琳的手,但是武装分子强行将我们俩扯开。我和迪玛尔,还有其他十六七个女孩子,被带上了第一辆车。那是一辆红色的皮卡,而且和我以前喜欢坐的皮卡车一样,车后的货厢是露天的。同车的姑娘们无意间将我和迪玛尔挤开,她被推到了车前面的一个角落，在一群姑娘和妇女中间找了个地方坐下，盯着车厢的地板出神。我留在车厢后面，还来不及看一眼其他人的状况，车子就起动了。

卡车高速驶离科乔村，将狭窄而粗糙的村间小路抛在身后。开车的司机似乎憋着一肚子火，一心只想快点赶路，因此不断地在路上左冲右撞，车厢里的我们也少不了一次次来回剧烈翻腾，撞在同伴和车里的金属杠上。我感觉自己的背部已经撞伤了。30分钟之后，车子开始放慢速度开进了辛贾尔城近郊，全车的人这时都已经疼得叫苦连天。

辛贾尔城里如今只有逊尼派穆斯林居住，然而城里的光景一如往常，令我颇感惊讶。主妇们仍然忙着在集市上买菜，她们的丈夫则在饮茶店里抽着烟。出租车司机们沿街搜索乘客，农民们则往牧场的方向驱赶着羊群。我们的身前和身后不断来往着此地平民的车子，那些司机在经过这辆载满妇女和姑娘的卡车时，几乎都不曾投来过一瞥。我们挤在卡车货厢上，紧紧地搂着彼此哭成一团的样子在这街上无论如何都不算寻常。为什么没人帮我们呢？

我仍努力试图保持一点希望。这城里的景象一如既往地熟悉，令我稍稍安心。我认出城里的几条街道，那里开满了杂货店和正卖着香喷喷三明治的饭馆；那些修车店门前的车道也和以前一样，总是洒满了机油；堆满五彩斑斓蔬果的菜摊，也照旧开着。说不定我们确实正是在去圣山的路上。说不定武装分子并没有向我们撒谎，他们没准只是想把我们赶得远远的，赶到辛贾尔山脚下，在那里网开一面，让我们自己爬上条件艰苦的山顶避难。他们可能认为我们在山顶上难以久存，无论事实如何，至少我希望他们真是这样想的。我们的村庄已被占领，村里的男人已被屠戮殆尽，可起码在辛贾尔山顶上还有我们的雅兹迪同胞。若是能到山上去，我们就能找到赫兹尼，就可以有时间哀悼我们死难的亲人。也许假以些许时日，劫后余生的族人们还能在山上再组成一个聚落来。

圣山平顶而高耸的轮廓逐渐出现在地平线上，我满心祈祷卡车司机会一路向圣山方向而去。然而卡车转了个弯，改向东面行驶，离圣山越来越远。迎面刮向卡车的风声十分凄厉，我想即使我放声尖叫，恐怕也不会有人听见。尽管如此，我并没有出声。

事实已经很清楚了，我们并不是去圣山。我伸手在包里摸索那块从家里带出来的面包，心里悲愤不已。为什么没有人对我们施以援手？我的兄长们现在如何？那块面包眼下已经变质发硬，上面洒满了灰尘和棉屑。那面包本是用来保佑我们一家人平安无事的，如今却一点也不灵。卡车已将辛贾尔城远远抛在身后，而我也从书包里掏出了那块面包，往卡车侧面扔了出去，望着它落进路边的一片垃圾堆里。

**

太阳即将下山的时候，我们到了索拉格镇 (Solagh)，武装分子把车停在了那座镇子外不远的索拉格学校门前。学校的大楼附近影影绰绰，鸦雀无声。我和迪玛尔是最先被押下车的人之一，筋疲力尽的我俩下了车,便一屁股坐在学校的院子里,望着余下的众人在别的卡车停稳之后跌跌撞撞地走出货厢。我家的女孩们被押下车之后,双眼无神,直直地往校门处的我们俩走来。妮斯琳不住地流眼泪。我对她说:"我们还不知道会发生什么事呢,再等等看吧。"

科乔村的人都知道,索拉格的手编扫帚出了名的好。以前,母亲或者别的家人每年都会去一次索拉格买一把新扫帚。"伊斯兰国"武装分子进村之前不久,我就来过这里一回,那会儿这镇子里绿意盎然,一派美景,我还觉得能和家里人一起来这里是件难得的乐事。如今的索拉格在我眼里,却陌生得不能再陌生。

母亲是从最后几辆卡车上走下来的。我永远忘不了她当时的模样。她的白色头巾在脑后迎风飘荡,而她原本梳理整齐的中分发型,已是一团乱麻;她的围巾仅仅能盖住鼻子和嘴,白色的衣裙上落满了尘灰,被武装分子押下车的时候,她几乎连站都站不稳。一名武装分子朝她吼道:"快走。"说完他便一边将母亲推进院子里,一边还嘲讽着别的老太太们走不动道。母亲神思恍惚地穿过校门向我们走来,她一句话都没说,径自坐了下来,将头枕在我的腿上。母亲从未当着别的男人的面躺下来过。

一名武装分子猛砸学校紧锁的大门,大门被砸开之后,那人便命令我们进去,还说:"进去之前给我把头巾摘了,都放在门边。"

我们都照做了。人人都不得不把头发披在肩上,那些武装分子因此更仔细地端详了我们一阵,然后把我们押进了学校大楼里。整整好几辆卡车的妇女和姑娘们一个个走进那扇大门,她们有的是怀抱孩子的母亲,有的是因为丈夫被杀哭得两眼通红的年轻妻子。门边的那堆头巾里,有的是传统的白色头巾,有的是年轻的雅兹迪姑娘喜欢的彩色头巾,都杂放在一处,越堆越高。太阳就要没过地平线的时候,所有的卡车都已开到学校门口。一名留着长发、用白色头巾蒙着半边脑袋的"伊斯兰国"武装分子把他的枪管顶在那堆头巾上,朝我们大笑道:"你们谁有250迪纳尔,就可以把这玩意儿从我这里买回去。"他知道,250迪纳尔的价钱已经是低得不能再低,然而他也知道,即使是250迪纳尔这样的价钱,身无分文的我们也绝不可能出得起。

我们所有人被押到了一个房间,里面酷热无比,难以忍受,我甚至以为自己发起了烧。孕妇们热得叫苦不迭,忙寻个靠墙的地方坐下,将两腿伸在身前,闭上双眼,仿佛在拼命忘记自己身处此地。除此之外,屋里就只有衣裙摆动的声音,还有捂着嘴偷偷啜泣的声音。突然,一位比母亲稍年轻一些的妇女哈拉用尽全身的力气大喊道:"你们杀了我们村的男人!"她一遍又一遍地喊着这句话,屋里的人群也渐渐被她的愤怒感染,越来越多的女人开始哭泣或呐喊,有的是在向武装分子讨要说法,有的则只是跟着哈拉拼命地尖叫着,仿佛这样就能发泄自己的心中的痛苦。

武装分子被人群的哭叫激怒,其中一人用枪指着哈拉,并且往她的额头上扇了一巴掌,嘴里说道:"不许哭,否则我当场杀了你。"哈拉整个人却像发了疯一般，根本止不住。有几个女人不顾那武装分子的枪口，走上前去安慰她，其中一个女人对她说："别去想男人的遭遇了。现在我们得自己努力活下来。"

武装分子给我们发了口粮，有薯片和大米，还有瓶装水。尽管屋里的人们早晨离家的时候几乎都不曾吃过什么东西，可此时没有一个人吃得下东西。况且，我们也没胆子吃他们发的食物。他们见我们无动于衷，似乎有些恼怒，便将食物硬塞到我们的手里，命令道："吃！"随后他们又把几个塑料袋递给年纪稍大些的男孩子，要他们负责在屋里清理垃圾。

天色已经很晚了，我们个个都疲惫不堪。母亲仍然枕着我的腿躺在地上。她来到索拉格之后就没有说过一个字，却睁着双眼，毫无睡意。我甚至不知道那些武装分子会不会允许我们睡觉，即使可以，恐怕我们也只能在这个学校楼里挤地铺勉强过夜。我想和我母亲说说话，问问她怎么想，但看着她的样子，我实在无从开口。我真希望当时我给母亲留下些什么话。屋子里的人吃过东西之后，武装分子便开始把我们分成一个个小组，然后他们下令要大部分的人离开房间，分成两组，站在学校院子的两侧。他们指着房间里的一面墙朝我们呼喝着："结过婚的女人，带你们的孩子到这里来，但只许带小孩子。年纪大的和没有结过婚的，到外面去。"

我们不知道他们打算干什么，因此不免慌成一团。做母亲的紧紧拉着自己年纪稍大些的孩子不肯松手。武装分子则忙着在屋里粗暴地拆散一对对亲人，把年轻未婚的姑娘从人群里挑出来，赶到门外去。我和凯瑟琳在屋外的花园里,紧紧牵着母亲的手,而母亲则照旧坐在地上。凯瑟琳比我还害怕离开母亲,她一头扎在母亲的怀里。一名武装分子走向我们,向母亲指了指花园的南墙,嚷道:"你!到那边去。"

我摇了摇头,俯下身搂紧母亲。武装分子蹲下来扯我的毛衣,嚷着:"别找事儿。"可我并没有理他。那人扯得越来越用力,我一不留神,他便用手拎住我的胳肢窝,把我拖开,将母亲硬生生地带走了。我拼命嘶喊,他却径直把我推到院墙边。凯瑟琳也和我一样,原本紧紧拉着母亲的手,仿佛两只手长在了一起似的。她哀求那些人不要带走母亲:"让我和她待在一起吧!她身体不好。"武装分子并没理会她的哭告,也把她生生从母亲身边拽开。我俩只有哭天抢地。

我听见母亲对武装分子说:"我动不了了。我觉得我快死了。"

那人则不耐烦地催着母亲:"快点走。我们会把你们带到有空调的地方。"母亲颤颤巍巍地站起身来,一步一停地跟着他们走,离我们远去了。

有些上了年纪却从未婚嫁的女人为了活命,开始向武装分子撒谎,说自己结过婚,还牵过熟识的小孩子来,冒称是自家的孩子。我们对武装分子的企图虽然毫无头绪,但他们看上去对已婚有孩子的女人们并不十分在意。迪玛尔和艾德琪从身边拉来我家的两个外甥,告诉武装分子说:"这俩是我们的儿子。"武装分子瞧了他们一眼便走开了。迪玛尔离婚之后从来没有见过她的孩子,可是她的相貌举止，确实一看就是已为人母的样子。艾德琪从来没结过婚，看着也不像是当妈的岁数，却也装得非常逼真。只有人的生存本能才能激发出那种瞬间到位的演技。我还来不及向她们姐妹俩告别，她们就牵着那两个小男孩被带上了楼。

一个小时之后，所有的女人都被分入各自的组里。我和凯瑟琳、罗伊安和妮斯琳一块坐在屋外，紧紧地握着彼此的手。武装分子此时又来向我们分发薯片和水，虽然我们仍然害怕他们在食物里做什么手脚，我还是喝了两口水。在此之前，我都没有意识到自己早已口干舌燥。我担心着楼上的母亲和姐妹们，不知道"伊斯兰国"是否会对她们网开一面，也不知道他们究竟会如何对待她们。围在我四周的女孩子们个个都哭得脸色通红，她们都散披着头发，紧紧地握着最近之人的手。我的精力已经消耗殆尽，甚至恍惚感觉自己的脑袋要落进腔子里，不知道什么时候就会昏过去，可即便如此，我仍然保持着最后一丝希望。然而，等到学校门前突然停下三辆大巴车的时候，我知道连这最后一点希望也已经不存在了。那几辆大巴车个头大得出奇，像是旅游观光车，或者以前那些用来载伊拉克朝圣者去麦加的车子。我们都清楚，这些车就是来载我们走的。

凯瑟琳带着哭腔问道："他们要带我们去哪里？"虽然凯瑟琳没有说出口，但人人心里都在害怕同一件事——"伊斯兰国"武装分子要把我们带到叙利亚去。我们心知"伊斯兰国"的人什么都做得出来，我一度以为，我们所有人都要死在叙利亚。

我用力地抱紧自己的包。面包被我扔掉之后,那只包稍许轻了一些。我开始后悔自己扔掉那块面包。浪费面包可是一桩不小的罪过。雅兹迪人相信,神明并不会要求我们必须勤于朝圣或祷告。我们雅兹迪人不必建造富丽堂皇的大教堂,也不必在宗教学校上好几年学才能做个虔诚正直的信徒。只有家里不缺钱,还有足够闲工夫的雅兹迪人才会组织洗礼一类的宗教仪式。

我们雅兹迪人都是用身体力行的方式遵循着自己的信仰。我们打开家门收容外乡人,用钱和粮食接济穷人,亲人下葬之前,我们也会和他们的遗体坐在一起,以示哀思。我们相信,只要是好好过日子,哪怕只是在学校里好好念书,或者在家里和配偶相敬如宾,都和念经祈祷一样有功德。凡是能让我们这些穷人繁衍生息、互相扶持的东西,对我们而言都无比神圣,即使是一块面包,也不例外。

然而每个人都会有犯错的时候。因此,每个雅兹迪人都会与族内的一名教长结成教亲,由他们来教授我们有关信仰的知识,并且在来世指引我们。我的教姊是一个比我年纪稍长些的姑娘,她精通雅兹迪信仰的各种掌故,相貌也生得落落大方。她曾经结过一次婚,后来离异,回到娘家之后,开始潜心事神,研究雅兹迪人的宗教。"伊斯兰国"迫近时,她设法从自己家逃了出去,如今平安地居住在德国。教亲们最重要的使命,是在族人死亡之后,在神和塔乌西·梅列克的面前为你一生的事迹做证明。他们会对神明说:"这人生前与我熟识。她是个好人,她的灵魂应当回归大地。"

我知道,等到我百年之后,我的教姊将要在神明的面前为我活着的时候犯下的错误作辩护——比如说,我在科乔村的杂货店里偷过糖果,有时我还犯过懒,不愿意和哥哥姐姐们一块去地里干活;而眼下,我那教姊需要为我辩护的罪责又多了一大桩——我没有听母亲的话,擅自留下了那些新娘的照片;我在路上丧失了希望,扔掉了那块面包;如今我还默默登上了大巴车,任凭自己的命运受人摆布。我由衷地希望我的教姊能够原谅我。

第三章

和我差不多的姑娘们被带到了其中两辆大巴车上,而像阿明和我的侄子马利克那样,因为年纪太小而从科乔村捡回一条命的十几岁男孩子们,则坐上了第三辆大巴车。他们也和我们一样胆战心惊。路边载满了"伊斯兰国"分子的武装吉普车正准备押送这几辆大巴车,那阵势仿佛像是要上前线打仗似的。或许我们真的会被送上战场。

我和人群一起等待的时候,一名武装分子向我走了过来。那家伙就是当时拿枪管顶着我们头巾取乐的那个人,此时他手里仍然握着那把枪。他问我:"你想皈依伊斯兰教吗?"和之前糟蹋头巾的时候一样,他的嘴角挂着无比盛气凌人的轻蔑微笑。

我摇了摇头。

他指了指母亲和姐妹们所在的那栋学校大楼："如果你改信伊斯兰，你就可以留在这里，和你妈妈还有姐姐妹妹待在一起。你还可以让她们也皈依正信。"

我又摇了摇头。当时我吓得根本什么话都说不出来。

那人收起笑意，恶狠狠地对我说："行。那你就和其他人一块上车。"

那大巴车出奇地大，足足有40排座位，每排6张椅子，中间是一条很长的过道，两侧则是被窗帘遮蔽的车窗。随着人们陆续上车，车里的空气开始变得稀薄，甚至令人呼吸困难。可是当我们试图打开窗子，甚至只是想撩一撩窗帘，看一眼外面的情况时，一名武装分子就会大声喝令我们坐住不许动。我的座位靠过道，离车头不远，能够听到大巴车的司机正在用手机和什么人通着电话。我琢磨他也许会无意中透露我们的目的地，可那司机说的是土库曼语，我一个字都听不懂。我坐在座位上，望着前面的司机，还有宽阔的挡风玻璃外那条前方的路。大巴车出发离开学校的时候，已是夜里，司机打开照明灯的时候，我只能看见一小片黑色的沥青路面，还有偶尔闪过的乔木和灌木。车的后面什么都看不见，母亲和姐妹们所在的索拉格学校也因此混在夜色之中，离我远远而去。

我们的车开得很快，两辆载着女孩的大巴车开在前面，而载着男孩的那辆则跟在后面。白色的武装吉普车则分居车队的前后两侧。我所在的这辆车里一片死寂，除了一名武装分子沿着过道前后巡视的脚步声,还有汽车引擎的运转声之外,什么声音都听不见。我开始感到自己出现了晕车的症状,试图闭目养神。车厢里弥漫着汗味和体臭。车后面有个姑娘猛地吐在了自己的手上,被车里的武装分子呵斥之后,不得不拼命压低自己呕吐的声音。她这一吐带出一股酸臭刺鼻的气味,散满车厢,令人难以忍受。离她不远的几个姑娘也开始此起彼伏地呕吐起来。我们不能互相交头接耳,因此她们呕吐的时候,没人敢关照她们。

那个在过道里来回巡逻的武装分子名叫阿布·巴塔特,是个约35岁的高个男人。他似乎非常享受这份巡视员的工作,动不动就站在某一排座位前扫视一眼,找出那些缩着身子或是假装睡着的女孩子们。后来他开始随机从座位上拎出几个女孩子,把她们推到车厢后面,命令她们一个个面壁罚站。他对她们命令道:"给我微笑!"随后他掏出手机,给每个女孩子拍了张照片。那人一边拍,一边还大笑不止,仿佛女孩子们吓得失魂落魄的样子对他而言非常可乐似的。要是女孩们因为害怕低着头,他就朝她们吼:"头抬起来!"随着越来越多的女孩屈服于他的淫威,他的气焰也似乎越来越嚣张起来。

我合上眼睛,试图把正在发生的一切隔离在我的脑海之外。尽管我也吓得不行,可我实在是打不起哪怕一点精神,很快就迷糊了过去。然而我也不能够真的安心入睡,每当我即将进入梦乡的时候,我的大脑都会本能地把我震醒。我常常猛地一下睁开双眼,坐在座位上望着前方的挡风玻璃,好一会儿才回想起眼下自己身在何处。

我虽然无从确知此行的终点,但我所在的这辆大巴车,似乎正开在通向摩苏尔的路上。摩苏尔当时是"伊斯兰国"在伊拉克的首都。"伊斯兰国"在侵占摩苏尔的战斗中大获全胜,他们入城占领街道和市政建筑,在摩苏尔周边道路设置路障之后,便开始大肆庆祝胜利。网上流传着许多他们当时庆祝的视频。与此同时,伊拉克政府军和库尔德武装都在枕戈待旦,发誓要从"伊斯兰国"武装分子手中夺回这座城市,即使要为此花上数年的时间,也在所不惜。我心想:"可我们等不起好几年那么久。"想到这里,我又不免昏睡过去。

突然,我感觉到一双手按在了我的左肩上。我睁开眼,发现阿布·巴塔特正站在我的身前。他绿色的眸子发着幽光,嘴角正挂着一丝生硬的微笑。我的脸正对着他挂在腰间的手枪,我霎时吓得像石化了一样,一动不动,也不敢出声。

我再次合上眼睛,祈祷他只是路过我身边。那只手却慢慢地从我的肩上开始游走,先是摩挲了一番我的脖子,紧接着顺着我的衣裙往下探去,最后停在了我的左胸上。那只手如同火焰一般滚烫,我生平从未被人这样摸过身子。我睁开双眼,却没有看那人,而是直直地盯着前方。阿布·巴塔特把手伸进我的衣服里,猛地握住了我的乳房。他的手十分用力,几乎要扯破我的皮肤。片刻之后,他才走开。

和"伊斯兰国"武装分子同处的每一秒都是如此漫长,如此痛苦地折磨着我们每一个人。不只是身体，我们的灵魂也无法幸免。和阿布·巴塔特在大巴车上的那次遭遇，让我失魂落魄，万念俱灰。我生在农村，家教良好，以往我每次离开家门，不管是去哪里，母亲必定会仔细审视我的打扮。她常叮嘱我："娜迪亚，把衣服上的扣子扣好。要做个有教养的姑娘。"

可眼前这个素昧平生的人刚才野蛮地猥亵了我，我却根本无能为力。阿布·巴塔特仍然在车厢里来回巡视，并且少不了猥亵其他坐在过道边上的女孩子。他料我们不敢挣扎，也不敢顶撞，便肆无忌惮地到处乱摸，仿佛根本没有拿我们当人看待。他回到我身边的时候，试图把手伸向我的裙底。我拼命抓住他的手，眼泪止不住地往下掉，可嘴里却仍然害怕得说不出话。我心想："只有结了婚的恋人之间才可以做这种事情。"自从我懂事，见识过科乔村里大大小小的婚嫁聘娶，知道结婚是怎么一回事之后，就一直认为爱情应该是这样的，无论在世界的哪个地方，都应该是这样的——直到阿布·巴塔特的那只手伸进我的衣裙，彻底把我相信的一切打个粉碎。

坐在我身边中座上的女孩子悄悄告诉我："只要是坐在过道边的女孩子，他都那样摸过。"

我哀求她："和我换个位子吧。我不想再被他摸了。"

"不行。"她回答道，"我害怕。"

阿布·巴塔特仍然在过道上来回走个没完，时不时地在他最中意的那几个女孩子身边停下脚步。我合上眼睛，耳边传来他那松垮的白裤子摆过带动的风声,还有他那双凉鞋拍打他脚后跟的声音。他一只手上拿着一台无线电,里面每隔一会儿都会传来一个操阿拉伯语的人说话的声音。那无线电杂音太大,没人听得出那个声音在说些什么。

阿布·巴塔特每次经过我身边的时候,都要伸手顺着我的左肩摸一回我的左胸之后,才会走开。我浑身汗流如注,几乎和正洗着淋浴一样。我注意到他没有猥亵那几个先前呕吐的女孩子,因此我伸手往嗓子深处探去,想呕出点什么来沾满我的裙子,好让那武装分子不再骚扰我。然而事与愿违,任是我把自己呛得阵阵生疼,也什么都没有吐出来。

大巴车在塔尔阿法尔停了下来。那是一座土库曼人占多数的城市,离辛贾尔城约有30英里远。武装分子开始掏出手机和无线电通话,试图了解"伊斯兰国"指挥者们的意图。那个司机对阿布·巴塔特说:"上面要我们把男孩留在这里。"两人便离开了我们这辆大巴车。透过挡风玻璃,我看见阿布·巴塔特和别的几个武装分子正说着什么,心里琢磨起他们的打算。塔尔阿法尔的居民有四分之三是信奉逊尼派伊斯兰的土库曼人。早在"伊斯兰国"占领辛贾尔城几个月以前,塔尔阿法尔城里的什叶派居民已经逃之夭夭,武装分子因此得以顺利入城。

我的左半边身子被阿布·巴塔特猥亵过后阵阵发疼,心里暗暗向神明祈求他不会回到车上来。可是没过几分钟,他还是回到了大巴车上,车子也重新上路。大巴车将要驶远的时候,我透过挡风玻璃，看见其中一辆大巴车留在了我们的身后。后来我才知道，那辆留在塔尔阿法尔的大巴车正是载着男孩的那一辆。我的侄子马利克就在那辆车上。"伊斯兰国"的人想要给他们洗脑，让男孩们为他们的恐怖组织作战。战事持续数年之后，他们开始用那些男孩充当肉盾或者人肉炸弹。

回到车上之后，阿布·巴塔特照旧开始骚扰我们。他已经确定了几个他最中意的女孩，并且开始在这几个女孩的身边待得更久，猥亵的时间也越来越长。不仅如此，他下手还特别用力，几乎要扯碎我们的身子。离开塔尔阿法尔10分钟之后，我实在是忍无可忍。感觉到他的手又按在我的肩上之后，我尖叫一声，打破了车里的寂静。片刻之后，其他女孩子也开始跟着尖叫，没多久，整个车厢里的惨叫声，已堪比一片屠杀现场。阿布·巴塔特僵在原地，随后吼道："你们都给我安静！"然而没有人收声。我心想："就算被他杀了，我也不在乎。要是能死，也是求之不得。"那个土库曼人司机踩下了刹车，整辆大巴车猛地停了下来，惯性几乎将我甩出座位。那司机朝他的手机里喊了些什么，没过多久，一辆原本开在车队前面的白色武装吉普车也停了下来。只见一个人下了那吉普车，径直往我们的大巴车走来。

我认得那个人。他叫纳法赫，是个"伊斯兰国"武装分子的指挥员，是索拉格人。我们还在索拉格的学校时，他对我们就尤为残酷无情，只知道朝我们恶语相加，呼来喝去，全无一点人性可言。我甚至觉得他和机器没什么两样。大巴车司机为纳法赫打开车门，他一个箭步登上车来,问阿布·巴塔特:"领头闹事的是哪个?"那个猥亵我无数次的家伙便指向我,说道:"就是她。"于是纳法赫朝我的座位走了过来。

我抢在他之前开了口。我知道纳法赫是个恐怖分子,但是"伊斯兰国"武装分子对女人就可以无法无天吗?他们要是真觉得自己是虔信守戒的穆斯林,就应该谴责阿布·巴塔特的丑陋行为。我的手还在因为恐惧而颤抖,但我仍然指着阿布·巴塔特质问道:"是你们把我们逼到这车上,是你们把我们逼到这儿来的,我们别无选择。这个人无时无刻不在摸我们的乳房,无时无刻不在猥亵我们,是他仗势欺人,不肯甘休!"

我说话的时候,纳法赫一直沉默不语。有那么一会儿,我以为他会教训那个阿布·巴塔特,可是阿布·巴塔特开口说话的时候,我知道自己的奢望又落了空。他抬高嗓门,声音大得全车人都能听个一清二楚:"你觉得把你们弄到这里是为了什么?老实告诉我,你们自己心里难道不清楚吗?"

阿布·巴塔特走到纳法赫身边,拧着我的脖子,把我的脑袋抵在座椅靠背上,掏出枪来顶着我的前额。身边的女孩们吓出阵阵惊叫,可我已是魂飞魄散,发不出半点声音。阿布·巴塔特对我说道:"你要是再闭上眼睛,我就打死你。"

纳法赫向车门的方向走去,下车之前,他转向我们,撂下一句话:"你们自己以为被带到这里会干什么我不知道,但你们的路已经定好了。你们是女奴,必须听我们的命令。要是你们谁还敢叫,你们的下场还会更惨。咱们走着瞧。"说完纳法赫便下了车,而阿布·巴塔特的枪管仍然抵着我的脑袋。

我长这么大,还是第一次听到被人用这么个阿拉伯字眼称呼。"伊斯兰国"武装分子占领辛贾尔,大肆绑架雅兹迪人的时候,就管被他们掳走的年轻女子叫"女奴"(阿拉伯语sabaya,单数sabiya。——原注),并且公然把她们拿去当性奴买卖。他们就是打算这么处置我们的。"伊斯兰国"武装分子这么做的根据,来自某个教派对《古兰经》教义的极端解释。全世界的穆斯林团体都对这一思想严令禁止,弃如敝屣,而"伊斯兰国"武装分子却在进攻辛贾尔之前,就已经把这一解释写进公开发布的宣传册和教令之中。雅兹迪的女孩被"伊斯兰国"视为异教徒,根据他们对《古兰经》的解释,强奸奴隶并不是违背教义的罪孽。我们这些"女奴"的用场,就是被他们用来吸引更多的人加入"伊斯兰国"武装,然后被作为奖赏派发给那些他们眼里忠诚可靠的士兵。这辆大巴车上的所有人都难逃这一宿命。我们甚至已经不再是人,除了"女奴",我们什么都不是。

阿布·巴塔特放开了我的脖子,收起了枪。然而从那一刻起,我成了他最首要的玩弄对象。他并没有忘记骚扰其他女孩,但大多数时候,他都盯着我一个人进行猥亵。他越来越频繁地在我的身边停下,直接用手使劲挤我的乳房,以致我都能想见上面的瘀伤。我的左半边身子已然趋于麻木。我确信如果我再顶撞阿布·巴塔特,他一定会杀了我,可尽管我拼尽全力保持镇静,我的内心却止不住地发出无声的惨呼。直到将近一个小时后,大巴车抵达了摩苏尔,他才停手。

那是一个天色明净的夜晚,星光从天边照进挡风玻璃。无垠的苍穹让我想起了母亲曾经给我讲过的一个古代阿拉伯爱情故事。那个故事的题目叫《莱伊拉和疯子》,讲一个名叫卡伊斯的男人爱上了一个名叫莱伊拉的姑娘。卡伊斯不仅和莱伊拉十分相爱,还是个有文才的人。他不停给莱伊拉写情诗倾吐衷肠,周围的人都管他叫"疯子"(阿拉伯语Majnun,原意为"着魔的、怪异的"——原注)。那"疯子"后来向莱伊拉求婚,却被姑娘的父亲拒绝。莱伊拉的父亲告诉他,他的精神不太正常,恐怕不会是一位好丈夫。

故事的结局是个悲剧。莱伊拉被迫嫁给了另一个男人,之后郁郁而终。"疯子"则离开了本村,一个人走进了沙漠,一边自言自语,一边在沙子里作诗。直到有一天,"疯子"在沙漠里找到了莱伊拉的墓碑,便久久矗立在那里,直到死去。我特别喜欢听母亲讲这个故事,尽管每次听完这个故事,我都忍不住为这一对恋人的遭遇流眼泪。以前的我很害怕黑暗的天穹,可现在我觉得它颇有几分浪漫的感觉。莱伊拉这个名字在阿拉伯语里正是"夜晚"的意思,母亲以前每次讲完这个故事的时候,都会用手指向天边的两颗星星。她告诉我说:"他们俩因为活着的时候没有和彼此在一起,便许愿能在死后互相厮守。因此神明便把他们俩变成了星星。"

大巴车上的我也低声许起了愿:"神明保佑,也把我变成一颗挂在这辆车上空的星星吧。神明法力无边,以前满足过别人的愿望,如今也会为我显灵的吧。"可是车子仍然往摩苏尔的方向疾驰而去。

第四章

阿布·巴塔特直到车子抵达摩苏尔,才停止骚扰车里的女孩们。我们的车停在一座巨大的建筑物面前,挡风玻璃上方的钟上显示此时是凌晨两点。那建筑物规模恢宏,我以为必定是属于某个巨富家庭的寓所。大巴车停在了这宅邸的前门处,而那些武装吉普车则开进了一间车库。只见那宅邸的大门忽然打开,阿布·巴塔特嚷道:"快!下车!"我们便拖着脚步离开自己的座位。我被阿布·巴塔特蹂躏的那半边身子仍在作痛。我暗想,大巴车既然已经停下,阿布·巴塔特应该没道理再纠缠我,可我又错了。我们排成一列陆续下车,每个人都紧紧抱着仅剩的一点行李,阿布·巴塔特则倚在车门边,对每个下车的女孩上下其手。轮到我的时候,他几乎从头到脚,把我的身子摸了个遍。

我们从车库门进了宅子。我从没见过这么华丽的屋子,里面开阔宽敞,客厅和厨房都很大,屋里的家具也一应俱全,我估计足可供五六家人使用。科乔村没有一户人家有这么好的屋子住,就连艾哈迈德·贾索他们家,也比不上这里。这宅子里还有不少钟表和地毯,我猜测这些都属于这里原来的住户。我还注意到,有个武装分子喝水时,用的是一只镶着一张家庭合照的酒杯。我不由想这宅子的原主人如今安在。

"伊斯兰国"的武装分子分布在宅子各处,他们穿着制服,手里拿着不断响动的无线电。他们把我们分成三组,关进了三个不同的房间,房间的门都开着一点,方便他们监视。我和凯瑟琳还有其他几个姑娘坐在一起,可以透过门缝望见别的房间里的状况。所有的妇女和姑娘们都神情恍惚,不停地扫视周围的人,寻找不曾和自己坐同一辆大巴车的亲人和朋友。每个屋子里都挤满了人,我们都依偎着彼此坐在地板上,想不睡过去都困难。

屋子里仅有的两扇小窗子是关着的,窗帘也被拉了起来。幸而屋里装了一台沼泽冷却机,这种机器和空调差不多,比空调个头大得多,也便宜得多,在伊拉克很常见。经这机器过滤过的空气,呼吸起来也稍轻松些。屋里并没有家具,只有几张床垫堆在墙角。客厅的洗手间传来一股刺鼻的臭味。有人交头接耳地传播着消息:"有个女孩偷偷带了一部手机,那些人搜她身的时候,她想把手机冲进马桶里去。我在车上听他们提过这个事。"洗手间的门口也堆着一叠头巾,就像当时索拉格的学校门口那样,铺在镶着瓷砖的地面上,仿佛一捧凋谢的花瓣。

三个房间坐满之后,一个武装分子指着我坐着的地方命令道:"跟我来。"他说完便转身向门外走去。

凯瑟琳伸出细小的胳膊缠住我,拼命想阻止我站起身来:"不要走!"

我不知道他们又有什么企图,但我除了遵循他们的指示以外别无选择。我告诉凯瑟琳:"如果我不走,他们也会把我拉走的。"随后我便跟着那人离开了。

那武装分子把我带到一楼的车库,阿布·巴塔特和纳法赫还有另一个武装分子正等在那里。最后那个武装分子操库尔德语,我认出他是谁之后,感到震惊不已——他是苏哈伊布,原本是辛贾尔城里几家手机店之一的老板。他的店里从来不缺雅兹迪顾客,我很确定很多雅兹迪人都把他看作亲切的朋友。这三个人都恶狠狠地盯着我,他们仍然想惩罚我在大巴车上的反抗行为。纳法赫问我:"你叫什么名字?"我试图后退,可他揪住我的头发,把我整个人顶在墙上。

我只好回答说:"我叫娜迪亚。"

他又问:"你哪年生的?"

我答:"1993年。"

他接着又问:"这里有没有你们家的人?"

我顿了顿。我不知道他们是否会因为凯瑟琳或是其他人和我有亲属关系,就连她们也一块惩罚,因此我撒了个谎:"这里都是别家的女孩。我不知道我们家的人在哪里。"

"你之前为什么叫?"纳法赫更加用力地拧着我的头发。

我害怕得无以复加。我从小身子就又瘦又小,被他们抓住的时候,甚至感觉不到自己身体的存在。我告诉自己,为了能让他们放我回楼上陪凯瑟琳,我眼下只能顺着他们的问话作答。于是我实话告诉纳法赫:"我当时很害怕,你前面的这个人,"我指了指阿布·巴塔特,"他摸我。从索拉格出发开始,他一路上一直在摸我们。"

"你们觉得你们被带到这里是干什么的?"纳法赫又重复了一遍他在大巴车上说过的话。"你是个异教徒女奴,现在你整个人都属于'伊斯兰国',给我好好记住这一点。"说完,他冲着我的脸啐了一口。

阿布·巴塔特燃起一根香烟,交给纳法赫。我以前听说按照"伊斯兰国"的法律,抽烟是非法行为,因此起初还颇感惊讶。然而他们并没有打算抽烟。我开始在心里默念:"不要拿香烟戳我的脸。"那个时候,我还残存着一点在意自己容貌的心思。纳法赫拿着这支点着的香烟往我的肩上按下去,那天早上才换上的衣裙被香烟的火生生烧出个洞。那支烟一路钻下来,直到贴上我的肌肤,才熄灭。衣物和皮肤烧焦的气味十分刺鼻,可我还是强忍住,没有因为痛而喊出声来。要是我再喊出声,他们只会变本加厉。

然而当纳法赫又点起一支烟,戳到我的肚子上时,我实在是经受不住,惨叫了一声。阿布·巴塔特对其他人说:"这臭丫头现在知道痛,知道叫,看她明天还叫不叫得出来!"他话里的意思,是让那些人对我更狠一点。"得让她清醒清醒,让她知道自己是个什么东西,让她知道来这里是干什么的。"

我哀求道:"放开我吧。我再也不敢了。"

纳法赫扇了我两巴掌,然后松开了揪着我的手。他说:"滚回那群女奴中去,以后不许再发出半点声音来。"

楼上的房间里仍然是一片拥挤，坐满了黑压压的人群。我扯了扯肩上的头发，用手捂着肚子，不让我的侄女们看见那里的烫伤疤痕。我在人群中找到了凯瑟琳，她坐在一个看上去30岁左右的女人边上。那个女人不是科乔村的，应该比我们早来这里。她的身边带着两个孩子，其中一个还没断奶，除此之外，她还怀着身孕。那女人把婴儿抱在胸前轻轻摇晃，让他安静下来，一边问我楼下发生了些什么事。我只是摇了摇头。

"你是不是很疼？"那女人问我。

我并不认识那个女人，可此时的我实在虚弱无力，径直倚在了她的身上，点了点头。

我把一切经过都告诉了她：我是如何离开科乔村，如何与母亲姐妹分开，如何亲眼看着我的兄长被押上车带走。我还把大巴车和阿布·巴塔特的事情也告诉了她。我告诉她："他们打了我。"接着我亮出香烟在我肩上和肚子上留下的伤疤给她看。这两处伤还未愈合，仍然疼得要命。

她从自己的包里掏出了一管药膏递给我："拿着，这是尿布疹药膏，但兴许对烫伤也管用。"

我向她道了谢，拿着药膏去了卫生间，挤出一点来敷在肩上和肚子上，疼痛稍稍缓解了一些。我又挤了一些涂在被阿布·巴塔特摸过的地方，这时我才发现我来月经了，于是便向一名武装分子要了些卫生巾。那人把卫生巾递给我的时候，看都没有看我一眼。

我回到屋里坐下，问那个女人："这里情况怎么样？他们对你做了什么？"

她叹了口气，问道："你真想知道吗？"我点了点头。她便说："我来这里的第一天是8月3日，大概有400个雅兹迪妇女和儿童被押送到了这里。这里是一处'伊斯兰国'的据点，他们的武装分子就在这里起居值勤，所以这里才会有这么多他们的人。"她顿了顿，看着我，又说道："这里将会是我们被卖为奴隶的地方。"

"那你为什么没有被卖？"我问道。

她这样回答道："因为我结过婚。凡是结过婚的女人，他们就得等上40天，才能分给武装分子做女奴。这是他们的规矩。我不知道他们什么时候会把你卖给他们，但这是迟早的事。他们每次来，都要带走几个女人。他们会强暴她们，再把她们送回来，有时他们兴许会把那些女人留在身边。有时他们会直接在这里找个屋子糟蹋那些姑娘，等完事了再把她们送回到这里。"

我一句话都说不出来，呆坐在原地。被烫伤的地方又开始掀起阵阵隐痛，像是一锅慢慢沸腾起来的水，我不得不咬紧牙关。那女人问我："你需不需要止疼片？"我摇了摇头，告诉她："我不想吃药。"

于是她递给我一个瓶子，劝我道："那你喝点什么东西吧。"我感激地接过瓶子，抿了几口里面半温的水。那女人的孩子已经安静下来，快睡着了。

她用温和的语气接过刚才的话头："要不了多久，他们就会来把你带走的。你也免不了被他们糟蹋。有些姑娘试过往脸上抹灰抹泥，或者扯乱自己的头发，但是这些都毫无用处。无论你把自己抹得多丑，他们都会逼你去洗个澡，把你洗个白净，恢复你本来的容貌。还有些姑娘试过自杀，她们曾经在那里割过腕，"她指了指卫生间，"那里墙上的高处还留着她们的血迹。来清扫卫生间的人没有注意到那些血，因此它们一直留在那里。"诸如"不要担心"或者"一切都会好起来的"之类的话，她一句也没有说。等她把话说完之后，我将头靠在了她的肩上。她那已经沉沉睡着的孩子就在我眼前。

**

那天晚上我没有合眼多久。我确实累得浑身无力，却也着实不敢入睡。当时正是夏天，太阳升起得早，阳光透过厚厚的窗帘，无比微弱黯淡地照进屋子时，我发现身边大多数的女孩前一天晚上都没有睡觉。她们因为困倦，走起路来跌跌撞撞，一面还不断地揉着眼睛，用袖子捂着自己的嘴打哈欠。武装分子带了些大米饭和番茄汤，充作我们的早餐。他们把食物放在塑料盘子上分给我们，等到我们吃完，那些盘子便被尽数丢弃。可我实在是饥肠辘辘，管不了那么多，饭菜端到我面前还没多久，我就把它们吃了个精光。

大多数女孩前一天晚上都在暗暗啜泣，到了这天早上，不少人又开始流起眼泪来。有个科乔村的女孩儿，年纪和迪玛尔相仿，却没能够像迪玛尔一样装成已婚妇女骗过武装分子，此刻她正坐在我的身边,问我道:"我们这究竟是在哪里?"她坐在大巴车上的时候,应该一点都没认出沿途的建筑物和道路来。

我告诉她:"具体在哪里我不知道,但我们应该是在摩苏尔的某个地方。"

"摩苏尔啊。"她轻声地应道。我们出生长大的地方离摩苏尔并不遥远,但只有很少人真正来过这里。

这时一位伊斯兰教长走进了我们的房间,所有人都鸦雀无声。那人年纪很大,满头白发,穿着宽大的"伊斯兰国"制服,踩着一双凉鞋。尽管他的裤子短得出奇,穿着一点都不合身,但他还是盛气凌人地在屋子里来回打量我们,我猜测这一定是"伊斯兰国"的某个大人物。那人指着缩在墙角的一个科乔女孩问道:"她多大了?"那女孩约13岁。教长身边的一个武装分子不无得意地告诉他:"那丫头年轻得很。"

我能从那教长的口音中判断出,他是摩苏尔当地人。这些恐怖分子入城的时候,他很可能出了不少力。或许他是个很有钱的商人,能够资助"伊斯兰国";或许他原本是个萨达姆当权时宗教界或者政界的头面人物,一直计划重新掌握被美国人和什叶派褫夺的权力;当然,他也很有可能真心拥护"伊斯兰国"的宗教纲领。"伊斯兰国"里有不少人都认同他们的宗教观点,即使那些连阿拉伯语也不会说、连祈祷文都不会念的人,也对我们说,"伊斯兰国"的思想是正确的,真主也站在他们一边。

那教长在人群中指指点点,仿佛整个屋子里的女孩都是他的财产一样。几分钟之后,他就选定了三个女孩,她们都是科乔村的人。那人给一个武装分子塞了一把美元,便带着三个女孩下了楼,准备在那里办理交易。

整个房间都陷入了恐慌之中。事到如今,每个人都知道了"伊斯兰国"的企图,可没人知道下一个"买家"什么时候出现,也不知道他们会如何对待我们。每一分钟的等待都是折磨。有几个女孩子互相耳语,计划逃跑,但这是个不可能完成的计划。即使我们设法钻出了房间的窗户,也不可能躲过这个"伊斯兰国"据点里那么多武装分子的耳目,悄无声息地溜走。更何况,摩苏尔这座城市不仅无比陌生,其中的道路也蜿蜒曲折,就算是我们想出办法避开楼下那么多武装分子的注意,也无从辨认最适合逃亡的方向。当时他们选择在夜里把我们运到这里,还紧闭大巴车的车窗,就是为了确保我们绝对无法活着离开这里。

女孩很快开始谈论起自杀。我承认,一开始我的脑海里也闪过一了百了的念头。就算是死,也比前天夜里那个女人向我描述的悲惨归宿好上百倍。我和凯瑟琳还有其他几个女孩子立下约定:"我们宁愿死,也不愿意被'达埃什'买去做奴隶。"自我了结比起屈从于武装分子的淫威要体面得多,而且这也是我们唯一的反抗方式。有一个女孩将方巾拧成一股绳,绕在了自己的脖子上,告诉我们她准备上吊,但其他的女孩把那条方巾从她手里夺了过去。另一些女孩则说:"我们虽然逃不出去,但如果能爬到屋顶,我们就可以跳楼。"然而我却忍不住想起我的母亲。对她来说,人不应该为任何事寻短见。每次我遇到什么难受的事情，她都会告诉我："你要相信，神明总会保佑你的。"我在地里经过那场意外之后，母亲日夜留在医院里，陪在我的病床边，向神明祈求我平安无事。当我苏醒过来之后，她还花了一大笔钱给我买首饰。只要我能活下来，无论是什么代价，母亲都在所不惜。我没办法舍弃自己的性命。

我们很快修改了彼此之间的约定。现在我们不打算自杀，而是相约尽力帮助彼此，一有机会就逃出去。在我们坐在房间里等待的那段时间里，我意识到人口贩卖在"伊斯兰国"统治下的摩苏尔是何等猖獗。成千上万的雅兹迪女孩被他们从家乡劫走，并且公然被放在市场上交易，或者作为奖赏分发给高级别成员或者教长之流，运往伊拉克和叙利亚的各个大小城市。就算是有一个女孩自杀，甚至就算有100个女孩自杀，对于"伊斯兰国"来说也根本无足挂齿，他们的罪恶勾当也不会因此而停止。不仅如此，曾经发生的自杀事件反倒使得"伊斯兰国"的看守们越发警惕，就算我们割了腕乃至上了吊，看守们也不会让我们死成。

一个武装分子进了屋，要我们把身上携带的所有身份证件都交出来："凡是写明你们雅兹迪身份的证件，都交出来。"他把收缴来的证件全部塞进一个大口袋里。武装分子把这些口袋堆在楼下——里面有身份证，有粮票，还有出生证明，以及其他类似的东西——然后将它们全部付之一炬，化成小山似的一堆灰烬。他们似乎认为，只要毁了我们的证件，就可以将整个伊拉克的雅兹迪民族全部抹杀。我把所有的证件都交了出去，唯有母亲留下的粮票，我偷偷藏在了自己的胸罩里，没有交给他们。这小小的一张粮票，已经是我唯一可以用来怀念母亲的东西了。

我在卫生间里往脸上和手臂上拍了些水。卫生间的水槽上方挂着一面镜子，但我没有勇气看镜子里的自己，而是一直低垂着视线。我担心会认不出镜子里的那个自己。我还找到了前一天晚上那个女人讲过的血迹，那是一些棕红色的小点，附在瓷砖墙的高处。它们是在我之前来到这里的某个雅兹迪女孩留在这个世界上的全部痕迹。

之后我们所有人又被分成两组，排成队伍，重新登上大巴车。我设法和凯瑟琳待在了同一组，而其他一些女孩则留在了那所宅子里，那些女孩全都是原籍科乔村的熟人。我们不曾道别。后来我知道，她们被转移出了伊拉克边境，运到了"伊斯兰国"在叙利亚的首都拉卡(Raqqa)。我为自己尚且身在伊拉克感到庆幸。不管发生什么事，只要我还在自己的国家，我应该还可以有活命的希望。

我上了车之后直奔车尾，找了个靠窗的座位，心想这样就可以稍稍阻挠阿布·巴塔特或者其他哪个武装分子的性骚扰。我们之前已经在窗帘遮蔽的房间里待了好几天，再往前还坐了很长时间的大巴车，在伸手不见五指的黑暗中被运往一个又一个地方，如今可以在室外沐浴盛夏的阳光，反倒觉得有一些不习惯。车子发动的时候，我沿着窗帘的缝隙向外望去，看见摩苏尔城里的街道。起初我觉得这里的街道和辛贾尔城并没有什么不同，看上去都是一派寻常巷陌景象，人们或者在街边买杂货，或者步行送自己的孩子上学。不过，这里和辛贾尔城有一个很大的不同：这里到处都是"伊斯兰国"的武装分子。他们或是在站岗放哨，或坐在卡车后面，或在街上来回巡逻，有些则只是在这个被占领的城市里过着全新的生活，有时在街上买菜，有时则和左邻右里聊天。摩苏尔的女人们个个都用黑色的罩袍和面纱裹得严严实实——"伊斯兰国"颁布了法令，禁止女性单独出门或者在室外裸露肌肤，因此摩苏尔的女人们只能化成一片黑云飘行街中，身形几乎消失不见。

我们都只能噤若寒蝉地坐在车上。我在心里默默感激神明，感谢他还能让我陪在凯瑟琳、妮斯琳、季兰和罗伊安的身边。她们的存在让我多了一点力量控制自己保持清醒。然而并不是所有人都像我这样幸运。有一个科乔村的女孩，当时已经落得孤身一人，她所有的亲友熟人都已经下落不明，在车上止不住地啜泣，放在大腿上的手也不断地抽动。她说："你们每个人都还找得到个把亲人，我却一个都找不到了。"我们想要安慰她，但没人有这个胆子。

大约上午10点的时候，我们的车停在了一座两层楼的绿色房子前面。这座房子要比我们之前待过的那座要小上一些，抵达之后，我们照例被武装分子推进了门。那房子的二楼有一个房间，里面那些属于原屋主的东西早已被武装分子清理得一干二净，唯有墙上书架上的一本《圣经》，还有挂着的一个十字架还留着。这房子的原主人明显是基督徒。我们进房间的时候，屋里已经有几个姑娘在了。她们来自塔尔埃泽尔 (Tal Ezeir)，紧挨着彼此坐在一起。墙角堆着的薄床垫比在摩苏尔时堆得更高，房间里的窗户也要么被涂黑，要么用厚厚的毯子遮蔽起来。正午的骄阳穿透如此之厚的障碍落进屋里的时候，也只剩下无比黯淡的一缕微光。整个屋子都散发着清洁剂的味道，以前科乔村的主妇们给厨房和浴室消毒的时候，就经常用这种泛着荧光的蓝色乳液。

我们坐在那里等待的时候，一个武装分子进了屋，检查屋里的窗户是否都已遮严，确保屋内外的视线隔绝。他注意到墙上的《圣经》和十字架的时候嘟囔了几句，找了个塑料筐，将它们扔在筐里拖了出去。

他一边往屋外走，一边喝令我们去洗澡。他的脸上挂着一副无比嫌恶的神情，对我们说："你们雅兹迪人是不是一年到头都那么臭？"我想起萨乌德从库尔德斯坦回家省亲的时候就告诉过我们，库尔德人常常取笑雅兹迪人，说我们身上总有臭味。我每次听他这么说，心里就无比生气。

然而如今"伊斯兰国"爪牙当前，我却希望自己真的臭不可闻。眼下肮脏的外表就是我们的护身符，可以保护我们不受阿布·巴塔特之流的糟践。我希望那些色胆包天的武装分子被我们身上的臭味熏得知难而退——毕竟之前很多女孩在大巴车上，因为忍受不住炎热和恐惧而纷纷呕吐。然而那些人把我们三三两两地推进浴室，并命令道："把你们身上的脏东西洗干净！我们受不了你们的那个味儿。"我们只有照做，纷纷用水槽里的水冲洗自己的手臂和脸,但没人愿意当着那些男人的面脱下衣服。

那个武装分子离开之后,有些女孩开始窃窃私语起来,对着一张桌子指指点点。那张桌子上有一台黑色的笔记本电脑,机盖是合着的。有一个女孩子低声说:"不知道那电脑能不能用,说不定它联着网!要是联着网,我们就可以登上脸书,给网上的人发消息,告诉他们我们在摩苏尔。"

我对任何电脑都一窍不通,事实上,这还是我生平第一次亲眼见到电脑。因此当两三个女孩大着胆子慢慢摸向那张桌子的时候,我能做的就只有站在边上围观。电脑联着网的可能性让我们的心中多了些许希望,整个屋子里的人群也稍稍为之精神一振。有几个女孩甚至不再哭泣,另一些人自打离开索拉格之后,头一次从地板上站起身来。我的心跳一阵加速,我十分希望那台机器能够派上用场。

其中一个女孩打开了电脑,屏幕发出亮光。众人有的惊讶得倒吸一口气,有的兴奋异常,还有的在门口帮忙望风,观察武装分子的行踪。那个女孩先是按了几个键,随后又用力按了几下,脸上开始浮现出挫败的神情。没过多久,她便合上电脑的机盖,低着头转向我们,用几乎要哭出来的语气说:"这电脑用不了。对不起大家。"

她的朋友围在她身边,不住地安慰着她。我们难掩失望之情。她的朋友们对她说:"没关系的,至少你尝试过。而且,要是这台电脑有网,'达埃什'就不会把它留在这里了。"

我望向远处墙边那几个坐在地上的塔尔埃泽尔姑娘。自打我们来到这里,她们不仅一句话都没有说,连动都没有动一下。她们几个人紧紧依偎彼此,一眼看去,甚至难以分清她们每个人的轮廓。她们转过头看向我的时候,脸上的神情写满了最纯粹的悲伤,几乎像是面具一般。我猜想我自己的脸,应该也和她们相差不远。

第五章

"伊斯兰国"的奴隶市场周五开张。我们听见楼下的武装分子们往来收拾整理杂物的声响。第一个"客人"来到房间里时,整个房间里的女孩们都失声尖叫起来,声音之凄厉不逊于炸弹爆炸。众人有的开始假装受伤在地上呻吟,有的扶着墙俯身往地上呕吐,但这些都没有让那些前来挑人的武装分子望而却步。他们在屋里来回审视,打量着我们,而我们则一边尖叫,一边苦苦哀求。懂阿拉伯语的女孩们操着阿拉伯语乞哀告怜,而只会库尔德语的女孩则拼尽全力大声呼喊。然而眼前的这些男人们望着慌作一团的我们,全然无动于衷,仿佛在他们眼里,我们只是些除了哭什么都不会的儿童,虽然很聒噪,但压根算不上回事。

他们先是绕着那几个长得最漂亮的女孩,一边检查她们的头发和牙齿,一边问她们:"你几岁了?"他们还问身边的看守说:"这些都是处女?"看守点点头,像是个对自家货色十分自信的店老板一样,不无得意地回答道:"当然!"有些女孩曾经跟我说过,武装分子曾经找过一个医生，检查她们是否确实是处女，但包括我在内的其他女孩没有接受过这种检查，武装分子只是口头问过我们。有几个女孩撒谎说自己不是处女，已经有过初夜，以为这样武装分子就会嫌弃她们。然而他们看出了那些女孩所说并非实情。那个看守接着说："这些都是年轻的雅兹迪女人。雅兹迪女人结婚以前都是守贞操的。"前来挑人的武装分子则开始肆意地揉捏起我们的乳房和大腿，仿佛是在挑选牲畜一般。

武装分子并没有理会屋里的混乱，他们仍在一个个打量女孩，用阿拉伯语或者土库曼语问着话。奴隶市场刚开张的时候，纳法赫就来了。他挑了一个非常年轻的女孩，其他几个武装分子朝他讪笑道："我们早就知道你会挑这个。等你玩够了，也交给我玩玩。"

另一边，武装分子则不停地朝我们嚷："安静！不许吵！"可是他们的命令却只能适得其反，刺激屋里的女孩喊得更大声。这时，一个年纪较长，体格肥胖，挺着将军肚的人出现在屋里的走廊。他的名字叫哈吉·沙基尔，是摩苏尔当地的几个武装分子首领之一。他的身边还带着一个小女孩，和所有生活在"伊斯兰国"统治区的女性一样，女孩裹着罩袍和面纱。哈吉·沙基尔把那女孩推进屋里，向众人说道："这是我的女奴。让她来给你们说说，当了穆斯林是多么幸福的一件事。"

那女孩撩起了她的面纱。她虽然体格羸弱，脸庞却十分美丽动人。她的深色肌肤非常细腻，张嘴的时候，可以看见一颗金牙闪闪放光。我觉得她的年纪绝对不会超过16岁。哈吉·沙基尔介绍道:"8月3日,我们从异教徒手中解放哈尔丹(Hardan,位于伊拉克尼尼微省辛贾尔地区北部的一座雅兹迪人村庄——译者注)的时候,我就买下了这个女奴。来,你给她们说说,皈依正信服侍我之后,你过得多么平静幸福!"

那女孩望着地上的地毯,什么也没有说。看她的样子,也许她本来就是个哑巴。屋里很快再次陷入混乱,当我片刻之后瞥向房门方向的时候,却发现那个女孩已经不见了。然而哈吉·沙基尔却正凑近打量着一个我认识的科乔村姑娘。

我终于彻底失控了。我心想,要是无论如何我都会被某个武装分子带走,那么我绝对不会让他好过。我发了疯似的嘶吼尖叫,扇走所有伸向我身子的手。其他女孩子也和我差不多,不是在地上把自己的身子蜷成一个球,就是奋不顾身地扑向自己的姐妹和朋友,试图保护她们。我们已经不再害怕被他们打骂,甚至包括我在内的许多人,都暗暗试图激怒这些武装分子,好让他们开枪打死我们。一个武装分子狠狠扇了我一巴掌,告诉同伴说:"昨天闹事的也是这个小贱货。"可我一点都感觉不到疼痛,甚至连我自己都对此感到惊讶。紧接着他又开始揪我的乳房,这比刚才的耳光要疼得多。等他走后,我瘫坐在地上,妮斯琳和凯瑟琳靠过来,试图安慰我。

就当我躺在原地的时候,另一个武装分子站到了我们面前。为了忍痛我将膝盖抱在自己的额前,只能看见这人的靴子和小腿,那露在靴子外的小腿足有树干那么粗。那人是个在组织中颇有地位的武装分子,名字叫萨尔万,身边也带着一个来自哈尔丹的雅兹迪少女。萨尔万打算把这个少女卖到这里来,再买一个新的女奴回去。我从来没有见过像萨尔万这样体格高大魁梧的人,他简直活像是个长着泛红胡子的巨人,而他身上披着的白色长袍也简直可以用来做帐篷。妮斯琳、罗伊安和凯瑟琳试图用身体做掩护把我藏起来,但那人并没有走开的意思。

他喊道:"站起来!"见我没有理会,他便踢了踢我:"就是你!穿粉红色外套的!给我站起来!"

我们几个尖叫起来,彼此贴得更紧,可是无济于事。萨尔万怒气大发,俯下身来,抓着我们的肩膀和胳膊,想把我们几个拽开。我们则拼命地抓紧彼此,恨不得连肉都长到一起去。见我们这么顽强抵抗,萨尔万彻底暴怒,吼着要我们站起来,还不停地踢我们的肩膀和手。我们的挣扎最后引来了一名看守的注意,他赶来帮萨尔万的忙,用一根棍子不停地敲我们的手,直到我们实在耐不住疼痛而放手才作罢。我们几个被分开之后,萨尔万淫笑着,居高临下地打量着我,我也第一次看清了他的相貌。他脸庞宽阔,眼窝深陷,眼睛几乎完全被头发盖住。这家伙看着与其说是人,倒不如说活脱脱像个怪物。

我们已经没法再抵抗下去了。我对他说:"我可以跟你走,但你必须把凯瑟琳、罗伊安和妮斯琳一起带走。"

纳法赫循声而来,见到我的时候,他的脸因为狂怒而涨得通红。他朝我吼道:"又他妈是你?"话音未落,他便开始一个一个抽我们耳光。我朝他吼了回去:"要我走,必须带上她们一块走!"纳法赫也不答话,而是更快更狠地扇我们的脸。我们几个的脸被他抽得彻底麻木,罗伊安甚至被他抽得吐血。

他和萨尔万随后将凯瑟琳和妮斯琳扔在一边,把我和罗伊安揪起来拖下了楼。整个楼道里都回荡着萨尔万沉重的脚步声。我根本来不及和凯瑟琳还有妮斯琳道别,甚至连回头看她们一眼都做不到。

**

"伊斯兰国"之所以进攻辛贾尔,以及把当地的女孩掳作性奴,并非因为头脑发热或是贪得无厌。"伊斯兰国"的每一步行动都是有计划的——如何冲进村子里掳走妇女,如何判断一个女孩是否"值钱",如何将所谓女奴分配给忠诚的部下,以及其他组织成员需要如何"购买"女奴,等等,"伊斯兰国"都有所规定。"伊斯兰国"甚至还在他们那制作精良的宣传刊物《达比克》里详细论述过他们的行径。他们的领导者在叙利亚的据点和伊拉克的藏匿点中花了数个月的时间制订奴隶贩卖的计划,运用他们自己的宗教解释辨别其中哪些行为合乎或是违背教法。计划停当之后,他们就会将之传达到"伊斯兰国"各处,以便让每一名武装分子都遵循这份残忍的计划行事。他们还把贩卖女奴的计划公之于众,从"伊斯兰国"所谓"研究和教法部"印制的宣传手册里,这一计划的全部细节皆可一览无余。而无论是"伊斯兰国"的所作所为,还是他们在宣传材料中冰冷的描述,都足够使人感到面目可憎。他们自谧严守《古兰经》教诲，仿佛觉得他们的一切野蛮行径和其他国家制定法律一样，都是自然而然、无可指摘的行为。

按照他们宣传手册上的描述，只要女奴的主人愿意，女奴便可以拿去作为商品出卖，或者赠予他人，因为"女奴仅仅是财产的一部分"。若是某个女人的子女年纪尚幼，那么母亲和子女就可以互相保全，这也就是迪玛尔和艾德琪被允许留在索拉格的原因。至于像马利克那样年纪稍长的子女，则必须与母亲分开。"伊斯兰国"还为女奴怀孕或者女奴主人死亡的情况作出了规定：女奴一旦怀孕，就不能被出让；而若是女奴主人死亡，女奴将作为他"生前财产的一部分"分配给继承者。"伊斯兰国"的宣传手册上还写明，即使某个女奴尚未成年，只要被认定为"性征成熟，可供性交"，其主人就可以合法与之进行性交；而即使是被认为尚未成熟的女奴，其主人也可以对其进行"任何性交以外的取乐行为"。

"伊斯兰国"这些法律的法理依据，来自他们精心从《古兰经》以及中世纪伊斯兰教法中选取的一些条文。他们删去了对自己不利的内容，并且要求所有"伊斯兰国"的追随者将其奉为圭臬。他们制定的法律读来足够使人心惊肉跳，然而"伊斯兰国"的成员并不知道的是，这些兽行的始作俑者并非他们自己。历史上将强奸用作战争武器的例子比比皆是。当时的我绝想不到，自己的遭遇和千里之外的卢旺达女性们极为相似，事实上，在这一切遭遇之前，我甚至不知道世界上还有一个叫卢旺达的国家。如今我才知道，我和她们同为战争罪行的受害者，彼此间拥有着最令人不堪回首的联系。卢旺达的女性们遭受的伤害是如此惨痛，又是如此难以启齿，以至于直到很久之后，当年施暴的凶手们才被缉拿到案；然而，在卢旺达发生的一切，距离"伊斯兰国"侵占辛贾尔，不过16年而已。

一楼的一名武装分子正在一本簿子上写下我们的名字，还有前来买走女奴的武装分子的名字，用来记录奴隶市场的交易明细。与楼上的混乱相比，楼下的一切都显得平静有序。我和其他几个女孩子坐在一张沙发上，但我和罗伊安都惊魂未定，压根没法和她们搭话。我开始想象自己被萨尔万带走之后的命运。他看上去是如此强壮，就算赤手空拳也足可以打烂我身上每一根骨头；无论我多么努力地反抗，都永远不可能赢过他。此刻他浑身散发着变质鸡蛋和古龙水的味道。

我望向地面，看着来来往往的武装分子的脚，还有经过我面前的那些女孩的脚。我在人群之中发现一双男人穿的凉鞋，那双鞋里的脚瘦骨嶙峋，几乎和女孩的脚一般大小。我甚至都来不及想清楚自己在干什么，就猛地扑向那双脚的主人，哀求道："行行好，请你把我带走吧！你对我做什么都行，只求你别让那个怪物带走我！"如今想来，我不由为当时每个人作出的决定感到百感交集。我们都曾以为自己拥有过某种选择的权利，都相信尽管糟糕的选择会使自己万劫不复，但正确的选择也许可以帮助自己脱离苦海。我们那时都没有意识到，摆在我们面前的这个世界里，所有的选择都只会把我们带向同一个深渊。

我并不知道为什么那个瘦弱的男人会同意我的哀求,但他看了我一眼,便对萨尔万说:"她是我的了。"萨尔万并没有和他争执。那瘦弱男人是摩苏尔的一个法官,城里没有人敢不买他的账。我抬起头,几乎想向萨尔万挤出一点胜利的微笑,却不料萨尔万突然揪起我的头发,猛地将我向身后拽过去,他对我说道:"你现在是他的了,不过过个几天,你还会回到我的手心。"说完这话之后,他松开了手,我的脑袋无力地垂了下去。

我跟着那个瘦弱男人走向一楼的书桌。那个登记员用不温不火却又十分冷漠的声音问我:"你叫什么名字?"我答:"娜迪亚。"那个男人也转向登记员,登记员似乎立刻认出了那个男人的身份,着手记下我们的信息。记录我们名字的时候,他一边写一边念:"娜迪亚,哈吉·萨尔曼。"他念出后一个名字的时候,我恍惚听到他的声音像是出于畏惧,居然有些颤抖。我隐隐中感觉到,我也许犯下了一个天大的错误。

第六章

萨尔万带走了天真年少的罗伊安,这么多年过去了,我最恨的人仍然是他。我做梦都想有朝一日将所有的恐怖分子绳之以法,不仅是像巴格达迪这样的头目,还有他们所有的那些看守;还有蓄养奴隶的家伙;还有所有开枪打死我的兄长、让他们葬身坑谷的凶手;洗脑年轻男孩,教唆他们仇恨自己雅兹迪母亲的爪牙;还有所有开城迎接恐怖分子，为他们鞍前马后，希望靠"伊斯兰国"清洗异教徒的伊拉克人。所有这些人都应该像二战时期的纳粹头目一样，在全世界的见证之下被送上审判台，逼迫他们现出自己丑陋的本相。

要是真有这么一天，我希望头一个就审判萨尔万。我会让被关在那间摩苏尔绿色房子里的所有女孩出庭做证。我会指着那家伙控诉："这就是那个让我们所有人无比恐惧的高个儿家伙。他曾经抽过我两记耳光。"若是罗伊安愿意，我会让她站上证人席，向法庭陈述他的种种暴行；若是她害怕，或是不愿回首曾经的创伤，那我就代她发言。我会告诉法官："萨尔万不仅把她买走，无数次强暴她，还不分日夜地殴打她。就在罗伊安被他买回家的第一天，在她筋疲力尽，根本无暇也无力反抗的时候，萨尔万却因为发现她多穿了几件衣服，就大肆殴打她，将我成功逃离他魔掌的怒火全部发泄在她的身上。"

"罗伊安设法逃跑之后，他竟将她的生母卖作奴隶，以图报复。罗伊安的母亲当时还带着一个只有16天大的婴儿，可萨尔万野蛮地将其据为己有，全然不顾'伊斯兰国'自己制定的所谓法律，就拆散母亲和孩子。他甚至告诉罗伊安的母亲，她将永远无法再见到那个婴儿。"(我后来了解到，"伊斯兰国"的所谓法律，很多都形同虚设。)我会将萨尔万对她的暴行一五一十地上告法庭。我还向神明祈祷，希望"伊斯兰国"崩溃灭亡的那一天，萨尔万可以被活捉归案，接受审判。

然而那天晚上，奸邪伏法，正义得彰的场景，对孤立无援的我和罗伊安来说，是再虚无缥缈不过的幻想。我们俩跟着哈吉·萨尔曼离开房子，进了院子里。我们身后仍然传来阵阵来自奴隶市场的惨叫声，甚至整个城市的上空都激荡着她们的回音。我开始琢磨起摩苏尔城里的千家万户：他们正准备吃晚饭吗？还是正催着自家孩子上床休息？他们绝对不可能听不见我们的尖叫声。"伊斯兰国"是禁止民众看电视或者听音乐的，不可能还有什么别的声盖过我们的惨叫。或许他们乐见我们受苦受难，他们支持"伊斯兰国"的政权，便是其证据；那么这些人有没有想过，若是伊拉克政府军或者库尔德武装发起夺回摩苏尔的战斗，他们又将如何？难道说他们相信到时"伊斯兰国"会保护他们？想到这里，我不禁脊背发凉。

我们被送上了一辆汽车。我和罗伊安坐在车后排，男人们则坐在前面。汽车驶离了身后的那栋房子。哈吉·萨尔曼朝手机话筒里说道："我们现在回家。把家里那八个女孩都赶出去。"

汽车停在了一栋大礼堂门前。那礼堂像是用来举办婚礼的那种地方，前面开着两扇大门，四周则环绕着许多混凝土柱子，仔细看时，又有几分像清真寺。礼堂里面全是"伊斯兰国"的武装分子，人数将近有300人，一个个都在低头祈祷。我们几个人走进礼堂的时候，没有一个人抬眼看过我们。我站在门边，哈吉·萨尔曼则从一大堆凉鞋之中抽出两双，递给我们。那些都是男人穿的皮质凉鞋，又大又硬，穿着很难走路。可是我们自己的鞋子在被送进奴隶市场之前，就被武装分子给没收了，因此直到刚才，我们一路上都赤着脚。我们穿上凉鞋，穿过那片默默祈祷的人群，走出了礼堂。我和罗伊安都小心翼翼，生怕中途摔跤。

礼堂的另一头，萨尔万正倚着另一辆车等候我们。很明显他和哈吉·萨尔曼打算将我和罗伊安分开。我们俩紧紧牵着彼此的手，乞求他们不要拆散我们："求求你们，不要让我们孤单一人。"可他们两个都无动于衷。萨尔万拉住罗伊安的肩膀，生生将她从我身边拽走。罗伊安当时年纪还很小，身形也瘦弱得很。我们俩互相喊着彼此的名字，但是这并不能使他们回心转意。罗伊安的身影和萨尔万一同消失在一辆汽车里，留下我和哈吉·萨尔曼两个人。我悲痛欲绝。

哈吉·萨尔曼和我上了一辆白色的小轿车，车上已有两人等候，一个是司机，另一个则是一位名叫穆尔塔扎的年轻保镖。我坐在穆尔塔扎身边的时候，他一直直勾勾地盯着我。要是哈吉·萨尔曼不在车里的话，我相信这家伙一定会像奴隶市场的那些男人一样对我上下其手。我紧贴着车窗，尽可能远离穆尔塔扎。

当时摩苏尔狭窄的街道上已经是一片漆黑，几乎见不到人影，只有路边的几幢房子里还开着震天响的发电机，散发出一点光亮。车子行驶了约有20分钟，没有一个人讲话。四周的黑暗深不可测，仿佛我们的车子已经开到了水里似的。紧接着车子停了下来。哈吉·萨尔曼命令道："娜迪亚，下车。"他粗暴地拉着我的胳膊穿过一扇花园门。片刻之后，我才明白过来，这里是我之前到过的第一个"伊斯兰国"据点,也就是武装分子把一部分女孩送出国境的那个地方。我轻声问他:"你是要把我带到叙利亚去吗?"可哈吉·萨尔曼没有作声。

我们在花园就能听见房子里传来女孩的尖叫声。没过几分钟,八个裹着罩袍和面纱的女孩就被武装分子连拉带拖地带出了前门。她们经过我身边的时候,纷纷转过头来盯着我。也许她们认识我。也许妮斯琳和凯瑟琳就在她们之中,她们只是太害怕,才什么话都说不出来。我想我也一样。无论她们是否认识我,我都无法透过面纱认出她们来。不过一会儿,她们就被带上了一辆面包车。那辆车很快关上车门,扬长而去。

一个守卫将我带到一间空房间里。整个房子里并没有其他女孩的踪影。不过,和其他房子一样,所有被带进这里的雅兹迪姑娘,都被"伊斯兰国"的人收走了头巾和衣服,堆在房子里。除此之外,房子里还有一小堆燃灰,那原本都是我们的身份证明,也被"伊斯兰国"分子收了去。那堆燃灰里,还有一张部分完好的身份证,它原本属于一个来自科乔的女孩,如今斜插在灰堆里,仿佛一株不起眼的小草。

"伊斯兰国"并没有清理房屋原主人的物品,因此他们往日的生活痕迹在屋子里仍然俯拾皆是。我想,无论他们现在身在何方,都一定无比想回归曾经的生活。房里有一间屋子是用来健身的,墙上挂满了相框,里面全是一位少年的照片,我猜想他是原屋主一家的长子,照片里的他正举着大个的哑铃;另一间屋子则辟出来摆放娱乐设施,里面还有一张台球桌;可看着最令人心碎的房间是屋主孩子们的卧室,那里仍然摆满了玩具,床上铺着色彩鲜艳的床单,屋里的一切都恍然如昨,似乎还在等着房间的小主人们回来歇息。

哈吉·萨尔曼出现在我面前。我问他:"这房子原来是谁的?"

他回答道:"一个什叶派的法官。"

"他们现在怎么样了?"我一面追问,一面暗暗祈祷他们已经安然无恙地逃到了库尔德控制区。虽然什叶派阿拉伯人并非我的同族,但是我仍然为他们的遭遇感到伤心。和科乔村的村民一样,他们所拥有的一切也没能逃过"伊斯兰国"的魔爪。

哈吉·萨尔曼答道:"他们下地狱了。"我不敢再问下去。

哈吉·萨尔曼去洗了个淋浴,当他回到我面前的时候,我发现他仍然穿着和之前一样的衣服。我能闻到他衣服上轻微的汗味,还有混着肥皂气味的古龙水味道。他关上身后的门,在我身边的床垫上坐下。我很快意识到了什么,语无伦次地对他说:"我来了月事。"说完我便侧过脸去。他并没有理会我的话。

他凑近我坐下,问道:"你是哪里人?"

我答:"我是科乔的。"话一出口,我便意识到,自己这几天以来一直生活在恐惧之下,无时无刻不在担心下一秒会发生什么,竟然已经很久没有想起过家乡和亲人。科乔这个地名唤起了许多有关家乡和亲友的回忆,而浮现在脑海中印象最深刻的一幕,是我在索拉格的时候，被没收了头巾的母亲，安静地枕着我的腿躺在地上的模样。

哈吉·萨尔曼对我说："你是知道的，雅兹迪人都是异教徒。"他的声音很轻，甚至像是在对我耳语，然而他的声音中听不出一丝感情。"真主要我们引导你们皈依正信，如果你们不肯，那么无论我们对你们做什么，你们都必须完全顺从。"

他顿了一顿，接着问我："你家里的人呢？"

"他们基本逃走了，被抓的只有我们三个。"我撒了个谎。

他斜靠在床上，用描述美好回忆的语气对我讲道："8月3日，我去了辛贾尔。在路上我遇到了三个穿警察制服的雅兹迪人。他们企图逃跑，但是我追上了他们，把他们全打死了。"

我盯着地板，不敢作声。

他继续说道："我们去辛贾尔，就是打算把那里的男人都杀光。至于女人和孩子，就全部带走。不过我们并不走运，有几个逃到山上去了。"

哈吉·萨尔曼滔滔不绝地说了将近一个小时，我只能坐在床垫的一角，试图将他的话隔绝在脑海之外。他不断出言侮辱我的家乡亲人和信仰。他告诉我，他在摩苏尔的巴杜什监狱（Badush，该监狱位于摩苏尔西北方向。2014年6月10日，"伊斯兰国"武装占领了该监狱，在释放所有逊尼派囚犯之后，对什叶派囚犯进行了屠杀，造成至少670人丧生。——译者注）坐了七年牢，无比仇恨伊拉克的异教徒。他认为"伊斯兰国"在辛贾尔所做的一切都是善行义举，他还说我应该为"伊斯兰国"清洗雅兹迪信仰感到高兴。他试图劝说我改信伊斯兰，我不敢直视他的眼睛，但我拒绝了他的要求。对我来说，他的话语毫无意义。他的妻子打来电话的时候，他才不得不中止他那些长篇大论。他接电话的时候管他的妻子叫乌姆·萨拉。

虽然我知道他对我说话只是为了羞辱我，但我希望他一直说下去。我心想，只要他在说话，就不会碰我的身子。雅兹迪人关于男孩和女孩之间关系的约束，比其他伊拉克人要宽松一些。在科乔村的时候，我和男性朋友一起搭过车，还和班上的男同学结伴上过学，并不需要担心左邻右舍对我指指点点。那些男孩绝不会非礼或者伤害我，而在哈吉·萨尔曼之前，我从未这样单独和男性共处一室。

"你是我的第四个女奴。"他说，"前三个都已经是穆斯林了，是我让她们改宗的。雅兹迪人都是异教徒，我们这么做是为了帮助你们。"他说完之后，便命令我脱衣服。

我哭了起来，再次告诉他："我来月事了。"

"给我看看。"他一边说着，一边开始脱我的衣服，"别的女奴也编过这样的瞎话。"

我脱了衣服。当时我确实正在经期，因此他没有强暴我。"伊斯兰国"的宣传手册上并没有规定不能和经期的女奴发生关系，但表示女奴的主人可以在女奴经期结束之后与之性交，以确保她没有怀孕。那天晚上哈吉·萨尔曼没有对我硬来，也许就是因为"伊斯兰国"的这个规矩。

然而他也并没有轻易放过我。我们整夜都赤身裸体地躺在床上，他没完没了地揉捏我的身子。之前在大巴车上被阿布·巴塔特强行捏住乳房的感觉重新泛上心头——凡是被哈吉·萨尔曼的手指捏过的地方，都止不住地阵阵发疼，乃至陷入麻木。我没有胆子反抗他，而且即使试图反抗，恐怕也无济于事。我身形瘦小，软弱无力，已经好几天没有吃过正经东西了。如果算上之前被困在科乔的那段日子，我断粮的时间恐怕还要更久。我只有任他摆布。

**

第二天早上，我睁开眼，发现哈吉·萨尔曼已经醒了。我想穿上衣服，但他拦住了我。"娜迪亚，去洗个澡。今天是个重要的日子。"他对我说。

我洗过澡之后，他递给我一件黑色的罩袍和一幅黑色的面纱，要我穿在自己的衣服外面。我生平第一次穿上这种保守穆斯林女性的衣服，尽管衣服的布料很轻，我穿上之后，却发觉难以呼吸。我跟着哈吉·萨尔曼来到室外，透过面纱，我头一回看见白天的摩苏尔街景。那个什叶派法官显然颇为富有，因为我们所在的那栋房子位于摩苏尔的富人区，路边处处可见高墙内良园精舍。"伊斯兰国"的宗教宣传固然对潜在的圣战分子拥有很强的号召力，可是除此之外还有许多从世界各地而来的武装分子，他们加入"伊斯兰国"只是为了获取金钱。这些武装分子来到摩苏尔后，直奔最高档的住宅，将房子和里面留下的财物全部据为己有。至于没有离开摩苏尔的逊尼派民众，"伊斯兰国"向他们许诺，会恢复他们2003年政变之前曾拥有的权力和地位——那一年美军推翻了复兴党政府,将国家权力交给了伊拉克的什叶派信徒。尽管如此,"伊斯兰国"在摩苏尔向民众收起税来也是毫不手软。在我看来,他们虽然是恐怖组织,其实不过是一群贪得无厌之徒。

"伊斯兰国"显然对占据摩苏尔城里的重要建筑颇为得意,他们把"伊斯兰国"的黑旗悬挂在城中各处。摩苏尔大学曾经是伊拉克最好的大学之一,"伊斯兰国"却将它占地颇广的校园改造成军事基地,摩苏尔当地的机场也同样未能幸免。武装分子还冲进了摩苏尔博物馆,那里曾经是伊拉克第二大的博物馆,他们将所有他们认为不符合伊斯兰教义的文物尽数卷走,文物一部分被毁坏,另一部分则被他们拿到黑市上贩卖,以换取维持战争的经费。就连尼尼微奥贝罗酒店也被武装分子侵占。那家酒店建于20世纪80年代萨达姆当政时期,虽然建筑造型有些畸斜,却是一家五星级酒店。"伊斯兰国"分子们住满了酒店里的每一个房间,传言那家酒店里最好的房间,是留给担当人肉炸弹的袭击者的。

"伊斯兰国"2014年迫近摩苏尔的时候,城中数以万计的居民背井离乡,在库区政府设立的检查站前排成长队,希望进入库区避难。萨尔曼和我坐车经过当时的逃亡路时,摩苏尔人仓皇躲避战火的痕迹还历历在目。路边有许多已被烧成炭黑骨架的废弃汽车,裸露的钢筋露在半边被碾为平地的房屋废墟之中,伊拉克警察制服的碎片散得到处都是——当时跟随人群逃亡的警察们为了避免引人注目,保全性命,纷纷将制服脱下扯烂。摩苏尔城里的领事馆、法院、学校、警察局和军事基地都已经落入"伊斯兰国"的手中，武装分子不放过任何一个机会宣示对这座城市的支配权。他们到处悬挂旗帜，用清真寺的广播喇叭播放充满血腥味的演说，甚至将一所小学外墙上的儿童肖像全部涂黑——他们认为这些人像不合教规，充满罪孽，必须铲除。

"伊斯兰国"分子将摩苏尔城中巴杜什监狱里的囚犯释放了出来，作为交换，他们要求那些囚犯效忠于"伊斯兰国"。那些囚犯加入恐怖组织之后，炸毁了城中许多基督教、苏菲派和什叶派教堂以及圣所，其中一些地方历史非常悠久，几乎和伊拉克的山河一样古老。不过，摩苏尔的大清真寺仍然毫发未损地矗立在这座饱经岁月洗礼的城市，只是当巴格达迪站在讲坛上，宣布摩苏尔成为"伊斯兰国"的首都的那一刻，这座清真寺的光彩也已消散殆尽。到2017年，这座清真寺也终究和城中大部分建筑一样，化为一片瓦砾。

我们坐的车停在了摩苏尔法院门前。这是一栋庞大的建筑，位于底格里斯河西岸，拥有沙黄色的外墙和细尖顶，让我感觉颇有几分清真寺的味道。"伊斯兰国"在摩苏尔建立新秩序的时候，这座建筑对他们来说具有十分重大的意义。在"伊斯兰国"的计划之中，摩苏尔应该接受他们的原教旨主义统治，而不是伊拉克中央政府的法律管辖。武装分子用"伊斯兰国"颁发的身份证取代了政府身份证，居民的车辆也被要求换上"伊斯兰国"发布的牌照。在"伊斯兰国"治下的摩苏尔，女性若想出门，都必须有男性陪同，而且必须时刻用罩袍和面纱裹住全身。"伊斯兰国"禁止民众收看电视、收听电台，甚至禁止民众吸烟。不愿加入恐怖组织的普通居民如果想要离开摩苏尔，必须向"伊斯兰国"缴纳一笔钱才能出城，而且即使出了城，也只能在城外逗留有限的一段时间。如果有人长时间离城不归，他们留在城里的家人可能会被"伊斯兰国"惩罚，他们的住宅和财产也会根据所谓"背弃哈里发国"的罪名而被没收。当时城中的大小审判，有很多都是在这个法院里进行的。

法院里有很多等待法官和办事员传唤的人。有许多武装分子在其中一个特定的房间门口排起了长队，他们身边都带着一个浑身裹着罩袍的妇女，我猜测这些女人和我一样，都是他们的女奴。武装分子带着女奴来这里，是为了填写材料，由"伊斯兰国"当局认证他们对某个雅兹迪女孩的支配权。我们这些女奴会被强制改宗，改宗的过程也会被记录下来。然后某个法官就会宣布我们正式成为那些买下我们的武装分子的合法财产。这一切都只不过是在为他们强奸我们披上"合法"的外衣而已，而那些武装分子，包括哈吉·萨尔曼，却把这称为"婚姻"。

在法院工作的"伊斯兰国"成员望见哈吉·萨尔曼之后，便挥手示意他到队伍前面去。他们交谈的时候，我在一旁偷听，因此得知了哈吉·萨尔曼在"伊斯兰国"组织里的具体职责：他为"伊斯兰国"充任法官，负责决定是否将裁定有罪的被告人判处死刑。

那个房间里只有一个胡子斑白的老年法官。他坐在一张长长的书桌后面，桌上堆满了卷宗档案。在他的身后，一面巨大的"伊斯兰国"旗帜正迎着空调的风口飘扬，而他制服的肩口上也镶着两面"伊斯兰国"旗。我们走进房间的时候，我已知晓接下来将会发生的一切，因此在心里不断地祈求神明的宽恕。我不断地默念："神啊，我永远不会背弃你。我永远都是雅兹迪人。"

那法官名叫哈塞恩，神色严厉，办事颇有效率。他命令我："把面纱撩起来。"我照做了，朝他露出了我的脸。他又问我："你知道清真言吗？"（清真言是伊斯兰教最常用的经文之一，音译"萨哈达"，常见版本的全文如下："万物非主，唯有真主；穆罕默德，安拉使者。"——译者注）我答："知道。"这句简单的伊斯兰经文称得上家喻户晓，一般被穆斯林用来表示自己诚心祈祷，信仰坚定。我念完清真言，哈塞恩法官的脸色便和善许多。他对我说："你刚才念得非常好。"随后，他从桌上拿起一台照相机，拍了一张我的面部照片。

接着他转向哈吉·萨尔曼，对他说："她现在是你的女奴了，你可以任意处置。"我们便转身向法院外走去。

"伊斯兰国"通过这种"婚姻"制度，对雅兹迪女孩实施了缓慢而持久的折磨。他们先是杀死雅兹迪的男人，将我们绑架，带离我们的家乡；随后又将我们和母亲还有姐妹强行拆散。无论我们身在何处，他们都会时刻用各种方法提醒我们，如今的我们除了是他们的财产之外，什么也不是。我们来到这里，就是供他们猥亵强暴的——就像阿布·巴塔特在大巴车上使出剜肉碎骨的狠劲抓我的乳房，或是纳法赫拿点着的香烟戳我的身子那样。这所有对我们的压迫，目的只有一个，就是彻底毁灭我们的灵魂。

然而在这一切压迫之中,强迫我们放弃自己的信仰,无疑是最为残忍的。离开法院之后,我感到内心坠入虚无。如果我不是雅兹迪人,那我又算是什么呢?我祈祷神明原谅我,祈祷他能知道我念"清真言"并非自愿。我甚至想,如果我的灵魂在饱受"伊斯兰国"摧残之后,可以在彼岸世界重回神和塔乌西·梅列克的左右,那即使我这副肉体交给了"伊斯兰国",也不足惜。

我问哈吉·萨尔曼:"那张照片是为了给我发身份证拍的吗?"

他答道:"不是。他们拍照片是为了日后掌握你的行踪,了解你和什么人在一起。"他一面说着,一面用力抓紧我的胳膊:"如果你想逃跑,他们就会把你的照片印上千万份,并且附上我的名字和手机号,贴在摩苏尔的每一个检查站。你是永远跑不掉的,就算你跑掉,你也一定会被抓起来送还给我的。"

我并不怀疑这一点。

第七章

我们离开法院之后,坐车前往一座新房子。那是保镖穆尔塔扎和他全家生活的地方。跟哈吉·萨尔曼的宅邸比起来,穆尔塔扎的房子显得寒酸不少,只有一层楼。不过跟我长大的那间屋子比,这房子还是要气派许多。我心想,既然我皈依了伊斯兰,或许哈吉·萨尔曼会对我仁慈一些,说不定会告诉我亲人们的下落。

于是我向他乞求道:"求求你,带我去找凯瑟琳、妮斯琳和罗伊安吧。我只想知道她们是否平安。"

令我惊讶的是,哈吉·萨尔曼说他会试试看。他告诉我:"我知道她们会在哪里。我会打个电话问问的。你也许会和她们见上一面,但我们现在必须待在这里。"

我们穿过厨房门进了屋子,一位身材高大的老妇人立刻前来迎接我们。她自我介绍说是穆尔塔扎的母亲。穆尔塔扎告诉她:"娜迪亚是个异教徒,但她已经皈依了。"她便张开双臂,热情地向哈吉·萨尔曼表达祝贺。她还对我说:"你生在雅兹迪人家不是你的错,是你父母的错。从今往后,你会过上幸福日子的。"

我自从来到摩苏尔之后,还是第一次在室内和外族女人打照面。我打量着穆尔塔扎的母亲,希望从她的眼里寻找一丝同情怜悯的目光。我固然是个雅兹迪人,她固然是个逊尼派阿拉伯人,但她毕竟是一位母亲,母亲的天性理应超越民族和信仰的隔阂。她是否知道前一天晚上哈吉·萨尔曼非礼我的事情?她是否知道,等我经期结束,他就要强占我的身子?就算她对这些不知情,起码我是被绑架而来这件事,她应该是了解的。她也应当知道我被迫和家人失散,知道科乔村的男人被赶尽杀绝。她并没有向我表现出任何温柔或同情,她的脸上唯一的神情是喜悦——因为我被迫改信伊斯兰,伊拉克又少了一个雅兹迪人。

我对她十分厌恶。这不仅是因为她坐视"伊斯兰国"在摩苏尔登堂入室,更因为她对"伊斯兰国"的男人们百依百顺。在"伊斯兰国"的治下，女性根本无法参与社会。男人们加入"伊斯兰国"的动机很明显：他们渴望财富、权力和性。在我眼里，他们不过是一群懦弱至极的家伙，除了暴力之外，他们想不到任何其他办法实现自己的愿望。我一路上遇到的"伊斯兰国"武装分子，都是以他人痛苦为乐的渣滓。"伊斯兰国"向他们灌输了许多东拼西凑的中世纪伊斯兰教法，他们因此认为，即使是家中的妻子和女儿，也要完全臣服于他们。

然而我无法理解，像穆尔塔扎的母亲这样的女性，为何也会加入这群"圣战者"的行列，堂而皇之地为他们奴役女孩的行为歌功颂德。伊拉克的女性不论信仰何种宗教，都必须为每一项权利艰苦斗争——无论是议会席位、生育权还是大学名额，都是伊拉克女性经过长时间斗争之后取得的结果。要对付恋栈高位、抗拒变革的男性，唯有靠强有力的女性领袖发起斗争，夺回本应属于女性的权利。即使是艾德琪当年坚持要开拖拉机那样的小事，也是伊拉克女性争取平等、挑战男性地位的大潮流的一个缩影。

可是，当"伊斯兰国"入侵摩苏尔的时候，像穆尔塔扎母亲这样的女性却纷纷表示欢迎；甚至在"伊斯兰国"禁止她们自由出门，并且奴役我们这些外族女性的时候，她们还为这些残酷的法令拍手称快。城里与逊尼派共处已逾上千年的基督徒和什叶派民众被恐怖分子赶尽杀绝的时候，她们也是置身事外，作壁上观。她自愿留在摩苏尔，自愿看着他人死亡逃走，自愿接受"伊斯兰国"的统治。

如果换作是我，要是在辛贾尔亲眼见到"伊斯兰国"继续他们在科乔村的罪恶行径，绝对不会袖手旁观。不仅是我，我们一家，无论男女，都不会如此怯懦。很多人都以为雅兹迪女人软弱，因为我们贫穷，而且远离城市。我还曾听一些人说，加入"伊斯兰国"的女战士其实也是在男性的队伍中展现女性的力量。可是这些人也好，穆尔塔扎的母亲也好，甚至自杀式炸弹袭击者也好，都不及我母亲万分之一的坚强。我的母亲经过了那么多的苦难活到今天，绝不会眼睁睁看着另一个女人被贩为奴隶，无论她信什么教。

我如今知道，女性恐怖分子算不上什么新鲜事。历史上有很多国家都出现过加入恐怖组织的女性，她们有的甚至能在恐怖组织中占据高位。然而她们的所作所为，却和男性恐怖分子一样令人震惊错愕。人们总是以为，女性，尤其是中东地区的女性性情温顺，与暴力并无联系。然而事实是，"伊斯兰国"的队伍里就有很多女性，她们和男性武装分子同样是逊尼派穆斯林，同样仇视异教徒，同样认为加入恐怖组织是为了建立逊尼派哈里发国的伟大使命而奋斗，也同样将自己视作教派倾轧和美军入侵的受害者。那些"伊斯兰国"的女性成员相信，自己所拥护的"伊斯兰国"会让自己的家庭更富足，为自己的丈夫找到更好的工作，为自己的孩子争取在这个"国家"应有的地位。"伊斯兰国"以宗教义务的名义要求她们和男人们一同从军，她们也欣然接受。

我曾听说，"伊斯兰国"的女人会帮助雅兹迪人。科乔村的一个女孩曾被作为女奴卖给一名外籍"伊斯兰国"战士。那名来自西方国家的"伊斯兰国"分子为了奔赴叙利亚参加"圣战",将全家人都从本国带到了那里。他的妻子原本也被"伊斯兰国"的宣传吸引,但在亲眼见证雅兹迪女性遭受的奴役之后,她很快认清了"伊斯兰国"的丑恶面目。她给了这位自家丈夫的女奴一部手机,让她通知整座屋子里的其他女奴做好逃脱的准备,并且安排人将她们偷偷带离叙利亚,送往安全地带。

然而大多数时候,我听到的却是描述"伊斯兰国"的女人比男人更为心狠手辣的传言。她们或者出于嫉妒,或者出于愤怒,或者仅仅是因为女奴好欺负,就毒打她们,并且故意让她们挨饿。这些女人和历史上很多人一样,相信自己可以为了某个伟大的目标使用暴力,或许她们因此便自诩思想前卫,甚至以"女权主义者"自居。类似这样的传闻,我曾听到过许多。每当我幻想将来该如何审判"伊斯兰国"种族灭绝的暴行时,我却总会对这些女人产生些许同情。我比很多人都明白,一个人把自己想象成某件事情的受害者是极为容易的。然而我不能理解的是,一个人要如何才能坐视成千上万的雅兹迪人被卖作性奴,被蹂躏得面目全非,而无动于衷。任何真正伟大的目标,都绝不会通过这样残忍的暴行来得以实现;而任何冠冕堂皇的借口,也都无法为这些惨无人道的施虐者开脱罪责。

穆尔塔扎的母亲一直在和哈吉·萨尔曼说话,试图讨他的欢心。她对他说:"除了穆尔塔扎之外,我还有个12岁的女儿,还有个儿子——他在叙利亚为'国家'(dawla，阿拉伯语tanzim ad-dawla之略，原意为'新秩序国家'，代指'伊斯兰国'。——译者注)作战。"她似乎想到那个儿子，脸上满是笑意，充满爱意地感叹道："他可真是个帅小伙！真主保佑他。"

寒暄完毕，穆尔塔扎的母亲带我到了一个很小的房间。她告诉我："你就在这里等待哈吉·萨尔曼。不要到处走动，也不要乱碰屋里的东西。"说完她便转身而去，房门在她的身后合上。

我坐在一张沙发的边上，将两只胳膊紧紧地抱在胸前。我不知道哈吉·萨尔曼是否真心愿意寻找我的侄女们，也不知道自己是否真的有朝一日能见到她们。女奴之间通常是不会有机会彼此见面的，因为她们时常要跟随自己的主人到处旅行。哈吉·萨尔曼有可能只是为了安抚我的情绪才那样说的，好让我日后对他顺从一些。对我来说，只要我能够亲眼见到凯瑟琳还有其他人都平安无事，之后再发生什么事情，我都不会在乎了。

房门突然打开，穆尔塔扎走了进来。我这才发现，他是个非常年轻的男子，最多也就比我大一岁，留着一撮杂乱的卷胡子。很显然，他在"伊斯兰国"的地位并不高，我甚至怀疑他连蓄养女奴的资格都没有，就算他有，也完全不会带在身边。由于哈吉·萨尔曼不在，穆尔塔扎胆子壮了不少，但他的威风全是装出来的，像是一个男孩穿着父亲的鞋充大人一样。

他关上身后的房门，坐在离我很近的一张床上。我本能地抱住自己的双腿，将额头贴在我的膝盖上，避免迎着他的目光。他没有理会我的举动,问道:"你在这儿开心,还是逃回去找你的家人开心?"他这话完全是在嘲笑我。他理应知道,拿这个问题去问世上任何一个人,都不会得到哪怕一个不同的答案。

我一边祈求神明让他赶紧离开,一边回答道:"我不知道我的家人在哪里。"

他问我:"要是我帮你逃跑,你会给我什么好处?"

我早听出他这话的意思,但仍然诚实地回答道:"我没有什么好处给你,但是如果你愿意帮我,我会打电话给我的哥哥,他会满足你提出的任何条件。"

他大笑一阵,接着一边凑近,一边问我:"你害怕不害怕?"

"是的,我害怕。"我告诉他,"我当然害怕。"

他朝我的胸脯伸出手来:"你既然害怕,那么让我看看,你的心脏是不是跳得越来越快。"

我看准了他会朝我伸手,便不再答话,立刻扯起嗓子大叫起来。当时的我只恨自己叫得不够响,没法将墙震塌下来,把屋里的人全部压死。

穆尔塔扎的母亲出现在房门外。她狠狠盯了一眼自己的儿子,对他说:"离她远点。她不是你的。"穆尔塔扎低着头,像个犯了错的小孩儿一样悻悻地走出了房间。他母亲朝他又喊道:"她是个异教徒。她是哈吉·萨尔曼的。"片刻之后,她转过身来,怒气冲天地看着我。

有那么一瞬间,我暗想,如果这屋里没有哈吉·萨尔曼,她是否还会作出这样的反应。无论她是个什么样的人，又支持过什么样的暴行，只要她当时承认不久之前发生的一切，哪怕只是在我身边坐下，一句话都不说，我想我也可以原谅她。她和我母亲年纪相仿，身材也和母亲一样丰盈饱满。哪怕她只是对我说一句"我知道你是被绑来的"，或者问我一句"你妈妈和姐妹现在在哪里"，其他什么话都不说，我也可以安心许多。我甚至幻想她陪在我身边，等到穆尔塔扎离开房间之后，握着我的手，亲切地叫我女儿，告诉我"别害怕，我是个母亲，我懂你的感受，我会帮你逃跑的"。她如果能对我这样说，无疑会在我久旱的心头洒下甘霖，让我感到一丝温暖。可是她什么话也没有说，径直走了。狭小的房间里又只剩下我孤零零一人。

片刻之后，哈吉·萨尔曼进了房间。他告诉我："我们现在可以去看凯瑟琳了。"这一句话让我的内心五味杂陈，毕竟没有人比我更关心我侄女的安危。

**

凯瑟琳出生于1998年，是埃利亚斯的长女。从她出生的第一天起，她就是我们全家人的掌上明珠。埃利亚斯当年一度要迁出家门，自立门户，也是因为凯瑟琳的哭求才作罢。她非常喜欢我，而且极为敬爱我母亲。她对我母亲的感情之深，甚至几乎与我不相上下。我和她彼此分享着几乎所有东西，有时我们会打扮成差不多的模样，甚至还穿过同一套衣服。我一个表亲结婚的时候，我们俩都穿的红衣服；等到我一个哥哥结婚的时候，我们又一块穿的绿衣服。

虽然我年纪比凯瑟琳大几岁，但是晚了几年才上学，正好和凯瑟琳读一个年级。她很聪明，也有着与她的年龄不相称的勤劳务实，读到六年级的时候，她就辍学回家，去地里帮干农活了。比起学习来，她更喜欢和家人待在室外，也更喜欢跟在家人身边帮忙。尽管她年幼，个头小，平时也很内向，但是屋里屋外一应杂活没有她不会的。凯瑟琳经常和迪玛尔一块给羊挤奶或是为全家人做饭。要是家里有人生病，她一定会难过流泪，说自己对病人的痛苦感同身受，直到他们痊愈才展颜如故。夜里全家人睡觉的时候，我们几个都会讨论未来的打算。凯瑟琳曾经对我说："我想在25岁的时候结婚。我想生很多孩子，建一个大家庭。"

"伊斯兰国"围村的时候，凯瑟琳几乎没有离开过家里的客厅。她一直坐在电视前，看着圣山顶上避难同胞的窘况而落泪。她听说自己的妹妹巴索在塔尔卡斯尔 (Tel Kassr) 被抓之后，连饭也吃不下去了。她的脸色也因为缺少睡眠和进食而一天天地黄了下去。我那时常常轻轻抚摸她的脸，告诉她："我们要乐观。我们可以活下来的。"母亲则会告诉她："看看你爸爸。就算是为了他，你也要变得坚强。"但是凯瑟琳很早就认了命，之后也从来不曾对任何事抱过希望。

离开科乔村的时候，凯瑟琳和我分别坐在两辆不同的卡车上。直到到了索拉格我才再次看见她。她拼命地抓着母亲的手，不愿意母亲被"伊斯兰国"的人带走。她还对一名"伊斯兰国"的武装分子央求道:"我祖母自己一个人走不了路的。"可是那人呵斥她,叫她坐下,她也只好照办。

在摩苏尔的时候,最担心我的也是凯瑟琳。她告诉我说:"不要再叫了。我知道阿布·巴塔特在干什么。他也摸了我。"她比任何人都了解我,也知道我情绪即将失控,因此想让我平静下来,免于被武装分子惩罚。我们被送进摩苏尔的那个据点里等待分组的时候,凯瑟琳又告诉我:"娜迪亚,千万不要说阿拉伯语。别被他们送去叙利亚。"我最后一次见到她,是在我被萨尔万从她身边拽走拖下楼梯的时候,投去的匆匆一瞥。

哈吉·萨尔曼和我离开了穆尔塔扎的家。我们行至门口的时候,看见穆尔塔扎的母亲正在厨房里,忙着用滚烫的玻璃杯在一个男人的背上拔罐——那是一种按摩的方式,据说有助于促进血液循环。被拔过罐的人身上会出现红色的大圈。我向她道别:"萨尔曼在这里。我要走了。谢谢你!"我从小就被教育,到别人家做客,出于礼貌,离开时要向东家的女主人道别。我长这么大,和人以礼相待已经成了本能行为,即使是在她家遇到这么多事之后,也是一样。

她说了句:"真主与你同在。"说完,她便回头接着给那个男人拔罐。

哈吉·萨尔曼和我坐车回到前一天晚上开设奴隶市场的那间房子。他对我说:"她们就在楼上。"然后他便走开了。

我奔上楼,发现凯瑟琳和妮斯琳两人坐在偌大的屋子里。屋里的窗子照例是蒙起来的。我看出她们俩非常劳累。凯瑟琳躺在一张薄床垫上,两只眼睛几乎睁不开。另外两个女孩则坐在她的身边。我推开门的时候,忘记撩开自己的面纱。她们见我进来,只是眼神空洞地盯着我看。凯瑟琳有气无力地问:"你是来给我们念《古兰经》的吗?"

"是我,娜迪亚。"我回答道。当我撩开面纱的时候,她们一齐朝我跑来。我们抱头哭了好一阵,哭得肌肉发疼,呼吸困难,几乎要哭晕过去。她们对我说:"之前那些人告诉我们,有个女人要来检查我们是不是处女。我们以为你是那个女人!"

凯瑟琳的眼睛周围肿得厉害,还落下不少伤痕。我在她身边坐下,她告诉我:"我眼睛看不太清楚。"

"你看着太虚弱了。"我握着她的手说。

"我在斋戒,好让神明保佑我们。"她向我解释道。我担心她会因为长时间断粮而体力不支,但我并没有说出口。按照雅兹迪习俗,每年都会有两个斋戒日(不过,只有最虔诚的人才会真的过两次斋戒)。除了这两天之外,我们也可以选择在别的时间进行斋戒,以便坚定信仰,与塔乌西·梅列克的意志沟通。斋戒不会让我们虚弱,而是会给予我们力量。

"你怎么了?"我问凯瑟琳。

她答道:"一个叫阿布·阿卜杜拉的男人把我买去,带到了城里的另一栋房子里。我对他说我有癌症,叫他别碰我。他就把我打了一顿,然后重新带回了这里。我的眼睛就是那个时候被他打的。"

妮斯琳则说:"我试过逃跑,但被他们抓了回来,还被他们打了。"

凯瑟琳问我:"你为什么穿成那样?"她身上仍然穿着两件雅兹迪裙子。

"他们把我的衣服拿走了,只让我穿这个。"我告诉她,"我的包也丢了,什么东西都没有了。"

"你的包在我这里!"凯瑟琳说着,把包递给了我。接着她脱下了穿在外面的一条裙子,也递给了我。那是一条粉色和棕色相间的裙子,买来的时间并不久。直到今天,我和迪玛尔都会轮流穿这条裙子,不仅因为它好看,也因为它带着我们侄女的回忆。凯瑟琳告诉我:"你把它穿在罩袍下面。"我吻了吻她的脸颊。

一名看守走到门边,对我喊道:"哈吉·萨尔曼给你五分钟时间,五分钟之后,你必须下楼。"

看守离开后,凯瑟琳从裙子的口袋里掏出一对耳环,交给了我:"你把它们带在身边吧。我们也许以后再也见不到面了。"

她一边牵着我的手走下楼梯,一边压低声音对我说:"如果你有机会逃走的话,一定要试试看。我也会想办法逃脱的。"我们一直手拉着手,直到我们走到楼下的厨房,哈吉·萨尔曼过来拉走我为止。

我们坐车回到哈吉·萨尔曼的房子。我暗暗流下眼泪,担心着凯瑟琳和妮斯琳日后的命运,心里向神明祈求她们将来平安无事。抵达之后,哈吉·萨尔曼要我和他的一个警卫先进去,在里面等着。"我很快就回来。"他对我说。这时我开始为自己祈祷起来。

我进屋之前,哈吉·萨尔曼盯着我看了好长一阵,然后对我说:"我不管你月事完了没有。"顿了一下,他接着说:"等我回来,我就要了你,说到做到。"

"我就要了你。"他就是这么和我说的。

第八章

过去的三年里,我曾听过无数雅兹迪女性被"伊斯兰国"囚禁奴役的故事。我们的遭遇大体相差不远——我们都会在奴隶市场上被人买走,或者被当作奖赏分配给新加入"伊斯兰国"的战士或是高层官员;之后我们会被带到买主的家中,被他们强奸蹂躏;很多人也会遭遇他们的殴打。之后他们会将我们卖给别的下家,或者转送给其他人,而我们则免不了接着被强暴殴打,如此往复。只要我们看着还有点人样,还有一口气在,这样的循环就会一直持续下去。如果我们试图逃跑,等待我们的将会是十分残忍的惩罚。哈吉·萨尔曼就曾警告过我,"伊斯兰国"会把我们的照片贴到每一个检查站,整个摩苏尔的居民都会奉命将逃脱在外的女奴送到离他们最近的"伊斯兰国"据点,并且可以借此从他们那里获取高达5000美元的赏金。

对我们来说,最无法忍受的还是被强暴。我们被强暴之后,就丧失了最基本的人格,也不再拥有任何未来。回到雅兹迪人的家乡,结婚生子,过上幸福的日子——这一切都将化为永远无法实现的泡影。被强暴之后的我们,只求一死,以求解脱。

逼迫未婚的雅兹迪女性皈依伊斯兰教,并且剥夺她们的贞操,会给她们造成多么大的痛苦,"伊斯兰国"的人再清楚不过。他们会用我们最害怕的事情来威胁我们——他们会告诉我们,即使成功逃脱,家乡的长老和人民也不会接纳我们。哈吉·萨尔曼告诉我:"你大可以试试看逃跑。就算你逃回家,你的父亲或者叔父也会宰了你。你已经不是处女了,而且你已经是个穆斯林了!"

有很多女性讲述过,自己是如何向施暴者发起反抗,如何试图抗拒比她们强壮无数倍的男人们。尽管她们面对那些狼性大发的武装分子并没有多少还手之力,但是反抗的过程能让她们即使在被侵犯之后,也能感到一丝丝宽慰。她们说:"我绝不会让他们轻易得手。我会反抗,会打他们,会啐他们的脸,只要能让他们不好受,我什么都做得出来。"我还听说有一个女孩,为了拒绝被武装分子侮辱,用一个瓶子插向自己的下体,破了自己的贞操。我还听说有些姑娘为了保全名节,甚至试图自焚。她们重获自由之后,不无自豪地回忆起曾经身陷囹圄的时候,如何用指甲在施暴者的手臂上抓出血痕,或者如何在他们强暴的过程中咬得他们脸颊发肿。她们说:"起码我得让他们知道,我并不任他们摆布。"她们的每一次反抗行为,无论多小,多微不足道,都是向"伊斯兰国"的一次示威。她们让"伊斯兰国"知道,她们并不是自愿屈服的玩物；而那些没有逃出魔窟，用自杀的方式保全自己的女性，无疑是对"伊斯兰国"最有力的抗争。

然而，哈吉·萨尔曼或是其他人强暴我的时候，我并没有反抗。我也从来没有和别人承认过这一点。他们强暴我的时候，我只是闭上眼，希望他们尽快完事。人们总是对我说："你真勇敢，真坚强！"我并没有说什么，但是我非常想告诉他们，我并没有他们说得那么勇敢坚强。其他女孩曾经用拳头和牙齿反抗过施暴者，而我却只是不停地哭。我很想告诉人们："和她们比，我根本算不上勇敢。"但我担心人们会因此改变对我的看法。

有时我觉得，对"伊斯兰国"种族灭绝行为感兴趣的人，大多是对雅兹迪女孩遭遇的性虐待感兴趣。他们想听到一个关于抗争的故事，而我想要讲述的，还有很多除了强奸行为之外的故事——我被杀的兄长，被劫走的母亲，那些被洗脑的男孩；又或许我只是仍然在害怕改变人们对我的看法。很长一段时间之后，我才接受自己不曾反抗这个事实。我知道，我没有像其他女孩一样抗拒施暴者，但这并不意味着我屈从于他们的淫威。

"伊斯兰国"到来之前，我常认为自己是个诚实勇敢的人。无论我遇到什么问题，或是犯了什么错误，都会堂堂正正地向家人承认。我会对他们说："这些事都是因我而起，与我有关。"无论家人作出什么反应，我也都会接受。只要我和家人在一起，我想我没有过不去的坎。然而，如今家人已经不在，我孤身一人被囚禁在摩苏尔。我是如此孤独，甚至忘记了自己是个活生生的人。我感觉到自己的灵魂之中，有一些东西已经枯萎凋谢。

**

哈吉·萨尔曼的屋子里站满了保镖，于是我立刻上了楼。大约半个小时之后，其中一个名叫侯萨姆的保镖带着一条裙子，一些化妆品和一支脱毛膏走了进来。他对我说："萨尔曼要你洗个澡，准备好等他来。"他把那些东西放在床上，便下楼去了。

我洗了个澡，按照侯萨姆所说的做好了准备。我用脱毛膏清理了腿上和腋下的体毛，那支脱毛膏是我母亲以前经常给我用的那个牌子。我非常讨厌脱毛膏，因为我更喜欢用中东地区更常用的糖蜡。脱毛膏常常有一股非常刺激的化学品味道，闻着让我头晕。洗澡的时候，我注意到自己的月事已经停了。

接着我把侯萨姆带进来的那条裙子穿在了身上。那裙子蓝黑相间，下边的裙摆很短，不及膝盖，肩上则只有两条细带子支撑。裙子自带胸罩，我不需要再额外穿一个。这裙子应该是我以前在电视上经常见到的，参加聚会时才会穿的那种裙子。如果放在科乔村，甚至放在摩苏尔，这裙子都恐怕有伤风化。只有结了婚的妻子，才会为自己的丈夫穿上这样的裙子。

我穿上裙子之后，站在浴室的镜子前照了一照。我知道，如果自己不化妆，免不了要遭哈吉·萨尔曼的毒手。我在侯萨姆留下的那堆化妆品上扫了一眼。我认得这些化妆品的牌子，它们在市面上很难买到，放在以前，要是我和凯瑟琳弄到了这些，必定要欢呼雀跃上好一阵。我们会站在浴室的镜子前，给自己的眼睛换着颜色画眼影,涂上重重的眼线,拿粉底抹掉我们脸上的雀斑。然而,此刻在哈吉·萨尔曼的家,我却连站在镜子前看自己的勇气都没有。我胡乱往嘴上涂了点粉色的唇膏,稍稍摆弄了一下眼妆,内心想的只是糊弄一下哈吉·萨尔曼,免得被他打。

自从离开科乔,我还是第一次照镜子。以前我化妆的时候,总感觉自己化完妆像是变了个人。我特别喜欢化妆带给我的那种改变容颜的感觉。然而那天在哈吉·萨尔曼的家,我化完妆之后,并没有感觉自己有什么不一样。无论我涂了多少唇膏,镜子里的我都还是如今的样貌。我仍然是个女奴,下一秒就有可能被送给某个恐怖分子当作玩物。我坐在床头,等待着房门被打开。

40分钟之后,我听见外面的看守向我的囚禁者行礼。哈吉·萨尔曼很快进了屋。他身后还跟着他的保镖,但那些人都等在走廊上。我一看到他进来,立刻瘫到地上,像个孩子一样想把自己蜷成一团,好让他不要碰我。

"真主赐你平安!"哈吉·萨尔曼一边对我说,一边上下打量我。见我按照他的要求梳妆整齐,他脸上现出一点惊讶的神色。他告诉我:"我以前曾有过几个女奴,她们不肯听我的话,我只能隔个几天把她们卖了。你很听话。"他的语气里透着满意。说完之后,他便出了房间,门在他的身后合上。我感到一阵无地自容。

黄昏时分,房门再次打开。这次进来的是侯萨姆,他扫视一下房间,然后对我说:"哈吉·萨尔曼要你去给客人们敬茶。"

我问:"有多少客人?他们是谁?"我不想穿成这样离开房

间,但侯萨姆并没有回答我,只是催促道:"要你来你就来,快一点,人们都等着呢。"

有那么一瞬间,我心想,也许他今天不会强暴我。我自言自语:"也许他只是想把我送给某个人。"于是我下了楼,走进客厅。

一名保镖已经煮好了茶。他把香气浓郁的黑色茶水倒进小小的玻璃茶杯里,将它们在托盘上放置成一个圈,又将一小碟白糖放在中央,便将托盘放在了楼梯边上。我将托盘托起,走进了客厅。客厅里有一些武装分子正坐在舒适的沙发上。我走进客厅的时候说了句:"真主赐你平安。"随后我绕客厅一圈,将茶杯放在这些武装分子膝上支起的小桌板上。我听见他们一会儿大笑,一会儿说着带有明显叙利亚口音的阿拉伯语,但我实在无暇听清他们在说些什么。我给这些人上茶的时候,手一直在不停地发抖。我能感觉到他们正在瞄我裸露着的肩膀和大腿。他们的口音尤其让我感到害怕。我觉得他们随时随地都会把我带出伊拉克。

其中一个人说:"叙利亚的兵太弱了。他们很快就投降了,怕得跟什么似的!"他说的时候,周围的人都报以大笑。

哈吉·萨尔曼应道:"我还记得。那些人说要保卫国家,却根本没抵抗多久。我们在那里就跟占领辛贾尔一样顺利!"他最后一句话是说给我听的,我努力绷住脸,不让他看见一丝忧伤的神色。我向他递上一杯茶,他却看都没看我一眼:"放在桌上就好。"

我回到外面的走廊上,一边瑟瑟发抖地坐下,一边等待着。20分钟之后,那些人站起身来走出了屋子。哈吉·萨尔曼则找到我,他的手里拿着一件罩袍。"祈祷的时间到了。"他告诉我,"穿好衣服,我们一块去。"

我不会背经文,但我知道穆斯林祈祷时的动作。我站在他身边,仔细地模仿他的每一个动作,努力让他满意,好让自己免去一顿打。回到屋里之后,他放起一些宗教歌曲,就去洗澡了。他回来之后,把音乐关了,屋里又陷入沉默。

和前一天晚上一样,他一边宽衣解带,一边命令道:"把衣服脱了。"然后他就像之前说的那样,把我"要了"。

那一晚的每一秒都令我不堪回首。每当我试图离他远一点,他就会粗暴地将我扯回来。他在床上的声音很大,外面的保镖都能听得一清二楚。他似乎想让全摩苏尔都知道,今天晚上他终于强暴了自己的女奴,而摩苏尔却无动于衷。他蹂躏我的身体时,下手很重,仿佛是想要我伤筋动骨。世上没有哪个男人会这样对待自己的妻子。哈吉·萨尔曼压在我身上时,身形无比庞大,甚至比整个房子还要大,而我只能像一个孩子一样,无助地哭喊着母亲的名字。

第九章

我在哈吉·萨尔曼的家中待了四五天,之后便被他赶走了。在他家的时候,每一刻对我而言都十分煎熬。这四五天里,只要他一有时间,就会来强暴我,而每天早晨他离开之前,都会给我下命令，比如"打扫屋子""做这些饭菜""穿这条裙子"，等等。除此之外，他就只会对我说一句"真主赐你平安"。他要求我行为举止要像一个妻子，我不敢违抗，一一顺着他的要求来。如果不是我每天以泪洗面，被他触碰身子的时候浑身抖得像筛糠，外人要是远远地看我和他过日子，也许真的会以为我们是两口子。我按照他的每一个指令行事，尽力表现得像一个妻子。然而他从来没有对我以妻子相称。我仍然只是他的女奴。

有一回，一个名叫叶海亚的保镖进了我和哈吉·萨尔曼过夜的房间，带来了些食物和茶水。叶海亚很年轻，估计二十三岁左右，进门的时候，他把装着茶食的托盘放进门里，并没有看我一眼。哈吉·萨尔曼和他的手下并不会让我断水断粮，毕竟我是个价格不菲的女奴，不能轻易让我死掉。每次送来食物，我都只吃一点点大米，喝一小口汤，确保我自己不会头昏眼花。我按照哈吉·萨尔曼的吩咐，将屋子上上下下打扫了个遍。我还清理了卫生间和楼道，那卫生间每天要供萨尔曼和他六个保镖使用，里面肮脏不堪。我还得将他们乱扔在屋子四周的衣服收集起来整理好，放进洗衣机里去洗——其中有黑色的"伊斯兰国"短裤，还有白色的长袍。我还要将前一天剩下的米饭倒进垃圾桶，再把他们用过的茶杯洗干净。屋子里全是哈吉·萨尔曼的保镖，他们并不担心我发现什么不该发现的东西，也并不担心我逃跑。我因此得以在屋里自由走动，但是我并不能进入车库。我猜想他们把武器都存放在那里。

透过窗户,我可以看见整个摩苏尔渐渐苏醒。哈吉·萨尔曼住的地方位于摩苏尔一个人口密集的地区,附近有一条车水马龙的公路。从楼梯间的窗户看出去,能看见一个呈弧线形的匝道,我不由幻想自己朝那个方向跑过去,逃出这里。哈吉·萨尔曼常常警告我不要逃跑,他常跟我说:"娜迪亚,如果你尝试逃跑,你一定会后悔的。你将会受到十分严厉的惩罚。"他总是不厌其烦地警告我,反而让我生出一丝希望。他如此担心,多半是因为曾经有女孩在她们囚禁者的眼皮子底下逃出生天。

"伊斯兰国"在奴役雅兹迪女孩的计划上固然机关算尽,但难免会有忽略的地方。这也给了我们逃跑的可乘之机。他们最大的失误,就是强迫我们穿上黑色的罩袍和面纱,这套装束和摩苏尔城里的女性一模一样。我们穿上那套衣服之后,就能够混入摩苏尔街上的人丛。"伊斯兰国"治下的男人很少会和街上陌生的女性主动搭话,因此我们被发现的可能性也很低。我一边打扫楼梯,一边看着城市里来来往往的女性。她们每个人的装束都毫无二致,根本不可能分清在那么多的罩袍底下,哪个是出门买菜的逊尼派妇女,而哪个是逃亡在外的雅兹迪姑娘。

"伊斯兰国"的很多据点都建在和哈吉·萨尔曼的住所差不多的繁华街区里面,如果我能找到机会独自外出的话,这一点无疑对我十分有利。我设想自己从厨房的大窗户爬出去,穿上我的罩袍,然后没入人群,消失得无影无踪。也许我还能找到出租车的集散场,搭上一辆去基尔库克 (Kirkuk) 的出租车——那里是进入伊拉克库区的一处常用关口。如果路上有人和我搭话,我就说自己是家住基尔库克的穆斯林,回家省亲,或者也可以说自己刚从战火连天的叙利亚逃难来此。万一遇上武装分子盘查,我也已经背下了《古兰经》开头的一小段经文,我的阿拉伯语也说得很流利,"清真言"也熟稔于心。我甚至还默默将两首颇为流行的"伊斯兰国"歌曲也学了下来,这两首歌一首是赞颂胜利的,还有一首是赞美真主的。前一首的歌词是这样的:"我们已经占领了巴杜什/塔尔阿法尔也已是我们的领土/我们的圣战无往不利。"我非常厌恶这两首歌,但是在我扫地的时候,却在心里默唱着它们。另一首歌的歌词里有一句"要用你的生命保卫真主/用你的鲜血保卫正信"。我心想,日后逃亡路上,无论发生什么事,我都不会承认自己是雅兹迪人的。

然而,我心底里其实也清楚,逃跑的可能性微乎其微。萨尔曼的这处据点里全是"伊斯兰国"的武装分子,我不可能避开他们的耳目,完成爬出窗户、翻过花园篱笆这一系列的动作。此外,萨尔曼只许我和他一起出门的时候穿罩袍和面纱,在室内我只能穿从科乔村带来的衣服,还有萨尔曼给我的一些衣服。当天晚上,我躺在床上,默默等待着哈吉·萨尔曼推门就寝的"吱呀"声准时响起,心里则一遍又一遍地回放我幻想的逃跑计划,随后无奈地对自己承认,这些都不过是幻想而已。每当这时,我都会陷入一阵无边的失落中,甚至会祈祷自己能够速死,一了百了。

某天下午,当萨尔曼在我身上发泄一番之后,他告诉我那天晚上会有人来做客，叫我去梳妆打扮。他还对我说："来人的女奴你可能认识。她指名想见你。"

我感觉到自己的心里升起一股期待之情，心跳甚至漏跳了一拍。她会是谁？尽管我非常渴望见到一张熟悉的面孔，但如果来人是凯瑟琳，或是我的姐妹，我不知道自己是否有勇气穿着萨尔曼给的这身衣服与她们相见。萨尔曼给的衣服与之前的那件蓝黑色短裙相差无几，要是让另一个雅兹迪女孩见到我穿成这副模样，那绝对会令我无地自容。幸运的是，我在萨尔曼的衣服里找到了一条黑色的裙子，尽管这裙子的吊带还是很细，但是起码裙子的下摆过了膝盖。我将头发梳在脑后，涂了薄薄的一层唇膏，但没有化眼妆。萨尔曼对我的这身装束颇为满意，便带我下了楼。

来访的人正是前一个据点的纳法赫，那个在大巴车上因为我尖叫而惩罚过我的人。他狠狠地盯了我一眼，然后转过身去和萨尔曼说："我的女奴一直吵着要见你的女奴，但我十分信不过这个娜迪亚。等下我们得坐在她们旁边，听听她们说些什么。"

纳法赫的女奴是我朋友瓦拉亚的妹妹拉米亚。我们奔向彼此，吻着彼此的脸颊，为自己终于见到熟人而感到庆幸。随后屋里的四人便坐在一起。萨尔曼和纳法赫开始交谈，并没有在意我们俩。我们便立刻不再说阿拉伯语，改说起库尔德语。

拉米亚穿着一条长长的裙子，头上裹着拢住头发的包巾。我们并不知道能和彼此待多久，因此都加快了语速，试图尽可能多地交换信息。她问我："他碰过你身子了吗？"

我反问她:"他碰过你身子吗?"她点点头,表示肯定。

她向我坦白说:"他要我改宗,然后我们去了法院,登记结婚。"我告诉她,我也经历了同样的遭遇,然后对她说:"你不要把这当作结婚。这和在科乔村结婚是两回事。"

"我想逃跑。"她对我说,"但是每天都会有很多人来见纳法赫,根本逃不了。"

"萨尔曼这里也是一样。"我答道,"屋里到处都是保镖。他还告诉我,如果我动逃跑的念头,他就要狠狠惩罚我。"

她瞄了一眼边上的两人,轻声问道:"你觉得他会怎么惩罚你?"纳法赫和萨尔曼两人正谈着话,无暇顾及我们俩。

我说:"我不知道,肯定不是什么好事吧。"

这时那两人发觉我们在说库尔德语,他们听不懂,于是朝我们发起火来。萨尔曼大喝道:"我跟你们这俩娘儿们讲过,你们要说阿拉伯语!"

我便用阿拉伯语问拉米亚:"瓦拉亚现在怎么样了?"我离开科乔之后,就没有见过我的这位好朋友。

拉米亚告诉我:"他们带走我的同一天晚上,其他的女孩就被运到别的地方去了。我不知道瓦拉亚现在在哪里,我求纳法赫找她的下落,但他不肯。迪玛尔和艾德琪怎么样了?"

"她们还在索拉格。"我回答道,"她们和我妈在一起。"我们俩沉默片刻,各自带着沉重的心情怀念着自己的亲人。

35分钟之后,纳法赫起身告辞。拉米亚和我互相亲吻作别。

她将面纱重新盖上的时候,我告诉她:"照顾好你自己,别放弃。我们都得在这种环境下生存下去。"然后纳法赫就带着拉米亚走了。屋里只剩下我和萨尔曼。

我们俩上楼回到卧室。走到门口的时候,他突然对我说:"这是我头一次见你有别的表情。"

我转向他,完全没有掩饰自己内心的怒火:"你把我锁起来,整天强迫我做这做那,我还能有什么别的表情吗?"

"你会习惯的。进屋去吧。"他说着打开房门。我们又在屋里度过了一个晚上,直到太阳升起。

**

哈吉·萨尔曼一遍又一遍地告诉我:"你如果试图逃跑,我一定会狠狠教训你的。"然而他从来没有明说他打算怎么教训我。很显然,他会揍我,但他之前早已揍过我无数次了,多这一次不多,少这一次不少。每逢他对我清扫屋子的成果不满意,或者在"伊斯兰国"的工作有什么不顺心,或者在强奸我的时候发觉我闭着眼睛或是在流眼泪,就免不了对我一顿毒打。也许如果我试图逃跑的话,他会把我往死里打,打得我满身伤痕,打成毁容,但我不在乎。要是我脸上有伤痕,像他这样的人就会对我失去兴趣的话,我巴不得自己的脸上多几条疤。

有时他发泄完兽欲之后,会告诉我说,逃跑没有任何意义。他会说:"你已经不是处女了,而且如今还是个穆斯林。你已经彻底毁了。就算是你亲人,也一定想杀你而后快。"虽然这一切都是他逼我就范,但是对于他说的这番话,我却深信不疑。我也感觉自己的身心,都已经残破不堪。

我想过两个让自己变丑的办法。还在"伊斯兰国"据点的时候,有些女孩们就试图将烟灰和泥土糊在脸上,或是将自己的头发打成结,或是故意好几天不洗澡,以便用自己身上的馊味赶走来买女奴的人。然而我满脑子想的却是用刀划破自己的脸,或是将我所有的头发全部剪光。我心想,若是这么做,萨尔曼一定会痛打我一顿。如果我试图自己毁容的话,萨尔曼会不会一怒之下杀了我呢?我觉得不太可能。我只有活着,对他来说才有价值。他也清楚,死亡对如今的我来说就是最好的解脱。逃跑失败的我会如何被萨尔曼惩罚,我当时只能凭空想象。然而很快,我就知道萨尔曼是如何盘算的了。

那天傍晚,萨尔曼带了两个武装分子回家。那两个人我从未见过,身边也没有女奴。萨尔曼问我:"屋子都打扫完了吗?"我回答说都打扫了,他便命令我一个人在自己的房间待一整晚。他还说:"厨房里有吃的。你如果饿了的话,叫侯萨姆给你送一点上去。"总之,他的意思是要我别出现,安安静静地在房间里等着。

在我回房间之前,他为了炫耀一下自己的女奴,还要我去给来人敬茶。我穿上萨尔曼喜欢的一条裙子,将厨房里准备妥当的茶水端到客厅里去。那两个武装分子和以前来这里的人一样,也在没完没了地谈论着"伊斯兰国"在叙利亚和伊拉克的胜利。我留意着他们是否提到科乔,但是他们根本没有说起过我家乡的名字。

屋里挤满了萨尔曼的保镖,客人只有两个人。整个据点的保镖似乎都来为萨尔曼宴请客人作陪,他们原本负责把守的位置头一次无人看管。我疑心萨尔曼正是因为知道看守薄弱,才要我待在房间里,不许我在客人离开前走出房门。如果所有的保镖都在陪萨尔曼,那么花园里必然无人把关,而我如果偷偷关上浴室的门,去爬窗户的话,也不会有人发现。我的房间外也不会有人监听里面的动静。

我敬茶完毕之后,萨尔曼便要我退下,我于是回到楼上去。一个计划已经在我的脑海中成型,我很快行动起来。我知道,如果我稍停片刻,也许就会用各种各样的借口说服自己放弃逃跑,而眼下的天赐良机,很可能再也不会遇到第二次。我并没有回到我的房间,而是进了楼上的一间客厅。我知道,那间客厅的衣橱里堆满了原屋主和在我之前的那些雅兹迪女奴的衣物。我想在那里找一件罩袍和一副面纱。很快我便拿到了罩袍,并且套在了自己的身上。我没有找到面纱,便用了一条黑色的长围巾凑合,裹住了我的头发和脸。我心里默默祈祷没有人注意到动静,然后走向了窗口。

我虽然在二楼,但离地面也并不很高。窗外的墙上有一些凸出几寸的沙色砖块。这是摩苏尔当地很流行的墙体设计,只是图个美观,并没有实际用处。然而我想着用这些凸出的砖块当梯子使用,顺着它们往下爬进花园。我将脑袋伸出窗户,四下扫视那些平日里在花园巡逻的保镖是否还在。我发现花园里空空如也,篱笆墙边上有一个废弃的油桶。那个桶将会是我绝佳的落脚点。

花园外的公路上仍然车流涌动，但街上的人群因为临近饭点，而逐渐稀疏起来。天色已是黄昏，即使我脸前挂着的不是正常的面纱而是一条黑色围巾，恐怕也没有什么人能分得清。在他们找到我之前，我很有可能已经在城中寻到援手，躲过他们的追剿。除了我身上的首饰，还有我胸罩里藏着的母亲的粮卡，房间里其他一应物件，我都没有带在身上。

我小心翼翼地先将一条腿伸出窗外，紧接着再伸出另一条腿。我的半个身子已经越过窗户，可躯干还留在窗子里。我将脚伸出去，试图点到凸出的那些砖块上。我抓着窗棂的手臂抖个不停。很快我踩住了一块砖，将整个人的重心固定住。我粗略地估计了一下，知道顺着这些砖块爬下墙去应该不难。可是当我正准备往下寻找低一层的砖块时，下方突然传来子弹上膛的声音。我浑身僵如寒冰，整个人紧紧贴在窗棂上。下方传来一个男人大声呵斥的声音："滚回去！"我很快起身爬回窗户里，落在二层的地板上，心脏因为恐惧而跳个不停。我不知道是谁发现了我的行踪。哈吉·萨尔曼的保镖应该都在一楼的客厅陪着他才是。我在窗下蜷缩成一团。楼下则传来脚步声。我抬头看时，哈吉·萨尔曼已经站在我的面前。我立刻拼命向自己的房间逃去。

哈吉·萨尔曼推开房门，手里拿着一条鞭子。我尖叫一声，扑上床去，扯过一条厚厚的被子盖住脑袋和全身，像个小孩一样拼命地逃避萨尔曼。萨尔曼则站在床头，也不说话，直接开始用鞭子抽我。鞭子的力道很大,带着萨尔曼的狂怒,如雨点般抽在我的身上,即使我身上盖着被子,也照样疼得要命。萨尔曼用我从未见识过的音量狂喊道:"滚出来!从那被子里滚出来,然后把衣服脱了!"

我别无选择,只好从被子里钻出来。萨尔曼仍然手持鞭子居高临下地看着我,一边伸出手来扯掉我的衣服。我被脱得一丝不挂,静静地站在他的面前,无声地抽泣着,等待着他的发落。我本以为他会强暴我,可他却走向了房门。他的语气也恢复了平时的平静:"娜迪亚,我告诉过你,你要是试图逃跑,我就会给你点颜色看看。"说完他便打开房门出去了。

片刻之后,穆尔塔扎、叶海亚、侯萨姆还有其他三个保镖走了进来。他们站在萨尔曼刚才站着的地方,一个个垂涎欲滴地盯着我。我看见他们进来的一刹那,就明白了萨尔曼给我的惩罚是什么。穆尔塔扎是第一个将我甩上床的人。我试图阻止他,但是他的力气实在是太大了。他将我死死地按在床上,我一点还手之力都没有。

穆尔塔扎之后,另一个保镖也强暴了我。我大声呼喊着母亲,呼喊着我的哥哥哈伊里。以前在科乔村的时候,只要我喊他们,他们就一定会过来帮助我。即使我只是稍微烫伤了一点手指,他们也会闻声而至。如今在摩苏尔,我孑然一身,他们也已经不知所终,只剩下名字还刻印在我的心底。无论我如何哀求,那些人都没有理会,仍然前仆后继地在我的身上发泄。那天晚上在我记忆中留下的最后一幕，是一个保镖走上前来，打算强暴我的时候，先把他的眼镜摘了，小心地放在一张桌子上。我想他是怕上床之后摔坏了眼镜。

**

第二天早上醒来的时候，我又是孤身一人，不着片缕，浑身无法动弹。我的身上盖了一条床单，我猜测是前一天晚上那几个人之中的一个盖上的。我试图起身的时候，眼前天旋地转，伸手想拿衣服的时候，全身也止不住地疼。我哪怕只是动一动，都会感觉自己几乎要痛昏过去，仿佛我的眼前已经半拉起了一道黑色的窗帘，而身边的一切也都变成了可望而不可即的影子。

我走进浴室洗了个澡。我的身上都是前一天晚上那些男人留下的污渍，我打开水龙头，在花洒下面站着哭了很久，随后仔细擦干身体的每一处——牙齿、脸、头发。我一边擦拭身体，一边向神明祈求援手和原谅。

接着我回到自己的房间，在沙发上躺下。床上仍然残留那些强暴过我的男人的味道。尽管门外传来交谈的声音，但没有人推开房门找我。我躺了一会儿便睡着了，这一回，我什么梦都没有做。等我睁眼醒来的时候，萨尔曼的司机正站在我面前。他戳了戳我的肩，说道："娜迪亚，该醒了。穿好衣服，我们要出发了。"

我一边开始将我的东西装进黑色的包里，一边问："我要去什么地方?"

"我不知道。总之你不会留在这里了。"他回答道,"哈吉·萨尔曼把你卖了。"

第十章

我第一次知道雅兹迪女孩们会被如何发配之后,只希望自己即使被买走,也只需要屈从于一个人。对我们而言,被卖作奴隶,被剥夺人格和尊严已经是十分深重的苦难了;我无法想象自己被不断在武装分子之间转手,被迫在无数不同的房子里供不同的人驱使摆布;更无法想象自己被"伊斯兰国"偷偷运出国境线,带到被"伊斯兰国"武装占据的叙利亚,像一袋卡车上的面粉一样,被他们当街叫卖。

我那时还不知道人究竟可以残忍到何种程度。哈吉·萨尔曼是我有生以来遇到过的最残忍的人渣。他的那些手下强暴我之后,我便希望自己能被转卖出去。我不在乎下一个买家是谁,也不在乎下一个买家会把我带到哪里。我曾经以为,被送去叙利亚不仅很难逃脱,而且几乎没有生还的希望。然而,和继续待在萨尔曼身边相比,即使是去叙利亚我也并不在乎。我幻想着日后在审判"伊斯兰国"种族屠杀的法庭上,我要让哈吉·萨尔曼和萨尔万一样活着站上审判席。我要让他进监狱,让他每天被伊拉克政府军的军官和武装狱警死死地看住。我想看看他没有了"伊斯兰国"给他的虎皮之后,还能不能像往日一样威风。我还想让他看着我的眼睛,回忆他对我的暴行,让他知道他将因此在监狱里度过余生。

我收拾好行李,跟着司机来到室外。哈吉·萨尔曼还待在屋里,但我直到离开也没有见到过他。经过穆尔塔扎还有其他保镖身边的时候,我强迫自己不向他们投去一丝眼光。我们离开哈吉·萨尔曼的住所时,已经是黄昏时分,空气却仍然带着白日的炎热,只有一缕微风挟着沙子,吹拂到我的脸上。并没有人提醒我要遮住自己的脸。尽管我已经身在室外,但我感觉不到一丝一毫的自由。我知道整个摩苏尔都不会有人向我伸出援手,这令我感到无比绝望。

一名我不认识的陌生保镖和司机一块坐在我们所乘坐的白色小轿车前排。车子开动的时候,他问我:"你饿吗?"我摇了摇头,可是车子还是开向了一家饭馆。司机进了馆子,买来了一些包在纸里的三明治。他将一块三明治和一瓶水扔向后座的我。透过车窗,我能看见外面的人在四周漫步,他们买了餐食,一边坐着一边吃,一边还用手机打着电话。我真希望自己能够打开车门,出现在人群的面前。我希望他们能够反应过来出了什么事,并且对我施以援手。然而我并不相信他们真的会帮助我。纸包的三明治开始散发出浓郁的肉香和洋葱的味道,车子再次发动的时候,我闭上眼睛,尽全力控制自己不要反胃。

我们很快抵达了摩苏尔的第一个检查站。检查站由装备着自动武器和手枪的"伊斯兰国"武装分子把守。我透过车窗向外看去,想知道他们是不是真的像哈吉·萨尔曼之前所说的那样,张贴着逃脱的女奴照片。不巧的是,天色已暗,实在看不真切。一名武装分子问司机:"你的妻子为什么没有戴面纱?"

司机回答道:"她不是我的老婆,兄弟。她是个女奴。"

武装分子则说:"那你运气真不错。"说完便挥手示意我们通过。

很快天色就完全暗了下来。我们沿着公路向东出了摩苏尔地界,沿途经过了几辆汽车和卡车。在昏黑的天色笼罩之下,一马平川的伊拉克土地似乎望不到尽头。那些女奴们逃跑之后,会往什么方向去呢?她们又是怎么通过检查站的呢?她们通过了检查站,又是怎么知道在田里应该往什么方向跑,又是怎么知道谁会帮助她们,而谁又会将她们扭送给"伊斯兰国"的呢?她们耐着口渴,能走多远呢?她们敢于尝试逃跑,真是十分有勇气的人。

"看哪!"司机指着我们前方不远路边的一个白色盒子。那盒子在车前灯的照耀下闪烁着银色的光。"这是什么东西?"

那保镖则警告说:"不要停车。这有可能是个土制炸弹。这路上到处都有这玩意儿。"

司机自顾自地在那盒子几步以外停下车,一边说:"我可不觉得。"那盒子的侧面有绘画和字样,但是从车里看不清究竟。那个司机兴奋地说:"我敢打赌,这一定是缴来的财物,从某辆卡车上掉下来的。"司机这个行当并没有什么地位,那些"伊斯兰国"高级成员能获得的新鲜玩意儿,他也许很少有机会接触。

那个保镖还在大声反对:"没有人会把好东西留在路边的!这东西要是爆炸了,我们全都要完!"可是那司机仍然下了车,向那盒子走去。他伏在地上,远远地检视着那个盒子。保镖嘟囔道:"那玩意儿无论是什么,都不值得这么专门停下来跑一趟。"我想象着那个司机贪婪地打开盒子,然后被里面的一个巨大炸弹炸得粉身碎骨的场景。我们的车也许会被炸到沙漠当中,我也许会被炸死,但这些都无所谓。只要我死的时候,能拉这两个男人垫背,我就没什么可在乎的。我祈祷着:"一定要是个炸弹啊。"

一分钟之后,那司机抱着盒子,满脸春风得意地回到了车上。他把那盒子放进后备箱里,一面对我们说:"是电风扇!还是两台,用电池的那种。"

那保镖叹了口气,帮着司机将电风扇盒子塞进后备厢。我无力地枯坐在座位上,心里一阵失望。过了第二个检查口之后,我问司机:"大哥,我们这是去哪儿?"

"哈姆达尼亚 (Hamdaniya)。"他回答道。很显然,哈姆达尼亚这个位于尼尼微省北部的地区也已宣告沦陷。我同父异母的兄弟哈勒德之前就曾随部队派驻在那里。虽然他没有和我提起过哈姆达尼亚，但我知道那里有很多居民是基督徒。如今他们恐怕也是死的死，逃的逃。我们在路上遇到过一辆被翻了个底朝天，烧得只剩骨架的"伊斯兰国"车辆。它应该是此前战斗时留下来的一个见证。

我们被围困在科乔村的时候，非常关注"伊斯兰国"围攻基督徒村落的战事。和我们一样，那些基督徒村子的居民也在"伊斯兰国"的步步进逼之中丢掉了自己的全部家当，不得不将耗尽毕生积蓄的祖屋抛在身后。伊拉克的基督徒还被"伊斯兰国"强迫改宗，并且他们和雅兹迪人一样，不得不在自己世代生息的土地上屈从于"伊斯兰国"的淫威。多年之后，那些基督徒的人数越来越少，大多数基督徒都已经迁往其他较为包容他们信仰的国家去了。

"伊斯兰国"到来之后，很多基督徒都认为，整个伊拉克很快都将找不到一个基督徒。"伊斯兰国"占领科乔村之后，我却颇有些嫉妒那些基督徒。他们曾经获得过"伊斯兰国"的警告，知晓他们的行动。根据"伊斯兰国"的信仰，基督徒和穆斯林一样，都是"有经之民"，和我们雅兹迪人这些完全的异教徒并不可同日而语。那些基督徒可以带着子女安全撤往库尔德斯坦，在叙利亚，甚至有一些基督徒可以通过给"伊斯兰国"缴税的方式，保存自己的信仰。即使是那些空着手被赶出摩苏尔的基督徒，起码也逃过了被奴役的命运。我们雅兹迪人从来没有过这样的待遇。

我们很快到了哈姆达尼亚。整个村子因为缺乏电力而一片漆黑，村里到处都弥漫着如同动物腐尸一般的刺鼻气味。街上一片寂静，楼房里也已没有居民的身影。在这里驻留的只有恐怖分子，只有"伊斯兰国"的指挥中心还亮着灯。他们有一台巨大的发电机，机器运转的声音回荡在沉默的夜空之中。

"伊斯兰国"初到伊拉克的时候，曾许诺会给城镇提供它们缺乏的基础设施。他们的宣传材料中除了对暴力行为歌功颂德之外，有很大篇幅都是关于他们许下的承诺。例如，他们许诺给城镇提供电力，建立更好的垃圾回收系统，拓宽道路，诸如此类——仿佛"伊斯兰国"是一个普通的政党一样。我们听说有很多人都相信了他们的许诺，甚至都认为"伊斯兰国"会比伊拉克政府更关心民生。然而在摩苏尔的时候，我却并没有看到一丝一毫人民安居乐业的迹象。哈姆达尼亚像是只剩下躯壳的一个村子，躯壳之下是无边的空洞和黑暗，充斥着死亡的气息，唯有曾经许下空头支票的恐怖分子盘踞其间。

我们在"伊斯兰国"的指挥中心门前停下，一行人进了屋。和摩苏尔一样，这里也充斥着武装分子。我安静地坐下，等着别人对我发号施令。一路颠簸之后的我已经筋疲力尽，满心只想睡觉。一名武装分子走了进来，这人身材不高，年纪也已经不小，驼着背，嘴里还剩的几颗牙也已经烂得差不多了。他对我说："上楼去。"我心中骇然，知道哈吉·萨尔曼把我卖给眼前这个男人，无疑是在继续折磨我；也知道这个人要我上楼,就是准备强暴我。我打开楼上的房门时,却发现屋里坐着好几个女孩子。我花了好一阵功夫才认出她们来。

她们是我的嫂子和侄女。"季兰!妮斯琳!"我从未因为见到亲人而感到如此开心。我们奔向彼此,互相亲吻,之后抱头痛哭。她们俩和我的装束差不多,看着也像是已经好几个星期没有合眼。妮斯琳还是和以前一样瘦小,我不知道她被卖作女奴之后是怎么挺过来的。季兰离开相濡以沫的丈夫已有很长时日,我想也许被"伊斯兰国"强暴对她的折磨要比我更痛苦。我们很快意识到,自己任何时候都有可能和眼前的亲人分别,因此我们坐在地上,开始互相讲述彼此的经历。

我问她们:"你们是怎么来到这里的?"

"我们都是被卖来的。"妮斯琳告诉我,"我在摩苏尔被转卖了两次,之后被带到这里来。"

妮斯琳接着问我:"你知道凯瑟琳怎么样了吗?"

"她也被关在摩苏尔的一个据点里。"我答道。

我将拉米亚描述的瓦拉亚的情况告诉了她们,也说了一些我自己的遭遇。我对她们说:"我被一个非常残忍的人买了去。我试图逃跑,但是被他抓住了。"我没有把所有事情都向她们和盘托出,因为其中有些不堪回首的事情,我还没有做好向她们倾诉的心理准备。我们尽可能地抱紧彼此。我说:"楼下那个面相丑陋的老头应该是把我买到这里的人。"

妮斯琳垂下头:"不。他是我的买主。"

我问妮斯琳:"这么恶心的一个老头晚上和你睡在一起,你是怎么忍过来的?"

妮斯琳摇了摇头:"我没有多想我自己。我想的是罗伊安,她被那个虎背熊腰的家伙带走了。她走之后,我们都乱成一团,每天没日没夜地哭。我们有一阵连科乔村的事都忘了,一直在担心罗伊安被那个恐怖的家伙带走之后会怎么样。"

"科乔村怎么了?"我抑制住恐惧问道,"你有确切的消息吗?"

妮斯琳答道:"我在电视上看到,所有的男人都被杀死了。所有的男人。都死了。新闻上说的。"

尽管我也曾听到科乔村学校后传来的枪声,但直到此刻我才意识到,那些村里的男人已经彻底离开了我们。妮斯琳的话像当时的枪声一样一阵阵打在我的心上,让我脑海中只剩下空白。我们试图安慰彼此。我告诉她们:"不要为他们而哭。我现在也希望当时能和他们死在一起。"就算是死,也要比被当成货物卖来卖去,让人肆意强暴自己的身体要好得多。村里的男人有学生,有医生,有少年,也有老人。"伊斯兰国"行刑的时候,我的兄长们和同父异母的兄弟们在科乔村站在一起,然而区区一瞬之后,他们就已经魂归大地。可是我们这些身为女奴的人,每一刻都在经历着不亚于死亡的折磨,并且和那些已经死去的男人们一样,我们也注定永远见不到自己的家乡和亲人。妮斯琳和季兰对我的话表示同意:"我们也希望能和他们一块死。"

妮斯琳的买主,那个烂牙老头这时走到房门口,指着我说:"你该走了。"我们三个一齐向他哀求:"你可以尽情摆布我们,但是请你让我们三个待在一起!"我们一边尖叫着,一边紧紧握着彼此的手,和我们在摩苏尔的那一晚一样。然而,屋里"伊斯兰国"的爪牙们也和那一晚一样强行拆散了我们,并且拖着我下了楼梯。我仍然没有机会向她们道别。

在哈姆达尼亚的时候,我彻底丧失了希望。这里完全就是一个"伊斯兰国"的村子,插翅也难逃脱。这里的街上也绝不会有人会同情一个身处绝境的雅兹迪女孩,更不会向她伸出援手。哈姆达尼亚除了空荡荡的楼房和战争的气息之外,一无所有。

15分钟之后,我们来到了哈姆达尼亚的第二个"伊斯兰国"据点。我悲哀地预感到,我的下一个买主很可能就在这里,于是拖着缓慢的脚步下了车。我感觉浑身僵硬得如同水泥。这个据点由一大一小两栋房屋组成,当我们的车子停下的时候,一个中年男人从较小的那栋房子里走了出来。他留着很长的黑胡子,身上穿着"伊斯兰国"的制服。司机示意我跟着这个男人进屋。他对我说:"他就是阿布·穆阿瓦亚,他说什么,你做什么。"

那栋房子只有一层楼,里面却布置得非常整齐漂亮。看得出来,这里原本的主人应该是一户非常富裕的基督徒。屋里并没有熟识的女孩,但四周堆满了雅兹迪人的衣服。这些衣服比伊拉克穆斯林女性平时穿得要更鲜艳,更活泼。除此之外,屋里还有不少原住户留下的东西。整个屋子活像一个巨大的坟墓。阿布·穆阿瓦亚走向厨房,和另一个稍年轻些的人坐下,开始吃起面包,喝起酸奶和红茶来。

我问他们:"我要在这里待多久?其他据点有我的家人。我能和她们在一起吗?"

两人连看都没有看我一眼。阿布·穆阿瓦亚平静地答道:"你是个女奴。你无权发号施令,你只能听从我们的命令。"

另一个人则问我:"娜迪亚,你皈依正信了吗?"

"是的。"我回答道。我不知道他们如何知道我的名字,也不知道他们究竟对我有多了解。他们并没有问我是哪里来的,也没有问我的家人现在何处,或许这是因为那些细枝末节对他们毫无意义。唯一重要的事情是,我被带到他们的面前,并且成为他们的财产。

阿布·穆阿瓦亚命令道:"你去洗澡。"我好奇萨尔曼把我卖了个什么价钱。我知道,已经失去处子之身的女奴会贬值不少,而且因为之前大巴车上的事情,以及我在萨尔曼的住所试图逃跑,我可能还被他们当作是爱闹事的人。也许萨尔曼把我卖到这里,也是惩罚我逃跑行为的一部分?又或许萨尔曼只是想把我赶走,因此一文不取地把我白送给了他们?又或许萨尔曼找到他所知道的最心狠手辣的人,让他们接手我这颗烫手山芋？这种事情之前确有发生过。雅兹迪女孩被不停地在恐怖分子之间转手，变得分文不值。

"我早上洗过澡了。"我对他说。

阿布·穆阿瓦亚指了指一间卧室说："那你就到那里等我。"我顺从地沿着走廊向那里走了过去。那是一间很小的卧室，有一张棕色的窄床，铺着蓝白条纹的床单。靠着墙的两个架子上摆满了鞋子，而一个大书柜里则装满了书。书桌上有一台电脑，关着机，屏幕是黑的。我猜想这个房间以前一定属于某个还在上学的孩子，也许跟我年纪差不多。架子上的鞋子都是中学生常穿的那种平底便鞋，尺码也不大。我坐在床上等待着，一边尽全力不去看墙上挂着的一面大镜子。我没有想过自己是否能够钻进屋里代替窗户的一扇通风口；我也没有打开柜子，看看这个男孩留下的东西，了解一下他曾经的生活；我甚至都没有去看看书柜上摆着什么样的书。或许那个男孩还活着，而我这个行尸走肉一般的人，没有资格偷看活着的人留下的东西。

第十一章

每一个"伊斯兰国"的人对我都很残忍，他们强暴我的方式也大同小异，但我仍然记得一些细微的区别。哈吉·萨尔曼是这些人里最残忍的一个，一是因为他是第一个强暴我的人，二是因为他强暴我的时候,表现得似乎对我恨之入骨。就连我忍受不住闭上眼睛,他也要猛揍我一顿。对他来说,只是强暴我还远远不够——他还要尽一切可能羞辱我,比如在脚趾上涂蜂蜜要我去舔,或是强迫我为他穿露骨的衣服。穆尔塔扎强暴我时则更像是个终于实现夙愿的孩子。此外,我还永远不会忘记那个不知姓名的保镖的眼镜。很难想象,这么温柔对待眼镜的,和这么残忍对待我的,竟然会是同一个人。

阿布·穆阿瓦亚八点左右走进房间,掐着我的下巴,把我推到了墙上。"你为什么不反抗?"他问我。似乎我没有反抗让他非常生气。从屋子里到处堆着的雅兹迪衣服来看,我猜测他之前有过很多女奴,她们都曾经抗拒过他,只有我如此顺从。也许他想要证明给每一个女奴看,即使她们反抗,也难免被占有的命运。他身形并不高大,却十分强壮。我问他:"我反抗有什么用呢?一个,两个,三个——你们都会做这种事。你们以为我能抵抗多久?"我还记得他听到我回答之后大笑不止的模样。

阿布·穆阿瓦亚离开之后,我一个人在床上睡去,醒来的时候发现身边竟然有一个人。那人便是之前在厨房和阿布·穆阿瓦亚一起吃面包喝酸奶的那个人。我不记得他的名字,只记得那时我的嗓子干渴得快要裂开了。我起身想喝点水时,被床上的那人抓住了手臂。我对他说:"我只是想喝一点东西。"话说出口之后,连我自己都被自己话里那深深的绝望震惊。在哈吉·萨尔曼的住所被他的保镖轮奸之后，我已经不怕"伊斯兰国"，也不怕被强暴了，因为我已经完全陷入麻木。我并没有问这个人打算干什么，我也并没有试图让他不要碰我，我甚至根本没有跟他说什么话。

设想一下，有那么一段时间，你的生活除了永无休止地被强暴以外再无其他。被强暴成了你的日常生活。你永远不知道下一个打开房门把你扑倒在床的是什么人，你只知道他们的兽行不会停止，并且第二天他们也许会变本加厉。你不再想象逃跑的计划，也不再奢望再次见到自己的家人。你过去的生活变成一段虚无缥缈的记忆，甚至变成一场前世的大梦。你的身体也不再属于你自己，你没有力气说话，没有力气反抗，甚至没有力气思考外面的世界。你所拥有的一切就是无休无止地被强暴，以及无奈认命之后所体会到的麻木感。

恐惧并非总是坏事。如果你能体会到恐惧，那么你就拥有判断某件事正常与否的能力。当然，恐惧会让你心跳加速得像要爆炸，恐惧会让你呕吐不止，恐惧会让你无比渴求自己的家人和朋友，也会让你在恐怖分子面前卑躬屈膝，更会让你在四下无人时哭得泪尽泣血，可是起码你还有活着的实感。绝望则会让你感到无限趋近于死亡。

我还记得某一天醒来时，无比恐惧地发现自己的腿，竟然枕在身边那个阿布·穆阿瓦亚朋友的腿上，而当我试图将腿抽走的时候，那人还表现得极为恼怒。我小时候睡在诸如姐妹、哥哥或者母亲等至亲骨肉身边的时候，总会把腿伸到他们身边，以示亲近。然而当我发现自己居然无意识地对一个恐怖分子做了同样的事情时，我立刻条件反射般地弹开。那人大笑着问我："你动什么？"我为此无比厌恶自己，并且担心那人是否以为我对他有好感。我回答道："我还没有习惯睡在别人身边。我想要休息一下。"那人看了看手机上的时间，然后去了浴室。

阿布·穆阿瓦亚将早饭放在了厨房的地毯上，要我去吃。尽管这意味着我要和两个刚强暴过我不久的男人一起坐在厨房里吃饭，但我还是直奔厨房。我自从离开萨尔曼，就没有吃过东西，饥饿感支配着我的神经。他们给我的早饭包括浓蜂蜜、面包、鸡蛋和酸奶，味道熟悉而可口。我安安静静地吃着，而那两个男人则聊些一天之中要完成的琐事——诸如到哪里去给发电机弄些汽油来，谁要去哪个据点报到，等等。我并没有看他们一眼。当我们吃完之后，阿布·穆阿瓦亚叫我去洗个澡，换上罩袍。他告诉我："我们很快就要离开这里。"

我洗过澡之后回到房间里，头一次照了镜子。我的脸色枯黄，没有血色；我的头发原本直垂到我的腰际，如今却乱作一团。以前我常因为有一头漂亮的秀发而感到高兴，可如今我却并不想让它们提醒我，我曾经是一个那样美丽的女孩。我打开抽屉想找一把剪刀把头发剪了，然而抽屉里并没有剪刀。房间里面十分炎热，我感觉自己的脑袋像是要着火一样。突然房门被打开，阿布·穆阿瓦亚之外的那个人走进了房间。他手里拿着一条蓝色的裙子，要我穿上。我拿出一件自己的雅兹迪裙子问他："我不能穿这件吗？"如果能穿雅兹迪裙子的话，我也许会稍稍放宽心一点。然而他说不行。

我换上裙子的时候，那人一直盯着我，并且对着我上下其手。他一会儿捂住鼻子对我说："你真臭。你不洗澡吗？你们雅兹迪女人都跟你一样臭吗？"

"我身上的味道就是这个样子。"我对他说，"你喜不喜欢闻不关我事。"

走出屋子的时候，我注意到桌子上阿布·穆阿瓦亚的手机边上有一块小小的塑料片，那是手机用的内存卡。我很好奇里面会存着些什么东西。女奴的照片？我的照片？还是占领伊拉克的计划？以前在科乔村的时候，我常常喜欢把别人手机里的内存卡拆下来，插在哈伊里的手机上，看看别人都存了些什么东西。每一块内存卡都像是一个小小的谜题，透露着许多有关他们主人的信息，等待着我去解读。有那么一刻，我心中闪过偷走这个恐怖分子内存卡的念头。也许里面存着什么秘密，可以帮助赫兹尼找到我；或者里面藏着一些"伊斯兰国"的军事情报，可以帮助伊拉克政府军夺回摩苏尔；又或许里面存着一些"伊斯兰国"暴行的证据。然而我并没有动那张内存卡。我当时非常绝望，并不认为自己的行为会产生任何作用。我只是跟着他们两个来到了室外。

一辆救护车大小的面包车停在了屋外的街上，大门口站着一个司机。那司机是从附近来的——也许是摩苏尔或者塔尔阿法尔。当我们站在外面的时候，那司机向阿布·穆阿瓦亚通报了那些城市里武装分子的战果。"我们的人在两个地方都进展顺利。"他这么说道。阿布·穆阿瓦亚满意地点了点头，然后他们终止了对话。面包车的车门此时打开，从里面走出了三个女人。

这三个女人和我一样，浑身都裹着罩袍和面纱。她们走出面包车的时候，都紧紧地搂着彼此。其中一个女人的身形明显要比另外两人高出许多，而那两人则紧紧抓着那个最高的女人的罩袍，还有她戴着手套的双手，仿佛想钻到她罩袍里面去似的。她们在面包车边停了停，从左向右扫视了一圈这所哈姆达尼亚的据点。她们的双眼从面纱中露出来望向阿布·穆阿瓦亚的时候，眼神里写满了恐惧，而阿布·穆阿瓦亚也仔细地打量着她们。

那个高个子女人伸出手，拢了拢个头最小的女人的肩，让她靠近自己丰盈饱满的身体。那个最小的估计只有十岁。我想这三人一定是一个母亲带着两个年幼的女儿，"伊斯兰国"的恐怖分子一定是把她们三个一起给卖了。"伊斯兰国"的宣传册上谈到女奴的时候这么写道："不允许通过购买、出售或者（作为奴隶）转赠的方式将母亲与未成年子女分离。"母亲和子女必须待在一起，直到子女"长大成人"。在那之后，"伊斯兰国"就可以对他们任意处置。

那母女三人十分缓慢地从车前走向我前一天过夜的那栋小房子。她们三个紧紧地靠在一起，两个女儿仿佛绕着母鸡的小鸡一般绕着自己的母亲，一边紧紧地拉着她们母亲手套上丝滑的布料。阿布·穆阿瓦亚是用我换来了她们三个吗？当她们走过我们面前的时候，我试图暗示她们朝我看一眼，可是她们却直直地看着前方，随后一个一个消失在那个小房子黑暗的门口，最后被合上的门关进其中。亲眼见证亲生子女、母亲或者姐妹经历我们所遭受的苦难，对于任何人来说都不好受。可是我仍然有些嫉妒她们。她们从某种意义上说很幸运："伊斯兰国"的人经常食言，强行拆散母亲和她们的子女。孤独永远是最难以承受的。

阿布·穆阿瓦亚给了司机一些伊拉克迪纳尔，我们便启程离开哈姆达尼亚。我并没有问我们要去哪里。绝望就像是一张巨大的斗篷，比任何罩袍都要沉重，黑暗，蒙蔽我们的双眼。司机在车里播放起在"伊斯兰国"占领的摩苏尔很流行的那种宗教音乐，音乐的声音和汽车的颠簸让我感觉头晕目眩。我对阿布·穆阿瓦亚说："请停一停车，我想吐。"

汽车停在了公路边上，我推开车门，往沙地里跑了几步，撩开面纱，把我的早饭吐了个一干二净。公路上的车子来来往往，散发出的汽油味不免又让我泛起阵阵胃酸。阿布·穆阿瓦亚也下了车，站在不远处盯着我，确保我不会往沙地或是公路的深处逃跑。

在通往哈姆达尼亚和摩苏尔的两条路的路口，有一座很大的检查站。"伊斯兰国"来到伊拉克之前，这个检查站是属于伊拉克政府军的，他们在这里监视与"基地"组织有关的武装分子。如今这里则受"伊斯兰国"的管辖，他们负责监督道路车辆，以期达到对国家的控制。如果说伊拉克是一个由检查站构建的国家，无疑恰如其分。而眼前的这个连接哈姆达尼亚和摩苏尔的检查站，和许多检查站一样，挂着恐怖分子的黑白旗。

库尔德斯坦的检查站挂的是黄、红、绿三色的库尔德旗帜，负责检查来往车辆的则是库尔德民兵。除此之外，伊拉克其他地方的检查站悬挂的都是黑、红、白、绿四色的伊拉克国旗，向来往车辆表明此地是伊拉克中央政府控制的地界。在伊拉克北部与土耳其相连的山脉地带，以及如今的辛贾尔部分地区，检查站则挂着"人民保卫军"的旗帜。现实如此，巴格达或者美国人又如何能熟视无睹地宣称伊拉克是一个统一的国家？你只要在伊拉克沿着公路开过一会儿车，在检查站排过一次队，或者被人指着汽车牌照上的城市标记盘问过话，就会知道，伊拉克早已是一面碎成无数块的破镜，难以重圆。

约在中午十一点半的光景，我们到达检查站。阿布·穆阿瓦亚命令我："娜迪亚，下车，到里面去。"我慢吞吞地走进检查站里一个狭小的水泥屋子，那里是检查站守卫的办公室和休息室。我的脑袋里一片混沌，身体也还没有从刚才的反胃中恢复过来。我原以为自己等在这里是因为他们要做些额外的检查,所以当那辆面包车驶过检查站,往摩苏尔的方向扬长而去,撇下我一个人的时候,我还是颇为惊讶。

整个水泥屋子分成三个房间,最大的主厅里,只有一个武装分子坐在堆满文件的书桌后面。另外两个房间看着像是休息室。其中一间休息室的门敞开着,我能隐约看见里面一张双人床的铁支架。毯子上坐着一个女孩,正和另一个女孩用阿拉伯语交谈着什么。那个主厅里的武装分子抬头看了我一眼,对我道了一句:"真主赐你平安。"我便径直走向那间里面有人的休息室,可那个武装分子拦住了我:"不,你去另外一个房间等。"我的心又一沉。另外一个房间里,我又得是孤身一人。

那个房间看着像是新近打扫粉刷过。墙角有一台关着的电视,边上铺着一条作祷告用的垫子。电视边上的一个盘子里放着一些水果,熟透的苹果散发出淡淡的甜香,却让我意识到胃底仍然在翻江倒海。我从墙边一台不时冒起水泡的饮水机里倒了点水喝,然后坐在铺在地上的一条毯子上。我的眼前直冒金星,甚至感觉整个屋子正在围着我转。

另一个武装分子出现在了门口。这人相貌看着很年轻,身形瘦削。他停下脚步,打量着我,问道:"你叫什么名字,女奴?"

我一边咬牙忍着头痛,一边回答道:"娜迪亚。"

"你喜欢这个地方吗?"他又问道。

我回答:"我是要待在这里吗?我要留在这个检查站里

吗？这地方简直不能算是个地方。"

"你不会在这里待太久的。"那人说完这话就离开了。

我的眼前又是一阵天旋地转,我掐着喉咙干咳几声,试图把喝下去的水留在胃里。我怕万一我吐出来,那些恐怖分子不会让我好过。

有人敲门。"你还好吗?"外面传来那个瘦削男人的声音。

"我想吐。"我回答道,"我吐在这里可以吗?"

"不行,不行,不能吐在这里。"他说,"这是我的房间,我还要在这里祷告的。"

我说:"那请让我去一下洗手间吧。我想洗一把脸。"

他仍然不肯开门。"不行,不行。你会没事的,再等等吧。"

片刻之后他拿着一杯热饮回来。他将那个杯子递给我,说:"喝了这个,你就能感觉好一点。"那杯子里的液体呈绿色,有药草的气味。

"我不喝茶。"我对他说。

"这不是茶,这可以帮你止头疼。"他朝着我在毯子上坐下,一面噘起嘴唇,一面将手放到他的胸上。他拿过茶杯,朝我比画着吸了一口茶汤的蒸汽,然后抿了一口里面的茶水。"像这样喝就行了。"

我被他这样的举动吓得不轻。我心里认定这个人就是将我从阿布·穆阿瓦亚手里买来的家伙,他的手马上就会从他的胸上摸到我的胸上。就算他真的想帮我治一治头痛,那也是因为他想让我保持清醒，方便他占有。

我喝那茶水的时候，双手在不停颤抖。我喝了几口之后，他便将茶杯从我手中拿去，放在了毯子边上的地板上。

我开始哭起来："行行好，我今天早上刚从别的男人那里来到这里。我的头很痛，我病得不轻。"

他则一面应着"你会好的，你会好的"，一面开始扯起我的衣服来。屋里十分炎热，我之前已经脱掉了我的罩袍，身上只穿着阿布·穆阿瓦亚那个朋友早上给我的那条蓝色裙子。我试图反抗他，他撩起我的裙子时，我立刻将裙摆重新扯回去。很快他就发起火来，开始不停地打我的腿，又用威胁的语气重复了一遍"你会好的"。随后他也不顾我的裙子还半穿着，便猴急地蹿到我的身上。他并没有持续多久，等他完事之后，他便坐起来，整理了一下自己的衣衫，对我说："我会回来的。让我看看你能不能留在这里。"

当他离开之后，我把裙子重新穿好，悄悄流了一会儿眼泪，然后拾起那个茶杯，开始喝起里面的茶水。哭有什么用呢？茶水已经凉了不少，但喝了之后，头痛果然稍显缓解。很快那个武装分子又进了房间，带着一脸满不在乎的神情，问我是否还需要茶水喝。我摇了摇头。

眼下已经很清楚了，我既不属于那个瘦猴子，也不属于某个特定的人。我现在就是个检查站里的女奴，任何"伊斯兰国"的人都可以大摇大摆地走进我的房间，肆意摆布我的身体。他们会把我关在一个只有一张毯子和一盆快要腐烂的水果的屋里,而我只能在里面等着某个武装分子推门而入。这就是我如今的生活。

那个瘦猴子离开之后,我仍然感觉到有些头晕。我心想,也许站起来走两步能够好些。屋里什么都没有,我只能像个监狱里的囚犯一样绕着房间踱步,经过那台饮水机,经过那个水果盆,经过那张毯子,还有那台我压根没想过打开的电视,然后回到原地。我把手掌支在白色的墙上,抚摸着那些细小的油漆颗粒,仿佛它们藏着什么秘密信息似的。我脱下了身上的内衣,看看自己是否来了月事,然而内衣上并没有月事的痕迹。我只好重新坐回那张毯子上。

不久就有另一个武装分子进了房间。他的个头很大,声音也很粗野傲慢:"你就是那个生了病的女奴?"

我反问他:"这里还有谁?"他并没有接过我的问题,只是说:"不关你事。"然后他又问:"你就是那个生了病的女奴?"这次我只是点了点头。

他便转身将门锁上。那人的腰间挂着一把枪,我开始想象自己抓过那把枪,顶住自己脑门的样子。我真想告诉他:"请直接杀了我吧。"然而我转念一想,如果他看见我试图掏他的枪,一定会用最为毒辣的方式惩罚我,让我生不如死。因此我什么都没有做。

这个武装分子和前面那个瘦猴子不一样,把门给锁上了,这让我有些慌张。我倒退了几步试图远离他,可这时头又开始晕了起来,我支持不住,瘫在了地上,虽然没有完全失去意识,但整个人也已经眼前昏黑,神志不清。这个人走来坐在我身边,对我说:"我看你好像怕得很。"他的语气冷冰冰的,透着嘲弄和残忍的意味。

我对他央求说:"求求你,我真的病得很厉害。大哥,求求你了。"我一遍一遍地重复着这句话,然而他仍然扑向躺着的我,拽着我的肩膀把我拖上了毯子。我裸露着的腿脚直接在地板上刮过长长的一道。

那人又一次笑着嘲讽我道:"你喜欢这里吗?我们这么对你,你喜欢吗?"

我的脑袋轻飘飘的,眼前几乎看不见东西。我对他说:"你们对我都一样。"他把我拖到毯子上之后,我一动不动,合上双眼,试图将他和整个房间一起摒弃在脑海之外。我试图忘记自己的存在。我想放弃自己的四肢,想放弃说话的能力,想放弃呼吸。

他仍然在不停地挑衅我,手放在我的肚子上:"你生病了,别说话。你为什么那么瘦?你不吃饭吗?"

"大哥,我是真的真的很难受。"我的声音越来越有气无力,这时他开始脱下我的衣裙。

他说:"你难道不知道我就喜欢你这个样子吗?你不知道我最喜欢你软弱无力的这副样子吗?"

第十二章

每一个女奴都和我有着差不多的遭遇。任何人在听自己的姐妹或者表亲、邻居、同学亲口描述之前，都无法想象"伊斯兰国"会暴虐到何种地步。所有经受他们凌辱的人都会意识到，自己并非因为不走运才遭受这般苦难，也不是因为自己尝试过逃跑或者大喊才受到这样的惩罚。"伊斯兰国"的人全都一个样：他们都是恐怖分子，并且都认为自己有任意伤害我们的权力。

很多女人被绑架之前都亲眼见过自己的丈夫被杀，或是在辛贾尔听那些囚禁她们的人吹嘘自己屠杀的"战果"。那些女人被关在房屋或是酒店里，甚至有的被关在监狱里，并且遭到有计划的强暴行为。其中有一些还只是年幼的女孩，可"伊斯兰国"的爪牙甚至不管她们是否来了月经，一律奸污。有一个女孩被蹂躏的时候，甚至被绑住手脚；另一个则是在睡梦之中被人强行侮辱。有些女孩因为不服从囚禁者的命令，被断绝粮食，严刑折磨；甚至有些对恐怖分子百依百顺的女孩，也免不了这样的惩罚。

我们村的一个女人从哈姆达尼亚被运到摩苏尔，她的买主在半道上就抑制不住兽欲，直接在路边停车之后在车里就强暴了她。她告诉我："当时我们就在路中间，车门开着，我的腿就那样伸在车外面。"他们俩抵达买主家的时候，那男人要她将头发染成金色,挑起眼睫毛,并且要她表现得像个妻子一样。

买走凯瑟琳的那个人名叫伊斯兰大夫。那人加入"伊斯兰国"以前,原本是个经常来辛贾尔给雅兹迪人看病的耳鼻喉科医生。每周他都会去奴隶市场买一个新的女孩代替上一个女奴,然而买下凯瑟琳之后,他似乎非常中意,一直把她留在身边。和哈吉·萨尔曼一样,他也强迫她每天梳妆整齐,然后他会要凯瑟琳和他一起拍上几张合照。他们拍过一张在河上泛舟的照片,那个伊斯兰大夫在照片里挽着凯瑟琳的手,两人的样子就像是新婚夫妇一样。凯瑟琳撩起了面纱,拼命地微笑着,嘴角仿佛都要裂开一样。伊斯兰大夫要她摆出和他相爱并且十分幸福的样子,但是我了解凯瑟琳,她无奈为之的微笑背后其实是无比的恐惧。她曾六次试图逃跑,每一次都被她求助的人扭送回去;而每一次她被带回到伊斯兰大夫的面前时,那人都毫不留情地惩罚她。像凯瑟琳这样的遭遇,在我们这些女奴之中简直俯拾皆是。

我在检查站里待了一个晚上,第二天早晨的时候,武装分子被身上的无线电对讲机吵醒了。那人问我:"你好点了没有?"我一晚都没有合过眼,对他说:"没有。我不想待在这里。"

那人便对我说:"你可能需要些什么。回头我会想办法让你好一些的。"他说完便开始用对讲机通起话来,不一会儿便离开了房间。

武装分子仍然把我锁在房间里。我能听见外面的车辆来来往往,武装分子则忙着用无线电彼此联络。我以为他们也许会把我关在这里,一直到我死为止。我开始不停地砸门,要求他们放我出去。我又开始呕吐起来,这一回,我结结实实地吐在了地板和毯子上。那个瘦猴子进了房间,要我脱下面纱,然后往我脑袋上浇水,试图让我止吐,可我还是吐个不停。15分钟之后,我只能吐出一点酸味刺鼻的液体,仿佛我已经吐无可吐。那瘦猴子命令我:"去浴室好好洗个澡。"阿布·穆阿瓦亚的面包车这时回到了检查站,准备带我回摩苏尔。

我在浴室里不停地用水泼洒我的脸和手臂。我的身子像发高烧一样不断地发抖,眼前迷迷糊糊的,连站立都困难。我从来没有感觉自己如此虚弱,这种无力感某种程度上影响了我当时的内心。

自从离开科乔之后,我一直希望自己能够死去。我曾试图激怒萨尔曼,好让他杀了我;我也曾向神明祈祷带走我的灵魂;我还试过绝食断水,希望能把自己活活饿死。那些武装分子强暴我、殴打我的时候,我无数次以为自己会就此死在他们手里。可是日复一日,死亡却从来没有眷顾过我。在检查站的浴室里,我流下了眼泪。这是我离开科乔之后第一次真心以为自己会死,然而我内心深处明白,我其实并不想就这么死去。

**

负责将我带回摩苏尔的是另一个名叫哈吉·阿梅尔的武

装分子。我心里猜测他也许是我的新买主,但我实在虚弱得连问话的力气都没有。检查站离摩苏尔的路途并不遥远,可是我每坐几分钟的车,就不得不下车呕吐一番,因此这短短的一段路,竟然花了将近一个小时才走完。哈吉·阿梅尔问我:"你为什么这么虚弱?"我心里知道这是因为我连日被人强暴所致,但我并不想实话告诉他,于是我对他说:"我很久没吃东西了,也没喝多少水。天气也很热。"

我们到了摩苏尔之后,哈吉·阿梅尔去了一家药店,给我买了些药片。到他家之后,他便让我把那些药片吃下。我一路上都在默默地流泪,而哈吉·阿梅尔却总是一副被逗乐的样子低声偷笑不止,那样子就和我哥哥们以前嘲笑我矫情的样子差不多。他对我说:"你已经不是小孩子了,别哭了。"

哈吉·阿梅尔的家很小,外墙被刷成墨绿色,中间涂了一道白漆。这幢屋子看起来似乎并没有被"伊斯兰国"占据多久,里面还很整洁,也没有"伊斯兰国"的制服或者雅兹迪女孩留下的衣裙。我径直向沙发走去,躺下之后,不一会儿便睡着了。醒来的时候,已经是傍晚时分,我的头痛和胃酸已经恢复许多。哈吉·阿梅尔躺在另一张沙发上,身边放着他的手机。他见我醒来,便问我:"你好点了吗?"

虽然我仍想靠抱病在身免于被他强暴,但我还是承认:"稍微好了一点。但是我还是头晕,我想吃一点东西。"自从和阿布·穆阿瓦亚一起吃的那顿早饭之后,我就再也没吃过任何东西。而即使是那顿早饭,我也已经一点不剩地吐了出去。

"读一会《古兰经》,祈祷一下吧。"他对我说,"那样你就不会再感觉难受了。"

我去了洗手间,并且将我的包带在身边。我担心如果我把包放在客厅里的话,就算里面貌似只装着我的卫生巾和衣服,那人也会把它据为己有。我把洗手间的门锁好,然后打开包里装着卫生巾的盒子,确认里面的首饰都还安在。除非有人将那些卫生巾一张一张抽出来,否则任谁来看,都很难看出里面藏着首饰。我也并不认为真的会有人检查得这么细致。我将母亲留下的粮卡掏了出来,握在手里沉吟了一会儿,试图回想起她曾经如何将我抱进她温暖的怀中,轻声安抚我。片刻之后,我下定决心,一定要从那个武装分子嘴里套出点消息来,便走回到客厅中。

哈吉·阿梅尔和我独处一室,却并没有立刻扑上来强暴我,这对我来说还是头一遭。我原本还猜想,也许哈吉·阿梅尔虽然是"伊斯兰国"的人,但见我那么瘦小羸弱,总算还有些良心发现,没有对我下手;又或许这人在"伊斯兰国"里的地位很低,只负责看管我,不能动我。然而我回到客厅之后,他还是像当时的哈吉·萨尔曼一样,带着残忍而肆无忌惮的神情盯着我。他并没有强暴我,却把我从头到脚猥亵了一通。他完事之后,又重新回到他那张沙发上躺下,开始用平静得像熟人一般的口气对我说:"你会在这里待上一周。之后你可能会被送到叙利亚。"

"我不想去叙利亚!"我哀求道,"你把我送到摩苏尔任何一个人手里都行,但不要把我送到叙利亚去!"

"不用害怕。"他告诉我,"叙利亚有很多和你一样的女奴。"

我回答道:"我知道。但我真的不想去。"

哈吉·阿梅尔顿了顿,打量了我一眼,说了一句:"那再看吧。"

我问他:"如果我还要在这里待一周的话,能不能让我见见我的侄女罗伊安和凯瑟琳?"

他回答道:"也许她们都在叙利亚。你去了叙利亚的话,没准就能见到她们。"

"我前不久在摩苏尔见过她们。"我告诉他,"我觉得她们应该还在这座城市里。"

他说:"我帮不了你。我得到的命令是让你留在这里待命。说不定明天你就要上路去叙利亚。"

我终于朝他怒视道:"我告诉过你,我绝对不会去叙利亚!"

哈吉·阿梅尔露出了一丝微笑,他的语气没有一丝波动:"你觉得你能决定自己去什么地方?想一想吧。你昨天在什么地方?今天又在哪里?"

他转身进了厨房,不久之后,我听见里面传来鸡蛋在滚油里煎炸发出的"噼啪"声。我跟着他进了厨房,发现桌上有一盆给我做的番茄炒蛋。可是尽管我此刻饥肠辘辘,却一点没有吃东西的欲望。我对被送往叙利亚十分恐惧,甚至坐都坐不住。他见我没有动那盆菜,似乎也不以为意。

他吃完煎蛋之后,问我除了身上的这一件罩袍之外,还有没有别的罩袍。

"我就只有这么一件。"我回答道。

"你要是去叙利亚,得多准备几条罩袍。"他回答道,"我会出门给你多买几件。"

他拿上车钥匙,然后往屋子的前门处走去。他命令我:"留在屋里,我很快就会回来。"随后他便走了,门在他身后"乓"的一声合上。

我又成了孤身一人。屋里除了我以外一个人都没有,一片寂静。哈吉·阿梅尔的家在城外不远的一个地方,街上也并不喧闹,平时只有几辆车来来去去。沿街的屋子都不大,紧紧地挨在一起。我透过厨房的窗户向外望去,能看见行人走街串巷,或是往通向摩苏尔的路上走去。这一带的住宅似乎颇为宁静,并不像哈吉·萨尔曼住的地方一样喧嚣无比,也不像哈姆达尼亚一样破败凋敝。我朝厨房的窗子外看了足有半个小时,才忽然反应过来,路上既然几乎没有人,那也就意味着不会有"伊斯兰国"的人。

自从被哈吉·萨尔曼抓住严惩之后,我已经很久没有动过逃跑的念头,而此刻我的心里却重新燃起了希望之火。我在检查站受到的凌辱,还有哈吉·阿梅尔所说的要把我送去叙利亚的话,让我开始认真考虑起逃跑的可能性。我原本想钻厨房的窗子往外跑,可是在那之前,我打算先试试前门。说不定哈吉·阿梅尔离开的时候,鬼使神差地忘了锁门。这扇木门看着十分沉重,我扭了扭黄色的门把手,发现那门纹丝未动,心里不免一沉。我心想:"那人肯定还没有蠢到连门都忘了锁。"然而抱着再试试看的心理,我再次推了一下门把手,这次我因为用力过猛,差点摔到门廊上。这时我才意识到,那扇门已经在我身后豁然洞开。

我几乎被眼前的景象惊得说不出话来。我迈步踏出门廊,站稳脚跟,心里仍以为下一个瞬间就会有一个看守朝我大声呵斥,拿枪顶着我的脑门。然而谁都没有出现。我的脸上并没有盖着面纱,因此我微微低着头,顺着台阶走进了花园,眼角仍用余光扫视着附近可能有的武装分子或者看守。可附近的的确确一个人都没有。没有人朝我大喊大叫,甚至都没有人注意到我的动静。屋外的花园周围有一道矮墙,但是我可以轻松地踩着垃圾桶翻过去。我暗暗地捏着一把汗,胃里又开始不安分起来。

很快,我似乎被看不见的某种力量推着一般,突然掉头往房里奔去,手脚麻利地取来我的包和面纱。我知道自己必须尽可能快地做出行动。谁知道那个武装分子什么时候会回来?谁知道他明天是不是真的会像他所说的那样把我送到叙利亚去？我用面纱遮住脸，将背包的背带挂在肩上，然后再次用力地推开门。

这么久以来，我第一次运足全身的力气去推门，那扇门应声而开。我很快越过门槛来到门廊上。然而我刚呼吸第一口门外的空气时，却无意之间感觉到有什么东西正在扯我的罩袍。我以为门廊上站着一个武装分子，便转过身去，下意识地呼喊道："我太难受了！我需要新鲜空气！"即使是从哈吉·萨尔曼的住所逃跑，被他的保镖抓回来的那个晚上，都没有眼下这个瞬间令我毛骨悚然。任谁看见我这么一身打扮，都不会相信我的话。可是当我抬眼看向身后的时候，却发现身后根本一个人都没有——原来只是我罩袍的一个裙角在关门的时候卡在了门缝里。我差点被我自己的过分警惕逗得笑出声来，伸手将衣角拽出，便跑进了花园里。

我站在花园里的垃圾桶上，往墙外瞟去。街上空无一人。我的左手边是一座规模宏大的清真寺，不消说，里面一定挤满了做晚祷的"伊斯兰国"分子，而我的右手边则是一片看上去平凡无奇的住宅区，里面的居民大抵都留在家里，要么在做晚祷，要么在准备晚饭。我能听见车来车往的声音，还有一根喷水管的声音——那是隔壁屋的一个女人在给她的花园浇水。恐惧心理又笼罩在我的心头。我内心想："万一哈吉·阿梅尔这时正好开车回来怎么办？我眼下还能禁得住一顿打吗？"

我担心哈吉·阿梅尔会开车经过，曾想过放弃翻正面的墙去街上，改翻侧面的墙跳进隔壁家的院子。天色已经开始暗下，远近的房屋都不像是有发电机的样子。我身上穿着罩袍，借着天色的掩护，应该可以在院子里走动而不被发现。我之前已经排除了从花园门离开的计划，因为我知道，从那个地方走一定会有人察觉。毕竟这里是一栋被"伊斯兰国"控制的房子，一个女人无论是否穿着罩袍，只要是孤身一人现身在街上，必定会引起路人的警觉。"伊斯兰国"声称会用重金悬赏捉拿逃跑的女奴，一般人是无法不对那么多赏金动心的。

我意识到，时不我待，自己不能够再犹豫下去，必须当机立断，然而我无法下决心动身。无论我在脑海中设想怎样的逃跑计划，我总觉得无法摆脱被抓住的命运。恐怕我还是会像当时在哈吉·萨尔曼那里一样，难逃武装分子血腥残忍的惩罚。我甚至以为哈吉·阿梅尔让我一个人留在屋里，故意不锁门，并且故意不安排看守盯梢的行为，并非粗心大意。他并不蠢，他一定是以为我经历了那么久的虐待，身体又因为疾病和饥饿变得那么羸弱，应该是不会对逃跑有想法的。他们可能以为我永远都逃不出他们的手掌心。"他们想错了。"我暗暗想道。一眨眼的工夫，我就将自己的包扔到了墙的另一边，随后自己也翻了过去，"通"的一声，我已经进入了墙外的世界。

第三部

第一章

来到花园墙的另一头,我发现房门正前方的道路其实是一条死胡同。当时正是做晚祷的时候,若是经过那座大清真寺向左走的话,无异于羊入虎口;唯一的选择就是向右走。我并不知道那里等待着我的会是什么,但我唯有迈步前进。

我脚上穿着的仍然是哈吉·萨尔曼买走我的第一天,在那座由礼堂改建的清真寺里给我的一双男用凉鞋。自从背井离乡之后,我在室外走的路,永远是在某一扇房门和某一辆车之间来回往复,从来没有像那天一样走得那么远。凉鞋不停拍打着我的脚跟,附着在鞋带上的沙子也不断抖落到我的脚趾缝里。我担心凉鞋发出的声音太大。"这凉鞋的尺寸太大了。"我心里嘀咕道。这时我才意识到,我已经开始动身逃脱。我心中闪过一丝兴奋。

我并没有走直线,而是在路边停的车子间不断穿行,并且转了许多个街角,还来回穿行同一条街好几次,尽量不让路上的闲人看出我形迹可疑。我的心脏怦怦直跳,甚至我开始担心起过往的行人是否会因为听见我的心跳声,而看穿我的真实身份。

附近有一些人家因为有发电机,房里开着灯。他们的房子带有花园,里面种满了开着紫色花朵的灌木丛,还有高大挺拔的树木。那一片住宅区气氛祥和,住在那里的多是些家境富足、人丁兴旺的家庭。当时已是黄昏时分,大多数居民都在家吃晚饭,或是忙着催促自家孩子上床休息。可是天色愈晚之后,他们却纷纷来到街上，坐下乘凉，和左邻右里聊起天来。经过他们身边的时候，我告诉自己不要看他们，尽量不要引起他们的注意。

我生来就很害怕夜晚。某种意义上，我很庆幸自己出生在穷苦人家，因为我可以和姐妹和侄女们睡在一个房间里，到夏天则可以和全家人睡在屋顶上，从来都不需要害怕夜色中会有什么东西加害于我。然而我那天晚上走在摩苏尔的街头时，头顶的天色越来越昏暗，而我也随着黑夜的降临，越发害怕被"伊斯兰国"逮住。街上没有路灯，路边也只有几户人家亮着灯，这片住宅区过不了多久，就会黑得伸手不见五指，居民们马上就会上床睡觉，街上很快就会空无一人——除了我，还有那些追踪我下落的人。我猜这个点哈吉·阿梅尔应该已经带着给我穿的新罩袍回家了，并且察觉出我已经逃跑了。他很可能通过无线电将这个消息通知了其他的"伊斯兰国"分子，也许他直接向摩苏尔当地的"伊斯兰国"官员打了报告，甚至专门通知了哈吉·萨尔曼也说不定。之后他应该会匆忙地奔回自己的面包车上，将车前灯开到最亮，来回在街上寻找一个匆忙逃跑的女孩的身影。他或许自己也感到十分恐惧，再怎么说，我能这么轻而易举地逃跑，都是因为他忘记锁门，因此责任都在他身上。我想他肯定会因此拼命地寻找我的踪影，他也许会挨家挨户地盘查，在街上盘问行人，拦下街上每一个单独出行的妇女查验身份。我猜他很可能会追查我一整夜。

多亏我身上的罩袍，让我顺利地混进了人群之中。然而我并没有像我预料的那样成为透明人，仍然感觉到自己时不时被人打量几眼。我步行穿过住宅区的时候,心里唯一想的是,到时候那些"伊斯兰国"分子来抓我的时候,会带着什么样的武器,又会用什么样的语气喝令我站住,又会如何把本已逃脱的我拖回到那栋房子。我深知自己必须在天色完全黑下来之前,找到一个藏身之所。

我路过每一栋房子的时候,都想走到门前试着敲一敲门。住在那些房子里的人看见我,会不会立刻把我扭送给"伊斯兰国"?或许他们会直接把我送回给哈吉·萨尔曼?这里的灯杆和大门上到处都悬挂着"伊斯兰国"的旗帜,提醒我这里是一个无比危险的地方。就连附近院子里孩子们嬉戏的声音,都能吓得我冷汗直冒。

有那么一会儿,我甚至开始想,也许老老实实回到哈吉·阿梅尔的房子才是上策。我应该可以重新翻墙回到花园里面,推开沉重的房门,赶在那个武装分子回家之前回到厨房里坐好。也许跟逃跑未遂被抓比起来,被送到叙利亚去都还算可以接受。可紧接着我意识到:"不行。我之所以能够抓住机会,如此轻易地离开那栋房子,都是神明的意志使然。"房门没有锁,街上无比安静,看守不在,花园墙边又正好有一个垃圾桶——所有这些一定是神明给我的暗示,要我再次尝试逃离。机不可失,时不再来。如果我再被抓住的话,恐怕万事休矣。

起初,我的身边只要传来任何响动,我都会警惕得几乎跳起来。有一回,一辆车沿街行驶而来,那辆车车头只有一个车前灯,还一闪一闪的,像是警察手里的手电筒。我急忙贴在一堵花园墙上避开司机的视线,直到那车走远我才敢冒出头来;又有一回,有两个穿着运动服的年轻男子朝我走了过来，我忙穿过马路躲开他们，却见他们一边聊着天，一边径直走了过去，似乎根本没有注意到我的存在。我中途还听见附近某栋房子一扇生锈的铁门被打开，吓得赶紧拐了一个街角，拼命地加快脚步走得远远的；连身边有一条狗朝我吠了两声，我都下意识地又拐了一个街角，避开它的目光。这些使我心惊肉跳的响动不断改变着我行进的方向，可我仍然不知道自己究竟要走向哪里。我以为我可能要永远地这么走下去。

走着走着，我发现自己身边的街景不知道从什么时候起变成另外一副模样。原本路边都是当地富户被"伊斯兰国"占据的混凝土小高楼，楼前停着各色名车，楼里的发电机"嗡嗡"地运转着，供里面的住户看电视，听电台；而如今我经过的却都是一些颇为寒酸的水泥小屋，大多不过一两层高。远近几乎看不见任何照明，比之前经过的住宅区还要安静上许多，偶尔可以听见婴儿的哭声从某扇窗户里飘出来。我想那是某个母亲正把孩子抱在怀里轻摇，哄他安静。楼前的院子也不像富户的花园那样绿茵缤纷，里头零零散散地种着些蔬菜。门前停着的也不再是什么名车，而是农民常用的皮卡。沿街阴沟里混着厨余垃圾的污水正汩进下水道。这里是一片贫民区。

我突然意识到，这里就是我要找的地方。如果说摩苏尔有哪一类逊尼派居民可能会帮我，那一定只能是城里的穷人。这些人或者没有钱迁居别处，或者只顾着从自己的一亩三分地里刨食，无暇关心城头挂谁家的旗。然而那个夜晚的我,不仅无家可归,而且深知城里的人无论贵贱,都无法轻易信任。一定要我作出选择的话,我宁愿找和我一样贫困的家庭求助。

我不知道自己应该敲开哪一扇门。我在"伊斯兰国"的据点里待了许多个日夜,也曾和其他被囚禁的女孩向外面的人大声呼救,可并没有一个人向我们伸出过援手。我曾被"伊斯兰国"押进大巴车或者卡车运往一个又一个城市,可坐在过往车辆里的人们也根本没有抬眼看过我们。"伊斯兰国"的武装分子每天都在处决反对他们统治的人民,每天都在强暴他们眼中比牲口还不如的雅兹迪女奴,每天都在计划着将整个雅兹迪民族从地球上抹去——然而即使是这样,整个摩苏尔也没有一个人站出来阻止他们。"伊斯兰国"原本就是深深扎根于此的恐怖组织,尽管他们占领摩苏尔的时候,有很多逊尼派居民不愿受他们的统治而纷纷逃走,然而还有许多甘愿忍受"伊斯兰国"暴政的人留了下来。我实在找不出足够的理由相信,这里有任何一户人家会对我的遭遇表示同情。我想起自己曾经多么希望穆尔塔扎的母亲能够像对待自己的女儿一样对待我,却也想起她投向我的眼神有多么的嫌恶。这里的人们是否都像她一样呢?

可我别无选择。我不可能靠自己一个人的力量离开摩苏尔。别说我一个人绝对不可能通过检查站,就算是我奇迹般地通过了,我也很可能在徒步逃亡的过程中再次被抓,同样也可能根本走不到库区就会活活脱水而死。我唯一能够活着逃离摩苏尔的希望只能寄托在这些住户的身上。可我应该敲开哪一户的门呢?

很快天色就彻底暗了下来,我几乎无法看清面前的一切。我已经走了将近两个小时,穿着凉鞋的双脚已经走得生疼。我知道,自己每走一步,就多一分安全,离"伊斯兰国"也更远一点。然而,即便如此,我也不可能永远走下去。走到一个街角的时候,我在一扇大门前停下了脚步。那大门四四方方,我刚要伸出手敲门,却在最后一个瞬间收回了手,接着往前走去。我也不知道我为何作出那个决定。

转过街角之后,我又在一扇绿色的金属门面前停下。那扇门要比前一扇门小得多,门后是一栋两层楼的水泥屋子,和以前科乔村里新盖的一些房子很相似。屋子里并无半点灯光,看着平平无奇,我无从猜测屋子里的住户是什么样的人。可是我实在是走得累了,这一次,我伸出手掌在门上拍了两下。金属的门板发出几声闷响,我一边看着它渐渐停止震动,一边站在街上,准备迎接我的命运。

**

几秒钟之后,那扇门打开了。一个五十来岁的男人站在门里。他问我:"你是谁?"我却没有答话,径自推开他进了门。在屋前的小花园里,我借着月光,看见一家人正围坐在离门很近的地方。他们见我进来,有人吓得站起身来,却并没有说什么。我听到身后的花园门关上之后,便撩开了自己的面纱。

我对他们说:"求求你们,帮帮我。"他们并没有应声,我便继续说道:"我叫娜迪亚,从辛贾尔来,是个雅兹迪人。'达埃什'进了我的村子,把我抓到了摩苏尔当女奴。我的家人也都失散了。"

两个二十来岁的年轻男子坐在花园里,他们身边是一对上了年纪的夫妻,我猜想后者应该是他们的父母。此外边上还有一个男孩,大约十一岁。一个同样二十出头的少妇正怀抱着一个婴儿,哄着他睡觉。那少妇怀着身孕,我说完话之后,注意到她的脸上立马浮现出惊恐的神色。他们的小屋里断了电,因此他们把毯子铺在了花园里,打算在外面乘凉。

我的心头突然泛起一阵寒意。我知道,这些人很有可能是"伊斯兰国"的人——眼前的男人们都留着胡子,穿着松松垮垮的黑色长裤;而女人们虽然因为在家,没有戴面纱,但除此之外装束也很保守。如果只看他们的样子,的确和那些囚禁我的"伊斯兰国"分子没有什么区别。我心里认定他们一定会把我送回"伊斯兰国"处置,因此浑身僵住,不再言语。

其中一个男人抓着我的手,把我从花园拉进了屋里。屋里的走道又热又暗。那个上了年纪的男人向我开口道:"这种话你千万不能在屋外说。屋里安全一些。"

那个看着像是他妻子的妇女跟着我们进了屋,问我道:"你是哪里人?遇到什么事了?"她的声音里透着焦虑,却听不出愤怒。我的心情稍微平复了一些。

我告诉他们:"我是科乔人。我被抓到这里当女奴,刚刚才从一间'伊斯兰国'关押我的房子里逃出来。他们说要把我送到叙利亚去。"我把所有经历全部告诉了他们,甚至连被强暴虐待的事情也一并说出。我想的是,他们了解得越多,可能就越愿意帮助我。他们是一个家庭,这意味着他们肯定拥有同情心和同理心。不过,我终究是没有说出买卖我的那些武装分子的名字。哈吉·萨尔曼是"伊斯兰国"的一个重要人物,他是个能够判处别人死刑的法官,在一般人眼中足够可畏。我心想:"如果他们知道我曾经是萨尔曼的女奴,那么无论他们有多同情我,也不敢不把我交出去。"

"你来我们这里做什么?"那妇人问道。

"那些恶棍将我从你们身边强行绑走,对我横加凌辱。如果换作你们的亲生女儿,你们会怎么做?求求你们了。"我回答道。

那家人里的父亲听完我的话,站起身来,对我说:"放宽心吧。我们会帮你的。"

那妇人则嘀咕道:"他们怎么可以这么对待这样的小姑娘呢?"

一家人向我作了自我介绍。他们果然如我所料,是"伊斯兰国"打进摩苏尔时,因为无处可去而被迫留在城里的逊尼派穆斯林。他们告诉我说:"我们在库尔德斯坦没有熟人,没办法通过检查站;而且我们也不富裕,我们的全部家当就在这间屋里了。"我不知道自己是否该相信他们——很多贫困的逊尼派当时也成功离开了摩苏尔,而留在城里的那部分逊尼派民众虽然最后渐渐认清了"伊斯兰国"的真面目,但并非因为目睹了他人的苦难而心生触动,而只是因为自己的生计开始难以为继。不过尽管如此,我还是相信，如果他们愿意帮我，那么他们说的应该都是实情。

他们对我说："我们一家是阿萨维人。"阿萨维这个部族在这一带，历来和我们雅兹迪人亲近友好。既然他们是阿萨维人，那么他们应该了解我们雅兹迪人的信仰，甚至家里有在科乔附近的村庄做"基里夫"的人也说不定。这是个好兆头。

那一家之长名叫希沙姆，身形健硕，留着一撮斑白的胡子，他的妻子玛哈则身材丰腴，相貌出众。我刚进门的时候，她还只是穿着一件寻常的裙子，然而因为我是外人，她又进了屋，换了一件罩袍才出来。他们的两个儿子名叫纳塞尔和侯塞因，身材都很瘦削，还没有完全长成男子汉。他们两个总是喜欢缠着我问这问那，尤其是纳塞尔。他们一会儿问我"你是怎么逃到这里来的"，一会儿又问我"你的家人在哪里"。

纳塞尔二十五岁，是家里的长子，长得很高，发际线很靠后，有一张宽阔的大嘴。我最担心的就是他们家的儿子们——最有可能支持"伊斯兰国"的，就属逊尼派年轻男性。然而他俩向我连声发誓说，他们最厌恶的就是那些武装分子。纳塞尔告诉我："他们来了之后，我们的生活就越来越糟。每天我们都感觉像是活在战争中一样。"

纳塞尔的妻子萨法亚也在花园里。她和她的丈夫一样很高，眼窝很深，目光深邃。她没有说什么话，只是一边轻轻摇着放在腿上的婴儿，一边看着我，时不时还瞥一眼纳塞尔的另一个弟弟哈勒德。哈勒德十分年轻，对周围发生的一切似乎都不太关心。自从我这个不速之客到来后,一家人里数萨法亚最为担心忧虑。我脱掉外面早已弄脏的罩袍之后,她问我:"你需不需要换一件新罩袍?"她的神情虽然很和善,但是从她的语气里,我听出她对我在穆斯林人家穿着雅兹迪衣服感到有些别扭。然而我回答道:"不用,谢谢。"除非被逼无奈,不然我实在不想再穿那种与我格格不入的衣服了。

终于纳塞尔问道:"你被'伊斯兰国'带走的时候和什么人在一起?"

我轻声地说:"萨尔曼。"很显然他知道萨尔曼,他嘟囔了一声,但并没有再说些什么。紧接着,他让我聊聊我的家人,还问我离开摩苏尔之后要投奔谁。我能感觉到他很有勇气,并且真心想帮助我。

"你有没有遇见过别的雅兹迪女孩?"我问他。

希沙姆回答我道:"我在法院见过一些。"他的儿子侯塞因也向我坦言,他曾经见过许多大巴车来来往往,并且他也隐约知道里面载的都是和我一样的女奴。他告诉我:"摩苏尔城里有很多告示,说如果我们抓到一个女奴送回去,'伊斯兰国'就会给我们发5000美元的奖金。但是我们听人说,根本没那回事。"

希沙姆则说:"我们不喜欢现在的状况。很久之前,'伊斯兰国'刚到的时候,我们就应该离开这里,但是我们没有钱,也没有地方可以去。"

玛哈告诉我:"我们家有四个女儿都嫁在本地。就算我们走了,她们也走不了。她们的婆家有可能和'伊斯兰国'是一伙的,但我们并不十分清楚——支持他们的人太多了,可我们又不能真的扔下女儿自己走掉。"

眼前的这一家人收留了我,他们耐心听完了我的遭遇,愿意为我提供帮助,因此我不想说太多伤感情的话。然而,我实在很想知道,当我被"伊斯兰国"囚禁的那段时间里,他们做过些什么?尽管我没有表现出来,但是他们给我的理由仍然让我颇为愤怒。侯塞因既然看见了那些大巴车,知道车上都是运去供"伊斯兰国"分子日夜强暴的年轻女性,心里难道一点感觉都没有吗?希沙姆既然在法院前见过武装分子拖着女奴登记所谓"婚姻",难道也漠不关心吗?他们确实向我伸出了援手,可那是在我不请自来之后,他们才下此决心,而我只不过是成千上万受害女性之中的一个而已。他们口口声声说自己痛恨"伊斯兰国",却根本没有做过什么事情阻止他们的暴行。

我又想,他们只是一个普通的家庭,即使他们没有勇气和"伊斯兰国"的恐怖分子做斗争,似乎也不应该遭受我这样的指责。"伊斯兰国"分子是一群无恶不作的歹徒:他们将怀疑是同性恋的人推下屋顶摔死,将信仰不同的年轻女孩肆意奸污,甚至经常用石刑处决他们的所谓犯人。我并不曾像他们这样经受过良心的考验。然而,那只是因为雅兹迪人从来没有受到过自己信仰的庇护,反而总是因为坚持自己的信仰而处处受到他人的攻击。希沙姆和他的家人在"伊斯兰国"控制下的摩苏尔得以保全,是因为他们生来就是逊尼派穆斯林，因此为那些武装分子所认可。我出现之前，他们都乐于生活在宗教的保护伞之下。诚然，他们对我表现出莫大的善意，我不应该恨他们，但是我也无法真正亲近他们。

希沙姆问我："你有没有熟人在库区？我们可以打电话，让他们知道你在我们这里。"

我告诉他："我有哥哥在那里。"然后我把赫兹尼的手机号背给他听。那一串号码我早已倒背如流。

我看着希沙姆拨通了那个号码，开始通话。很快他将手机从耳边拿开，满脸疑惑地又拨了一遍，又放下了手机。我担心自己忙乱中背错了号码。我问他："有人接电话吗？"

希沙姆摇了摇头："电话倒是一直有人接，但是我刚和他说明自己的身份，他就口无遮拦地骂了我一通。这人应该不是你的哥哥。就算他是，我估计他也不会相信你和我们在一起。"

希沙姆又试了一次，这一次，电话那头的人总算愿意听他把话说完。希沙姆向电话那头解释道："娜迪亚和我们在一起，她从囚禁她的地方逃了出来。如果你不相信我，我可以告诉你我雅兹迪朋友的名字，他会告诉你我是信得过的。"希沙姆曾经和一个辛贾尔颇有名望的雅兹迪政客一起在萨达姆的军队里当过兵。"他会告诉你我是个好人。我不会伤害你的妹妹。"

这通电话持续的时间不长。挂断之后，希沙姆告诉我，电话那头的人确实是赫兹尼。他对我说："一开始，他发现有人从摩苏尔打来电话，便以为我是来恐吓他的。那些绑走他妻子的人应该经常给他打电话,用他妻子遭受的折磨来打击他的心智。他没有办法,只能骂他们一顿再挂断电话。"我心里暗暗为赫兹尼和季兰感到难过。他俩本来为了能够在一起,就付出了很大的努力,如今却遇上这种惨事。

时间已经很晚了,希沙姆家的女人们腾出一间房来,给我铺了一张毯子,还问我饿不饿。我实在吃不下东西,便答道:"我不饿,但是很渴。"纳塞尔拿来了一些水,我正喝着的时候,他还不忘提醒我千万不要出门。他告诉我:"这一带全是'伊斯兰国'分子,或者同情他们的人,非常危险。"

我好奇地问:"这里经历了些什么事?"也许附近有女奴?武装分子会不会挨家搜查走失的人?

纳塞尔回答道:"如今世道太乱。到处都是'伊斯兰国'的人。整座城市都是他们说了算,我们事事都得小心。我们家有一个发电机,但是晚上不能用。我们担心美国飞机来空袭的时候,看见我们家有亮光,就会往我们的屋子扔炸弹。"

尽管天气炎热,我听了他的话,仍不禁打了个寒战。我回想起当初驻足却没有敲响的第一扇门。那扇门后面住着的是什么样的人?这时希沙姆发话:"快睡吧,明天早上,我们会想个办法把你送出去。"

屋里热得令人窒息,令我很难入眠。我整晚都在琢磨,周围的屋子里是不是住满了支持"伊斯兰国"的家庭。我想象此刻哈吉·萨尔曼正开着车清查每一寸街道,试图寻找到我的踪迹。我猜想他一定愤怒得一宿没合眼。我不知道那个看丢了我的武装分子会怎么样。我还想，5000美元的奖金会不会让纳塞尔他们一家改变主意，将我抓去邀功请赏？他们是不是只是表面上对我和善，假装愿意帮助我，其实心底里根本对我这个雅兹迪人满心厌恶？就算他们是阿萨维人，就算希沙姆真的在当兵的时候结交过雅兹迪朋友，眼下就对他们放下戒心无疑是愚蠢之举，和雅兹迪人亲近友好，却毫不犹豫将我们出卖给"伊斯兰国"的逊尼派人数不胜数。

我的姐妹和侄女如今已不知被带往何处，她们会不会因为我逃跑而受到牵连？那些留在索拉格的女人以及被带到叙利亚去的女孩又怎么样了？我又想起我美丽的母亲，她在索拉格被押下卡车的时候跌了一跤，白色的头巾从她的头上飘落。我还记得她将头枕在我的大腿上，合上双眼，试图忘记我们身边的那些虎狼之徒。被押上大巴车之前，我看见凯瑟琳被他们从母亲的身边拖走。不久之后，我就知晓了她们的下落，不过那是后话了。眼下我终于睡了过去，一夜无梦，脑海中只有一片黑暗。

第二章

五点左右我苏醒过来，此时希沙姆一家还在睡着，我的第一个念头，竟然是想办法离开这里。我告诉自己："这里不安全。他们打算对我做什么？他们难道真有那么大的善心，会冒险帮助我吗?"可是此时已是早晨,艳阳高照,街市敞亮,连一寸可以隐蔽的暗处都没有。我躺在床上,心中知道,自己的命运已经落在了纳塞尔和他们一家人的手里,我唯有祈祷他们所言非虚。

两个小时之后,纳塞尔替希沙姆向我带话。我和他们一家人一边聊着天,一边等着希沙姆现身。玛哈给我们做了早饭,我并没有胃口,但还是喝了一点咖啡。纳塞尔告诉我:"我们会把你送到我姐姐米娜和姐夫巴希尔的家去。他们住在城外不远的地方,'伊斯兰国'应该不太可能追查到那里去。"

纳塞尔还说:"我们全家人都知道巴希尔不喜欢'伊斯兰国',但是我们不清楚他的兄弟们看法如何。巴希尔说他的兄弟们没有加入恐怖组织,但是毕竟知人知面不知心,你还是小心为上。不过巴希尔是个好人,这一点是毫无疑问的。"

我和希沙姆还有纳塞尔坐上了车,脸前遮着面纱,心中稍稍安稳了一些。我们一路开车前往摩苏尔郊外,向米娜和巴希尔的家而去。路边的贫民区渐渐被抛在我们的身后。我们抵达城外,下车步行时,路上也没有人投来目光。我观察到,附近的楼房都没有悬挂"伊斯兰国"的旗帜,墙壁上也找不到"伊斯兰国"的涂鸦。

米娜和巴希尔两口子在他们家的门廊上迎接我们。他们家的屋子比希沙姆家的要大上许多,并且装修精美,让我想起那几个成了家的兄长用毕生积蓄在科乔村慢慢建起的新房。那屋子是用水泥盖的,十分牢固,地砖上铺着绿色和米黄色的地毯,客厅里的沙发上还装着厚实的坐垫。

米娜是我见过的最美丽的女人。她有一张白皙而圆润的脸，一对碧绿的眸子像宝石般闪闪发光，身材则和迪玛尔差不多，颇为匀称，脑后披着一头染成深棕色的长发。她和巴希尔膝下共有五个孩子，三男两女。我进屋时，全家人都很平静地向我问好，看他们的样子，应该是之前已经从希沙姆和纳塞尔那里知晓了我的身世。没有人前来安慰我，除了纳塞尔还是一如既往地对我的经历打听个没完之外，一家人仅仅是将我当作一份被托付到他们手中的责任，对此我颇为感激。我虽然需要安慰和同情，但更需要的是安静思考，以便计划如何安全脱身。此外，如果他们真的对我表现出热情来，我也不知道该做何反应。我只是对他们说了一声："真主赐你们平安。"巴希尔应道："真主也赐你平安。不要担心，我们会帮助你的。"

一家人想出的计划是，帮我搞一张萨法亚或者米娜名义的假身份证——哪一个行事方便，就用哪一个——之后由巴希尔或者纳塞尔假托我丈夫的名义，陪我从摩苏尔一路去基尔库克。纳塞尔在摩苏尔认识专门做假证件的朋友，愿意助我们一臂之力——他们以前主营仿冒伊拉克政府发的身份证，如今也做起黑白两色的"伊斯兰国"身份证。纳塞尔告诉我："我们会给你弄一张政府身份证。它们比'达埃什'发的身份证看着更像真的，去库区的路上若是要通过'达埃什'的检查站，用政府身份证也会少一些麻烦。"

巴希尔补充说："如果你的证件上用的是萨法亚的身份，那么你就和纳塞尔走;如果用的是米娜的身份,那么你就和我走。"米娜坐在我们身边,听着我们的对话,却没有开口。她的丈夫说话的时候,她朝我眨了两下碧绿色的眼睛。很显然,她对整件事情并不那么热心,但她也没有反对。

巴希尔问我:"我们把你送到基尔库克,你看可以吗?"他可能认为,从摩苏尔出发,由基尔库克进入库区的路线是最便捷的。如果他们打算按此制订计划的话,他们应该会告诉做假证件的人,把我的出生地写成基尔库克,然后给我起一个那里常见的名字。

我茫然地问:"基尔库克是'伊斯兰国'的地盘吗?"我从小到大,总是听库尔德政党的宣传,以为基尔库克是库尔德斯坦的一部分。然而这些天我从"伊斯兰国"武装分子那里偷听来的消息,却说那一带和辛贾尔一样,是多方争夺的要地。如今对基尔库克虎视眈眈的,不仅仅是库尔德人和巴格达政府,也包括"伊斯兰国"。武装分子已经占领了伊拉克的大片领土,要是他们真的已经打到了基尔库克,占领了那里所有的油田,我也不会感到惊讶。我对他们说:"让我问问我家里人,如果那里由库尔德民兵控制,那么我就可以去那里。"

巴希尔似乎很满意我的回答:"行。那我也问问希沙姆在辛贾尔的朋友,问问他帮不帮得上忙。纳塞尔会去取你的身份证。"

那天是我从"伊斯兰国"逃脱之后第一次打电话给赫兹尼。那通电话的大部分时间里,我们俩说话都无比平静。毕竟,如果我想要活着回家,还有很多准备工作要做。然而,再次听见赫兹尼的声音时，我内心喜极而泣，几乎说不出话来。

赫兹尼说："娜迪亚，不用担心。我觉得这家人应该信得过，他们会帮助你的。"

赫兹尼的语气还是老样子，透着热血和自信。尽管我一路上受苦受难，可我还是为赫兹尼失去爱妻而暗暗难过。我知道，如果自己真能蒙神明垂怜，平安无事地逃出生天，成为幸存者，恐怕也难免带着痛苦和遗憾度过余生。

我想告诉赫兹尼自己逃跑的经过，并且很为我自己的勇气而自豪。我告诉他："赫兹尼，那一连串的事情实在是太不可思议了。我反抗闹事之后，他们原本都寸步不离地盯着我，可这个家伙却竟然忘了锁门。我打开房门，翻了墙，就那样一路逃掉了。"

赫兹尼则说："这就是神明的旨意，娜迪亚。神明希望你活着回家。"

我又对赫兹尼说："我有点担心，这一家人有个儿子可能和'伊斯兰国'有关系。他们这些人把信仰看得很重。"

赫兹尼告诉我，事到如今，我已经别无选择。他对我说："你一定得相信这家人。"我便对他说，如果他觉得这家人信得过，那我就情愿跟着他们。

我后来才了解到，赫兹尼在难民营的拖车里通过遥控指挥，营救过好几十个女孩。后来出现的很多专门营救被"伊斯兰国"囚禁的雅兹迪女孩的地下网络，某种程度上，也是在赫兹尼义举的基础上慢慢发展而来的。这些地下网络组织的营救行动一开始显得有些混乱无序，然而在受困女孩家人的财力支援下，营救行动开始慢慢变得和商业合作一样井然有序。这些地下网络会募集负责暗中转移女孩的中间人，这些中间人大多是阿拉伯人、土库曼人，以及叙利亚或者伊拉克当地的库尔德人。他们在每次营救行动成功之后，都会获得一笔几千美元的酬劳。这些中间人有些是出租车司机，可以在看守不注意的时候将女孩带上车转移出去；另外还有一些则负责在摩苏尔或者塔尔阿法尔等地刺探女孩的消息，并把她们的下落告知她们的家人；此外还有负责在检查站向"伊斯兰国"人员交易行贿的人。在"伊斯兰国"占领地区内部参与营救行动的中间人之中，有好几名女性，因为女性可以较为轻松地与被困的女奴接触，而不用引起看守的怀疑。这些地下网络的总负责人则是几个雅兹迪男人，他们利用在逊尼派村庄的人脉，建立起新的地下网络，并且负责把控全局，保证营救行动按计划进行。每个网络都会负责一片地区的行动——有些在叙利亚，有些在伊拉克。战争时期营救女奴是一个利润颇丰的买卖，因此这些地下网络也会和其他企业一样相互竞争。

我当时逃跑的时候，这些营救女奴的地下网络还没有发展成规模，赫兹尼也还刚开始摸索该怎么安排。赫兹尼是个勇敢而善良的人，会尽全力保护任何一个需要帮助的人。可是家里的女眷被"伊斯兰国"带走之后，将他的手机号码告诉了很多其他的受困女奴，一传十，十传百，很快赫兹尼的电话就接不过来了。希沙姆当时替我给他打电话的时候，赫兹尼已经在募集愿意协助营救的同仁，而且也已经和库区政府负责营救雅兹迪人的官员牵上了线，甚至在摩苏尔和其他被"伊斯兰国"控制的伊拉克地区安插好了线人。很快，他便全身心地投向了营救女孩的这份工作，并且分文不取。

我准备动身前往基尔库克的时候，赫兹尼很是担心。他知道纳塞尔和巴希尔兄弟二人会有一人一路把我送到库尔德斯坦，但他不知道这个计划是否可以奏效。那兄弟俩都符合当兵的年龄，又都是逊尼派穆斯林，通过库尔德检查站的可能性不大。赫兹尼也清楚，如果"伊斯兰国"发现摩苏尔有一户人家帮助女奴逃跑，必定不会手下留情。赫兹尼告诉我："我们不想让他因为帮助你而惹上杀身之祸。我们也要担起责任，确保他们一路上的安全。记住了吗，娜迪亚？"

我答道："记住了，赫兹尼。我会小心的。"我也非常清楚，如果我们在"伊斯兰国"的检查站暴露身份被抓，陪同我逃跑的那个人必定会当场被杀，而我也毫无疑问会被送回去当女奴；如果我们被库尔德检查站的人拦下来的话，纳塞尔或者巴希尔恐怕也免不了一场牢狱之灾。

赫兹尼对我说："路上保重，娜迪亚。尽量放宽心。明天他们就会给你弄来身份证。等你到了基尔库克，记得给我打电话。"

挂断电话之前，我问他："你知道凯瑟琳的下落吗？"

"我不知道。"他回答。

"索拉格怎么样了？"我又问。

"'伊斯兰国'还占着科乔和索拉格。"他告诉我,"我们听说那里的男人都被处决了。赛义德活了下来,跟我讲了当时的场景。萨乌德也平安无事地从辛贾尔逃到了这里。我们也不清楚索拉格的女人们的下落,可是赛义德铁了心要去参军打'伊斯兰国',我很担心他。"他接着说,赛义德如今总是受枪伤的疼痛折磨,每天晚上还都会梦见当时"伊斯兰国"行刑队处决的场面,因此总是睡不着觉。"我担心赛义德走不出那么大的心理阴影。"赫兹尼说。

赫兹尼和我别过,把手机递给了我同父异母的兄弟哈勒德。哈勒德又告诉我一些新消息:"雅兹迪人现在不再流亡了。现在很多人都住在库尔德斯坦,条件很艰苦。他们都等着开放难民营。"

"科乔村的男人们都怎么样了?"我明知故问,心里无论如何不想相信赫兹尼的消息是真的。

可哈勒德还是说:"男人们都死了。女人都被带走了。你有没有见过科乔村的姑娘?"

"我见到过妮斯琳、罗伊安和凯瑟琳。"我告诉他,"我不知道她们现在在哪儿。"

他们带给我的消息比我想象得还要糟糕许多,而且仅仅是他们说的这些事情,就已经听得我肝肠寸断。我挂了电话,把手机还给了纳塞尔。我确信家人们仍然站在我的身边,因此稍稍放松了一下紧绷的神经。我平生从未感到如此疲倦。

**

我在米娜和巴希尔家住了好几天,等着他们制订逃跑计划。

大多数时候，我都一个人回忆着我的家人，设想着我可能会面临的种种结局。没人向我问话的时候，我也就乐得清闲。他们一家子的信仰非常虔诚，一天要祷告五次，可他们却说自己痛恨"伊斯兰国"，也从来没问我被迫改信的事，更没有要我和他们一块祷告。

我的身子仍然十分虚弱，胃里像滚着一团火，因此他们挑了个日子，把我送到了当地的女子医院看病。他们反复告诉我不必担心安全。我告诉纳塞尔的母亲："倒一瓶热水敷在我的胃上就可以了。"可她坚持要送我去看病，她向我保证："你只要戴上面纱，跟我们走在一起，一定不会有事的。"我的胃里实在是疼痛难忍，因此只好依了他们的话。我当时病得不轻，疼得头晕目眩，甚至根本没有注意到他们把我抬上车，一路前往市中心。我都不记得自己上一次去医院是什么时候的事情了。不过，看完病之后，我总算恢复了不少。那之后我一直静静地待在他们的屋里，直到有一天，他们告诉我，是时候上路了。

那几天，我有的时候和他们一起吃饭，有的时候则是自己一个人吃。他们总是告诫我，在路上要小心，远离窗户，不要接电话。他们告诉我："要是有人出现在门口，你就待在自己的房间里，不要出声。"摩苏尔和辛贾尔很不一样。科乔村的人走家串户，根本不需要敲门，村里家家户户彼此都再熟悉不过，无论是谁家，都一定会敞开大门，笑脸相迎。然而在摩苏尔，客人必须得到主人的允许才能进家门，即使是老朋友，彼此之间也要比科乔村的人生分不少。

无论发生什么事情,我都不可以离开家门半步。他们家的主卫生间原本设在屋子外面的一个小棚子里,可是他们只许我使用屋里的一个小卫生间。他们告诉我:"我们也不清楚邻居家是否有'达埃什'的人。"我听从了他们的忠告。我绝不希望再被"伊斯兰国"抓住带走,更不希望纳塞尔和他的一家因为帮助我而惹上祸端。我很确信,万一我被抓住,他们家所有的大人都难逃一死。只要想到米娜那两个八岁上下,和她一样美丽动人的年轻女儿会因为我的疏忽而被"伊斯兰国"带走,我便感到无比深重的恐惧。

我和他们家的几个女儿睡在一起。我和她们很少说话。她们并不害怕我,只是对我的事情没什么兴趣,而我也不想主动跟她们说起。毕竟她们还如此年轻,不谙世事。到他们家的第二天,我起床的时候,发现她们几个坐在卧室的镜子前,正忙着梳理睡乱了的头发。我问她们:"用不用我帮忙?我挺擅长打理头发的。"她们点点头,我便在她们身后坐下,拿起一把梳子,把她们的长发梳得整齐妥帖。我以前每天都会给艾德琪和凯瑟琳梳头,如今再次拿起梳子,我几乎感觉回到了过去的日子。

屋里的电视天天都开着,供他们家的小孩们玩游戏。家里的男孩子们每天都玩个不停,比那些姑娘们还懒得搭理我。这些男孩的年纪和我那两个侄子马利克和哈尼差不多。他们俩都被"伊斯兰国"掳走,被迫为他们扛枪卖命。8月14日那天以前,马利克一直都是一个聪明而内向的孩子,对身边的万事万物都有着很大的好奇心。他爱自己的母亲哈姆迪亚，也爱我们这些家人。如今我并不知道他的下落。"伊斯兰国"有一套严格的洗脑机制，用来向他们掳走的年轻男孩们灌输思想。"伊斯兰国"要他们学习阿拉伯语和英语，但是他们只能学到像"枪"之类的与战争有关的词汇。"伊斯兰国"还告诉他们，雅兹迪的信仰是魔鬼的信仰，而他们那些不愿皈依伊斯兰的家人都是清洗的对象。

那些男孩被"伊斯兰国"掳走时，都还是懵懵懂懂的年纪。我后来知道，有一部分男孩接受了"伊斯兰国"的洗脑。马利克后来还会给身在难民营的赫兹尼发些照片，里面都是他身穿"伊斯兰国"制服的照片。照片里的马利克脸色因为兴奋而微微泛红，他脸上挂着微笑，手里则拿着枪。他常常会打电话给赫兹尼，要赫兹尼转告母亲哈姆迪亚，让她过去与他团聚。

哈姆迪亚告诉她的儿子："你爸爸不在了。家里没有顶梁柱，你回来吧。"

而马利克却说："妈妈，你应该来'伊斯兰国'。这里会有人照顾你的。"

哈尼被"伊斯兰国"关了三年之后成功逃脱。可是，赫兹尼组织人解救马利克的时候，马利克却拒绝到叙利亚一个集市上找他的中间人。他告诉那人说："我想要打仗。"过去科乔村的那个马利克已经消失得只剩下一副躯壳。赫兹尼后来也放弃了解救。然而哈姆迪亚收到马利克打来的电话时，仍然会接起来。她总是说："无论如何，他还是我儿子。"

米娜是个好母亲，持家有方。她每天都忙着打扫屋子，给家人做饭，陪孩子玩耍，还要负责照料婴儿。那几天，屋里的气氛对所有人来说都很压抑，我们之间也不太说话。不久之后，她的弟弟或者丈夫就要陪着我踏上前往库区的危险旅途。这本不是他们一家人应该承受的沉重负担。

有一回，我和她在客厅里遇见时，她对我的头发表示了一点好奇："为什么你的头发梢是红的？"

我捻过一撮头发来，告诉她说："这是我很久之前拿花染剂染的。"

"很漂亮。"她只说了这么一句，便从我身边走了过去。

还有一天，午饭过后，米娜正忙着哄婴儿，让他安静下来。那婴儿还没吃东西，一直哭个不停。平时她从来没有要我帮她打理家务，可那天下午，我主动提出帮她洗碗，她带着谢意点了点头。他们家的水槽前有一扇窗，透过窗户可以看见外面的街道，我担心可能会暴露自己。然而米娜正忙着哄孩子，无暇想到这一层，而我也很乐意替她分担一点家务。出乎我的意料，米娜突然主动开始问起我话来。

她一边在怀里轻轻摇动婴儿，一边问我："你认不认识其他'伊斯兰国'的人？"

"认识。"我回答道，"那些人带走我所有的亲人和朋友，把我们拆散。"我也想问她同样的问题，但我不想失言得罪她。

她沉吟了一会儿，问我："你离开摩苏尔之后，打算去哪里?"

"去找我的哥哥。"我答道,"他和其他雅兹迪人待在一个难民营里。"

"那个难民营什么样?"她问我。

我回答:"我不知道。活下来的雅兹迪人几乎都去了那里。我哥哥赫兹尼说那里条件很差,什么都做不了。他们没有工作,离城市也很远,但起码他们都还安全。"

她说了一句:"我不知道这里接下来会发生什么。"这并不是一句问话,我也没有应声,接着埋头洗我的碗。她也保持沉默,直到我洗完,她才接着和我搭起话来。

那时米娜的孩子已经止住啼声,在她的怀里沉沉睡去。我回到楼上女儿们的卧室,在一张毯子上躺下身去,但没有合眼。

第三章

一家人决定让纳塞尔陪我上路。我感到颇为开心。纳塞尔喜欢和我说话,我出发前的这几天,他也是让我觉得最温暖的人。出发的时候,我几乎已经把他当作我的哥哥一样看待。

我经常发呆,而纳塞尔也像我的亲哥哥一样,很喜欢在我发呆的时候逗我玩。我俩之间经常会开一个只有彼此才懂的小玩笑。我刚来纳塞尔家的时候,有一次他问我感觉怎么样,而我则漫不经心地随口回答说:"很热,很热。"当时我心里的弦还紧绷着,说不出别的话来，于是纳塞尔一个小时后又跑来找我，问我："娜迪亚，现在你感觉怎么样？"我仍旧说："很热，纳塞尔，很热。"我完全没有意识到自己只是在重复同样的一句话。后来纳塞尔开始学我的话，开着玩笑地问我："嘿，娜迪亚，你感觉怎么样？是'很热'，还是'很热很热'？"我听出来之后，免不了被他逗得"咯咯"大笑。

第三天，纳塞尔将那张假身份证取了回来。那张证上把我的名字印成了"苏珊"，而"籍贯"那一栏也写着"基尔库克"。除此之外，证上的其他栏目填的都是萨法亚的信息。纳塞尔叮嘱我："一定要把这张证上的所有信息倒背如流。如果到了检查站，他们问你出生日期，出生地点，你要是答不上来……我们可都得交待了。"

我每天每夜都在背那张身份证。我背了萨法亚的生日——她比我稍微大一些——还有她父母的名字，还有纳塞尔的生日和他父母的名字。无论是"伊斯兰国"兴起之前还是之后，在伊拉克女性的身份证上，其父亲和丈夫的信息和本人的信息几乎同等重要。

身份证的一角贴着萨法亚的照片。我们看上去并不相像，但是我并不担心检查站的守卫会要我撩起面纱露出脸。"伊斯兰国"的武装分子再怎么样，也不会当着逊尼派男人的面，要他的妻子向生人露脸，更何况她丈夫兴许也是"伊斯兰国"的人。希沙姆告诉我："如果他们问你为什么还没有领'伊斯兰国'的身份证，你就说你一直没时间去领。"我心中对"伊斯兰国"的恐惧仍然难以平息，因此我很快把这些信息全部深深刻在了脑子里。

我们的逃跑计划很简单。纳塞尔和我假装夫妻，假托看望家人，一路开车到基尔库克去。在基尔库克当地，"苏珊"是个很常见的名字，起这个假名，也是希望我们能比较轻松地通过盘查。一家人告诫我："你就告诉盘查的人，自己在基尔库克待一周左右。纳塞尔会说他是陪你去的，等你到了之后，当天或者隔天就回来。"这样纳塞尔既可以解释自己为什么不带行李，也可以免于按照"伊斯兰国"的规定，为长时间离境而交一笔罚款。

他们问我："你对基尔库克了解多少？要是他们问你住宅小区的名字，或者某个地方什么样子，你能说得上来吗？"

"我从来没去过基尔库克。"我回答道，"但是我可以问问我哥哥。"

纳塞尔又问道："她的包怎么办？"我仍然随身带着那个黑色的棉布背包，里面装着凯瑟琳、迪玛尔和我的裙子，还有那几片藏着首饰的卫生巾，以及我母亲留下的粮卡。"这看着不像是穆斯林姑娘回家一周看望家人的时候会带的包。"

希沙姆出门片刻，带回来一瓶洗发液和一瓶护发素，还拿着几件当地穆斯林女性爱穿的朴素衣裙。我将这些东西一一塞进包里，心里却不免因他们为我破费而感到有些内疚。他们这一家和我家一样，并不富裕，我不想给他们再增添金钱上的压力。我告诉他们："等我到了库尔德斯坦，我会给你们寄点东西的。"他们连连告诉我不必在意，但是我内心仍然过意不去。我还担心，要是他们手头的钱越来越少,可能会为了赏金把我交出去。

赫兹尼则告诉我不必多心:"那个5000美元的赏金是骗人的。'达埃什'放出这个话,只是为了堵死女孩们逃跑的欲望。他们想让你们以为,人人都会为了一笔横财追你们追到天涯海角。可是'达埃什'实际上并不会出这个钱。"

"不过无论如何,让纳塞尔离开摩苏尔也是一件好事。"赫兹尼告诉我。

"为什么这么说?"我疑惑不解地问道。

"你不知道吗?"赫兹尼说,"那你去问希沙姆吧。"

那天晚上,我拿赫兹尼的话去问了希沙姆:"他说的是什么意思?纳塞尔本来就想离开这里吗?"

希沙姆沉默了一会儿,告诉我:"我们其实都很担心纳塞尔。他这样的年轻男人如果留在这里,'达埃什'迟早会抓他去打仗。"

纳塞尔在美军占领、什叶派政府当权时期长大。他早年目睹过对逊尼派的清算迫害,对那段岁月愤恨难平。像他这样的人正是"伊斯兰国"征兵的头号目标,希沙姆一家人也认为,"伊斯兰国"会招募纳塞尔加入他们的警察部队。纳塞尔当时的工作,就是在摩苏尔周边的"伊斯兰国"建筑里修理卫浴设备。他的家人都担心,即使他的工作不涉及暴力,日后也难免会因此被打成恐怖分子。

他们之前就想尽办法想让纳塞尔离开摩苏尔,正巧那时我敲响了他们家的大门。他们认为,如果他们全家能够帮助一个雅兹迪女孩逃脱"伊斯兰国"奴役的话，库尔德人政府也许会批准他们进入库区。

希沙姆再三告诫我，不要在纳塞尔面前说起他为"伊斯兰国"工作过的事情，也不要把这件事透露给任何人，即使他的工作只是修理厕所。"库尔德人和伊拉克政府军不会管他做什么工作的。"希沙姆说，"只要是给'伊斯兰国'做过事的，都会被他们关进大牢。"

我答应他一定不会将这件事外传。我很难想象纳塞尔会成为一名"伊斯兰国"的警察，替他们逮捕异教徒，或者那些触犯所谓法律以及反抗过他们统治的人，并且把他们交给"伊斯兰国"处决。那样的话，他是不是就会和哈吉·萨尔曼在一块共事？如今我已经把纳塞尔看成朋友。在我眼里，他是个温柔而善解人意的人，绝对不可能去做那样的工作。然而我也知道，我不过认识他短短几天，而之前已有无数逊尼派民众出卖过我们雅兹迪人。我不知道纳塞尔是否曾经也认为，伊拉克除了逊尼派穆斯林以外的宗教信徒都必须皈依或者被驱逐出境；我也不知道他是否曾认为，这样可以帮助他夺回本属于他的国家。我曾经听我的兄长们说起过，有些逊尼派穆斯林多年以来饱受美国人、库尔德人和什叶派的打压，同时又受到极端伊斯兰思想的挑唆，开始加倍残害起邻村的异教徒。如今向我伸出援手的，又恰恰正是一名逊尼派穆斯林。他是否只是为了保全自己才帮助我的？而我如今思考这些，又有什么意义呢？

过去几年来,我常常想起纳塞尔和他的一家。他们当时确实是冒着极大的风险在帮助我。"伊斯兰国"若是知道了他们收容女奴的事情,完全有可能将他们屠杀殆尽,将他家的女儿们抓走,逼他家的儿子们充军。"伊斯兰国"的耳目遍布各地,本来极有可能发现他们的行为。纳塞尔一家的勇气应该成为每一个人的榜样。

尽管纳塞尔一家勇气可嘉,但伊拉克和叙利亚境内对"伊斯兰国"种族屠杀的行为袖手旁观甚至鼎力支持的家庭,数目何止千万。他们有些人曾经出卖逃出"伊斯兰国"魔掌的女孩们。凯瑟琳和拉米亚曾六次逃跑,第一次是在摩苏尔,后面几次则是在哈姆达尼亚。然而她们每一次都被她们求救的对象出卖给了那些恐怖分子,每一次都落得个被恐怖分子残忍惩罚的结局。一群被"伊斯兰国"押往叙利亚的女奴原本已在半路上成功脱身,她们冲进当地的一个农家求救。可是农家的主人却立刻打电话通知了"伊斯兰国"的指挥官,使得这些女奴不得不在底格里斯河沿岸的芦苇荡里像逃犯一样奔走逃亡,躲避"伊斯兰国"的追捕。

我们被"伊斯兰国"强奸折磨的时候,伊拉克和叙利亚的很多家庭却仍然过着平静的日子。他们冷漠地看着我们在街上被买主拉着走,也会在"伊斯兰国"公开行刑的时候聚在街上围观。我无从得知他们每个人的心理。2016年下半年,解放摩苏尔的战役打响,这些家庭开始哭诉起"伊斯兰国"治下的民生艰辛。他们指责恐怖分子残忍嗜杀,还描述起战机飞过摩苏尔上空时,他们是多么害怕自己的房子遭到轰炸。他们声称在"伊斯兰国"治下，摩苏尔食物匮乏，电力被切断，他们的孩子也被强迫前往"伊斯兰国"开设的学校学习，并且参加战斗。他们还说"伊斯兰国"横征暴敛，税目繁多，"伊斯兰国"武装分子经常当街杀人。摩苏尔在他们的口中，简直是人间地狱。

可是，我在摩苏尔的时候，城里的生活很平静，人们的生活甚至可以称得上安逸。他们当初为什么要留下来？难道不是因为他们支持"伊斯兰国"，支持他们建立哈里发国的主张？难道他们看不出来，"伊斯兰国"的这些所谓主张，不过是美军2003年入侵伊拉克所引发的教派倾轧的延续？如果"伊斯兰国"真的能兑现诺言，提高他们的生活水平，他们是不是就会任凭"伊斯兰国"随意杀人？

我试图同情这些家庭。我知道，这些家庭有很多当初都慑于"伊斯兰国"的淫威而不得不向他们卑躬屈膝。即使是那些最早真心欢迎"伊斯兰国"的人，在摩苏尔解放之后也对"伊斯兰国"弃若敝屣，声称他们无力对抗那些恐怖分子，只能任凭其作威作福。可我并不觉得他们真的毫无抵抗之力。如果他们团结在一起，拿出武器，直捣"伊斯兰国"那些买卖女奴的据点，虽然最终可能只落得个以卵击石，但是至少这样的行动会向"伊斯兰国"，向雅兹迪人，甚至向整个世界表示，并不是所有的逊尼派穆斯林居民，都支持恐怖主义行径。

如果当初摩苏尔有人能勇敢站上街头，大声呼喊"我就是穆斯林，伊斯兰教义绝对不支持你们的这些强迫行为"，那么伊拉克政府军和美军也许就会明白民心所向，早些下定决心攻进摩苏尔。或许潜伏在摩苏尔的那些地下网络也能够不断扩张，救出越来越多的雅兹迪女孩，而非只能像挤牙膏似的一个一个转移出来。然而这些摩苏尔的居民个个镇定自若，对我们在奴隶市场上的尖叫求救充耳不闻。

我来到纳塞尔的家之后，他们一家人曾告诉过我，他们对"伊斯兰国"统治下自己的行为有过反思，但直到我这个已经濒临绝望的女奴出现在他家门前苦苦哀求，他们才终于下定决心伸出援手。他们清楚，他们能够生存下来，而且没有遭遇背井离乡的命运，某种程度上也是通过默许恐怖分子的统治才换来的。我不知道如果"伊斯兰国"占领摩苏尔之后改善了他们的生活，他们是否还会有这样的自省。他们告诉我，他们已经彻底洗心革面："我们发誓，你离开之后，我们会努力帮助更多像你这样的女孩。"

"有很多其他女孩需要你们。"我告诉他们。

第四章

我和纳塞尔等了几天才出发。虽然我在他家待得很安适，但是我更急切地盼望能离开摩苏尔。"伊斯兰国"武装分子到处都是，我也很清楚他们一定仍然在到处找我。我能想象哈吉·萨尔曼那瘦削的身板因为愤怒而不住地颤抖，用他那绵里藏针、令人毛骨悚然的语气一遍遍地发誓要狠狠折磨我的样子。我绝不能再和哈吉·萨尔曼那样的人待在同一座城市。在巴希尔和米娜的家,我有一天醒来的时候,发现自己身上爬满了红色的小蚂蚁,咬得我生疼。我相信这是神明要我马上动身的兆头。我知道,只有我们过了摩苏尔城外的第一个检查站,我才有安全可言。我也知道,很有可能我们根本到不了库尔德斯坦。

我们到巴希尔家之后的某一天,纳塞尔的父母早上来屋里看望我们。希沙姆告诉我:"是时候该走了。"我穿上凯瑟琳给我的那件粉黄色的裙子,临行前最后一刻又套上了一条黑色的罩袍。

纳塞尔的妻子米娜对我说:"我来为你做个祷告吧。"她的语气很和善,我便答应了,在一旁听着她念祷文。她念完之后给了我一个戒指:"你说'伊斯兰国'拿走了你妈妈的戒指,请你收下这枚戒指吧。"

我的包里装满了一家人给我买的东西,当然还有我从科乔村一路带着的物件。临走前的最后一刻,我把迪玛尔留给我的那条漂亮的黄色长裙从包里拿了出来,送给了米娜。我亲吻了她的脸颊,感谢她的收留之恩。我将裙子递给她,对她说:"你穿上这裙子一定特别好看。这是我姐姐迪玛尔的裙子。"

"谢谢你,娜迪亚。"她说,"真主会保佑你平安到达库尔德斯坦的。"随后她和纳塞尔的家人便向他道别。我没有勇气看向他们。

我们离开家门之前,纳塞尔将他身上两部手机中的一部交给了我。他告诉我:"如果你需要什么东西,或者我们坐出租车的时候你想问我什么事,就给我发短信。千万不要说话。"

我提醒他说:"我坐在车里太久会吐的。"他便从厨房里抓过几个塑料购物袋交给我:"你要吐的时候就用这个吧。我可不想中途停车。"

他接着说:"到了检查站,千万别表现出害怕的样子,尽量保持沉着冷静。我会回答他们大部分的问题,如果他们问你话,你就简单明了地回答一下就可以了,声音一定要低。如果他们相信你是我老婆的话,他们应该不会多问你什么话的。"

我点了点头,告诉他:"我会尽力的。"可是我刚说完这句话,就感觉自己莫名害怕得要晕过去。不过纳塞尔倒是一副胸有成竹的样子。他似乎从来不会害怕任何东西。

那天上午的8点30分左右,我和纳塞尔出了门,一起走在主街上。我们会在那里拦一辆出租车,坐到摩苏尔的出租车场。纳塞尔已经提前在那里订好了另一辆出租车,我们会坐那辆车前往基尔库克。在人行道上赶路的时候,纳塞尔一直走在我的身前,我们并没有说话。我一直低着头,尽量不看路边的行人。我相信万一有陌生人和我对视的话,一定能从我眼睛里流露出的恐惧判断出我是个雅兹迪人的。

那天天气很热。巴希尔家的邻居们都忙着给草坪浇水,试图让枯萎的植物复苏生机。附近的孩子们则在街上骑着色彩鲜艳的自行车来往追逐。他们的笑声让我暗暗发颤。我已经在室内待得太久，外面明亮的街道竟让我感觉开阔而陌生，充满危险。出门之前在心中奋力鼓起的勇气此刻已经消失殆尽。我确信"伊斯兰国"迟早都会抓住我们，我也会重新成为一名女奴。纳塞尔和我站在主街的人行道上等待出租车的时候，悄悄地对我说："没事的。"他知道我仍然在担惊受怕。街上车水马龙，扬起一层黄色尘土，洒在了我黑色的罩袍上。我浑身抖得和筛糠一样，纳塞尔拦下一辆出租车的时候，我甚至无法控制我的身体上车。

我对逃亡之路设想了很多种情况，可每一种情况在我脑海中都躲不过被"伊斯兰国"逮住的结局。我想象我们的出租车也许会出故障，不得不停在公路上，而这时说不定会有一整车的武装分子正好经过，轻而易举地将我们带走。我还想象过我们或许会不慎引爆公路上的土制炸弹，死在路上。我想起家里、村子里和学校里与我熟识的那些女孩，如今已经分散在伊拉克和叙利亚各地，天各一方；我想起我那些已经被拉到村学校后处决的兄长。就算我能回家，家里还剩下谁呢？

摩苏尔的出租车场挤满了想搭出租车前往伊拉克各大城市的人群。这些人不厌其烦地和司机讨价还价，而他们的妻子则默不作声地站在他们的身边。小男孩儿们叫卖着冰镇的瓶装水，而车场边上的小贩们则兜售着银色包装的薯片和糖果棒，或者不无骄傲地站在自己用香烟盒摆出的精致高塔旁边。我暗暗好奇这车场里会不会有和我一样的雅兹迪姑娘，我很希望是这样。我也希望她们身边的男人都是像纳塞尔一样的好心人。车场里的出租车都是黄色的，车顶装着小小的标志，分别停在写有目的地的标识牌下面，有去塔尔阿法尔的，有去提克里特(Tikrit)的，也有去拉马迪(Ramadi)的。这里几乎所有的出租车司机都受"伊斯兰国"的控制，少数不受他们直接控制的也不敢触犯他们的规矩。我的国家看来已经被那些强暴奴役我的人占据了大半。

我们订下的那辆车的司机为行程做准备的时候和纳塞尔聊着天。我坐在离他们不远的一张长椅上，试图装出纳塞尔妻子的样子来。他们大部分的交谈我都没有听清。我的汗流进了眼睛里，糊住了我的视线，我不得不紧紧地将自己的包按在腿上。那个司机有四十来岁，个子不高，但看着孔武有力，还留着一撮小胡子。我不知道他对"伊斯兰国"的态度如何，但眼下我对任何人都害怕得紧。他们俩商议价钱的时候，我默默地试着给自己打气，然而我还是实在想象不出避开"伊斯兰国"追捕，顺利逃脱的可能性。

终于纳塞尔向我点点头，示意我上车。他坐在司机的边上，而我则爬进他身后的位置，将包轻轻地放在我的身边。我们从车场出发的时候，司机不停地调着电台，试图寻找还在正常播出的频率，可无论他怎么调，电台都是一片寂静。司机叹了口气，关掉了电台。

"今儿天气真热。"他对纳塞尔说，"我们上路前买点水吧。"纳塞尔点了点头，过不多久，我们就停在一间杂货店门前，司机下车买了几瓶凉水和一些饼干。纳塞尔递了一瓶给我。瓶子上的水不断地滴落，洇湿了我身边的座位。饼干太过坚硬，难以下咽，我强迫自己放松下来，吃了一块。那饼干简直像是块水泥一样卡在我的喉咙里。

司机问："你们为什么要去基尔库克？"

"我老婆的老家在那里。"纳塞尔答道。

司机朝后视镜里瞄了瞄我。我见到他的目光，便转过头躲避，假装我正专心欣赏沿途的风景。我知道我的眼里一定写满了恐惧，十分容易暴露。

车场附近的街上站满了武装分子。"伊斯兰国"的警车停在路边，人行道上满是荷枪实弹、来回巡逻的警察。街上的警察似乎比行人都多。

司机又问纳塞尔："你是打算留在基尔库克还是回摩苏尔来？"

纳塞尔按照他父亲叮嘱的话说："我们还没决定好。我们先看看去那里要多久，再看看基尔库克城里的情况。"

我心想："那个司机为什么要问那么多问题？"起码我不用说话，我对此感到颇为庆幸。

"你们要是愿意，我可以等你们回来，再送你们回摩苏尔。"那司机对我们说道。纳塞尔朝他笑了笑："也行，到时候再看吧。"

路上的第一个检查站还没有出摩苏尔地界。那检查站规模颇大，形状像一只蜘蛛，有很多根高高的柱子，支撑着一片金属顶篷。这里曾经是伊拉克政府军的检查站，如今这里则飘扬着"伊斯兰国"的旗帜。而那些原本属于政府军的汽车也被涂上了黑白的

"伊斯兰国"旗纹，停在一间小小的办公室门口。

我们来到检查站的时候，有四个武装分子正在执勤。他们坐在小小的白色岗亭里忙着填写文件证明，以便避开炎热的天气。"伊斯兰国"试图控制所有进出摩苏尔的交通。他们不仅试图确保没有反抗"伊斯兰国"的战士或者营救人员进入摩苏尔，也务求记录下所有出城人员的姓名、出城理由和时长。如果他们离开"伊斯兰国"投奔别处，那么他们的家人就会因此受到牵连。即使"伊斯兰国"不使出血腥手段惩罚他们的家人，也可以逼他们交出钱财抵命。

排在我们前面等待通过的只有少数几辆车。我们很快来到了其中一个执勤的面前。我开始不受控制地颤抖起来，眼泪也不争气地开始掉出眼眶。我越是告诉自己要冷静，反而颤抖得越厉害。我知道再这样下去自己一定会暴露。"也许我该下车逃命。"我这样想道。车子放慢速度的时候，我一只手已经扶住了车门的把手，随时随地准备跳车逃命。我心里也清楚，真到了千钧一发的时候，跳车逃命也根本行不通，因为我根本就没有地方可以去。车子的左边是炎热而一望无际的平原，右边和后面则是我原本就竭力要逃离的摩苏尔。武装分子把守着城里的每一寸要道，我这个女奴要是步行逃跑，要不了多久就会被他们轻而易举地抓住。我只能向天祈祷自己可以躲过这样的命运。

纳塞尔感觉到我又开始恐惧，却不能直接和我讲话，便朝车门外的后视镜里看了我一眼，露出一闪而过的微笑，暗示我镇静。

昔日还在科乔村的时候，母亲或者哈伊里也会用这种办法安抚我的情绪。虽然我的心脏还是狂跳不止，但有了纳塞尔的微笑，起码我不再想着跳车的事了。

我们的车停在了一个岗亭边上，只见一个穿着全套"伊斯兰国"制服的检查站卫兵推开岗亭的门走了出来。他的样子和当时在"伊斯兰国"据点里来买女奴的那些家伙一模一样，我此时又因为控制不住恐惧，不由自主地发起了抖。司机摇下了车窗，那武装分子便弯下腰探过头来。他打量了一下司机，又看了看纳塞尔，最后朝我和我身边的包瞄了一眼。终于他开口道："真主赐你们平安。你们是要去哪里？"

纳塞尔回答道："去基尔库克，兄弟。我老婆是那里人。"他一边说着，一边将我们的身份证从窗口递了过去。他的声音里听不出一丝异样。

那武装分子接过了证件。我的视线越过岗亭开着的门，看到里面放着一把椅子和一张桌子。桌子上放着一些文件，那武装分子的无线电也放在上面。桌角的一台小电扇轻柔地吹着风，而一瓶几乎见底的水则在桌子边缘附近来回晃荡。然后我就看见了最令我担心的东西。岗亭的墙上，挂着四张照片，其中一张分明就是哈吉·萨尔曼带我去法院时，那个法官给我拍的照片。照片底下写着什么字，可我离得太远，看不真切，我猜测那些字应该是用来记录我的信息，并且注明万一抓获我应该如何处置。我轻轻倒吸了一口气，快速扫视了剩下的三张照片。有两张照片由于阳光太强烈的缘故,我无法看清楚,而唯一能看清楚的那张照片上,是一个我并不认识的姑娘。那姑娘看着很年轻,并且和我一样,脸上写满了恐惧。我赶紧移开视线,不想让武装分子注意到自己正盯着那些照片看。这种行为要是被他发现,无疑会露出马脚。

"你们去基尔库克打算见什么人?"那卫兵忙着盘问纳塞尔,几乎完全没有注意我。

"去见她娘家人。"纳塞尔答道。

"去多久?"

"我老婆会去一个礼拜,我当天就会回来。"他按照我们之前的计划告诉那个卫兵。他镇定自若,毫无惧色。

我不知道纳塞尔坐在前面的位置上是否能看见我的照片挂在岗亭的墙上。我心里认定,如果他能看见的话,一定会立刻让司机掉头的。我的照片挂在那里,说明"伊斯兰国"的人正在积极地追查我的下落。不过纳塞尔仍然镇定地回答着卫兵的问话。

那个卫兵绕到车的另一侧,示意我把车窗摇下来。我虽然照做了,却害怕得随时随地都可能晕过去。我还记得纳塞尔叮嘱过我的话,他要我尽力保持平静,回答尽可能简单明了。我从小就会说阿拉伯语,语言水平非常流利,但我并不知道那人会不会从我操的口音或者用的字眼里听出我其实是从辛贾尔来的,并不是基尔库克人。伊拉克是个很大的国家,一般来说,可以通过一个人的说话方式判断他的籍贯,而我并不知道基尔库克人说话应该是个什么样。

那卫兵弯下腰来，看着车窗里的我。我暗自庆幸自己脸上挂着一层面纱，并且努力控制自己的眼睛，不要眨得太快或者太慢，尤其绝对不能哭。罩袍底下的我早已是大汗淋漓，身子出于恐惧也在不停地颤抖，然而那个戴着眼镜的卫兵看见的，不过是一个普普通通的穆斯林妇女。我坐直身子，准备好应对他的问话。

他的问话很简略，声音单调，语气中透着无聊："你是谁？"

"我是纳塞尔的妻子。"我答道。

"你要去哪里？"

"基尔库克。"

"为什么要去基尔库克？"

"我家里人在那边。"我低下头，用平和的声音回答道。我暗暗希望自己能够靠假装谦卑掩饰自己内心的恐惧，避免让卫兵听出我的回答有事先准备的痕迹。

那个卫兵直起身子开始走远。

他最后问了那个司机一句："你是哪里人？"

"摩苏尔的。"那司机的口气听上去，似乎已经被问过无数遍同样的问题。

"你在哪里工作？"

那司机一边爽朗地笑着一边说："哪里有活就在哪里干呗！"听完这话，那卫兵也不再说什么，将我们的身份证从窗外递了回来，挥了挥手让我们通过。

我们出了检查站,又驶过一座很长的桥。途中车里的三个人都没有开口说话。在我们的身下,底格里斯河正沐浴在金光之下汩汩流淌。河边的芦苇和草木紧紧贴着河岸,它们离河水越近,就越有机会存活。离河岸稍远的植物运气就要差些。它们日夜受着伊拉克盛夏的骄阳炙烤,只有很少的一些植物有幸获得住在附近的人悉心的浇灌,或是在难得的降雨中捕捉到一些宝贵的水分,得以储存到足够的生机,以供来年开春时抽枝发芽。

我们过桥之后,司机终于开了口:"我们刚才经过的那座桥上挂满了土制炸弹。那些都是'达埃什'安上的,万一政府或者美国人试图打回摩苏尔,他们就会把桥给炸了。我过那座桥时总是提心吊胆。我总觉得那桥什么时候都会爆炸。"

我回头望了一眼。刚才的那座桥和那座检查站都已经被我们远远地甩在身后。我们避开了种种不幸的结局,活着通过了这两重考验。那个"伊斯兰国"的卫兵本可以多问我几个问题,那样的话他应该能听出我口音的怪异,或者看出我举止中的疑点。我设想,当时如果他对我说"下车",我只能照办。那样的话,我就得跟着他进入岗亭,他若是命令我撩起面纱,一定会发现我就是照片里全城追捕的那个女奴。我还设想过,万一我们在桥上不慎触发了炸弹,那整座桥就会一瞬间爆炸起来,将我们连人带车炸个稀巴烂。有朝一日那座桥真的爆炸的时候,我希望上面站满"伊斯兰国"分子。

第五章

我们开车离开摩苏尔的路上,经过许多曾经的战场。之前曾矗立在路口的小型政府军检查站被废弃之后,如今已是一堆烧焦的瓦砾。一辆巨大的卡车报废在路边,形如一堆破铜烂铁。我以前曾经在电视上看过,政府军丢下检查站撤退之后,武装分子会将那些检查站付之一炬。我一直都无法理解为什么他们会这么做。他们似乎热衷于破坏,并且根本不需要为自己找任何借口。即使让一个年轻的羊倌骑着一头慢吞吞的驴,赶着一群羊经过这片饱经战火的地方,整个景象也仍然无比凄怆。

很快我们就来到了另一个检查站,这里只有两个"伊斯兰国"的人把守,而且这两个人似乎比上一个检查站的武装分子还要懒散,看上去根本不是很在意我们的身份和目的地。他们草草地问了与之前差不多的问题。我同样也能越过开着的门看到他们的岗亭,但这一回我没有发现照片。他们没过几分钟,就挥手放我们过去了。

从摩苏尔到基尔库克的路很长,而且在乡村间不断蜿蜒曲折,有的地方宽,有的地方却很窄,窄到在两条车道上相向而行的车辆几乎有相撞的危险。这条路上出过的交通事故不计其数。开小轿车的司机总是想一脚油门超过庞大而缓慢的卡车,他们不断给前面的车打闪光灯信号,逼前面的车靠边给他们让道;而那些载着建筑材料的卡车行驶的时候,不免撒下些砾石,划伤后面的车子和它们的挡风玻璃。有些路段的路面十分崎岖不平，让人感觉行驶在上面几乎颠簸得像要飞下山崖一般。

伊拉克的城市之间都是依靠许多类似这样的道路彼此相连的，这些道路虽然危险的程度不一，但都十分拥堵。"伊斯兰国"兴起之后，就事先对占领城市之后如何控制交通作出了规划。他们很快切断道路，将可能会逃脱掌控的民众孤立在城市中。随后"伊斯兰国"便兴建了许多检查站，方便他们抓捕任何想要逃跑的人。在伊拉克的大部分地方，一个人想要逃亡，唯一的选择就是公路。无论是在开阔的平原野地，还是在沙漠之中，逃亡之中的一家人都很难找到栖身之所。如果把城镇比作伊拉克的内脏器官，那么道路就像是伊拉克的血脉。"伊斯兰国"掐住这些血脉之后，便可以掌握任何人的生杀之权。

我望了一会儿车窗外的风景。外面是一片干涸的平原荒漠，多有沙石，和我深爱的辛贾尔那一带天差地别。春天的时候，整个辛贾尔都会换上草木花卉的新装。如今的我恍如置身某个陌生的国度，而某种程度上说，我想也确实如此。毕竟，我们还没有离开"伊斯兰国"的控制区。然而，当我仔细看时，我发现外面的景观并不是我想象得那么单调。沿路的岩石越来越大，直至变成小山崖，随后又化作沙土；沙土中生长着枝叶锋利的植物，有时还会有一两棵枯瘦的树木。偶尔我还能看见油井来回摇摆的钻头，或者一片泥砖瓦房组成的村子。我一直望着窗外，直到我实在禁不住晕车发作才作罢。

我的头又开始犯晕，因此在车里摸索着纳塞尔离开米娜家时给我备用的那个塑料袋。很快我就忍不住吐了一车。我早晨本来因为担惊受怕没有吃过东西，胃里空空如也，可吐出来的稀薄汁水很快让车厢里充满了酸臭味。我看出司机有些生气，他不得不打开车窗忍耐，可最后他实在忍受不了随着车外的热空气不断刮到他脸上的沙子。他不无关切地对纳塞尔说："你跟你老婆说一声，要是她难受，下回就直接告诉我，我可以停车。"纳塞尔点了点头："这味儿确实闻着很难受。"

几分钟之后，我就得向司机请求停车。很快我下了车，路上的其他车辆疾驰而去，扬起一阵风，将我身上的罩袍吹得仿佛一只气球。我不想让司机看清我的脸，尽量走得离车子远一些，才撩起面纱吐起来。我一直吐得嗓子和嘴唇火辣辣地疼，路边传来的汽油味又让我一阵阵干呕。

纳塞尔走上前来查看我的情况。他问我："你还好吗？我们能上路吗？还是你要在这里多待一会儿？"我知道他既担心我的身体，也担心我们不得不像这样在路边耽搁一阵。路上每过一阵就会开过一辆"伊斯兰国"的军车。我非常清楚，即使我穿着罩袍和面纱，要是我总站在路边呕吐的话，一定会引人注意的。

我告诉纳塞尔"我没事"，便慢慢地向出租车走回去。我感觉全身脱水，毫无力气，身上出的虚汗洇湿了层层衣服。我甚至记不清自己上一顿饭吃的是什么。回到车里之后，我坐在后排中座合上眼，希望自己能睡上一会儿。

我们又来到了一座建在路两侧的小镇。镇上的杂货店正卖着零食，忙碌的修车铺索性直接开在了公路边上等生意。一家茶餐厅风格的饭馆打出广告，宣传类似番茄汁烤肉配米饭这样的传统伊拉克招牌菜。司机问我："你们肚子饿不饿？"纳塞尔点了点头，他毕竟没有吃早饭。至于我，我并不想中途停下行程，但这是司机的决定，也由不得我。

那家餐馆很大，里面也很干净，铺着地砖，布置着塑料外壳的椅子。好几家人都围坐在桌边吃饭，然而桌子上都放着塑料做的简易隔断，将一张桌上的男人和女人隔开。在伊拉克民风比较保守的地方，这种隔断很常见。我在一张桌子的隔断前坐下，纳塞尔和那个司机则去取餐。我小声告诉纳塞尔："我就算吃得下去东西，之后也肯定会吐出来的。"纳塞尔却坚持要我多少吃一点："你要是不吃，身体会越来越虚的。"不一会儿工夫，纳塞尔就端着几碗扁豆汤和面包回来，把饭菜放在我的面前，然后转身在隔断的另一头坐下。

我将嘴边的面纱稍稍撩起，避免吃饭的时候弄脏。扁豆汤里放了扁豆和洋葱，味道很好。汤里的洋葱味道和以前我们在科乔村种的那些很相像，但更辣一些。然而我担心之后又要因为难受而不得不停车，因此只敢喝上几勺子汤。

面前的隔断让我感到有些孤独。餐馆的另一头坐着几个女人，她们离我很远，我听不清她们在说些什么。她们的装束和我差不多，吃肉串和面包时，手总是要来回撩动面纱，因此吃得很慢。

看上去和她们一起的几个穿白色长袍的男人们则在隔断的另一侧落座。我刚进餐馆的时候就留意过他们,他们吃饭的时候完全没有说过话,我们三个人也一样。餐馆里非常安静,我甚至感觉自己可以隐约听到女人们撩起面纱的声音,听上去有点像是呼吸声。

我们离开餐馆回到停车场的时候,正有两个"伊斯兰国"的武装分子朝我们走过来。一辆涂成米黄色、挂着"伊斯兰国"旗帜的军用卡车正停在我们的出租车边上。其中一个武装分子腿上受了伤,不得不拄拐行走,另外一个人则走得很慢,以免甩下同伴。我的心提到了嗓子眼,立刻奔到了纳塞尔身边,用他的身体做掩护,避免武装分子注意到我。可当我们和那些武装分子擦肩而过的时候,他们只是匆匆瞥了我们一眼,便走远了。

街对面有一辆"伊斯兰国"的警车,里面坐着两个警察。他们是来抓我的吗?他们是不是负责运送警力到这里巡逻,追查我和纳塞尔的下落?我担心他们下一秒钟就会注意到我们走出了餐馆,然后朝我们奔过来,用枪指着我们的头。说不定他们根本懒得问我们话,直接在停车场里就把我们杀了。

所有人都使我恐惧。餐馆里那些穿长袍的男人是不是"伊斯兰国"的人?那些跟他们一起吃饭的女人是他们的妻子,还是他们的女奴?她们又是否像穆尔塔扎的母亲一样支持"伊斯兰国"?街上的每一个人都有可能是我的对头,不论是卖香烟的小贩,还是在车底滚来滚去修车的机修工,都不例外。来往车辆的声音,甚至小孩吵闹着买糖果的声音,在我耳边都和炸弹爆炸的轰响一般令人心惊肉跳。我逃也似的回到了出租车上。我想尽快到达基尔库克。纳塞尔一直跟在我后面,我能看出他也不愿在此地久留。

当时已过了中午,午后的阳光更加难熬。我一往窗外看,胃里就开始翻腾;可我如果想闭上眼,也会因为黑暗而感到眩晕。因此我只能直直地盯着纳塞尔座位的背面,默默想着路上可能会发生的情况,以及自己最终的命运。恐惧的潮水一阵阵地泛上我的心头。我知道,前面的路上还会有"伊斯兰国"检查站,过了那里,更前面还有库尔德民兵的盘查。纳塞尔给我的那部手机突然振动起来,原来是他给我发了一条短信。

"你的家人一直在给我发消息。萨巴赫会在埃尔比勒等我们。"

萨巴赫是我的侄子,"伊斯兰国"屠杀科乔村男人的时候,他正好在库尔德人的首都埃尔比勒的一家酒店工作,逃过一劫。我们计划到时投奔萨巴赫,在他那里住一两个晚上,然后我会前往扎霍 (Zakho),和在那里等我的赫兹尼会合。当然,这一切的前提是,我们能平安地走完眼前的这条路。

第三个"伊斯兰国"检查站的卫兵完全没有盘问我们,连我们的名字也懒得问,只是草草看了一眼我们的证件,便让我们通过了。我原以为每个检查站都会对我们严格盘查,在第一个检查站看见我的照片之后,我更确信"伊斯兰国"必定不会放过任何一个可疑人物。然而事实看来正相反,究其原因,要么是当时"伊斯兰国"还没有真正安排人手抓捕逃亡女奴,要么就是这些武装分子的组织纪律,要比"伊斯兰国"宣传的懒散很多。

通过第三个检查站之后,我们在之后的一段路上都没有说话。我知道,我们三个一路到此,已很疲累。纳塞尔也不再给我发短信,司机也不再调电台的频率或是问纳塞尔话,只是直直地望着眼前的路,用平稳的车速开过伊拉克北部的农田和牧场,一边不时从一堆纸巾中抽出一张来,擦拭一下额头上的汗。那堆纸巾很快就全湿成一团。

我抱病赶路,身体还一直很难受,但我还是担心纳塞尔是否会对接下来要通过库尔德检查站感到紧张。把守检查站的那些库尔德民兵们训练有素,非常善于辨认出想混进库尔德斯坦的逊尼派人员。然而在和赫兹尼打完那通电话之后,我已经下定决心,绝不会让纳塞尔一个人回到"伊斯兰国"控制区,即使因此我得陪着他回到摩苏尔去,也在所不惜。我想告诉他不要紧张,但我答应过他一路上不能说话。至于短信,我想等到紧急时刻再用它联系纳塞尔,因此我什么都没有说,只是心里默默希望纳塞尔知道,我不是那种不顾朋友安危的人。

**

我们来到了一个路口,一块指着基尔库克方向的路牌格外醒目。司机停下了车,对我们说:"我只能拉你们到这里了。到库尔德检查站的路,得你们自己走过去。"那辆出租车挂的是摩苏尔牌照,司机如果到那里去,有可能会被库尔德民兵盘问扣押。

"我会等在这里的。他们要是不让你们通过,那你们就回来,我们一块儿回摩苏尔。"他告诉纳塞尔。

纳塞尔谢过那司机,付了车钱。我们将随身的行李拎出了车。

我们开始向检查站方向走去,前后的路上只有我们两个人的身影。纳塞尔问我:"你累了吗?"我点了点头:"我太累了。"我全身的力气都仿佛被抽走了,然而我们的目的地仍然如此遥不可及。我每时每刻都在想象最坏的结局——"伊斯兰国"追上我们,把我们带走,或者库尔德民兵扣押纳塞尔。基尔库克是一个非常危险的城市,早在"伊斯兰国"动乱以前,这里就一直是教派争斗的高发地带,我害怕即使我们能通过检查站进入基尔库克,可能也会死于汽车炸弹或者土制炸弹,何况我们还有很长的路要走。

纳塞尔告诉我:"我们先去检查站看看情况。你的家人在什么地方?"

"在扎霍。"我回答道,"离杜霍克不远。"

"从基尔库克到那里要多久?"他问我。我摇了摇头:"我不知道,应该很远。"之后我们一直肩并肩地走着,沉默不语。

库尔德检查站门前排满了车队和人群,等待接受民兵们的盘问。从"伊斯兰国"战争打响至今,库区政府已经收留了数以万计流离失所的伊拉克人,其中还包括一大批逊尼派民众,他们原籍大多在安巴尔省以及其他逊尼派聚居地区,那里已经完全被"伊斯兰国"控制,任何不支持武装分子统治的民众都不得不背井离乡。然而,库区政府也并没有完全敞开大门收留他们。绝大多数逊尼派阿拉伯难民要想通过库尔德检查站，必须有一个库尔德人作保，而办理手续的过程常常耗时许久。

基尔库克当时还没有正式归属库尔德自治区，因此城里有很大一部分居民是阿拉伯人，这也让非库尔德难民比起埃尔比勒或者其他地方来说，更容易进入基尔库克。逊尼派的学生或者每周一次，或者每天，都需要通过检查站进入城里上学，此外还有很多家庭会前来购物或者探亲。基尔库克居民的民族构成十分复杂——城里既有土库曼人和基督徒，也有阿拉伯人和库尔德人。这里的民族多样性究竟是福是祸，难以简单说清。

"伊斯兰国"进犯伊拉克之后，库尔德人急忙挥师基尔库克，深沟高垒，将这座城市连同附近极为重要的油田控制住，避免被恐怖分子占据。放眼整个伊拉克，也只有库尔德民兵的武装力量能够保卫基尔库克不被恐怖分子染指。然而，城里的一部分居民常常抱怨库尔德人的统治，认为他们总是宣扬这里是库尔德人的，并不属于阿拉伯人或者土库曼人，一言一行都像在表明，只有他们才是这座城市的主人。我们并不知道，库尔德人是否也会因为同样的理由阻止纳塞尔过关。我们是从摩苏尔来的，而摩苏尔正是"伊斯兰国"在伊拉克的首都，库尔德人多半会对我们来看望家人的说辞感到怀疑。除非我向他们坦白，我是一个逃跑来此的雅兹迪女奴，不然他们很有可能拒绝我们进入基尔库克。然而我并不打算这样做，起码眼下，我不想坦白我的身份。

辛贾尔的惨案发生之后，雅兹迪人在库尔德斯坦境内还是颇受优待的。库区政府专门设立了营地,收留无家可归的雅兹迪人。有一部分雅兹迪人对库区政府的动机有些疑虑,他们说:"库尔德人这么做,是为当年抛弃了我们而请求我们的原谅。他们不过是想要掩盖自己的丑事。全世界都知道我们雅兹迪人当时为何被困在圣山顶上,而库尔德政府却想让全世界忘记他们的不作为。"还有一部分人认为,库区政府此举的用意,是想让雅兹迪人留在库尔德斯坦境内,一来免去派兵夺回辛贾尔的义务,二来也可以借助雅兹迪人的支持推进从伊拉克独立出去的计划。

无论库区政府的动机如何,眼下雅兹迪人们都必须仰赖于他们的救助。库区政府在杜霍克附近建立的难民营专门收留雅兹迪人,库尔德民主党还开设了一间办事处,专门负责营救像我这样的雅兹迪女奴。库区政府慢慢地开始尝试修补与雅兹迪人的关系,恢复我们曾经对他们的信任,借此希望我们会接受库尔德人的身份,成为库尔德斯坦的一部分。然而那一天的我丝毫不想原谅他们过往的背叛。他们本可以在"伊斯兰国"到达辛贾尔之前保护我的一家,避免我们像今天这样流落天涯。我不想让他们知道我的身份之后出于施舍怜悯才放我过关。

纳塞尔转过头来对我说:"娜迪亚,你可以跟他们说你是雅兹迪人。你跟他们说库尔德语,告诉他们咱俩的身份。"纳塞尔清楚,只要我向库尔德人坦白身份,他们一定会立刻让我通过。

我却摇了摇头说:"不行。"那些穿着制服的库尔德民兵在基尔库克的检查站前忙忙碌碌,他们的身影在我心中激起一阵怒火。

他们没有弃守基尔库克,那为何又抛弃了我们?

我问纳塞尔:"你知不知道,他们有多少人曾经在辛贾尔抛弃过我们?"我回想起当时"伊斯兰国"迫近的时候,所有的雅兹迪人都出于恐惧,试图进入库尔德斯坦避难,却被他们婉言拒绝。那些库尔德检查站的人告诉雅兹迪人:"不用担心!民兵会保护你们的。你们最好还是待在家里。"如果他们本就无意出兵保护我们,起码也应该让我们进入库尔德斯坦,可他们没有这么做。成千上万的雅兹迪人因此被杀或者被掳走,无家可归。

"我不会告诉他们我是雅兹迪人,我也不会跟他们说库尔德语。这些都用不着。"我告诉纳塞尔。

"你冷静一下。"纳塞尔说,"现在你有求于他们,这时候要实际一点。"

我几乎朝他嚷出了声:"绝对不行!我绝对不想让他们觉得我有求于他们。"纳塞尔见状,也就不再说话。

到了检查站之后,民兵检查了我们的证件,上下打量了我们几眼。我并没有对民兵开口,仍然自顾自地和纳塞尔说着阿拉伯语。民兵指示我们打开包给他们检查,纳塞尔从我手中拿过我的包,给民兵看了一看。那些库尔德民兵翻了好久,一会儿举起我的裙子,一会儿又检查起洗发水的瓶子。他们并没有看我包里那些藏着首饰的卫生巾,这让我暗暗松了一口气。

"你们去哪里?"他们问道。

"我们来基尔库克看我老婆的家里人。"纳塞尔答道。

"你们打算怎么去？"他们又问。

"坐出租车去。"纳塞尔答道，"我们过了检查站，就找一辆出租车载我们去。"

民兵说了一句："行吧。那你们站到那里去等着。"他指了指检查站办公室面前的一大片人群。那片人群之外还零零散散站了不少人。

我们就和人群一起站在大太阳底下，等着民兵放我们过关进入基尔库克。人群里有好几个一起到此的家庭，全家人带着巨大的旅行箱，拎着塞在塑料袋里的毯子被子，彼此紧紧地靠在一起；而检查站门外的车上个个都载着许多床铺等家具，多得几乎要压垮车子。我还看见一个小男孩抱着足球，还有一个老人手里拎着装有一只黄色小鸟的鸟笼，仿佛这些杂物对他们来说是最重要的东西。检查站里的人来自五湖四海，什么年龄的人都有，信仰也不尽相同，可都同样惴惴不安地等在这座基尔库克的检查站前。我们的愿望也都是一致的——我们需要安全，需要庇护，需要和家人团聚——而把我们驱赶到这里来的，也是同一群恐怖分子。我心里暗想："这就是'伊斯兰国'统治下的伊拉克。我们都已经没有了家，只能在检查站里等通过之后再住进难民营。"

终于有一个民兵喊我们过去接受盘查。我用阿拉伯语说："我是基尔库克人，但我现在和我丈夫一起住在摩苏尔。我们这次来是看我的家人。"我一边说，一边指了指纳塞尔。

负责盘查的人问："你都带了些什么东西？"

"就是些一周之内要穿的衣服。"我回答道,"还有洗发水,还有一点私人物品……"我的声音越来越小,心跳也开始不住地加速。如果他们拒绝放我们通关,我们将一筹莫展,纳塞尔也很有可能要返回摩苏尔。我们彼此紧张地对视了一眼。

"你们身上有武器吗?"他们问纳塞尔。纳塞尔回答说没有,然而民兵们还是搜了他的身。接着他们拿过纳塞尔的手机,寻找是否存有与"伊斯兰国"有关的照片或者视频。他们没有理我,也没有要我交出纳塞尔给我的那部手机。

过了一会儿,一位民兵将我们的行李交还给我们,并且摇了摇头:"抱歉,你们不能通过。"他的声音并不凶恶,却透着公事公办的语气。"每个入境库尔德斯坦的访客都需要提供一名担保人。如果没有人作保,我们实在没有办法确定你们的身份。"

那民兵走后,纳塞尔对我说:"我们得打电话给我爸爸那个在辛贾尔的老战友。他路子广,要是他告诉那些民兵放我们过去,他们一定会照办的。"

我答道:"好吧。只要你别让他告诉那些民兵我是雅兹迪人,而你是来帮我逃跑的,就行。"

纳塞尔拨通电话,将手机交给了民兵。那个民兵和电话里的人简单说了几句话,随后脸上现出惊讶的神情来,还带着一点点生气。他将手机还给纳塞尔,告诉我们:"你们一开始就应该让他打电话给我们。你们可以通过了。"

我们通过检查站之后,我立刻将面纱扯了下来,任晚风轻柔地吹拂我的脸颊,露出了久违的微笑。纳塞尔也微笑起来,一边还逗我说:"怎么了?你不喜欢戴面纱?"

第六章

我们在基尔库克拦了一辆出租车,那出租司机年过四十,热情直爽,问我们要去哪里。纳塞尔和我面面相觑,最后还是纳塞尔说:"载我们去库尔德斯坦。"那司机朗声大笑:"你们可不就在库尔德斯坦!"然后他重新问了一遍:"你们具体想去哪个城市?埃尔比勒?还是苏莱曼尼亚 (Sulaymaniyah)?"

纳塞尔和我不免相视一笑。我们俩谁也没有来过库区,根本不熟悉这里的地理。纳塞尔问:"哪个地方离这里近?"

"苏莱曼尼亚。"司机回答道。

"那就去苏莱曼尼亚。"我们俩一齐说道。我们俩上了车之后,终于长长舒了一口气。纳塞尔和我都已经十分疲倦,俩人竟然谁也没想起按照和赫兹尼的约定,给我的侄子萨巴赫打电话。

天色渐晚,从我们所在的环城公路上望去,基尔库克只不过是远处一团房屋和路灯组成的光晕。我从小到大都以为,辛贾尔会成为库尔德斯坦的一部分,而这里的城市和街道也有一部分属于我。库尔德斯坦能够在2003年后建设得如此兴旺,让我也感到与有荣焉。这一带的安全十分有保障,美军士兵休假的时候就常来这里放松,而全世界的企业家也都希望在这里开设分支。我们以前在电视上看过库尔德人庆祝诺鲁兹节，也就是他们的新年。电视上的库尔德人成群结队地绕着篝火跳舞，在草木复苏的群山脚下忙着烤肉吃。我还很小的时候无比羡慕他们，常常发牢骚道："库尔德斯坦的日子真好，可我们就只能住在这个穷村子里面。"每当这时，母亲就会训斥我说："他们当年被萨达姆害得很惨，娜迪亚。如今他们能过上好日子是应该的。"

然而对我来说，库尔德斯坦仍然是一个十分陌生的地方。我不知道这里有哪些城镇，也不知道生活在这里的人什么样。我在基尔库克或者萨莱曼尼亚都没有朋友。尽管萨巴赫在埃尔比勒的酒店上班，萨乌德在杜霍克附近的建筑工地工作，但他们和那些来库区讨生活的孟加拉国或者印度劳工一样，单纯是为了挣钱才来到这里的，并没有把埃尔比勒或者杜霍克当成自己的家。或许无论我身在伊拉克的任何一个地方，都会是一个异乡人。我不可能再回到留下过血泪记忆的摩苏尔，而我也从来没有去过巴格达、提克里特或者纳贾夫 (Najaf)，更没有参观过什么博物馆或者古代遗迹。整个伊拉克我唯一真正熟悉的地方就是科乔村，可科乔村被"伊斯兰国"占领了。

载我们的出租车司机是个非常自豪的库尔德人，他沿途一直用夹杂着库尔德语和阿拉伯语的话，向我们指点沿路的各种地方。他总想和纳塞尔聊上几句，向他打听打听摩苏尔的情况。"摩苏尔整个城都被'达埃什'占领了？"他一边摇头一边问道。

"对。"纳塞尔答道，"很多人都想逃出去，但逃出去很困难。"

"咱们的子弟兵一定会把他们赶出伊拉克的！"那司机十分肯定地说道。纳塞尔没有作声。

坐在出租车里的我则感到更轻松了一些。尽管基尔库克尚未正式归属库尔德斯坦，前方也许会有库尔德斯坦本土边境的检查站，会对纳塞尔多盘问几回，不过有希沙姆的那个辛贾尔老战友在，通过应该问题不大。希沙姆的那个老战友很显然如今在库区颇有地位，而眼下的我起码也不用被"伊斯兰国"的车辆吓成惊弓之鸟，也不用担心这里的人私底下是恐怖分子的支持者。

那个司机向纳塞尔一侧的车窗伸出细细的手指问我们："你们看见那些山脚下的屋子没有？"在我们的右手边，伊拉克的东部山脉巍峨耸立，而山脚下正建设着规模宏大的住宅楼群。路边还竖着巨大的广告牌，上面画着未来这里竣工的模样，骄傲地向来往车辆宣传着这片新楼。

司机告诉我们："这里建成以后，即使跟美国人的公寓楼比，也差不了多少。以后这里会非常非常漂亮。咱们库尔德斯坦如今可是日新月异哩。"

司机又朝后视镜里看了看我，问道："你老婆叫什么名字？"

"苏珊。"纳塞尔用我假证件上的名字答道。

"苏珊！"司机回应道，"这名字真好听。那我就叫你苏苏吧。"他一边说，一边使劲朝我微笑。之后他每次向我们介绍某个地方，都要带上我的名字。他会不厌其烦地告诉我："苏苏！那片湖你看见没有？春天的时候那湖可好看了！苏苏！刚才我们经过的那个镇子，那里的冰激凌味道绝对一级棒！"

我至今仍然记得搭那趟出租车的旅途，并且想辛贾尔是否也能像库尔德斯坦一样，从种族迫害的苦难岁月中振作起来，变得比以往更加繁荣昌盛。我很希望会是这样，但我也承认这样的愿景并不现实。库尔德斯坦的民众绝大多数都是库尔德人，他们可以同仇敌忾地抗击萨达姆政府军这个外来的敌人；然而辛贾尔却是个雅兹迪人和阿拉伯人共同生活的地方，两族的民众虽然彼此互通有无，常有往来，并且维持睦邻友好的关系，但是辛贾尔的敌人却是从内部生根发芽的，仿佛一个不断蔓延的病毒，破坏着宿主体内每一个受到感染的细胞。即使美国人或者别的势力像当年萨达姆迫害库尔德人时那样，也对我们施以援助，我们雅兹迪人也并不能提供什么有价值的回报，因此他们或许并没有多少这方面的兴趣。可对我们来说，如今又该怎么恢复往日的生活，和阿拉伯人和平共处呢？

司机又试图引起我的注意："苏苏！你喜欢野餐不？"我点了点头，他接着说，"你肯定喜欢的嘛！你以后有时间，就应该来苏莱曼尼亚城外的山下这里野餐。这里春天的景色好看得不得了哩！"我又点点头。

后来纳塞尔和我经常会笑那个司机，以及他给我起的那个俏皮名字。纳塞尔后来跟我说："我们千辛万苦没有让'伊斯兰国'逮住你，可要是我们跟那个司机再待久一点，没准他倒不愿意放你走了！"

我们到达苏莱曼尼亚的时候，差不多是早晨4点。当时城里还是一片寂静，出租车场也还关着门。我们原本计划从那里搭一辆车去埃尔比勒。我们接近苏莱曼尼亚的检查站的时候，司机告诉我们不必担心，他说："这些卫兵我都认识。"确实如他所说，那些卫兵和他用库尔德语聊了两句，就让他通过了。

"你们想在哪里下车？"司机问我们。我们却摇了摇头。

"把我们送到出租车场就可以了。"纳塞尔告诉他。

"车场还没开哩。"司机说。那司机心地善良，总是替我们操心。

"不要紧，我们等就是了。"纳塞尔说。

司机在车场门口停下了车，纳塞尔付了车钱。他对我道了一句："苏苏，一路顺风！"随后他便开车走了。

我们走到出租车场附近的一座超市外面，倚着墙坐了下来。街上空无一人，整个城市仍在沉睡，窗户漆黑的高楼在我们面前耸立着。其中有一栋高楼，通体亮蓝色，形状像一艘帆船，后来我才知道，这栋楼是按着迪拜的某一座建筑的样子盖成的。一股清爽的凉风吹过，苏莱曼尼亚周围的群山像戴在整个城市上的一条项链一样，远远望去，令我感觉熟悉又亲切。我想上个洗手间，却不好意思向纳塞尔讲，因此我们就一直疲倦地坐在那里，等着超市开张，好买点东西吃。

"你从来没有来过这里吗？"纳塞尔问。

"没有。"我说,"但我知道这是个好地方。"我向纳塞尔描述起电视上放过的诺鲁兹节庆典,但并没有提到萨达姆或者安法尔这两个字眼。我告诉他:"库尔德斯坦有很多水,这里的草本植物要比别处长寿许多。城里还有游乐园,还有给孩子们坐的过山车。连伊朗人都会穿过边境来这里的公园散步。这里的山也让我感觉身在家乡一样。"

我问纳塞尔:"咱们明天去哪里?"

"我们搭辆车去埃尔比勒。"他说,"我们到那里的酒店去找你侄子,然后你再从那里去扎霍,找赫兹尼。"

"你不跟我一起吗?"我问道。纳塞尔点点头。我替他感到难过,对他说:"我真希望你们一家人都能来库尔德斯坦,我不希望你还得生活在'伊斯兰国'占据的地方。"

"这都是没有办法的事。"纳塞尔说,"也许有朝一日可以实现吧。"他的神情非常忧郁。

我在出租车里坐得太久,浑身疼痛不已,而双脚也因为在步行前往第一个库尔德检查站的时候而累得生疼。终于我们俩都撑不住睡了过去,但并没有睡很久。一两个小时之后,清晨的马路上重新开始热闹起来,黎明的阳光照醒了我俩。纳塞尔转头看了看我,见我睡了个安稳觉,十分开心。"你总算可以安安稳稳地起个床。"他对我说。

"我终于起床时不用提心吊胆了。"我回答道,"这地方真漂亮。"

此时我们都已经饥肠辘辘。纳塞尔提议道："我们找点东西吃吧。"我们俩步行了一小段，在超市里买了几个夹着鸡蛋和炸茄子的三明治。三明治的味道说不上好，但是我毕竟饿得慌，三两下就吃完了。我发现自己这么久以来，第一次没有在吃完东西后反胃。

在一家餐馆的洗手间里，我换下了罩袍和凯瑟琳的裙子。那两件衣服经过一路颠簸，早已被汗水洇得发馊。我用湿毛巾仔细擦拭了我的腋下和脖子，然后从包里拿出一条裤子和一件衬衫换上。我很小心地不让自己去看镜子。自从哈姆达尼亚的那个清晨之后，我就再也没有照过镜子，我害怕认不出如今的自己。我将凯瑟琳的裙子仔细叠好，放回包里，心里想着："这条裙子我要一直留在身边，直到她重获自由。那个时候，我会把这条裙子还给她。"我本来差点就将那条罩袍扔进垃圾桶，可还是在最后一刻收了手。这罩袍毕竟也是"伊斯兰国"在我身上犯下暴行的一个见证。

外面的街上已经是车水马龙，许多人穿梭其间，赶着去上班或者上学。随着车流越来越密集，车喇叭的声音也开始响了起来。沿街的店铺也收起了金属的卷门，准备开张营业。阳光折射在那栋帆船模样的高楼上，我借着阳光，才看清那高楼外墙上铺满了蓝色的玻璃，楼顶还有一个圆形的天台。生活的气息让这座城市看上去更加美丽。街上并没有人看我们，而我也不再害怕生人。

我们给萨巴赫打了电话。他在电话里提议道："我来苏莱曼尼亚接你们吧。"我和纳塞尔婉拒了他的提议，我告诉萨巴赫："不用你来，我们过去就好。"

纳塞尔一开始想让我自己去埃尔比勒。他对我说:"到了这里,你就用不着我陪着了。"可我反复劝说他留下来,最后他拗不过我,答应继续陪着我。我骨子里的那股倔劲儿又回来了,现在我还不想和纳塞尔分别。我告诉萨巴赫:"我们会一块儿来埃尔比勒。我想让你见见那个一路帮我逃跑的人。"

**

苏莱曼尼亚的出租车场那天早上特别忙碌,我们来到车场里,打算搭一辆车去埃尔比勒,可是一连问了四个司机,都被婉拒。他们并没有说明原因,但我们猜测是因为我们从摩苏尔来,而纳塞尔又是个阿拉伯人。每一个司机都会问我们要证件,看上一眼之后,又打量我们一下,像这样来回扫视好几遍,才问我们:"你们要去埃尔比勒?"我们点点头。

然后他们都会问:"为啥要去埃尔比勒?"

我们则跟他们说:"我们是去探亲的。"可他们都会无一例外地叹口气,把证件还给我们,对我们说:"抱歉,我已经有客人约了。你们找别的司机问问吧。"

"咱们是摩苏尔来的,所以他们害怕出事。"纳塞尔告诉我。

"他们这么做可以理解。大家都害怕'达埃什'。"我答道。

纳塞尔又问我:"你还是不肯说库尔德语?"我摇摇头。在遇到真正的困境之前,我还没有打算亮出我真实的身份。

车场的人群越来越多,我扫视了一下周围,没有人往我们这边看。我现在胆子大了不少,但并没有像之前自己预想的那样轻松。我满脑子想的都是到达扎霍之后，我的生活会变成什么样子。我们家很多人都要么下落不明，要么不在人世，而我即使到了扎霍，也终将无家可归，只能面对许多亲人都已不在的残酷现实。我的内心既欣喜，又感到无比的空虚，但起码眼下我还有纳塞尔可以说话，这让我感到稍许的慰藉。

我问纳塞尔："如果'达埃什'现在出现在这片车场，我们该怎么办？你觉得这里会变成什么样？"

纳塞尔回答道："那这里的人一定会吓得不轻。"我想象着一个浑身黑衣，带着自动步枪的武装分子出现在这片嘈杂忙碌的人群之中的场面。

我又问："你猜猜他们会先抓谁？咱们俩之间谁罪过更大一点——是我这个脱逃的女奴，还是你这个帮我逃出摩苏尔的逊尼派？"

纳塞尔大笑不止："这题可不好答。"

"我来告诉你，'达埃什'肯定会把咱俩都抓起来，咱俩都得死。"说完之后，我们俩都笑了起来，但只笑了短短一阵。

第七章

库尔德斯坦确切地说，是一片由三个省份组成的地区。直到最近，库区都只有三个省份，分别是杜霍克、埃尔比勒和苏莱曼尼亚。然而到2014年的时候，库区政府将当年安法尔战役中最重要

的目标哈拉比亚 (Halabja) 地区也单独划成了一个省份。

尽管很多人都在讨论库尔德斯坦独立的可能性，并且热衷于就库尔德人的民族身份问题进行争论，然而事实是，这几个省份之间的情况天差地别，颇有彼此分庭抗礼之势。库区的几个主要政党——包括巴尔扎尼的库尔德民主党，塔拉巴尼的库尔德斯坦爱国联盟，更晚近一些出现的新党派戈兰党，以及一个由三派伊斯兰政党组成的政治联盟——在境内各有势力，而民主党和爱国联盟之间的分歧尤为令人瞩目。20世纪90年代中期，分别效忠这两个党派的库尔德群众和民兵武装就曾经打过一场内战。库尔德人并不愿意过多提及这段历史，因为他们知道，如果想让库尔德斯坦作为一个独立的国家脱离伊拉克，那么库尔德人民就必须团结；即使如此，当时的那场无比惨烈的库尔德内战还是给两个党派之间留下了许多持久且难以修补的裂痕。有些人曾经希望齐心协力对抗"伊斯兰国"的战争能够让库尔德人团结到一起，但只要到库区各地看一看，就会发现每个省份都像是一个小小的国家一样。民主党和爱国联盟都拥有自己的民兵武装，并且都设有自己的安全和情报部门，称为"安保机关"。

苏莱曼尼亚和伊朗接壤，是库尔德斯坦爱国联盟的大本营，也是其执掌者塔拉巴尼及其家人的家乡。苏莱曼尼亚比起民主党的地盘埃尔比勒要更自由开放一些。爱国联盟执政的地区深受伊朗的影响，而民主党则和土耳其结成战略盟友。库尔德地区的政治错综复杂，直到我被解救之后开始从事人权方面的工作，我才了解到当时库尔德民兵抛弃辛贾尔背后的深层原因。

我们前往埃尔比勒路上的第一个检查站是由爱国联盟控制的,负责盘查来往车辆的则是他们的民兵以及安保机关人员。他们查看了我们的身份证之后,要求载我们的司机靠边停车,在那里等待。

我们当时是和一对形似夫妻的年轻男女拼车上路的。那个年轻姑娘听到我和纳塞尔说阿拉伯语的时候,脸色有些害怕。她问我:"你会说库尔德语吗?"当我告诉她会说之后,她感到颇为安心,渐渐放松了下来。我和那对男女一块坐在后座,纳塞尔一个人坐在前排。那对男女是库区当地的人,因此我们会被拦下来,完全是因为我和纳塞尔的身份证上写着外地籍贯。检查站的人让车靠边等待的时候,那个年轻姑娘不耐烦地叹了口气,手里把玩着她的身份证,往窗外张望起来,想看看究竟出了什么事情阻碍了她的行程。我生气地瞪了她一眼。

民兵指了指我和纳塞尔说:"你们俩,跟我们过来。"之后那人又告诉司机说:"你可以走了。"我俩从车上取下行李,目送车子扬长而去,然后我们跟着民兵进了检查站的办公室,这时我又感到恐惧涌上心头。我原以为进了库区地界,就不会再遇到太多麻烦。然而此刻我清楚地意识到,只要我还坚称自己是来自基尔库克的"苏珊",那么库区的路将会非常难走。如果他们怀疑我是"伊斯兰国"的同情者,或者只是怀疑我们来埃尔比勒的动机,都很有可能将我们拒之门外。

进入检查站办公室之后，民兵开始盘问我们。他问道："你们是什么人？为什么你们一个拿着摩苏尔的身份证，一个拿着基尔库克的身份证，却要去埃尔比勒？"那个民兵尤其对纳塞尔充满怀疑，毕竟那些狂热的"伊斯兰国"战士，跟纳塞尔的年纪差不了许多。

我们已经精疲力竭，心里只想着赶快去埃尔比勒找萨巴赫。我意识到唯一能够通过这里的方法，就只有卸下伪装，坦白我自己的身份。我告诉纳塞尔："行了。我来跟他们说。"

然后我用库尔德语告诉那个民兵："我叫娜迪亚，从科乔村来，是个雅兹迪人。我的身份证是假的。我之前被'达埃什'囚禁在摩苏尔，逃跑的时候，弄了这么一张。"我指了指纳塞尔说："是这个人帮助我逃脱的。"

那个民兵听了我的话震惊不已。他呆呆地盯着我们俩看了好一会儿，回过神来之后，他告诉我们："你们应该跟安保机关的人讲讲你们的经历。跟我来。"

他打了一通电话，然后带我们到附近的一座建筑里去。那里是当地安保机关的指挥中心，一群长官在一间很大的会议室里面等着我们。会议室里那张很大的议事桌尽头，有两张为我和纳塞尔预备的椅子，桌子上还放着一台面向那两把椅子的摄像机。纳塞尔见到摄像机之后，立刻摇起头来，用阿拉伯语告诉我说："不行，我绝对不能被拍。我的长相不能让任何人知道。"

我转向那些长官，对他们说："纳塞尔帮我逃到这里是冒了很大的风险的,他的全家还在摩苏尔。如果他的身份被泄露出去,他或者他的家人可能会遭遇不测。而且,你们为什么要录像?你们要放给什么人看?"我心里其实也对爱国联盟的这些安保机关人员颇为反感——他们要采访我们,还要拍录像,却根本不管我还没有做好当着大庭广众回忆摩苏尔的心理准备。

他们回答我:"我们拍录像只是为了留存档案,而且我们会给纳塞尔打上马赛克。我们可以按着《古兰经》发誓,除了我们和我们的长官,没有人会看到这个录像。"

我意识到,如果我们不交代我们的经历,他们就不会放我们上路。我们只好同意。我告诉他们:"要我们接受采访可以,但是你们要发誓,绝不会有人通过这段录像认出纳塞尔的身份,而且除了你们民兵和安保机关之外,这段录像绝对不许外传。"他们则满口答应说:"没有问题,没有问题。"于是我们接受了他们的采访,这一坐就是好几小时。

一个军衔很高的长官负责问我们问题。他先是问我:"你是来自科乔的雅兹迪人?"

我回答:"是的。我是一个来自辛贾尔地区科乔村的雅兹迪女孩。库尔德民兵撤离的时候,我们留在村子里。'达埃什'来到我们村之后,在我们村的学校上写了几个大字——'此地属于"伊斯兰国"。'"我向他们描述了科乔村的人是如何被"伊斯兰国"押进学校,村子里的妇孺又是如何被带到索拉格和摩苏尔。

"你在摩苏尔待了多长时间?"那长官又问。

"我并不十分确定。"我回答道,"我们被他们关在昏暗的屋子里,很难知道在每一处被关押的时间。"安保机关的人对辛贾尔的情况了如指掌,也知道雅兹迪男人们被处决,女孩们被运到摩苏尔后贩往伊拉克各地的事情。然而他们最想知道的是我的亲身经历——尤其是我被囚禁时的经历,以及纳塞尔帮助我逃脱的来龙去脉。纳塞尔用阿拉伯语低声告诫我,这两个话题哪一个都不要多谈。他还担心起他的家人,补充说:"你不要跟他们说你来我家的时候是傍晚,也不要说我们当时坐在院子里。你就说你是半夜来的,否则他们会以为我们傍晚敢大大方方地坐在花园里乘凉,一定和'达埃什'有关系的。"我告诉纳塞尔不必多虑。

谈到"伊斯兰国"强暴妇女的时候,爱国联盟的官员想从我这里打探一些细节,但我否认自己被强暴过。我虽然知道我的家人会一如既往地爱我,但在和他们团聚之前,我真的不知道如果我向他们坦白自己失了身,他们,乃至所有雅兹迪同胞,会作何反应。我还记得哈吉·萨尔曼曾经在某次强暴我之后轻声警告过我,就算我能逃脱回到家乡,我的家人也会杀了我。他的话还萦绕在我耳边:"你已经毁了。没有人会娶你,没有人会爱你,你的家人也不会要你了。"连纳塞尔也对把我送回家人身边心存疑虑,并且担心他们到时会作出什么样的反应。他在爱国联盟的办公室里对我耳语道:"娜迪亚,这些人在拍录像,我不信任他们。你应该再等等看,看你的家人会怎么对你。他们要是知道了那些事,没准真会杀了你。"有人当着你的面怀疑生你养你的人会加害于你,这件事本身就让人难受；然而雅兹迪人确实民风保守，严禁婚前性行为，因此他们的怀疑并非毫无根据。不过，这种困境放在任何一个民族，都是极其考验意志和同理心的事情。

一名长官给我们递来了一些水和食物。我急着想离开那里重新上路，便对他们说："我们和我在扎霍的家人约好了见面。现在时间快来不及了。"

那些长官却告诉我："这是一个非常重要的事情。我们爱国联盟的官员想知道你被囚禁期间和逃跑过程当中的细节。"他们尤其对民主党民兵撤出科乔村那一节十分感兴趣。我对他们描述了摩苏尔的武装分子如何去奴隶市场买走漂亮的女奴，但至于我自己被囚禁的经历，我没有对他们说实话。

负责询问我的那个长官又问道："买走你的人是谁？"

"有个非常高大，虎背熊腰的男人选中了我，对我说他是我的主人。"我一边说，一边想到萨尔万的身影，就不住地发抖。"我没有跟他走，一直待在他们的据点里，直到有一天，我发现楼里没有警卫，就逃了出来。"

接下来轮到纳塞尔答话。

"我们一家人是在凌晨12点半到1点左右被敲门声惊醒的。"他一边往椅背上靠了一点，一边对他们说。他那天穿着一件条纹T恤，看着年轻了几岁。"我们以为是'达埃什'，不知道他们是否带着武器，因此惊慌失措。"接着他便讲了他们全家人是如何发现我这个形如惊弓之鸟的小女孩，又是如何给我做的假身份证，装作我的丈夫逃出摩苏尔城。

爱国联盟的民兵和安保机关对纳塞尔交代的来龙去脉非常满意,纳塞尔不仅收获了他们的谢意,还受到了英雄般的待遇。那些人问他"伊斯兰国"治下的生活如何,并且宣称:"我们的民兵战士们会一直和恐怖分子战斗下去,直到他们从伊拉克消失为止!"逃离摩苏尔的难民将库尔德斯坦视作避风港这件事情,让在场的那些人都颇感骄傲。他们也不忘提醒我们,当年抛弃辛贾尔的民兵,并不是他们爱国联盟的人。

"像娜迪亚这样的落难女孩在摩苏尔还有成千上万。"纳塞尔对他们说,"娜迪亚只是其中之一,我只是帮助她逃到了这里。"采访结束的时候,已经是下午将近4点的光景了。

为首的那个长官问道:"你们现在打算去什么地方?"

"去杜霍克附近的营地,但是在那之前我们要去埃尔比勒找我的侄子。"我答道。

"你们家谁在杜霍克?"那长官又问道,"我们可不想让你们再冒什么风险。"

我把同父异母的哥哥瓦立德的手机号给了那名长官。瓦立德和其他许多幸存下来的雅兹迪男人一样,在辛贾尔惨案发生之后加入了库尔德民兵武装,一来为报仇雪恨,二来也能养家糊口。我原本以为他们会信任自己的袍泽,但我没想到,这么一来他们却越发疑虑起来。那长官与瓦立德通了电话之后,转头问我:"瓦立德是民主党的民兵?要是这样的话,你就不应该去投奔他。别忘了,当年就是民主党临阵退缩,害了你们。"

我没有说话。就算我对库区的政治再一无所知,现在我也能察觉到,此时在政党之间站队绝非明智之举。长官又接着说:"你刚才采访的时候就应该多说一些这方面的内容。必须让全世界知道,是民主党的民兵害惨了你们。"

他又说:"你们要是留下来,我可以帮助你们。想来你们身上的钱也不够回家吧?"

我们争执了一会儿。爱国联盟的长官坚持认为,我们留在他们的领地里会更有安全保障,而我却坚持要上路。最后那长官看出我们去意已决。我告诉他:"我不管我的家人是不是民主党的人,我只是想和他们团聚。8月份到现在,我已经很久没有见过他们了。"

"好吧。"那长官终于松口,并且交给了纳塞尔一张通行证。"你们之后在路上遇到检查站,就别用身份证了,用这个,保你们畅通无阻。"

他们雇了一辆出租车,要司机把我们一路送到埃尔比勒,还替我们预付了车费。临行前,他们还感谢我们花很长时间接受他们的采访。纳塞尔和我上车的时候都没有说话,不过我看得出,他和我一样,心中只是庆幸我们终于能通过这个检查站。

之后的路上,但凡遇到检查站,我们都会出示那张证明,并且立刻获得放行。我半躺在车座上,想着在抵达埃尔比勒见到萨巴赫之前稍稍睡上一觉。附近的景色要比之前青翠不少,农田和牧场都有人悉心照料，生机勃勃。一路上我们先是经过和科乔村一样建满泥砖瓦房、停着拖拉机的小农村；之后则经过稍大一些的城镇，再往前则经过了几座大城市，那里的大楼和清真寺金碧辉煌，比辛贾尔的任何建筑都要气派。出租车里的环境让我感到安全，即使我打开车窗，外面吹进来的风，也比之前更凉爽怡人。

没过多久，纳塞尔的手机就响了起来。"是萨巴赫。"他告诉我，紧接着便开始暗骂起来，"萨巴赫说他在库尔德的电视新闻里看见了我们的采访！那帮家伙最后还是把录像发了出去。"

萨巴赫随后又打来电话，纳塞尔将手机递给我，让我接听。我的侄子在电话里大发雷霆："你为什么要去做那个采访？就应该让你等着我去接的。"

"他们说不会发布的，还发了誓。"我向萨巴赫解释道。那些爱国联盟的人的所作所为让我感到不齿，我还担心纳塞尔因为采访的缘故，已经把自己和他家人的身份暴露给了"伊斯兰国"，也许正在此刻，武装分子就已经敲响了希沙姆和米娜他们两家的门，准备报复他们。纳塞尔认识不少"伊斯兰国"的武装分子，他们也认识他。就算爱国联盟的安保机关说话算数，给纳塞尔的脸打了马赛克，那些"伊斯兰国"的人也有可能认出他来。我实在不敢相信，之前还只有区区几个人知道我的遭遇，如今我却上了电视。我心中又一阵害怕。

萨巴赫接着咬牙道："这是纳塞尔家和我们家的事情，那些家伙凭什么那么做！"

我僵在我的座位上，几乎要哭出来。我并不知道自己该说什么。那段采访似乎是对纳塞尔莫大的背叛，我对爱国联盟安保机关的那些人将录像放上电视的做法，心中也只有厌恶。他们这么做，无非就是想宣传民主党放弃了雅兹迪人，通过打击政敌来提高自己的形象。我告诉萨巴赫："如果我早知道这段录像会被放出来，我宁愿自己死在摩苏尔。"这句话确实是我的心里话。爱国联盟利用了我们，拿我们当作攻击民主党放弃雅兹迪人的政治武器，完全不关心我的隐私，以及纳塞尔和他在摩苏尔家人的安危。"伊斯兰国"固然不曾拿我当人，可如今爱国联盟的所作所为，只是将我当作宣传材料，让我感觉他们和"伊斯兰国"之间，并没有什么太大的差别。

那段录像让我难受了好一段时间。我的兄长们也很生气，认为我不该露脸，也不该交代自己的家人。纳塞尔则担心起他的安全来。赫兹尼训斥我说："要是纳塞尔有个三长两短，我们怎么打电话跟希沙姆交代？难道要我们告诉他，他的儿子为了帮你的忙丢了性命？"他们还埋怨我不该在镜头前指责民主党的民兵。再怎么说，收留雅兹迪人的难民营也是建在民主党的地盘上。我很快明白，我个人的悲惨遭遇，很容易就会被人利用成政治攻讦的武器，在伊拉克这种地方尤其如此。我必须在说每一句话之前都仔细斟酌。同样一句话，在不同的人群面前，有着不同的意义。原本只属于我自己的经历，只要稍加操纵，就会成为捅向我的刀子。

第八章

我们到了埃尔比勒城外之后,爱国联盟开的通行证就不管用了。埃尔比勒的检查站规模很大,每一条车道都用水泥防爆墙隔开,以防汽车炸弹袭击,墙上还贴满了巴尔扎尼的照片。等到检查站的卫兵命令我们下车时,我们俩早已经见怪不怪,一路跟着他去了检查站长的办公室。那办公室很小,站长本人就坐在一张木质书桌后面,房间里没有摄像头,也没有拥挤的人群。我们在接受盘问之前,萨巴赫不断发来短信,催问我们为什么还没到,因此我打了个电话给他,告诉他检查站的位置,要他过来接我们——我们并不知道这场盘问要进行多久。

站长和那些爱国同盟的人问了些差不多的问题,我一一对答,这次也依旧没有透露被强暴的经历,也没有透露有关纳塞尔家人的只言片语。此外,我还长了个记性,没有对民主党民兵武装讲任何负面的话。那站长将我的答话一一记录下来,盘问结束之后,他笑了笑,站起身来。

他亲吻了纳塞尔的脸颊,对他说:"我们不会忘记你的义举。真主必定会赞赏你的行为!"

纳塞尔的表情并没有变化,只是平静地说:"这件事也不是我一个人能完成的。我的家人也冒着生命危险帮助我们到达库尔德斯坦。不过,只要是心里还有一点善念的人,都会做出同样的选择。"

检查站的人没收了我带来的那张假摩苏尔身份证，不过纳塞尔的那张则被还了回来。之后，检查站打开了通行门，萨巴赫走了进来。

我们家很多男丁都是天生的战士——我父亲生前就是个老兵，虽然已经不在人世，却留下了许多英雄事迹；贾洛在塔尔阿法尔和美国人并肩作战过；赛义德从小就是个充满勇气的孩子，科乔村的男人被"伊斯兰国"处决之后，他愣是从百人坑里拖着中枪的手臂和腿爬了出来。然而，萨巴赫不过是个比我长两岁、还在读书的学生。他在埃尔比勒的酒店打工，为的是将来能有钱上大学，找个好工作，不必回家务农放羊。"伊斯兰国"来到辛贾尔之前，他一直为这个目标努力。

然而"伊斯兰国"的种族屠杀改变了一切。赫兹尼开始全身心地帮助组织营救女奴的行动；赛义德每晚都被他那一次鬼门关前的记忆折磨，变得好勇斗狠；萨乌德在难民营的单调生活中度过一天又一天，试图平复自己心中的幸存者愧疚；而马利克，可怜的马利克，在种族屠杀发生之前，他不过是个年幼的男孩，如今却放弃了自己此前的全部人生，甚至放弃了自己对母亲的爱，成了一个效忠"伊斯兰国"的恐怖分子。

萨巴赫从来没有想过当兵或者当警察，但科乔村的惨案发生之后，他离开了埃尔比勒的酒店，也离开了学校，义无反顾地回到了辛贾尔山上，当了一名战士。他一直都是个内向的人，不善于表达自己的感情，如今却浑身散发着不曾有过的男子气概。我在检查站搂住他,在他怀里激动地哭泣时,他安抚着我,想让我平静下来:"人家长官都还在这里,娜迪亚。咱们不能当着人家的面哭。你经历了太多,现在你安全了,不哭,不哭。"短短几周的工夫,他似乎已经成长了好几岁。转念一想,也许每个人都是如此。

我试图平复自己的心情。萨巴赫问我:"哪一个是纳塞尔?"我便朝他指了指。两个男人握手致意了一下。萨巴赫说:"我们得去酒店,那里还待着其他几个雅兹迪人。纳塞尔,你跟着我。娜迪亚,你到时可以在另外一个房间陪陪姑娘们。"

我们从检查站开车出发,不多时便进了市中心。埃尔比勒的形状呈不对称的圆形,城市的规模很大,中央是一座古老的城堡,城中的道路和房屋都以这座城堡为原点向外辐射。据一些考古专家考证,这座城堡可能是世界上持续至今历史最悠久的人类定居点。从城中大部分位置望去,都能看得见那座城堡高耸入云的沙色墙体,和埃尔比勒新潮现代的街区形成鲜明的对比。埃尔比勒的街上总是能找得到疾驰而过的白色越野跑车,因为交通法规宽松,它们得以在城里纵横驰骋。沿街无数商场酒店鳞次栉比,到处都有新大楼破土施工。我们到达埃尔比勒的时候,很多工地都已被临时转为难民营使用,随着大量的伊拉克和叙利亚难民涌进这一带,库区政府也正在筹划容纳这些外来人口的良策。

我们在酒店门口停下车。那酒店并不很大,平平无奇,大堂里摆着几张深色的沙发。酒店的窗户上挂着轻薄透明的窗帘,地上则铺着用某种亮灰色材料做成的地砖。几个雅兹迪男人正坐在大堂里，朝我问好，可此时的我却只想睡上一觉。萨巴赫把我带到了他之前所说的那个房间，里面还住着一家人。一个老太太带着和萨巴赫同样在酒店里工作的儿子和儿媳，正围坐在一张小桌子周围，吃着酒店餐厅送来的饭菜，还喝着汤。那老太太见到我之后，忙向我示意道："过来坐，一块吃。"

那老太太和我母亲的年纪差不多，也和母亲一样，穿着一件宽大的白色裙子，系着白色的头巾。我离开摩苏尔的那间"伊斯兰国"房屋之后这么久以来不断建立的心防，在见到这位老太太的这一瞬间化为无形。我尽情宣泄着我的情绪，用我全身的力气大声呼喊，直喊得自己连站直的力气都耗尽。我为至今下落不明的母亲而哭，也为被赶尽杀绝的兄长、为失去亲人之后不得不守着他们的记忆度过余生的家人而哭。我为凯瑟琳、瓦拉亚，还有我那些仍然身陷魔窟的姐妹们而哭，也为侥幸逃出生天的自己而哭。我心想，也许即便如今逃出魔爪，自己也很难称得上幸运。

那老太太走过来将我扶起，她的身子和我母亲的身子一样轻盈柔软。我稍稍平复下情绪，却发现她也在滴着眼泪，不仅是她，她的儿子和儿媳也在默默流泪不止。她对我说："你要耐心。也许你爱的人都会平安无事地回来的，不要苛责你自己。"

我和他们一起在桌边坐下，身子已经因为之前的大哭宣泄而恍惚轻若无物，甚至像是马上就会随风飘走一样。那老太太看上去年岁很大，远比她的实际年龄显老，满头的白发几乎都已掉光。她暗粉色的头皮上长着棕色的斑，在余下的几绺头发中间隐约可见。她是泰尔埃泽尔人,近几年的人生对她来说,就像是一部无比漫长的悲剧画卷。她告诉我:"我的三个儿子,他们都没结过婚,2007年的爆炸把他们全都带走了。我下定决心,从他们离开人世的那天起,直到看见他们的遗体之前,我都不会再洗澡。这些年来,我除了洗脸洗手,从来没有洗过澡。我只想亲手洗净他们的遗体下葬,在此之前,我并不在乎自己是否肮脏。"

老太太看出我已很疲倦。她对我说:"姑娘,睡吧。"我在她的床上躺下,合上双眼,却怎么也睡不着,脑海中想的只有那老太太的三个儿子,他们下落不明的遗体,还有我自己的母亲。"我的母亲留在了索拉格。"我告诉那老太太,"我不知道她怎么样了。"说完我又开始大哭起来。整晚老太太都陪在我的床边,我们相视垂泪,一直到第二天早晨。我换上凯瑟琳的裙子,亲吻了老太太的面颊。

老太太又劝导我说:"我以前一直以为,儿子死于非命对于我这做母亲的来说,是最难以忍受的悲剧。我日日夜夜祈祷他们能死而复生,但如今我很庆幸,他们不必活着亲眼见证辛贾尔发生过的一切。"她紧了紧头上的白头巾,整理了一下残存的头发。她告诉我:"神明保佑,你的母亲一定会回到你身边。把一切都交给神明决定吧。我们雅兹迪人没有任何人或物可以仰仗,唯一拥有的就是我们的神明。"

**

在楼下的酒店大堂里,我见到了一个脸熟的小男孩,便走上前去问:"你是海蒂亚的弟弟吗?"海蒂亚是我在科乔村的一个好朋友,眼前的这个男孩长得和她活像是一个模子里刻出来的。"没错。"那男孩回答道,"你知道她的下落吗?"

我最后一次见到海蒂亚,是在摩苏尔的那个奴隶市场上,也就是我第一次被哈吉·萨尔曼带走的地方。我和罗伊安被带走的时候,海蒂亚还没有被任何人挑走,不过我猜测迟早会有人买走她。我告诉她弟弟之后,我们俩不免又抱头痛哭一阵。我对他说:"但愿她有一天能平安无事地回来。"我渐渐意识到,对很多滞留在库尔德斯坦的雅兹迪人来说,我带来的只有坏消息。

"她都没有给我打过电话。"海蒂亚的弟弟说。

"那里很难打上电话的。"我告诉他,"那些坏人并不许我们用手机,更不许我们联系他人。我也是等到逃出来之后才打电话给赫兹尼的。"

萨巴赫来到大堂,告诉我是时候离开去扎霍了。"纳塞尔在那个房间。"他指了指走廊远处的一扇半开的房门说:"你和他道个别去吧。"

我走向萨巴赫指的那个房间,推开了房门。纳塞尔正站在屋中央,我一见到他,就止不住自己的泪水。我非常同情他。当我还和他的家人在一起的时候,我感觉自己像是擅自闯入了别人的生活,和他一起逃亡的这段时间,我的心里曾经燃起过对未来的希望,不过这希望也随着我成功逃脱之后渐渐熄灭。如今我已身在埃尔比勒,和我的侄子以及其他同胞会合在一起,然而纳塞尔还得重新踏上无比艰险的回家之路,并且返回"伊斯兰国"的控制区。轮到我替他担心了。

纳塞尔也开始哭了起来。萨巴赫则站在走廊里,看着我们两个。纳塞尔问他:"萨巴赫,我能不能和娜迪亚单独说两分钟话?之后我就得走了。"萨巴赫点点头走开了。

纳塞尔便转过头来,带着一脸严肃的神情对我说:"娜迪亚,你现在要跟着萨巴赫走了,之后你会和你其他的家人团聚。我就没必要再跟着了,但是我还是得问你:你觉得自己安全吗?如果你害怕会出事,或者害怕他们会因为你当过女奴而对你做些什么不好的事,我还可以陪着你的。"

"不用了,纳塞尔。"我对他说,"萨巴赫对待我的样子你也看到了,我不会有事的。"其实我心底里也不太确定,但我只想让纳塞尔赶紧上路回家。我仍然对爱国同盟录像的事情感到非常自责,也不知道多久之后会有人认出纳塞尔的身份。"千万别相信'达埃什'说雅兹迪的那些话。"我告诉他,"你为我做了这么多,我是舍不得你才哭的。你是我的救命恩人。"

"这是我应有的责任。"他说,"我只是做了我该做的。"

我们一起走出了房间。言语无法形容我对纳塞尔出手相救的感激之情。过去的两天两夜,无论是惊心动魄的时刻,还是黯然神伤的瞬间,我们都一起体验过;无论是紧张焦虑的眼神,还是咄咄逼人的盘查,我们也都彼此扶持过。我生病的时候,他照顾过我;我们过检查站的时候,他的沉着冷静也给了我莫大的力量,让我能够不被恐惧蚕食。我永远不会忘记他和他的家人为我做的一切。

我至今仍然不知道,为什么纳塞尔的心地如此善良,而摩苏尔城中的其他许多人却如此冷漠。我以为,如果你本质良善,那么即使你是在"伊斯兰国"的老巢出生长大,也一定会是个好人。这就如同身为雅兹迪人,即使是被强迫改变信仰,仍然可以不改自己雅兹迪人的本色。这关乎一个人的本性。我对纳塞尔说:"一路小心,多加保重,离那些恶棍们越远越好。来,这是赫兹尼的手机号。"我递给他一张写着赫兹尼手机号的纸片,并且附上他家人支付的出租车费。"你遇到任何事都可以打电话给赫兹尼。我永远不会忘记你的救命之恩。"

"希望你未来幸福,娜迪亚。"纳塞尔说,"希望你从今以后能过上有奔头的好日子。我们一家以后也会尽力帮助和你一样的女孩。如果摩苏尔城里有其他想要逃脱的女孩,她们都可以打电话给我们家。我们会想办法帮助她们的。"

纳塞尔又说:"也许某一天,所有的女孩都能重获自由,而'达埃什'也会从伊拉克完全消失。到那一天,我们可以再见面,聊聊那些往事。"说完,他静静地露出笑容,又问我:"你怎么样呀,娜迪亚?"

我也微微一笑,心照不宣地回答道:"很热。"

纳塞尔又学着我的话逗我说:"'很热,纳塞尔,我好热。'别忘了呀。"

最后,他收起笑容,郑重地对我说了一声:"真主与你同在,娜迪亚。"

"神明会保佑你的。"我回答道。他转身走向酒店出口的时候，我在心中默默向塔乌西·梅列克祈祷，希望纳塞尔和他的家人有一天能够在安全的地方团聚。我的祷告还没有念完，纳塞尔的身影已经不见了。

第九章

纳塞尔离开埃尔比勒之后，我一直尽力关注着他和他家人的情况。每每想到爱国联盟的录像那回事，我总是满心羞愧，以至于无地自容，只能希望那段录像不会给他们一家人带去危险。他只不过是个贫民区长大的年轻人，我和赫兹尼却担心他迟早会和恐怖分子沾染上关系。"伊斯兰国"数年以来一直在城市中安插眼线，专门煽动逊尼派民众的不满情绪，进而祸乱整个国家。在"伊斯兰国"控制区生活的人们都希望那些恐怖分子会像复兴党一样夺取政权，恢复他们原本的社会地位。即使他们认清了"伊斯兰国"的真实面貌，等到纳塞尔从库尔德斯坦回去之后，那里的孩子们不久就会长大成人，他们很可能会被收编进"伊斯兰国"的军队，甚至很有可能被洗脑，成为他们最忠实的支持者。米娜的儿子们能不能躲过被送上战场的命运？直到今天，我也无从得知。

赫兹尼非常担心纳塞尔一家会出事。他对我说："他们帮了你，要是他们为此遭到迫害，我们的良心能过得去吗？"他如今已是一家之长，非常认真地扮演着顶梁柱的角色。当然，远在扎霍，后来又去了难民营的赫兹尼很难为身在摩苏尔的他们真正帮上什么忙。赫兹尼和希沙姆还有纳塞尔打过几次电话，有一天下午，他照例打电话过去的时候，电话线路里的声音却告诉他对方无法接通。从那以后，赫兹尼就只能依靠托人打听的方式了解纳塞尔一家的情况。有一天，我们得到消息，"伊斯兰国"确实发现了纳塞尔帮助过我，并且逮捕了巴希尔和希沙姆，但是他们两人说服前来的"伊斯兰国"分子相信，这件事是纳塞尔一人所为。

2017年伊拉克政府军打响夺回摩苏尔的战斗时，纳塞尔一家仍然在城中，他们的消息也越来越难传到我们这里。赫兹尼从别人那里听说，2017年"伊斯兰国"和伊拉克政府军为争夺摩苏尔与瓦迪哈贾尔 (Wadi Hajar) 之间的道路而发生战斗，纳塞尔的一个兄弟因此丧生，但我们并不清楚具体的缘故。纳塞尔一家位于摩苏尔东区，当年的战役打响之后，东区是最先得到解放的城区，因此他们有可能得以成功逃脱，也有可能死于乱军之中。我曾听说，伊拉克政府军攻进摩苏尔时，"伊斯兰国"使用平民作为肉盾，确保美军轰炸区域内的平民和武装分子绑定在一起。逃出摩苏尔的人将城里的情况描述得像人间地狱一样，我们只能祈祷纳塞尔他们平安无事。

我们出发去我姨妈家之前，先去了杜霍克的医院，赛义德和哈勒德都在那里养伤。当时难民营还未完全建成，拥进伊拉克库区的雅兹迪难民只能到处寻找可以容身的地方休息。城外的雅兹迪难民挤满了尚未完工的住宅楼，他们在层层水泥楼板上支起救援组织发放给他们的帐篷。可是我每次经过那里的时候，都担心高处那些尚未固定的墙板，可能会对楼里的家庭产生安全威胁。有几次，住在高层的小孩确实因为墙体不牢而摔死在楼下。然而，即便是如此危险的地方，对于这些雅兹迪难民来说，也是仅有的可以安顿栖身的地方。雅兹迪人架起煤油炉子做饭，并且在医疗设施外排起长队，等待着难民营的落成。整个辛贾尔的雅兹迪人都住进了这些光秃秃的建筑，他们已经身无长物。救援组织带来食物准备分发的时候，难民们争先恐后地向他们奔来，晚到一些的人也拼命试图挤进人群，领到一包粮食。做母亲的一个个撒开脚步冲向发放救济粮的地方，仅仅是为了抢一罐牛奶回去。

赫兹尼、萨乌德和瓦立德还有我姨妈都在医院等着我。我们见到彼此之后，都抱在一起大哭不止，带着哭腔一个又一个地互相问着话，过了好一阵，我们才渐渐收住眼泪，听清彼此问的究竟是什么。我简单地讲了我自己的遭遇，但仍然没有提到被强暴的事情。我的姨妈啜泣着念起了安魂经。雅兹迪人在悼念亡者的时候，会一边大声念着安魂经，一边绕着死者的遗体走，双手还要不停地用力击打自己的胸脯来表达悲痛。有时前来哀悼的人得这样持续数个小时，直到嗓子喊得声嘶力竭，腿和胸脯都麻木起来才停止。我姨妈念安魂经的时候，身体并没有动，可是她的音量却足以填满整个病房，甚至传遍整个杜霍克。

赫兹尼的反应并没有那么激烈。他原本十分容易感情用事，家里有人生病的话,他都会哭个没完;追求季兰的时候,他做出的种种表现爱意的举动,也足够写一部言情小说。然而他现在只关心追问自己为什么能够活下来。"我不知道神明为什么让我活了下来,但我知道,从今往后,我得用我的这条命办点好事。"他告诉我们,我望见他那宽阔和蔼的深色脸庞,还有他那撮小胡子,就控制不住自己的眼泪。赫兹尼搂着我说:"不哭,不哭。这就是我们的命。"

我走向赛义德的病床。他身上的伤让他痛苦不堪,可再多的伤对他而言,也比不上目睹屠杀现场的惊骇,以及独自幸存下来的愧疚令他饱受折磨。即使有像他这样的人从"伊斯兰国"的枪口下捡回一条命,他们也永远地背负上了不可愈合的心伤。我和我的兄长们这一代雅兹迪人心中只剩下对亲人的回忆,和对"伊斯兰国"的熊熊义愤,注定日后要迷茫并且永无凭依地活在这个世界上。赛义德已经加入了民兵武装的雅兹迪团,迫不及待地想要上阵杀敌。

我哭着抱住赛义德,问他:"妈妈在哪里?"他回答我:"我们都不知道,娜迪亚。我们会尽快从'达埃什'手中解放索拉格,把妈妈解救出来的。"

哈勒德虽然中的枪比赛义德少,可是受的伤却要比赛义德重得多。两颗子弹打碎了他的肘关节,因此他急需人工关节进行移植,可是杜霍克的医院并没有这种东西。至今他的一条手臂都只能僵硬而无用地挂在他的身侧,像一棵枯死的树枝。

2014年9月,我第一次到达扎霍的时候,赫兹尼仍然住在他刚从山里逃难到此时寻觅到的那间没盖完的屋子,离我姨妈的住所不远。我的姨父和姨妈原本计划在他们的土地上为自己的儿子儿媳盖一座小屋,但是他们两口子并不富裕,只能且停且盖,等到手头有一点闲钱的时候,再慢慢地东修西补。"伊斯兰国"的战争使得他们不得不放弃盖屋的计划,等我来到扎霍的时候,那座小屋是两间用水泥建成的卧室,窗户也没有装过。水泥板之间的缝隙也没有粉刷过,外面的风沙很容易顺着这些缝吹进屋去。我从来没有在母亲不在身边的时候进过那间屋子。母亲不在,我的心里总是少了一大块。

我和我的哥哥赛义德、赫兹尼、萨乌德,还有我同父异母的哥哥瓦立德、哈勒德和纳瓦夫一起住进了那间屋子。我们努力把里面装点出一些家的气息。救援组织来分发油布的时候,我们就拿它遮住窗户;他们来发救济粮的时候,我们就仔细地分配粮食,将收集来的食物都堆在我们辟作厨房的一个小房间里。赫兹尼从大屋子里拉出了很长的电线,接进了我们的房间;他还给我们房间的天花板上接上灯泡,方便照明。我们又买来一些填料堵住墙上的缝。虽然我们平时总是会聊当前的战事,但我们很少会提起让某一个人不舒服的话题。

赛义德和纳瓦夫是仅有的两个没有结婚的男人,他们因此也比那些已经成家的兄长们少了些忧色。赫兹尼仍然没有季兰的消息，我们只知道她和妮斯琳都在哈姆达尼亚。我们也不知道萨乌德的妻子希琳，还有那些同父异母兄长的家室的下落。我不想告诉他们"伊斯兰国"对雅兹迪姑娘的那些残忍兽行，他们心中也许已经有了一点预感，但我绝不想去印证他们的猜想，那样只会加深他们的痛苦。我也没有问起科乔村屠杀的细节，避免赛义德和哈勒德回想起当时恐怖的一幕。我们都不想让彼此更加难受。

尽管屋里住满了幸存者，可是我们难言快乐。我的兄长们曾经是如此充满活力，如今却像是行尸走肉。他们白天醒着，只是因为实在难以整天睡觉。我是这里唯一的女人，因此洗衣服做饭的事情，都是由我担当，可是这些家务活有很多我都不会做。以前在家的时候，我的姐姐和嫂子们负责做家务，我只需要认真学习即可。如今我却只会手脚笨拙地在厨房里忙活，胡乱洗洗衣服，不免自觉无用。兄长们对我还是很照顾，知道我还没有学会怎么做家务，便手把手地帮着我一起做，然而他们的用意很明显，当我学会之后，这些都将成为由我操持的责任。我的姨妈知道我不懂怎么烤面包，因此每天她都会多做一些送到我们这里来。可是烤面包也是他们希望我学会的技能之一。在学校念书的日子此时显得无比遥远。

我已经逃出了"伊斯兰国"的魔掌，和我的家人团聚，可是回想当时，我却觉得自己即使能生存下去，未来的人生也是一片无边的黑暗。我被"伊斯兰国"囚禁的那段日子当然是沉重的苦难，可如今我生活在赤贫之中，不啻另一种苦难。我一无所有，没有家,没有土地,没有羊,没有书可以念,粮食都必须仰赖于人,身边活下来的亲人也是十不足一。我们只能苦苦等待难民营建成,住进帐篷之后,再苦苦等待有朝一日能够住进集装箱改造的临时屋里,之后再苦苦等待科乔解放——我当时觉得这恐怕永远都难以实现——再苦苦等待姐妹重获自由,困在索拉格的母亲得到解救。我每天都哭个不停。我做梦的时候,总是梦见自己被抓回"伊斯兰国",然后再次踏上逃亡之路。

我们逐渐学会了如何最大限度地利用救援组织发放的物资。每周会有一辆大卡车载着成袋的大米、扁豆和面条,还有一些食用油和番茄罐头来到这里。我们没有储藏柜,也没有冰箱,因此隔夜的食物总会发馊,或者引来老鼠。我们只能将整袋的糖和小麦全部扔掉。直到后来,我们找到一个空的汽油桶,便将它洗干净,用来储存我们的食物。倒掉不能吃的食物总是令人感到无比难过。我们并没有钱买多余的食物,因此只能少吃一些,等着卡车下一次来到扎霍。天气转冷之后,我的姨妈会给我送一些保暖的衣服,可是我并没有内衣,也没有胸罩和袜子穿。我不想张嘴求人,因此只能凑合。

赫兹尼的手机经常响,每次接到电话,他都会跑到外面离我们很远的地方接听。我很想知道他打听到了什么信息,但是他每次只会告诉我只言片语。我猜测他是不想让我因为坏消息而感到难过。有一天他收到了艾德琪打来的电话,便走到院子里去接,回来的时候,他眼圈通红,仿佛大哭过一场。他告诉我们:"她在叙利亚。"艾德琪一路上设法和我那两个假扮她儿子的侄子一直待在一起,然而她很担心"伊斯兰国"会发现她在撒谎,把那些男孩带走。"我试着在叙利亚联系一个营救者。"赫兹尼对我们说,"可是从叙利亚转移一个女孩出来要比在伊拉克还要难上百倍,而且艾德琪还不愿意抛下他们两个。"更加残酷的现实是,叙利亚的营救网络和伊拉克的彼此独立,因此赫兹尼想营救艾德琪,势必困难重重。

我的姨妈是第一个听我讲述完整遭遇的人,包括被强暴的那部分。她听完眼角垂泪,将我紧紧地抱在怀里。我很庆幸自己终于能找到合适的人一吐为快,也不再担心雅兹迪同胞们会因为我的遭遇而排挤我或是谴责我。我们有无数族人被"伊斯兰国"杀害或绑架,活下来的幸存者们无论经历过什么,聚在一起之后都只想着怎样尽可能恢复家园。不过,大多数逃离"伊斯兰国"的女奴都和我之前一样,对她们的经历三缄其口,我非常能够理解她们。她们有权将自己遭遇的悲惨经历埋在心底,不向任何人袒露。

在我之后,罗伊安是最早逃跑成功的。她某天早上两点来到了我姨妈家,身上仍然穿着"伊斯兰国"给她的罩袍。我还没有来得及问她话,她就反问我说:"其他人都在哪里?"赫兹尼只好把掌握的消息一并告诉她。这是一个非常沉重的任务,随着赫兹尼将村子和家人的遭遇一一道来,罗伊安的脸上露出非常痛苦的表情,令人感到无比难受。赫兹尼告诉她,村子里所有的男人都已确认丧生,大部分年轻女孩被抓走当了女奴,眼下仍然被"伊斯兰国"囚禁着,至于中老年妇女,至今依旧下落不明。罗伊安听完之后,颓然地瘫坐在地上,我差点以为她会一时想不开当场寻短见,就像赫兹尼几个月前知道科乔惨案的消息之后那样。然而罗伊安后来还是挺了过来。我们都必须这样。她来的第二天早上,我们便搬进了难民营。

第十章

通往难民营的道路是一段泥巴路,很狭窄,让我想起科乔村里铺路之前的模样。当天早上,我们抵达难民营的时候,我一直努力想说服自己,眼前便是我们的新家。可是,周围的一切任何能让我们感到熟悉的事物,都无一不在提醒着我们,曾经的生活已经离我们多么遥远。我的心情越来越沉重。

远远望去,能看见难民营里成百上千个白色的集装箱房子沿着伊拉克北部的平缓山坡,像垒起的墙砖一样层层排开。每一间集装箱房子四周都用一道泥路隔开,那泥路里通常都积满了雨水、洗澡水以及临时厨房里排出的脏水。难民营四周建起了层层围墙,负责人员告诉我们,这是为了保障我们的安全。然而我们发现,围墙的地基已经被孩子们掏出好几个洞,方便他们去外面找回踢飞的足球。在营地的入口,有供救援组织和政府人员办公的集装箱办公室,还有一个诊所和一间教室。

我们是12月份搬进的难民营,当时伊拉克北部已经开始渐渐降温。即使集装箱房子能够帮助我们抵御冬天的严寒，我还是想找回一个属于我自己的空间。集装箱里面很宽敞，有好几个并排而立的房间。我们将其中一个用作卧室，另一个用作客厅，还有一个则辟作厨房。

难民营并没有为伊拉克北部的气候变化做好充足的准备。冬天到来的时候，集装箱周围的步道便满是冻住的淤泥，我们花费了好一番功夫才避免这些泥弄脏我们的屋子。难民营里每天只有一小时供水，而且每家只能有一台取暖器，我们几个人轮流取暖，才能在集装箱屋子里住下去。没有暖气的时候，外面的冷空气会在墙上凝结成水，滴到我们的床上来。因此我们只能枕着泅湿的枕头入睡，每天被霉菌的刺鼻气味熏醒。

我和我的哥哥们同住一个集装箱，很快我们规划了每个人的生活安排。难民营里面的居民想尽办法，在营地里试图过回自己曾经的生活。如果能重新做一些在家乡做过的事情，对我们这些难民来说，即使只是走走形式，也是莫大的慰藉。在杜霍克的难民营里，每个人的生活规律都和在辛贾尔时一模一样。女人们忙忙碌碌地清扫房间，准备饭菜，仿佛她们只要足够细心，就能够穿越回到曾经的村子里，和已经死在乱葬岗的丈夫们重新团聚，回到过去的日子。营地里的女人们忙活完一天，做完面包并且将拖把放回墙角之后，很难不想起自己已经无家可归、早早守寡的现实，并且为此日复一日地大哭不止，震得我们住的集装箱都微微发颤。科乔村往日总是充满欢声笑语和往来嬉戏的孩子，可如今的营地里恰恰相反，一片死寂。我们甚至开始怀念起往日村里人在家里吵架的声音，当年的吵架声回想起来，竟如同音乐一般美妙。我们在营地里根本找不到工作，也没法念书，只能每日悼念死去的亲人，担心下落不明的同胞。

对于男人们来说，难民营里的生活尤其难熬。营地里面没有工作，他们也没有车子，不能去城市里打工。他们的妻子、姐妹和母亲眼下都被关在"伊斯兰国"的据点里，而他们的父兄早已归天。我的哥哥们加入民兵或者警察部队之前，家里唯一的收入就是伊拉克政府发给的补贴，还有一些救援组织的救助。这些救援组织里最有名的叫"雅兹达"(Yazda)，是科乔惨案发生之后组建起来的，经常会给种族屠杀的幸存者提供援助。他们来发放救济粮的时候，我们也会跑过去争抢，有时也会因此错过前来的卡车。他们有时会来到营地的这一头，有时又会去营地的那一头。他们发放的食物有时也是早已变质了的，我们有几回下厨做饭的时候，常常抱怨下锅的大米饭闻着像垃圾一样刺鼻。

夏天到来之后，我决定自己解决粮食的问题。我在附近的农田里找了一份帮农的工作，那片农田的主人是个库尔德人，正招募难民们替他收获甜瓜。他答应前来应征的难民们："只要你们干上一天，我就管你们晚饭。"此外他还会发给我们一笔微薄的工资，因此我便每天在地里卖力地将沉重的甜瓜从藤蔓上摘下来，一直干到太阳将要下山才作罢。可是当晚饭摆到我们面前的时候，我却差点呕了出来。盘子里正是营地里发放的那些变质大米，色泽苍白，发出阵阵刺鼻的气味。我知道了那个农场主的用意之后，不禁哭了出来。他一定是以为，我们这些难民既然十分贫困潦倒，无论给我们吃什么东西，我们都会对他感恩戴德。

我想指着鼻子告诉他："我们也是人！我们也有过家，有过富足的生活，我们不是一文不值！"可我终于还是没有发作，默默地尽力吃下眼前的这盘令人反胃的晚饭。

回到农田里之后，我的怒火越烧越烈。我心想："我今天会干完我的活，但是我明天绝对不会再回来给这个人干活了。"

一些在地里打工的人们开始讨论起"伊斯兰国"来。对于那些恐怖分子到来之前就逃之夭夭的难民来说，我们这些被"伊斯兰国"囚禁过的人非常令他们好奇。他们总是问我们"伊斯兰国"治下的生活如何，似乎像是在打听一部动作电影的剧情。

那个农场主从我们身后走来，问道："你们谁是从'达埃什'的地方来的？"其他人便指着我。我停下了手头的活计，本以为他会为对待我们的态度而道歉。他如果早点知道难民营里有从"伊斯兰国"的魔爪中逃出生天的人，估计会改容相待。然而他只是想向我们宣传民兵们的英勇善战。"那些'达埃什'一定会灭亡的。"他说道，"你们会见证民兵们把他们赶出去的。他们非常厉害。当然，为了解放伊拉克的许多地方，我们也牺牲了不少民兵战士。"

我实在忍不住，对他反唇相讥："你知道我们死了多少人吗？我们有成千上万的族人都死于非命。他们之所以死去，就是因为你们的民兵不战而退。"那个农场主打住了话头，转身离开了。一个年轻的雅兹迪男子面带怨色地对我说:"请你不要再说那些话了。只管干活就好。"那天傍晚,我对雅兹迪工头说我不会再为那个农场主干活。那个工头非常生气地瞪着我说:"那人叫我们所有人明天都不用来了。"

我有些内疚,毕竟我的一句话,害得所有人都丢了来之不易的工作。然而很快这段故事就在难民营里流传开来。当我离开伊拉克,向国外的人们讲述我的经历的时候,我一个名叫达乌德的朋友来到了难民营,和我的另外几个朋友抱怨说,我还是太给库尔德民兵面子了。"娜迪亚应该跟全世界说说那些民兵是怎么对我们的!"他说道。这时营地里的另一个雅兹迪人开始大笑起来:"她早就那么说过,还害得我们所有人被炒了鱿鱼哩!"

**

2015年1月1日清晨4点,迪玛尔也来到了难民营。她来的时候,甚至还和没睡醒的我开起了玩笑,她说:"我真不敢相信,我在外面逃命的时候,你居然在这里睡大觉!"可我只是紧紧地将她搂在怀里,告诉她:"我一直等你到早上4点才睡,你迟到了!"我前一天晚上确实憋着熬夜,熬得很晚,直到自己实在抵挡不住睡意才迷糊过去。醒来的时候,我的姐姐就已经站在了我的床头。她曾经沿着土耳其和叙利亚的边境连着跑了好几个小时,腿上还因为翻过边界围栏时被铁丝网划破,一直在流血。她当然是幸运的——在那里,她很容易就会被边界守卫发现并射杀，或者不小心踩到地雷。

迪玛尔回来让我振作了不少，但是我们仍然眉头紧锁。我们两个手拉着手，一直哭到早晨10点，之后她将许多闻讯前来看望的人们迎进屋子，一屋子人坐在她身边又哭了好一阵。我们直到第二天早上才开始聊起其他人的状况，这也是迪玛尔回到我们身边之后我所经历的最艰难的时刻。我那天早上在床垫上醒来，听见身边的迪玛尔用沙哑的哭腔问我："娜迪亚，家里其他人都在哪里呀？"

1月的晚些时候，艾德琪也设法逃了出来。我们此前都极为担心艾德琪的安危——我们很少听说她的消息。几周之前，有一个从叙利亚逃脱的女人来到了难民营。她告诉我们自己曾经在叙利亚和艾德琪待在一起。我们迫切希望知道详细情况，便求她告诉我们具体的实情。她便告诉我们说："那些恐怖分子确实相信她是个母亲，因此还没有动她的身子。"艾德琪一心只想保护我的侄子米兰的安全。那女人又说："她告诉我，如果我愿意替她照顾米兰，她情愿自杀。我告诉她要从长计议，我们一定会逃出去的，但是她看上去好像完全不抱希望。"

我们听那女人这样说之后，便只能为艾德琪做最坏的打算。我们已经为她和我那可爱的侄子米兰进行过哀悼。艾德琪曾经是个敢于和不许自己学开车的兄弟们争个是非曲直的勇敢女孩，我原以为她当时已经不在人世，可她突然打通了赫兹尼的手机。赫兹尼挂断电话之后,兴奋至极,连忙告诉我们说:"艾德琪他们在阿夫林(Afrin)呢!"阿夫林是叙利亚库尔德人控制区的一个地方,并不是"伊斯兰国"的控制区。那里有叙利亚境内的库尔德武装把守。我心想,这些叙利亚的库尔德战士曾经帮助雅兹迪离开圣山,应该也会帮助我的姐姐。

艾德琪和米兰逃离拉卡之后,被一位阿拉伯牧羊人收留在家中。那牧羊人全家保护了她一个月零两天,其间一直在商量怎样才能够万无一失地把她送出"伊斯兰国"控制区。牧羊人的女儿与阿夫林的一个男人订了婚,因此全家人便借机行事,等到女儿出嫁那天,借口送女儿去夫家,带着艾德琪一起往北而去。后来赫兹尼才告诉我们,他其实早就知道艾德琪到了那个牧羊人的家,但是他并不想提前激起我们的希望,因此才一直瞒着我们。

艾德琪从阿夫林打来电话之后两天,便带着米兰出现在了难民营。这一回,我和迪玛尔两个人一直等她等到了早上6点。我们非常害怕艾德琪问起那些已经确认死亡或是下落不明的亲人的情况,然而事实证明我们多虑了。艾德琪早就察觉到了这些情况,很快,她也跟我们一起生活在这个狭窄而悲伤的小小世界之中。

我的姐妹们能够全数逃出,完全是一个奇迹。"伊斯兰国"势力进犯辛贾尔三年以来,雅兹迪女孩们为了避免被恐怖分子奴役的命运,想尽了所有办法逃离"伊斯兰国"。她们有的和我一样,得到了同情她们遭遇的当地居民帮助;有的则联系家人或者政府,或是支付一笔钱给营救人员,让他们组织救援,或是直接向"伊斯兰国"的成员支付赎金,让他们释放被关押的女孩。这些金额有时相当高昂,平均来说,通过这种手段营救每一个女孩,需要花费赫兹尼大约5000美元。这笔钱的大头会支付给组织救援行动的地下网络操盘人——赫兹尼戏称他们每一次营救"都能挣出一辆新车的钱来"。而这些操盘人之后会用在伊拉克逊尼派以及库尔德地区里掌握的人脉,协调组织救援行动。他们会负责用钱雇佣许多的中间人——诸如司机、证件伪造者与负责具体转移的人,以确保有足够的人力,而这一切的大费周折,都是为了解救被奴役的姑娘。

每一个逃脱"伊斯兰国"的故事都无比扣人心弦。一个来自科乔的女孩被带去了"伊斯兰国"在叙利亚的首都拉卡,她和一大群女性被关在一个婚礼大厅里面,等待分配。那个女孩绝望之际,尝试用打火机点燃一个丙烷气罐,引燃整个大厅,不料被恐怖分子发现。情急之下,她强迫自己开始呕吐,一个"伊斯兰国"的武装分子要她到外面去吐,她和一群女孩抓住机会,直接向大厅周围的阴暗农田里跑去。后来她们被一个过路的农民出卖,但是这个女孩走了运。几周之后,买走她的那个男人的妻子竟然帮助她离开了叙利亚。不久之后,那名妻子就因为阑尾炎而离世。显然"伊斯兰国"找不出一个能够救她性命的外科医生。

季兰在"伊斯兰国"被关了两年多，之后赫兹尼用了一个精心布置的惊险计划成功地将她救了出来。这个计划直到今天，都是最令我拍案叫绝的。季兰买主的妻子对她丈夫虐待雅兹迪女孩的行为日益不满，因此她打电话给赫兹尼，表示自己愿意帮助他救出季兰。季兰的买主是一个"伊斯兰国"的高官，也是日益逼近恐怖分子老巢的反"伊斯兰国"联军的一个斩首目标。赫兹尼酝酿好计划之后，便告诉那名妻子："你的丈夫可能难逃一死。"那妻子表示同意说："没有别的办法了。"

赫兹尼让那位妻子联系上了一个库尔德武装的指挥官，那名指挥官当时正和美国人合作，打击"伊斯兰国"境内的重要目标。赫兹尼叮嘱那位妻子说："你丈夫一离开家门，你就马上联系那个指挥官。"第二天，那个"伊斯兰国"的高官就在坐车外出时死于空袭。一开始赫兹尼通知那位妻子她丈夫已经丧命的时候，她还不相信，问赫兹尼说："如果他真的死了，为什么没有人谈起这个事？"她非常害怕自己的丈夫躲过一劫，并且发现她暗地里进行的秘密行动。她要求见到她丈夫的尸体。赫兹尼告诉她："那尸体已经毁得无法辨认了。他坐的那辆车都快被完全烧化了。"

被那个"伊斯兰国"高官囚禁的姑娘们开始等待下一步的指示，而包括季兰在内的这些姑娘，后来都通过一扇小窗户离开了险境，逃到了安全地带。两三天之后传来消息，那个"伊斯兰国"高官确实已经在空袭中丧生，而其他恐怖组织成员则来到他家，想把季兰带走，卖给一个新主人。他们敲门时，那位妻子出来迎接，她强装出镇定的语气告诉他们："我们家的女奴和我丈夫当时坐在一辆车里，和他一起死掉了。"恐怖分子们显然相信了她的话，便离开了。等他们走远之后，季兰和那位妻子都被转移到了一处伊拉克政府军哨所，之后被辗转带到了库尔德斯坦。她们离开之后仅仅几小时，她们曾经所在的那座屋子也遭受了轰炸。"'达埃什'一定都认为她们俩都死了。"赫兹尼告诉我。

其他人就没有那么幸运了。据我所知，2015年12月的时候，索拉格发现了一座乱葬岗。在那之前几个月，我刚和迪玛尔一起离开难民营，参加德国政府的一个援助雅兹迪"伊斯兰国"受害者的计划，去了德国。那天早上，我打开手机，发现里面全是艾德琪和赫兹尼发来的消息。他们经常会打电话给我，通知我还留在难民营的那些家人的情况，尤其是赛义德的消息。赛义德后来得偿所愿，终于加入了民主党民兵武装新近设立的雅兹迪团，在辛贾尔一带作战。我打电话给艾德琪的时候，她告诉我："赛义德现在离索拉格不远，很快我们就会知道那里的消息。"

那天我和迪玛尔本来要去上德语课的，可是我们两个谁都没有出门。我们整天坐在自己的公寓里等消息。我联系上了一个正在前线报道索拉格战事的库尔德记者，整天都能接到他的电话，当然还有赛义德和艾德琪打来的电话。没有电话打来的时候，我和迪玛尔便静静祈祷，希望我们的母亲平安无事。

那天下午，记者打来了电话，他的声音很低沉，我立刻明白他要带给我的是坏消息。"我们找到了一片乱葬岗。"他告诉我，"离学校很近，大约掩埋着80具尸体，全部是女性。"我听完便默默地放下了手机。经历过那么多年风风雨雨的母亲已经不在人世了，而我却实在没有足够的勇气将这个消息告诉迪玛尔，或者打电话通知艾德琪和赫兹尼。我的双手在颤抖。这时，迪玛尔的手机响了起来，家人给她发了一条短信，我们俩害怕得尖叫起来。

我因为悲伤而完全无法动弹。我给赛义德打了电话，他一听到我的声音，就开始哭了起来："我在这里打仗根本没有用。我已经打了一年的仗了，还是没有发现任何一个亲人，也没有找到任何的线索。"我又求赫兹尼，让我回来参加母亲的葬礼，可是他拒绝了。"我们还没有找到她的遗体。"他说，"军队还在索拉格，就算你过来，他们也不会让你接近那片地方的。你现在回来很危险。"我那时已经开始从事人权活动方面的工作，"伊斯兰国"每天都会向我发出威胁。

确认母亲死亡之后，我只能希望我的侄女和好朋友凯瑟琳能够逃出"伊斯兰国"，和我们团聚。她是个非常善良的姑娘，身边的所有人都非常喜欢她。此刻我也无比需要她的陪伴，来帮我消化母亲离世的痛苦。赫兹尼也很喜欢凯瑟琳，将她视如己出，她被"伊斯兰国"劫走之后，赫兹尼连着好几个月都在想方设法解救凯瑟琳。凯瑟琳在哈姆达尼亚和摩苏尔的时候都分别逃跑过很多次,但是没有一次成功。赫兹尼手机的语音邮箱里还存着凯瑟琳的一段录音,在那段录音里,凯瑟琳哀求他说:"叔叔,求求你,这一次一定要把我救出来,我不想再被他们那样关着了。"赫兹尼时不时就会把这段录音播放一遍,每次听完他都眼角含泪,发誓一定竭尽全力把她营救出来。

2015年的时候,事情出现了转机。赫兹尼偶然之间接到一个哈维亚(Hawija)垃圾回收工人打来的电话。哈维亚是基尔库克城外的一个小镇,"伊斯兰国"在战争早期就占领了那里,将那里变成了他们的一个重要堡垒。那人告诉赫兹尼:"我之前去伊斯兰大夫的一栋房子里收垃圾,有一个叫凯瑟琳的女孩走了出来,求我给你打个电话,让我告诉你她还活着。"那个垃圾回收工非常害怕"伊斯兰国"报复,因此告诉赫兹尼别再联系他,还说:"我是不会再去那栋房子的。"

从哈维亚逃脱"伊斯兰国"是一件非常困难的事。那个小镇上起码住着10万名逊尼派阿拉伯人,而那个耳鼻喉科医生伊斯兰大夫如今则是"伊斯兰国"的一个头面人物。不过,赫兹尼在哈维亚也有线人,利用通信软件,他可以通过线人联系上凯瑟琳。那个线人告诉凯瑟琳,要她去一所医院:"那里附近有一家药店,我会在里面拿着一个黄色的档案袋等着你,你看到我之后,不要和我说话,直接往你被关的那栋房子走,我会跟着你,了解到你被关押的确切位置。"凯瑟琳答应了线人的要求。她那天按照约定去医院,快要走到目的地的时候,医院却被空袭的炸弹击中。她非常害怕,连线人都没有找,径自回到了原来的那栋房子。

后来,赫兹尼又尝试联系一些被困在哈维亚、反对"伊斯兰国"的阿拉伯居民,请他们提供帮助。那些阿拉伯人在附近的村庄拥有一间房子,他们可以避开大型检查站出入那个村子。他们答应会将凯瑟琳转移到那里去。赫兹尼通过这些阿拉伯人,总算和凯瑟琳搭上了线。凯瑟琳告诉他,自从医院遭到空袭之后,伊斯兰大夫就带着她搬到了镇子里的另一所房子。她对新线人描述了自己的位置,而那个新线人则带着他的妻子去了凯瑟琳所在的那个小区,挨家挨户地敲门,佯称他们想在附近租一个房子,打探消息。他们敲开凯瑟琳被关押的那间屋子时,前来开门的是一个小女孩。那个小女孩名叫阿尔玛斯,也是科乔村的人,当时只有九岁。那个线人在阿尔玛斯身后看见了凯瑟琳,还有我的朋友瓦拉亚的妹妹拉米亚。她们三个都被伊斯兰大夫囚禁在这里。线人低声告诉凯瑟琳:"明天早上,如果屋里没有武装分子,你就在窗外挂一条毯子。9点半之后,如果我见到毯子,就能确定你们安全,到时我会回来接你们走。"凯瑟琳虽然有些担惊受怕,还是答应了线人的约定。

那天早上,那个线人慢慢开车经过那间房子。窗外分明挂着一条毯子,于是那人赶紧下车敲门。房里的三个雅兹迪女奴——凯瑟琳、拉米亚和阿尔玛斯——一齐冲出房门,奔上他的车。一行人安全抵达邻村之后,那人便打电话给赫兹尼,而赫兹尼则给他转了一笔钱过去。

三天之后,赫兹尼找到了几个地下营救人员,他们愿意将三个女孩和帮助她们逃跑的那个阿拉伯线人一家转移到安全地带,索价10万美元。然而他们身上并没有合法证件,只能在夜里步行穿过库区边境。那些营救人员告诉赫兹尼:"我们会把他们带到底格里斯河边,然后会由另外一个人把他们带到你那里去。"那天半夜,第一个营救人员打电话告诉赫兹尼,转移行动已经开始了。我们全家都期待着凯瑟琳能够在难民营和我们团聚。

赫兹尼整晚都守在手机边,等着那些营救人员打电话通知他,凯瑟琳已经到达库区地界。他迫不及待地想要见到凯瑟琳。然而那天晚上,他的手机迟迟没有响起铃声。第二天下午一点半左右,才有一个库尔德人拨通了赫兹尼的电话,问他凯瑟琳、拉米亚和阿尔玛斯是不是我们的家人。"她们在哪里?"赫兹尼问。

那男人告诉赫兹尼:"拉米亚受了重伤。"她们想步行穿过库尔德斯坦边界的时候,不慎踩到了一个土制炸弹,那个炸弹在她们的脚下爆炸了。拉米亚浑身上下被炸弹炸成了三级烧伤。那个男人接着说:"剩下两个已经不在了。愿她们安息。"赫兹尼颓然地垂下了拿手机的手,神情仿佛是被人开了一枪,震惊而痛苦。

当时我已经不在伊拉克了。凯瑟琳一行被转移到哈维亚附近那个村子的安全屋之后，赫兹尼曾经给我打过电话。我一想到有望和我的侄女重逢，心里欣喜不已。然而那一天晚上我做了一个噩梦，梦见我的表哥苏莱曼站在科乔村里一台正在供电的发电机旁，梦里的我正和马苏德还有母亲一起散步，我们走近苏莱曼身边的时候，发现他已经死了，遗体边还有很多动物在吃他的肉。我惊惧不已地醒来，浑身大汗，意识到出了事。第二天早上，我打电话给赫兹尼，问道："凯瑟琳她们怎么样了？"他便把情况告诉了我。

这一次，赫兹尼同意我回伊拉克参加葬礼。我和迪玛尔坐飞机，凌晨4点抵达埃尔比勒的机场，一下飞机，我们就直奔医院看望拉米亚。她已经说不了话，脸部烧伤得十分严重。离开医院之后，我们去了基尔库克，见到了那户帮助凯瑟琳一行逃跑的阿拉伯家庭。我们想要找回凯瑟琳的遗体，以便妥善安葬。按照雅兹迪人的习俗，想要入土为安，找回死者遗体是必需的前提。可是那一家阿拉伯人却爱莫能助。他们告诉我们："她们踩上炸弹之后立刻就没了命。我们把拉米亚扛到了医院，但我们实在没法连剩下两人的遗体也一起带上。她们的遗体现在应该在'伊斯兰国'的手里。"

赫兹尼极度悲伤，完全听不进去任何安慰的话。他认为自己辜负了凯瑟琳，一遍遍地播放着她生前的那段录音，心如刀绞。他的手机里反复响起凯瑟琳的声音："这一次一定要把我救出来。"至今我听着她的声音，脑海中都会浮现出她和赫兹尼的脸庞，以前凯瑟琳的神情，总是那么的乐观爽朗。每每听到这段录音，我也会暗暗垂泪。

我们开车去了难民营。整个营地和我将近两年前与兄长们一起搬进来的时候，差别并不大。营地里的人们努力将集装箱屋子布置出一点家的气息。他们在门前搭出油布小篷子，好在室外乘凉，还将家人的照片贴在了屋子里。营地里的一部分难民已经找到了工作，那些集装箱屋子之间停着的车子比起以往也多了不少。

我们走近时，看见了艾德琪。她和我同父异母的姐妹们还有长辈们在室外，一边扯着自己的头发，一边向天空高举双手，嘴里念着经文，眼眶里不停地流着泪水。凯瑟琳的母亲阿斯玛尔哭得震天动地，以致营地的大夫都担心她可能会哭瞎自己的眼睛。我们走进营地大门的时候，就能听见她们念安魂经的声音。来到我的家人住的集装箱屋子前，我也和她们一起加入了哀悼的行列。我和我的姐妹们一起绕圈踏步，拍打起自己的胸脯，痛哭流涕。我感觉到自己被囚禁虐待时，还有奔走逃亡时累积下来的内心创伤，此刻全部重新迸裂开来，使我痛彻心扉。我无法想象自己今后再也无法见到凯瑟琳和我的母亲。从那之后，我清楚地知道，我的家庭将永远不会完整，永远支离破碎。

第十一章

雅兹迪人相信，塔乌西·梅列克第一次下凡人间时，是出现在伊拉克北部美丽的拉里什山谷。他来到人间，为的是使地上的万民得以与神沟通。每一个雅兹迪人都会尽量多地前往拉里什山谷，向神和他的神使祈祷。拉里什山谷地处偏僻，人迹罕至。要是想去那里，你得开车经过一条在绿色山谷中蜿蜒曲折的小路，经过山谷外带着圆锥形尖顶的那些小型陵墓和神殿，再爬上山坡，开进山谷边的村子里。每逢诸如雅兹迪新年一类的重大节庆，通往拉里什山谷的路上就会拥来大批朝圣的雅兹迪人，村子的中心也会热闹非凡。不过平日里，这里就十分宁静，只有几个雅兹迪人会去幽暗少光的神殿里祈祷。

拉里什历来都是一片圣洁的土地，来访的人进入拉里什之后，都必须脱掉鞋子，赤脚行走，即使是在街上也一样。每天都有一批志愿者帮忙打扫神殿及其周围，保持整洁。他们会打扫神殿的院子，给院子里的圣树裁剪枝叶，清洗神殿前的步道。此外，每天他们都要在昏暗的神殿里穿行几次，用拉里什当地出产的一种香橄榄油点亮火烛。

我们进入神殿的时候，都必须亲吻神殿的门框和前廊，并且小心注意自己的脚步不要踩在前廊上。到了神殿里，我们会用五彩的丝绸打成一个个结，每一个结都象征着我们的一个愿望。每逢重要的宗教场合，巴巴·谢赫都会来到拉里什，在主殿里静坐，迎接从四面八方前来的朝圣者，和他们一起祷告，然后向他们赐予祝福。那间主殿是雅兹迪人最尊崇的圣人之一——阿迪长老的安息之所，他在12世纪曾经推动过雅兹迪信仰的传播。拉里什山谷里还流淌着白泉，那泉水一路汇进一方大理石质地的清池，我们雅兹迪人代代都要在那方池水里接受洗礼和祝福。在阿迪长老陵墓下面，还有许多阴暗潮湿、滴着凝水的山洞。我们会用那些山洞里渗出的泉水拍湿全身，再次向神明祷告。

若是要去拉里什山谷，最好是在雅兹迪人庆祝新年的4月。那时正是冬去春来、春雨洒入白泉的时候。山谷里的岩石表面也十分清凉，我们在山谷中的时候，可以畅快地往来其间；泉水也非常清洌凉爽，可以供我们朝圣的时候洗濯提神。整个山谷幽雅清丽，到处都是一片万物复苏的景象。

从科乔村开车出发去拉里什山谷，大约要花4个小时。雅兹迪人去一趟拉里什山谷，不仅要花油钱，还得准备路上的口粮，去朝圣的时候还不能种地，甚至有的家庭还会带上献祭用的牲畜，一趟的开销着实不菲。我们家并不富裕，因此很难常去山谷朝圣，而我在家的时候，则常常梦想着什么时候可以去一次那里。我们的家里贴满了拉里什的照片，电视上也会播放与山谷以及住在那里的教长们有关的节目。我们还能在电视上看到前去朝圣的雅兹迪人一块跳舞的场景。拉里什和科乔不一样，水源充足，能够养活许多树木花草，整个山谷景色非常优美。山谷里的神殿非常古老，它们都是用石材砌成，外面装饰着与我们的宗教故事相关的符号。对我们来说，拉里什山谷最重要的一点，是这里曾经是塔乌西·梅列克第一次下凡、广度苍生、晓谕万民的地方。我们虽然可以在任何地方向神明祈祷，但是拉里什的神殿是最为特殊的祷告之所。

我16岁的时候，去过一次拉里什山谷，接受洗礼。临行前，我每天都数着日子，出发前好几周，我都专心记下母亲叮嘱我的所有事项。她告诉我，一定要对其他的朝圣者礼貌相待，也一定要对山谷中的一切心存敬畏，还告诉我在山谷的时候绝对不能穿鞋，也不能留下肮脏的东西。母亲反复叮嘱我们几个子女："不许吐痰，不许说污言秽语，不许没礼貌，不许踩在神殿的前廊上，那是你们应该亲吻的地方。"

就连最调皮捣蛋的赛义德，这时也会专注地聆听母亲的话。母亲指着一张照片告诉我："这就是你要受洗的地方。"照片上是一方嵌入地里的石质池子，有一股白泉的清水沿着一条主干渠，如彩练一般泻入池中。我之所以直到16岁才去接受洗礼，是因为我家没什么钱。我从未因此感觉到自己不是一个真正的雅兹迪人，神明是不会因为我晚受洗礼而不满的。不过，终于可以前往山谷，还是令我非常高兴。

我和几个哥哥姐姐在白泉中接受了洗礼。一个神殿的女仆用一只铝制小碗从泉中舀起一斛清水，浇在我的头上，接着让我一边念经文，一边将泉水拍在头部四周。最后那个女人将一片白布扎在我的头上,我则在附近的一块石头上给她留下了一点供奉钱。凯瑟琳当时和我一起受洗,我受洗的时候,低声向神明祷告:"神啊,我不会让你失望,我不会背弃你,我会永远追随你,沿着你指的路往前走。"

"伊斯兰国"来到辛贾尔之后,我们都很担心拉里什会遭遇什么样的命运。我们很担心"伊斯兰国"会摧毁我们的神殿,毕竟他们一路上没有少做那种事。逃离"伊斯兰国"的雅兹迪难民纷纷奔向拉里什避难,那里有神殿守卫把守,巴巴·谢赫和巴巴·查维什为拥来的难民们念祷祈福。他们两位教长在战争持续期间,一直待在神殿里的小屋中。拉里什和伊拉克境内的许多雅兹迪聚居区一样,并不属于库尔德人的领地,因此那里并没有库尔德民兵守卫。背井离乡来到拉里什的雅兹迪难民个个都处在绝望的边缘,他们目睹过"伊斯兰国"屠杀的惨状,精神上饱受创伤,而身体也因为逃亡而疲软无力。他们确信,"伊斯兰国"任何时候都会打进神殿。

一天,一位逃难来此的年轻雅兹迪父亲和自己的儿子一起坐在神殿的前廊上。那位父亲很久没有合过眼,他一直想着家乡被杀害的同胞,想着被"伊斯兰国"绑走的女眷。这些记忆无比沉重地压在他的心头,让他无法承受。他从裤腰带上解下枪来,不等任何人上前阻止,便在神殿的前廊上当着他儿子的面举枪自尽了。在拉里什避难的雅兹迪人听见枪响,都以为是"伊斯兰国"打过来了,纷纷往库尔德斯坦而去。只有巴巴·查维什和几个神殿仆从留了下来,擦拭死者留下的血迹,将他入土为安之后,便静静等待着命运的降临。他们知道"伊斯兰国"很有可能杀进拉里什,已经做好了殉教的准备。巴巴·查维什当时说:"如果这里被他们毁了,我还留着这条命有什么用?"然而恐怖分子从来没有进过拉里什。神明护佑着这片地方。

屠杀发生之后,我们这些被"伊斯兰国"劫走的女人开始一个一个地逃脱出来。我们都不知道下一次重返拉里什的时候,那里会变成什么样子。眼下的我们很需要到神殿去,寻求信仰的抚慰。然而我们起初都不敢肯定,拉里什的神职人员们会怎么看待我们这些从"伊斯兰国"手中逃脱的女奴。我们当时都被迫改信过伊斯兰教,而且绝大部分人都已经失身。我们都是被逼无奈,因而都以为或许能够得到神的原谅。然而我们从小到大都知道,这些已经足够把我们驱逐出雅兹迪人的社会。

事实证明,我们对雅兹迪人的宗教领袖还是太过小人之心了。惨案发生之后不久的八月,宗教领袖们聚在一起,讨论如何应对我们的情况。很快他们就达成一致,宣布曾经被迫为奴的雅兹迪妇女都可以回归宗族,不必担心因为自己的遭遇受到指责;并且我们不会被视为穆斯林,因为当时我们改宗的行为,乃是迫于"伊斯兰国"的淫威。宗教领袖们还说,我们并不会因为被强暴而被认为失节,我们只不过是"伊斯兰国"的受害者。巴巴·谢赫亲自和逃脱到拉里什的幸存者们见了面,向她们指点人生迷津，并且再三向她们担保，一定可以让她们正常回归雅兹迪社会。九月的时候，宗教领袖们起草了一份教令，通告全体雅兹迪人称，我们这些女奴的遭遇并非我们自己的过错，只要我们信仰仍然坚定，雅兹迪同胞们就应当欢迎我们回归宗族。宗教领袖的这番教令对我们体现出莫大的善意和理解，经此之后，我也比以往更加热爱雅兹迪民族这个集体。

然而，不论巴巴·谢赫如何通过言语和行动关心体谅我们，我们的内心都不可能真正恢复到以前的状态。我们每个人都感觉自己支离破碎。女人们想方设法净化自己的身心。许多做过女奴的姑娘都做了处女膜修复手术，希望将曾经被"伊斯兰国"强暴的那段不堪回首的记忆抛诸脑后。难民营的一些医生在治疗幸存者之余，也会为我们操刀进行这项手术。他们用平常的语气告诉我们，可以去找他们"接受治疗"，就像是去找他们进行普通的身体检查一样。他们还告诉我们："20分钟就能搞定。"

我很好奇手术是否真的有效，便和几个姑娘一起去了难民营的诊所。医生们告诉我："你们想恢复贞操的话，其实很简单。"我认识的一些姑娘决定做这个手术，但是我没有做。哈吉·萨尔曼强暴我，还有他的手下为了惩罚逃跑行为而轮奸我的那些惨痛的记忆，真的能那么"简单"地一笔勾销吗？那些兽行并不仅仅是伤害了我的某个部位，甚至并不仅仅是伤害了我的身体，而是击碎了我的灵魂。世上没有任何手术可以修补灵魂的创伤。尽管如此，我也能够理解其他姑娘为什么想要接受这个手术。我们都迫切地需要某种形式的安慰，如果她们接受手术之后，能够过上正常人的生活，嫁夫生子，那我也会为她们感到欣慰的。

我竭力试图构想我自己的未来。还在科乔的时候，年幼的我满足于自己的小小世界，享受着家人的爱意。我唯一需要担心的，不过是自己的家人，而生活中的种种迹象，都在告诉我，我们以后的日子会越来越好。然而现在，即使我们这些女孩都活了下来，努力地回归正常生活，可哪里还有能迎娶我们的雅兹迪男人？他们都已经被填在辛贾尔的乱葬岗里了。整个雅兹迪人的社会都因为"伊斯兰国"而被破坏殆尽，我们这些女孩年幼时畅想的未来生活，如今已经遥不可及。我们已经不奢望快乐幸福，只求生存下来，并且尽可能用我们历经劫难之后奇迹般保存下来的生命，做一些有意义的事情。

我们住进难民营之后几个月，有一些人权活动家联系上了我。其中一位希望得到我的罩袍，她对我说："我正在收集种族屠杀留下的证据，日后我想建立一个博物馆，展出我收集到的东西。"另一位人权活动家在听我讲述自己的经历之后，问我愿不愿意去英国，向那里的官员叙述我的遭遇。我答应了他。我当时并不知道，这一趟旅途会怎样改变我的人生。

在难民营的最后几个月，我一直在为去德国做准备。迪玛尔和我准备移民到那里去，但是艾德琪不肯。"我永远不会离开伊拉克。"她告诉我们。她的脾气总是这么倔强，让我有几分羡慕。德国承诺会保障我们的安全，并且为我们提供教育，让我们有机会开启新的人生。然而伊拉克永远都是我们的家。

我们为了准备移民材料，忙活了好一阵，还去了巴格达领了护照。这是我生平头一次去伊拉克的首都，也是我生平第一次坐飞机。我在巴格达逗留了12天，每天我都得去一个不同的办事处——按指纹、拍照片，为预防各种各样说不上名字的疾病打疫苗针，来来回回，总是忙不到头。9月的一天，我们收到消息，很快我们就要出发了。

我们被带到埃尔比勒。他们给了我们一些钱，让我们买几套衣服。之后迪玛尔和我流着眼泪，和难民营的每个人（尤其是艾德琪）道别。我想起赫兹尼很多年以前曾经试过偷渡到德国去，他当时以为，如果自己能在欧洲结结实实发一笔财，季兰的家人就没法反对他们俩之间的亲事。他半路上被外国政府遣返回来，可我如今手里拿着一张外国政府给我的机票。对我来说，离别永远是最艰难的事情。

我们出发去德国之前，去了一趟拉里什。这片神圣村子的街上有好几十个以前当过女奴的姑娘，她们穿着黑色的丧服，一边哭，一边向神明祷告。我和迪玛尔亲吻了阿迪长老神殿前的门框，将彩色的丝线打成一个个结，祈愿每个活在世上的落难同胞都能回到亲人身边，祈愿像我母亲那样的死者能够在来世平安幸福，祈愿科乔村有朝一日得到解放，也祈祷"伊斯兰国"有朝一日会因为他们的罪行受到应有的惩罚。我们从白泉中掬出一捧水来,洒在自己的脸上,无比虔诚地向塔乌西·梅列克祷告起来。

那一天,整个拉里什都很宁静。巴巴·查维什当时还走出神殿,接见路上的姑娘们。这位长者生得身形高瘦,留着一绺长长的胡子,面相和善,目光深邃,能够让任何人向他敞开心扉。他在阿迪长老陵墓前的院子里盘腿坐下,身上白色的长袍在微风中徐徐拂动。他拿着一根木头烟管,绿色烟草燃烧的烟雾从烟锅里蒸腾而起,飘散在前来觐见他的那一大群姑娘的周围。

我们俩也在巴巴·查维什的面前下跪行礼,他亲吻了我们的额头,问我们:"你们的情况怎么样?"我们告诉他,之前我们都被"伊斯兰国"抓走,如今则准备前往德国。他平淡的声音里透着一丝悲伤:"很好。"他亲眼见过无数雅兹迪人离开祖国伊拉克,留在眼前的雅兹迪人越来越少,他的心里一定很不好受。但是他也知道,如今一切得向前看。

他又问了我们一些问题，诸如"你们从哪里来""你们被'伊斯兰国'抓走多久""难民营条件怎么样"，等等。最后，等他烟锅里的烟快抽完，太阳渐渐西沉的时候，他平静地问："你们都失去了哪些亲人？"

之后他便坐在原地，仔细聆听坐在他周围的女人们念出或者死去或者下落不明的丈夫、孩子、父母等家人，以及朋友、邻居的名字。即使是那些原本不敢向他说话的内向姑娘，也一并朝他开始诉说。她们足足念了好几个小时的名字，晚风渐起，神殿的墙也随着日落西山而渐渐黯淡下去。无数雅兹迪人的名字仿佛连成了一个无休止的乐章，直入九霄，上达神听。轮到我的时候，我念出了属于我的那些名字："我失去的亲人，有我的哥哥贾洛、比塞、马苏德、哈伊里和埃利亚斯；我的侄子马利克和哈尼；我的嫂子莫娜、季兰、斯玛海尔；我的侄女凯瑟琳和妮斯琳；我同父异母的哥哥哈吉。我还有很多亲人被带走后逃了出去，但下落不明。我的父亲早已不在人世，无法保护我们。最后，还有我的母亲莎米。无论她在哪里，我希望她安好。"

尾声

2015年11月,在"伊斯兰国"占领科乔村一年零三个月之后,我离开德国前往瑞士,出席一个由联合国组织的论坛,就少数民族问题发言。这是我生平第一次在大庭广众之下讲述我的故事。前一个晚上,我和那个安排我发言的人权活动家妮斯琳彻夜讨论发言的内容。我很想把一切都告诉全世界——那些因为脱水而死在逃亡路上的孩子,那些被困在圣山顶上的家庭,那成千上万被"伊斯兰国"囚禁关押的妇女和孩子,还有我哥哥们经历的那场屠杀。数十万的雅兹迪人在"伊斯兰国"的动乱中受害,而我只是其中之一。我们的整个社会都被瓦解,无数同胞只能以难民的身份在伊拉克国内外避难,而科乔村如今仍然被"伊斯兰国"控制。全世界都需要倾听发生在雅兹迪人身上的悲惨遭遇。

我们前往瑞士的第一段路是坐火车旅行的,铁轨旁的树木模糊成一片,从我的窗前向后闪过。我从小在辛贾尔的山谷和田地中长大,有些害怕陌生的森林,因此很庆幸自己坐在火车上,而不是徒步穿行。不过,这片森林的景色确实很漂亮,而我也渐渐喜欢上了我的第二故乡。德国人民对我们的到来非常欢迎,我听说有普通市民专程前往火车站和飞机场,迎接到来的叙利亚和伊拉克难民。我们这些来到德国的难民能够有机会融入德国社会,而不是游离在主流之外。其他国家的雅兹迪难民运气就要稍差一些,有些难民历尽千辛万苦逃出"伊斯兰国"的血腥迫害,却发现到达的国家并不欢迎他们。此外还有很多雅兹迪人仍然被困在伊拉克,十分焦急地等待着出国避难的机会。等待对于他们来说,又是一种煎熬。有一些国家完全不接收任何难民,这让我感到义愤填膺。将一个前来寻找安全地方生活的无辜之人拒之门外,这种行为的恶劣用任何借口都无法搪塞掩盖。我已经决定在联合国的讲台上向全世界讲述这所有的一切。

我想告诉全世界,对雅兹迪人来说,还有很多事情需要帮助。我们需要在伊拉克为持少数信仰的民众建立一个安全区域;我们需要为种族屠杀行为和反人类罪行惩处与"伊斯兰国"有关的每一个人,无论是他们的领导人,还是无声支持他们暴行的普通民众;我们还需要解放辛贾尔全境;我们要帮助逃脱"伊斯兰国"掌控的女性重返社会,并且成为重建社会的力量,同时要将她们遭遇的虐待加入"伊斯兰国"的罪状之中;我们需要在伊拉克和美国的学校教授有关雅兹迪信仰的知识,借此让世人了解,无论规模大小,保存古代宗教信仰及其信徒都是十分重要的事情;我们要让世人知道,和其他少数民族和持少数信仰的民众一样,雅兹迪人曾经为建设伟大的伊拉克付出过很多。

然而我只有三分钟的时间发言。那个活动家妮斯琳要求我尽量说得简洁一些。她在我的公寓里一边喝着茶,一边对我说:"你就把自己的故事讲出来就好。"这个主意却搅乱了我的内心。我知道,如果我的故事能够给人留下印象的话,我就得一五一十地将全部真相讲出来。我得当着大庭广众讲述哈吉·萨尔曼对我的强暴,讲述我们那天晚上如何惊心动魄地通过摩苏尔的检查站,讲述我曾经目睹过的种种惨剧。然而,我最终下定决心,将我的故事原原本本地讲述出来。这个决定来之不易,而且回头来看,也是我人生之中最重要的决定。

我发言的时候,身体仍然控制不住地微微颤抖。我尽全力保持冷静的语调,讲述了科乔村被"伊斯兰国"占领的始末,以及和我一样的女孩是如何被"伊斯兰国"抓走,充作女奴。我讲述了我被反复强暴和殴打的经历,也描述了我逃跑的经过。我向当时在场的听众描述了我的兄长如何被处决。全场的听众都默默地听着我的发言,我下场之后,一个土耳其妇女流着眼泪向我走来,她告诉我:"我的哥哥阿里也被杀了。我们全家至今都没有走出他被害的阴影,可我真的不知道你失去了六个哥哥,是怎么挺过来的。"

"很不容易。"我回答道,"但有些家庭失去的亲人比我们还要多。"

当我回到德国的时候,我告诉妮斯琳,只要他们有需要,我可以到任何地方去,尽我所能地提供协助。我当时还不知道,那是我一段全新人生的起点。我意识到,早在我出生的时候,"伊斯兰国"的种子就已经在我身边悄然播下。

**

来到德国之后,起初我和迪玛尔都觉得,对仍然困在伊拉克饱受水深火热的人民来说,我们在德国的新生活显得如此微不足道。我们俩还有两个表亲搬进了一个有两间卧室的公寓,搬进来之后,我们在墙上贴满了亲人的照片,他们有些已经遇难,有些还留在伊拉克。每天晚上,我都在母亲和凯瑟琳的两张大幅彩照下面入睡。我们仍然很难接受她们已经不在人世。我和迪玛尔都有很多带着字母吊坠的项链，每一条上都拼出一位遇难亲人的名字。我们常常戴着这些项链向塔乌西·梅列克哭着祈祷，希望那些下落不明的亲人能够平安无事地回来。每天晚上我都能梦见科乔村，早上醒来却想起，我们曾经熟悉的那个科乔村如今早已不复存在。对我来说，这是一种永远无法习惯的空洞感。一个人若是长久地渴望回到一个业已不复存在的地方，自身的感觉也会变得越来越薄弱。我从事人权活动工作以来，去过很多美丽的国家，但是我唯一真正渴望生活的地方，仍然是伊拉克。

我们每天都会去上德语课，并且去医院检查身体，确认我们的健康状况。有几个人尝试过德国人提供的心理治疗，但是那种治疗漫长得让人难以忍受。我们在公寓里和以前一样，自己做饭，自己打理家务，自己清扫房间，自己烤面包。不过如今，我们烤面包用的是迪玛尔在客厅里装的一台小小的便携式金属烤箱。然而，流亡在外的我们并没有什么像挤牛奶或者种地那样真正消耗时间的活计，也不再拥有以前村子里那些关系紧密、触手可及的乡亲可以说话，因此我们每天都会有很长的空闲时间。我当初刚来德国的时候，一直求赫兹尼让我回去，但是赫兹尼总是让我再在德国待一段时间看看。他告诉我，我如今的工作很重要，雅兹迪同胞也都需要我。尽管我们仍然无比怀念着已经不在的亲人，可是我们终于感觉到，自己的新生活有了新的意义。

我被"伊斯兰国"关押的时候，感觉自己在他们面前毫无反抗的力量。如果当时母亲被"伊斯兰国"带走的时候,我身体里还有哪怕一丝力气,都会竭力试图保护她的;如果当时我能阻止恐怖分子买卖我,强暴我的话,我也一定会奋起抗争。回想起当时我踏上逃亡路的每一个瞬间——那个没有锁的门、那个安静的院子、在"伊斯兰国"支持者遍地都是的贫民区里住着的纳塞尔一家——我都不禁感到后怕。如果我当时踏错一步,等待我的就会是无尽深渊。我想,也许神明之所以保佑我逃出生天,是因为我还肩负着他给予我的使命,因此我下定决心,不会白白浪费得来不易的生命。那些恐怖分子应该没有想到,我们这些手无寸铁、软弱无力的雅兹迪女孩,竟然能从他们手中逃脱,甚至能有朝一日向全世界指控他们的罪行。我们将他们的所作所为公之于众,借此反抗他们。我每次向别人讲述自己的故事,就能感觉到恐怖分子的力量又减弱了一分。

自从那次我前往日内瓦发言之后,我将自己的故事讲述给了成千上万的人——他们之中有政治家,有外交官,有电影制作人,有记者,也有无数在"伊斯兰国"发动侵略之后对伊拉克感兴趣的普通民众。我恳求逊尼派领导人更严厉地对"伊斯兰国"进行公开谴责,他们拥有足够大的力量,能够制止"伊斯兰国"的暴行。很多雅兹迪人和我一样,肩负起了共同的使命,努力平复同胞内心的创伤,让劫后余生的雅兹迪民族能够保存生机。我们的故事尽管无比悲惨,但在近几年的努力之下,我们的叙述渐渐开始发挥作用。加拿大已经决定收容更多的雅兹迪难民;联合国也已正式认定"伊斯兰国"对于雅兹迪人的种族屠杀事实成立；各国政府也开始讨论在伊拉克建立一个收容持少数信仰民众的安全区；最重要的是，很多人权律师愿意向我们提供帮助。雅兹迪人唯一的诉求就是伸张正义，每一个雅兹迪人都为这个诉求而努力着。

留在伊拉克的艾德琪、赫兹尼、萨乌德和赛义德用他们自己的方式努力着。他们留在难民营里——艾德琪拒绝和其他姑娘一起移民德国。我每次和他们通电话的时候，思念之情总会让我沉浸在哀伤之中。他们在伊拉克举行了反抗"伊斯兰国"的示威，并且联名向库区政府和巴格达政府请愿，希望他们能够加大支援雅兹迪难民的力度。每次难民营里收到某地发现乱葬岗，或者某个女孩在逃跑时不幸遇难的消息，难民们总是无比沉痛地为死者组织葬礼。每个住在集装箱屋子里的难民，都每日每夜地祈祷自己的亲人能够平安回到自己的身边。

每一名雅兹迪难民都试着平复自己身体上和心灵上的创伤，为保存雅兹迪社会火种而贡献着自己的力量。几年以前，这些原本都还是学生、农民、商人或者家庭主妇的雅兹迪人，纷纷自发学习起了雅兹迪信仰的知识，决心通过自己的努力传播雅兹迪信仰。懂得宗教知识的人在难民营里当老师，在用小型集装箱改建的教室里传授这些学问；当然，还有我这样的人权活动人士，在海外为雅兹迪人不断奔走。我们希望的只是保存自己的文化和宗教，并且让"伊斯兰国"为迫害我们的暴行接受正义的审判。每一个雅兹迪人都在为共同的事业而努力着，这让我非常骄傲。我一直为我的民族感到自豪。

虽然我身处德国，生活安全，但我仍然非常羡慕那些留在伊拉克的雅兹迪人。我的兄弟姐妹们都还在自己的祖国，他们还能吃上我日夜魂牵梦萦的伊拉克食物，并且和乡亲同胞为邻，而不是像我们这样，只能住在一个陌生的世界。未来库尔德民兵如果允许我们进入索拉格，他们还能去祭奠离世的母亲；而若是科乔村有朝一日得到解放，他们也能够结伴还乡。赫兹尼常对我说起他营救被困女孩的经历，而艾德琪则会告诉我难民营里的情况。难民营里大多数的新闻都是令人难受的坏消息，可是也发生过一些逸闻乐事，我那活泼的姐姐讲给我听的时候，我乐得直从沙发上滚下来。我无比想念伊拉克。

后来，2017年6月的时候，我从难民营收到消息，科乔村已经解放。赛义德作为伊拉克武装民兵组织的"人民动员部队"雅兹迪战斗小组的一名战士，参与了解放科乔村的战斗。他终于实现了自己的愿望，成为一名真正的战士，我为他感到高兴。科乔村虽然已经宣告解放，但还不太平，"伊斯兰国"的武装分子仍然残存在附近负隅顽抗，而那些撤出的武装分子则在村里到处装上了土制炸弹。然而我决意回科乔村看看。赫兹尼同意我回国，我搭上从德国飞往埃尔比勒的飞机，奔赴难民营。

我并不知道自己重返故乡的时候，会带着什么样的心情。那里是兄长们遇难的地方，我们全家也是从那里开始彼此失散。科乔村的形势稳定下来之后，我们一行人踏上了回乡的旅途。我们绕了一个远道,避免穿过战区。科乔村里已经空无一人。村学校的窗户被打得粉碎,我们在里面发现了一具残存的尸骸。我们家被"伊斯兰国"洗劫一空,甚至连房顶上的木头都被掀走。"伊斯兰国"将所有带不走的东西全都付之一炬。我用来收藏那些新娘照片的相簿已经是一堆残灰。我们在村子里抱头痛哭,哭得几乎站不起来。不过,虽然村子被毁得很厉害,但是我在村子里还是一眼就认出了我家的前门。有那么一会儿工夫,我感觉自己回到了当年"伊斯兰国"尚未进村前的时光。把守村子的战士提醒我们离开的时候,我恳求他们让我再多留一个小时。雅兹迪人会在12月斋戒,纪念赐予我们生命的塔乌西·梅列克降生。我暗暗发誓,等到12月的时候,我一定会再回科乔。

在我去日内瓦发表演讲将近一年之后,我去了纽约。联合国任命我为关注人口贩卖幸存者尊严的亲善大使。我在那里又一次受到邀请,向广大听众介绍我的亲身经历。对我来说,无论讲述过多少遍曾经的不幸遭遇,都无法摆脱它带给我的沉重记忆。每一次叙述都是当时记忆的重演。我向别人说起自己如何在检查站被人强暴,如何被哈吉·萨尔曼的鞭子透过毯子抽得满身疮痍,如何在摩苏尔的夜空下近乎绝望地寻求援手时,那些恐怖的记忆都会重新浮现在我的脑海之中。

然而,我已经渐渐习惯了发表演讲,也不会在众多的听众面前怯场。我的亲身经历就是我对抗恐怖主义最强大的武器,我会诚实地将它讲述给每一个人,也期待那些恐怖分子在接受审判的时候,我能够为他们的暴行做证。不过在那一天到来之前,我们还有许多许多事情需要完成。全世界的领导人,尤其是穆斯林的宗教领袖,需要团结起来,保护被"伊斯兰国"迫害的人民。

演讲那天,简单的开场白之后,我向听众讲述了我的故事,随后又多说了几句话。我告诉他们,我原本应该拥有自己的生活,站到这个讲台上乃是命运的安排;我告诉他们,每个雅兹迪人都希望"伊斯兰国"种族屠杀的罪行得到严惩,每一个人都能够为保护全世界受到迫害的民族出一份力;我告诉他们,我想有朝一日直视着曾经强暴过我的那些男人的眼睛,看着他们接受正义的制裁;我还告诉他们,最重要的是,我希望自己是这个世界上,最后一个经历那些痛苦的女孩。

左起：姐姐艾德琪、哥哥贾洛和姐姐迪玛尔。

父亲巴赛·穆拉德·塔哈年轻时。

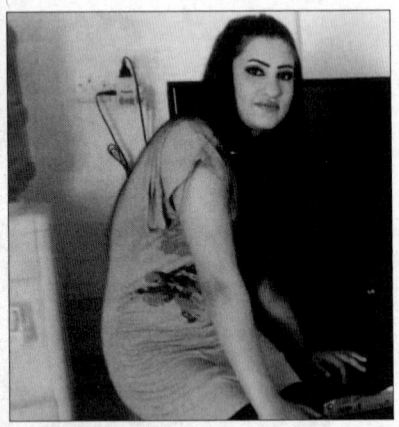

侄女凯瑟琳在2013年的一次婚礼上。

左起：嫂子塞斯特、姐姐艾德琪、弟弟凯里、侄女巴索、姐姐迪玛尔、侄女迈莎和我，2011年。

从后排顺时针起：嫂子季兰、嫂子莫娜、母亲、侄女巴索、姐姐艾德琪、侄女纳佐、侄女凯瑟琳、侄女迈莎和我，在位于科乔的家中，2014年。

赫兹尼开着拖拉机,我和凯瑟琳(左)在后面。

我的哥哥们。后排左起:赫兹尼、邻居、同父异母的哥哥哈勒德、哥哥赛义德。前排左起:同父异母的哥哥瓦立德、哥哥萨乌德和我,2014年。

季兰和赫兹尼的婚礼，2014年。

母亲在她孙子的婚礼上。

左起：哥哥马苏德、萨乌德和赫兹尼。

同父异母的哥哥哈吉。

和同学在学校,2011年。

我的母亲莎米。